Petites embrouilles
et pieux mensonges

Elizabeth Young

Petites embrouilles
et pieux mensonges

ÉDITIONS FRANCE LOISIRS

Traduit de l'anglais par Dominique Rinaudo

Édition du Club France Loisirs
avec l'autorisation des Éditions Plon
Éditions France Loisirs
123, boulevard de Grenelle, Paris
www.franceloisirs.com

Le Code de la propriété intellectuelle n'autorisant, aux termes des paragraphes 2 et 3 de l'article L. 122-5, d'une part, que les « copies ou reproductions strictement réservées à l'usage privé du copiste et non destinées à une utilisation collelctive » et, d'autre part, sous réserve du nom de l'auteur et de la source, que les « analyses et les courtes citations justifiées par le caractère critique, polémique, pédagogique, scientifique ou d'information », toute représentation ou reproduction intégrale ou partielle, faite sans le consentement de l'auteur ou de ses ayants droit ou ayants cause, est illicite (article L. 122-4). Cette représentation ou reproduction, par quelque procédé que ce soit, constituerait donc une contrefaçon sanctionnée par les articles L. 335-2 et suivants du Code de la propriété intellectuelle.

© Elizabeth Young, 2000.
© Plon, 2002, pour la traduction française.
ISBN : 2-7441-6447-X

Pour mon père, qui aimait les bons jurons scandés et allitératifs, et faisait rire tout le monde.

Remerciements

Je tiens à remercier particulièrement :

Sarah Molloy, mon agent, pour son enthousiasme et tous ces coups de fil que je n'espérais pas recevoir.

Lynne Drew et Kate Elton de chez Arrow, pour avoir récompensé mes efforts au centuple.

Toutes les mères et toutes les filles, et spécialement Mrs Bennett, qui a été terriblement vexée de voir danser Mr Bingley avec Charlotte.

Et naturellement mes chers Andrew, Phil et Alex, pour leur amour, leurs rires et leur soutien aux moments où j'en ai eu le plus besoin.

Prologue

L'invitation est arrivée un samedi matin, à point nommé pour me bousiller mon week-end. Sur un bristol aux bords dentelés on pouvait lire :

Mr & Mrs Edward Metcalfe
ont le plaisir de vous faire part du mariage de leur fille
Belinda Anne
avec Mr Paul Fairfax
et souhaitent la présence de Sophy et Dominic
à
The Inn by the Beck
le samedi 11 mai à 13 heures
RSVP

On ne peut pas dire que ç'a été un choc. En général, quand il s'agit du mariage de sa propre sœur, on ne s'attend pas à recevoir de carton pour en connaître la date. Et lorsqu'on a une mère comme la mienne, les lignes téléphoniques sont encombrées sitôt cette date fixée. Maman a déjà dû faire passer une annonce dans le *Telegraph*, dans le *Manchester Evening News* – pourquoi pas, même, dans le *South China Morning Post*. Et aussi, telle que je la connais, sur Internet. Terrifiée à l'idée de se laisser coiffer au poteau par une voisine qui est sa rivale de toujours, elle s'était récemment équipée d'un portable Toshiba.

On avait fait la java en janvier, pour les fiançailles, mais cela remontait déjà à trois mois ; et si jamais une fête avait pu être donnée pour des motifs très divers, c'était bien celle-là. Il suffisait d'écouter ma mère.

Lorsqu'elle s'adressait à Maggie Freeman, la grande rivale, ce n'était jamais sans lui faire un doigt d'honneur à peine voilé : « Oui, oui, il l'a emmenée à Florence comme ça, sur un coup de tête – il l'a demandée sur le Ponte Vecchio – j'imagine que vous avez vu sa bague ? »

Aux voisines qu'elle aimait bien, elle disait : « Naturellement, Ted et moi nous sommes ravis, il gagne très bien sa vie et il est fou d'elle... »

À moi, tandis que nous sortions du four des brochettes de poulet sauté, elle murmurait : « ... et j'ai l'impression qu'il sera un bon mari pour Belinda. Il n'a rien de fadasse, si tu vois ce que je veux dire. Ne lui répète pas, mais j'ai toujours pensé qu'elle finirait avec un de ces types un peu falots à qui elle n'a jamais su dire non. Ton père avait peur que ce soit Tim – gentil garçon, bien sûr, mais pas d'un grand secours en cas de problème, si tu veux mon avis. Je ne te dirai pas de quoi il l'a traité... un mot épouvantablement grossier. »

Les fiançailles de Belinda avaient dû réunir une quarantaine d'invités, ce qui représentait une belle performance pour un préavis aussi court. Les deux tiers étaient des amis à elle, le reste un mélange de famille et d'amis qui se pressaient avec convivialité dans l'immense séjour de la maison familiale, débordant dans le vestibule et la cuisine, comme à leur habitude. Lorsque mes parents invitent, sitôt le seuil franchi on est frappé par la bonhomie chaleureuse que procurent assiettes et verres bien remplis. En l'occurrence ce n'était pas un mal, vu qu'il gelait dehors.

Au cas où vous seriez, comme moi, normalement constitué(e) côté petites indiscrétions, permettez-moi de vous confier encore deux ou trois potins. De la bouche de divers amis de Belinda, j'ai entendu ceci :

« La robe qu'elle porte aujourd'hui... il la lui a achetée à Florence. Elle refuse de dire d'où elle vient, mais on dirait bien du Versace. Il faut avouer que sur Belinda, même une robe de British Home Stores aurait l'air de sortir de chez Versace.

— Il y a de quoi être dégoûtée. Moi, le truc le plus chouette que Ian m'ait jamais offert, c'est une nuisette en satin de chez Knickerbox.

— Remarque, je ne sais pas si je voudrais d'un type comme Paul. Il ne doit pas te laisser une seconde de répit... il doit y avoir en permanence autour de lui une douzaine de pétasses qui essaient de te le piquer. »

Comme vous l'avez sans doute compris, Belinda flottait sur un nuage rose. La « petite robe noire » possédait cette touche de simplicité et d'originalité qui fait comprendre au premier coup d'œil qu'on l'a payée la peau du dos. Quoi d'étonnant alors à ce que le bras de Paul n'ait quasiment pas quitté la taille de sa future femme de toute la soirée ?

Personne n'arrive à croire que nous sommes sœurs. Entre autres choses (cours de cuisine, boulots de secrétariat), elle a été mannequin pendant quelque temps, mais elle n'avait pas la stature requise pour devenir top. Si j'ai, moi, les centimètres (je mesure un mètre soixante-dix), Belinda a le reste. Taille trente-huit, peau crémeuse et dorée qu'aucun hiver ne ternit ni ne rougit, luxuriante chevelure couleur de miel sombre, yeux noisette, cils qu'on jurerait tout droit sortis d'une pub pour Ecrinal. Quant à son visage, que dire... l'une de ses amies m'a confié un jour : « Ça me fait mal au cœur de dire ça, mais belle comme elle est, on lui souhaiterait presque d'être une connasse pour pouvoir la détester en toute bonne conscience. »

Je ne suis pas à proprement parler le laideron de la famille, mais face à une telle concurrence, je ne peux pas m'empêcher d'avoir des complexes. Je fais pile poil une taille quarante-deux – 95 bonnet C pour le haut –, peau crémeuse sans le teint doré, tignasse luxuriante (enfin presque) de cheveux châtain foncé variété vulgaire, comme maman. J'ai aussi les yeux de ma mère : grands, bleu marine, en toute modestie je trouve qu'ils sont mon meilleur atout.

Je n'avais vu Paul que deux ou trois fois avant les fiançailles ; s'il existait des catalogues de vente par correspondance de super-beaux-mecs, c'est lui que j'aurais choisi. J'ai donc été soulagée de ne pas me sentir plus d'affinités avec lui. Un mètre quatre-vingt-trois environ, il avait la souplesse musclée du tennisman professionnel, un teint olivâtre que le blanc met si bien en valeur, des yeux noirs et des cheveux couleur acajou patiné. À trente et un ans, soit quatre de plus que Belinda, il était une jeune étoile qui montait au firmament du consulting en management.

« Ravi de te revoir. Londres ne t'a pas mise à trop rude épreuve ? me demande-t-il quand, enfin, je réussis à me frayer un chemin jusqu'à l'heureux couple. Pas trop monstres les embouteillages, j'espère ?

– Si, mais peu importe. » J'étais venue en voiture, et arrivée un peu en retard. « Bon, eh bien... félicitations, comme on dit... tu aurais dû nous prévenir, on aurait mis les lunettes de soleil avant de regarder la bague. »

C'était une rosace de diamants, et ça en jetait un max ; pas taille coup-de-poing américain tout de même (les doigts de Belinda ne l'auraient pas supporté), mais les pierres lançaient un éclat bleu qui vous faisait ciller.

Belinda a eu un petit rire mi-flatté mi-coupable. « Il a fait une folie, j'en suis sûre...

– Trésor, tu devrais avoir appris à me connaître, lui dit-il, la main toujours sur sa taille avec une insistance de propriétaire. Il faut faire les choses comme il faut...

– Tu as tout fait comme il faut, dis-je. Tu as suivi à la lettre la bible du romantisme. À Londres, les hommes de ton espèce sont en voie de disparition.

– Voyons, Sophy, comment peux-tu dire ça ? s'exclame Belinda. Et cette soirée assommante à laquelle Dominic t'a arrachée, et qui s'est terminée par un dîner dans un restaurant à la mode ? Pourtant, vous ne vous connaissiez pas depuis longtemps.

– C'est vrai, il a du potentiel, dis-je d'un air détaché. Tant qu'il ne me demande pas de lui recoudre ses boutons, je le tolérerai peut-être jusqu'à la Saint Valentin. »

De nouveau, petit rire de Belinda. « Tu peux parier qu'elle est folle de lui, murmure-t-elle à l'oreille de Paul de façon à être entendue. Un peu plus et elle te dira qu'elle le quitte pour ne pas tenter le destin !

— Chérie, le destin c'est bon pour les ratés, répond Paul un peu sèchement. Quand on veut quelque chose, on met tout en œuvre pour l'obtenir. »

Un peu plus tard, j'ai réussi à échanger quelques mots seule avec Belinda. L'alcool lui avait mis du rose aux joues. « Je n'en revenais pas, me confie-t-elle aussitôt, tout heureuse. On venait à peine d'arriver qu'il m'emmène sur le Ponte Vecchio. Le soleil se couchait, et tout à coup, il sort l'écrin de sa poche. Je croyais rêver. Et ensuite, à l'hôtel... » Elle m'attire à l'écart et se met à chuchoter. « Pendant vingt-quatre heures, je n'ai pratiquement porté que la bague.

— La bague au doigt et un gros sourire béat sur les lèvres.

— Gagné. » Et elle poursuit, en gloussant à voix basse. « Je n'ai jamais rencontré un homme qui me chauffe autant que lui. Je n'ai jamais besoin de préciser " la main gauche un peu plus bas ". On dirait qu'il sait, si tu vois ce que je veux dire.

— T'es qu'une traînée, dis-je avec sévérité tout en pensant " veinarde ". Je comprends maintenant pourquoi tu as une démarche à la Clint Eastwood. »

J'ai passé l'heure suivante à écouter en douce les conversations – c'était inévitable... et inévité, j'avoue. Côté copines du club de golf où joue ma mère : « On dira ce qu'on voudra, c'est tout de même dommage quand la cadette se marie avant l'aînée. Sophy doit approcher de la trentaine et, de nos jours, c'est dur pour les filles. La moitié des gars sont tapettes jusqu'au bout des ongles.

— Trudi, on ne dit plus ces mots-là. Et puis Sophy a quelqu'un, c'est Sue qui me l'a dit : il travaille dans une banque d'affaires, à ce qu'il paraît. Elle espérait qu'elle l'amènerait ce soir, mais c'est sans doute un peu tôt pour une réunion de famille. »

Côté copines de Belinda : « Il ne la lâche jamais, son Paul ? Il a passé toute la soirée à la balader à bout de bras comme un beau joujou.

— Il faut croire qu'elle aime ça. Il paraît qu'ils ont passé leurs quatre premiers week-ends sans sortir du lit — je m'étonne qu'elle n'ait pas encore emménagé avec lui. Soit dit entre nous, à force de s'envoyer en l'air sans arrêt, elle a fait une bonne cystite. Ça abîme les tissus.

— Bon Dieu ! Remarque, si tu veux même punition même motif, je suis partant. Quand tu veux.

— Oh, arrête tes gamineries. Et cesse de lorgner ses jambes. Si tu pointes un fusil dans mon dos à trois heures du matin, je saurai de qui tu as rêvé. »

Vers neuf heures et demie, on sonne. Je vais ouvrir.

« Tamara ! On ne t'attendait plus !

— Salut ma garce, me dit Tamara avec un grand sourire. Ça fait un bail. Vite, que j'entre. Il fait un de ces froids ! J'arrive du Bear... à pied. Je me suis laissé entraîner par Dave Doodah tout à l'heure, juste pour un petit verre, et puis d'un verre c'est passé à trois et une partie de billard. Euh, je suis déjà un peu pétée, je t'avoue.

— Moi aussi », dis-je, toute guillerette. Le Bear était le pub du quartier situé à huit cents mètres dans la même rue, et Tamara Dixon, une ancienne copine de classe qui habitait quatre numéros plus loin que chez mes parents. Depuis trois ans, elle faisait de fréquents séjours à l'étranger et, comme elle avait passé Noël au ski, il y avait un moment que nous ne nous étions pas vues. Sous un halo de boucles blond vénitien et un visage d'ange comme on en voit dans les peintures victoriennes sentimentales, Tamara cachait un allègre côté peau de vache. Elle était un brin cinglée, mais avec elle on rigolait bien.

Quand elle s'est un peu réchauffée, je lui demande : « Contente d'être de retour ?

— Je ne sais pas encore. Mais maman est tellement aux anges de m'avoir qu'elle me fait mon repassage. Alors, ce Dominic, il est comment ? ajoute-t-elle avec un sourire qui lui fend le visage. Belinda m'a tout raconté.

— Belinda ? Parce que maman ne s'en était pas chargée avant ? Tu peux compter sur elle pour que tout le Nord-Ouest du pays soit déjà au courant.

— Tu l'as rencontré par Rupintruc Chic ?

— Tu rigoles ? On ne fait pas dans le haut de gamme. »

Par Rupintruc Chic elle entendait Aristos Recrutement, qui possédait vingt succursales à Londres et dans le Sud-Est de l'Angleterre. J'étais supposée diriger l'une d'elles. Ce nom, Aristos – " le meilleur " en grec ancien, ce qui est plutôt comique vu les résultats de certains candidats aux tests d'évaluation en lecture et en calcul – n'était censé évoquer ni le chic ni la richesse.

« Si je comprends bien, Paul fait partie du gratin, dit-elle en désignant d'un hochement de tête les invités qui gravitaient autour de lui. Ou en passe d'en faire partie. Je ne m'étonne plus que ta mère ait la tête de quelqu'un qui vient de décrocher le gros lot. »

Plus tard, quand les invités ont commencé à partir, j'ai entendu dire : « Et le mariage, c'est pour quand ? »

Vous auriez dû voir ma mère. Rayonnante, tout sourire, elle a répondu : « Ils n'ont pas encore tout à fait fixé la date, mais bientôt, bientôt. »

Ce qui me ramène au carton d'invitation.

Il était accompagné d'un petit mot :

Ça fait terriblement court, à peine six semaines pour tout organiser. Il faut absolument que je perde quelques kilos avant même de penser à trouver quelque chose à me mettre. Mais ils ont eu une chance folle avec ce désistement. Je compte vivement sur la présence de Dominic. Nous sommes impatients de faire sa connaissance. Bisous hâtifs,

Maman.
Bisous de papa aussi, bien sûr.

J'ai posé l'invitation sur la cheminée, d'où elle s'est mise à me suivre partout de son œil furieux et maléfique. Elle me lançait comme un défi : « Alors, tu vas trouver une solution, oui ou non ? »

Ma mère m'a appelée le soir même. « Tu nous l'amèneras, n'est-ce pas, chérie ? J'ai parlé de lui à tout le monde, tu sais, et puis tu es bien obligée de faire bonne figure. Zoe Freeman est toujours avec son Oliver. Je n'ai pas pu ne pas l'inviter, tu penses... il a le menton un peu fuyant, si tu veux mon avis, mais justement, raison de plus pour que tu t'affiches un peu...

— Maman...

— Oui, je sais que c'est vache, chérie, mais Maggie n'arrête pas avec son Oliver par-ci, Oliver par-là... un de ces jours je vais la tuer... à l'entendre, tu croirais qu'un avocat d'affaires c'est un croisement entre Dieu et Mel Hudson...

— Gibson, maman. Mel Gibson.

— Enfin tu vois qui je veux dire. Je t'en prie, surtout dis bien à Dominic que nous serions très heureux de faire sa connaissance – il n'est tout de même pas déjà pris, six semaines à l'avance – et s'il tient à toi, je suis sûre qu'il se fera un plaisir... »

Au bout d'une minute de cette eau-là, je lâchai faiblement que oui, j'étais sûre qu'il serait ravi de venir, oui, j'allais bien, tout allait bien, embrasse papa et Belinda pour moi, à bientôt, et je raccrochai.

« Elle veut que je fasse bonne figure. Laisse-moi rire. Jaune. »

Alix, l'amie avec qui je partageais mon appartement, thérapeute bénévole à ses heures, me regardait l'air de dire : « Décidément, tu es indécrottable. »

« Décidément, tu es indécrottable, dit-elle. Tu ne peux pas le jeter une fois pour toutes et qu'on n'en parle plus?

– Impossible! Il faut d'abord que je me prépare psychologiquement. Donne-moi une seule raison, mais une raison absolument inattaquable, qui fasse que ça ne marche plus entre nous.

– J'en ai une, dit-elle, une géniale. La mort. En général pour terminer une relation, c'est radical. On l'agresse pour lui piquer ses cartes de crédit, et il y reste. »

Inutile de vous dire que j'étais horrifiée par tant de cruauté.

« Ce ne serait pas un peu ingrat, depuis le temps que je me sers de lui à tout bout de champ?

– Rien à foutre. Bon, tu prévois ça pour la semaine prochaine – du rapide, du propre, pas de réconciliation possible. On ne se pointe pas à un mariage avec un cadavre.

– Justement, à un mariage, un meurtre ça fait désordre, non? Je ne veux pas jouer les trouble-fête et m'attirer la compassion générale. Et puis comment veux-tu que j'aie l'air d'être au trente-sixième dessous alors que je pense secrètement *Ouf, Dieu soit loué... une grande vodka s'il vous plaît et, dites... où sont les copains du marié?*

– Eh bien trouve autre chose! s'exclame-t-elle en faisant signe qu'elle en a jusque-là. Je n'aime pas dire ça mais... je t'avais prévenue, non? Quand on s'invente un mec parfait juste pour avoir la paix avec sa mère, c'est sûr, il y a un jour où ça devient encombrant...

– Je ne l'ai pas tout à fait inventé.
– Ne coupe pas les cheveux en quatre, me dit-elle en me servant une bonne rasade – la troisième – de Jackdaw Ridge. Tu l'as imaginé de toutes pièces, maintenant tu n'as plus qu'à le plaquer. »

1

Tout ça, c'est à cause de la pression que je subis au boulot. Pendant la quinzaine suivante, je suis restée encore officiellement avec Dominic, mais en reléguant la question tout au bas de ma corbeille « arrivée ». Chaque fois qu'elle refaisait surface et s'impatientait : « Alors ? », je l'envoyais paître. J'étais tellement prise par mes responsabilités que je n'avais pas une minute à lui consacrer.

Après un temps mort, nous avions soudain été débordées. Technologie de l'information, marketing, comptabilité, tout, ils voulaient tout, et il fallait le leur donner, sans les intérimaires. Nous allions pêcher dans les anciens fichiers clients et passions des pubs sur tous les supports imaginables à l'exception des boîtes de cornflakes. Nous n'avions même pas le temps de discuter des sujets brûlants, tels le dernier épisode de *Friends* ou la cliente hyperénervante devant nous, à la sandwicherie.

Ce n'est que le dimanche matin, dix-neuf jours avant le mariage, que j'ai pu m'atteler au problème Dominic. Le meilleur scénario, c'était qu'il m'ait larguée. Mais pour quelqu'un qui voulait faire bonne figure, ça la fichait plutôt mal. Si je ne m'étais pas affolée plus tôt, c'est sans doute que je comptais sur mon imagination pour me fournir la solution idéale ; elle s'était avérée très fertile autrefois. Dans mes rêveries les plus folles, j'avais fait partie des cinq grandes célébrités, détrônant cette andouille de princesse Anne avec ses poupées, ou j'avais comploté contre le shérif, remplaçant cette nunuche de Marianne aux côtés de Robin des Bois.

Dernièrement, je dois dire, je ne l'avais guère sollicitée, mon imagination... si ce n'est pour le genre de fantasmes qu'on ne confie pas à sa mère. Comme je n'avais rien trouvé de mieux, pour l'instant, qu'un enlèvement par des extraterrestres, je continuais d'hésiter.

On ne peut pas dire que j'étais aidée. Alix dormait toujours, ce matin-là, et s'il y avait une vague forme humaine vautrée sur le canapé, elle s'absorbait dans les pages sportives du journal, section football. Ses chers Tossers United s'étaient encore fait mettre une déculottée : l'affaire devenait sérieuse. Je me heurtais à un cas aigu de SMT, Surdité masculine temporaire.

Ce corps avachi appartenait à Ace, le petit frère d'Alix. Petit, façon de parler, vu qu'il mesurait près d'un mètre quatre-vingts. À vingt-six ans, il était plutôt mignon malgré ses airs débraillés, avec sa queue de cheval châtain clair toute fringante grâce à mon Pantène 2 en 1 qu'il me piquait régulièrement. Il arborait une boucle d'oreille en or et, quand les Tossers avaient été au-dessous de tout, un air relax que je défie quiconque de seulement chercher à égaler.

Je marmonne : « Tu pourrais me suggérer quelque chose, même un truc complètement farfelu. Tu pourrais coopérer, tout de même. »

Pas même un grognement.

Ace occupait le cagibi qui faisait office de troisième chambre. Il y avait un mois de cela, il s'y était installé pour une semaine, mais il y était toujours parce qu'il payait un loyer en proportion. Il avait beau vivre à nos crochets non seulement pour le Pantène mais pour tout le reste, il savait se rendre utile. S'il vous prenait une envie subite d'avaler un paquet de Jaffa Cakes juste avant le début d'*EastEnders*, il descendait vous le chercher au Pop-In, l'épicerie du coin. Il suffisait de le lui demander très gentiment.

Au bout de trente secondes, une vague réponse émerge du brouillard footballien. « Moi, si j'étais toi, j'en ferais un pervers, dit-il. Raconte à ta mère qu'en rentrant un soir à l'improviste, tu l'as trouvé en train d'arpenter l'appart en talons hauts, affublé d'un de tes soutiens-gorge et furibard parce qu'il n'avait pas trouvé assez de chaussettes pour le rembourrer.

– Dominic n'est pas comme toi, dis-je, aussitôt piquée. Il n'a pas besoin de fouiller sous le lit tous les matins pour retrouver des trucs qui puent tellement qu'ils marchent tout seuls jusqu'au lave-linge. Il a des tiroirs entiers de chaussettes roulées par paires et rangées par couleur.

– Sado-maso, alors. » Il souriait de toutes ses dents, ce petit crapaud. « Tout d'un coup, il te demande de jouer le rôle de Miss Panpanfefesses. Il se met à haleter et te dit d'une voix lascive : " J'ai été un très vilain garçon... j'ai joué avec ma quéquette toute la nuit... "

– Pour l'amour du ciel, il ne dirait jamais quéquette ! Et de toutes manières, je refuse d'avoir une relation avec un pervers.

– Comme tu voudras. Tiens, balance-moi deux ou trois Fingers au chocolat noir, tu veux ? »

Je balance. Le paquet est sur la table basse. Dedans, il en reste quatre. Quatre. Et je les ai achetés il y a une heure, avec les journaux, au Pop-In.

Ace en prend deux à la fois, en croque la moitié et continue, la bouche pleine : « C'était sûr que ta mère finirait par t'avoir au chantage affectif. Elles sont toutes pareilles. Si t'as pas pigé ça à ton âge, honnêtement c'est à désespérer. »

J'aurais presque pu écrire un mémoire intitulé *Le Chantage affectif : le cas particulier du chantage maternel*. Un peu plus d'une heure auparavant, j'avais appelé chez mes parents. Avant de décrocher le téléphone, je m'étais gonflée à bloc, prête à encaisser tous les coups. J'avais décidé d'être forte, de m'endurcir le cœur, de ne pas céder. J'avais préparé mot pour mot toutes mes répliques.

J'avais alors démarré pleine d'entrain, pragmatique comme toujours. Désolée, mais tout compte fait, Dominic ne pourrait certainement pas venir. Il avait un emploi du temps de fou.

Aussitôt, la réaction attendue : « Écoute, Sophy, non, vraiment ! Je savais bien que tu me laisserais tomber une fois de plus. Tout le monde, absolument tout le monde, ne rêve que de le rencontrer. J'ai dit à cette maudite Maggie qu'il venait, que c'était sûr, et tu sais comment elle est... » Et ainsi de suite pendant un bon bout de temps.

Ensuite, elle s'était mise à geindre : « Parfois je me demande si tu n'as pas honte de nous, ton père et moi.

Chaque fois que tu nous as promis de nous le présenter... », etc.

Pour chasser le souvenir de la voix plaintive de ma mère et oublier le pillage du paquet de biscuits par les soins d'Ace, je me suis mise à feuilleter le *Mag on Sunday* : les petites annonces où les gens se languissent d'amour, c'est toujours désopilant. Comme d'habitude, elles regorgeaient de femmes minces, séduisantes et pétillantes cherchant hommes célibataires pour partager tendresse. Laideur et tristesse s'abstenir. Un tel optimisme forçait l'admiration.

« Je pourrais peut-être passer une annonce. Pétasse, trente ans, recherche type passable pour une journée. Chemises polyester et saligauds s'abstenir. Pas plus, même si affinités. Cinquante livres.

— Moi, pour cinquante livres je te fais ça, dit le crapaud avec un grand sourire. Mais d'abord, tu m'achètes un costard pour que je puisse frimer.

— Génial ! Tu corresponds exactement à l'image que se fait ma mère du banquier d'affaires de trente-cinq ans. »

Je me traîne jusqu'à la fenêtre. Nous habitons dans les quartiers Sud-Ouest de Londres. En bas, le carrefour passerait à la rigueur, certains jours, pour convenable ; pour une fois, il n'y a même pas un sachet de crackers qui danse au vent. Le soleil pointe ses doigts de lumière sur nos fenêtres 1900 opaques de saleté, un brin donneur de leçons pour les deux grosses paresseuses que nous sommes, et leur Mr Muscle.

« Je ne vois qu'une solution : je l'ai jeté. Il devenait horriblement jaloux et possessif.

– Ce genre d'argument ne passera jamais avec ta mère. Pour elle, ça ne fera que prouver qu'il est accro. »

Très juste.

« Évidemment, tu peux toujours faire ce que je fais quand je suis dans les emmerdes jusqu'au cou, poursuit-il en tournant les pages bruyamment. Prendre la tangente. Par avion, s'il le faut. Tiens, je vais jeter un coup d'œil aux réducs sur les vols charters... »

Quand Ace fait une suggestion constructive, c'est toujours à la rubrique « Dernière lueur d'espoir ». D'un geste machinal, ma main porte un bâtonnet chocolaté à ma bouche. Les quinze qui l'ont précédé commencent à me donner vaguement la nausée, mais je m'en fiche.

J'explique : « Le problème, c'est cette vieille harpie de Maggie Freeman. Maintenant que maman s'est vantée auprès d'elle, si je ne présente pas le grand favori dans la course au gendre potentiel parfait, je lui fais perdre trois millions de points. »

Maggie Freeman était la voisine et « amie » de ma mère depuis vingt-cinq ans. En réalité, elles ne pouvaient pas s'encadrer, mais elles faisaient semblant, pour la galerie. Tout ça parce qu'elles avaient chacune deux filles à peu près du même âge. En d'autres termes, elles se livraient une compétition acharnée depuis l'époque de nos premiers exploits.

Prenez notre premier examen de danse classique, par exemple. Sarah Freeman et moi avions six ans. À la fin d'une conversation entre deux portes, Maggie avait lâché, l'air de rien : « Ah, au fait, Sue, vous ai-je dit que Sarah a été reçue avec les félicitations du jury ? » Elle savait parfaitement que je n'avais eu qu'une mention Fée-éléphant. Et c'est ainsi qu'avait été semée la première graine de la discorde. Mais ma mère avait pris sa revanche un peu plus tard : en natation, j'avais obtenu mon Dauphin d'argent un trimestre avant Sarah. Cinquante points pour les Freeman, cinquante points pour les Metcalfe. Et ainsi de suite. Moi contre Sarah, Belinda contre Zoe.

Les scores étaient restés à peu près à égalité jusqu'à il y a trois ans, date à laquelle Maggie avait raflé cent milliards de points d'un seul coup : Sarah Freeman s'était fiancée. Et pas à n'importe qui. Elle allait épouser un petit propriétaire terrien qui avait une gentilhommière et un cousin issu de germain aristocrate.

La suffisance de Maggie ne connaissait plus de bornes. Pendant des mois, tous les prétextes avaient été bons pour passer à l'improviste avec des photos de costumes de garçons d'honneur. « Qu'est-ce que vous en pensez, Sue ? Nous hésitons toujours sur la voiture des mariés. Entre la Rolls blanche de collection et la calèche, nous n'arrivons pas à nous décider. Quel dommage qu'on ne puisse jamais être sûr du temps qu'il va faire ! »

Au début, maman souriait poliment et lui offrait une tasse de thé. Ensuite, elle a commencé à sourire mâchoire crispée ; elle offrait toujours la tasse de thé. Plus tard encore, elle a souri dents serrées et a offert la tasse de thé en regrettant de tout son cœur de ne pas avoir d'arsenic à mettre dedans.

On comprend mieux pourquoi le mariage de Belinda était pour elle, grosso modo, l'équivalent du gros lot à la loterie. Elle n'avait ni propriétés de famille ni *lords* à jeter à la figure des voisins mais, sur un point au moins, elle prenait l'avantage sur Maggie. Si Sarah, Zoe et moi sommes ce qu'on appelle de jolies filles – en tout cas, personne ne nous a jamais demandé de nous mettre la tête dans un sac –, Belinda, comme je l'ai dit, possède une beauté extraordinaire. L'heure de la revanche, une heure de gloire, allait sonner pour ma mère. Pour qu'elle puisse poser la cerise sur le gâteau de mariage, il ne lui manquait qu'une chose : déboulonner le fiancé de Zoe, Oliver – et son menton fuyant –, grâce à mon grand, doux, beau et spirituel, mon à-mon-avis-c'est-sérieux-entre-eux Dominic Walsh, banquier d'affaires.

Ace ne disait plus rien. Je le croyais reparti avec ses Tossers, puis tout d'un coup le voilà qui pointe un doigt tout excité sur le journal en s'écriant : « Mince alors, je suis un génie. Regarde un peu ça. »

Je m'attendais plus ou moins à ce qu'il m'ait dégoté un aller simple au rabais pour la Mongolie-Extérieure. Je l'ai charrié, mais j'ai tout de même jeté un coup d'œil. Puis un deuxième.

« Mais, Ace, c'est une agence d'escorte masculine ! »

Il me regarde d'un air de patience condescendante – les hommes y excellent –, et me dit : « Qu'est-ce que tu crois ? Que je t'ai trouvé une clinique pour impuissants ?

— Jamais je ne mettrai les pieds dans une agence d'escorte! Ils vont me croire réduite à la dernière extrémité. Le mec va s'imaginer que je suis prête à accepter n'importe quoi.

— Tu l'es.

— Enfin, tu vois ce que je veux dire. Et puis d'abord, c'est qui, les types qui font ça? »

Il réfléchit. « Disons des types qui n'ont pas une mauvaise opinion de leur personne et qui tentent d'en tirer du fric. C'est un coup à tenter. »

Je lis l'annonce en diagonale. Elle est rédigée de manière à persuader les cyniques comme moi que louer les services d'un homme est un acte aussi banal que de louer une shampouineuse à moquette, mais bien plus amusant.

Ben voyons. Mais Ace me regarde l'air de dire : « Alors? »

Je proteste : « Je me sentirais toute bête d'avoir à expliquer la situation. Ils vont me rire au nez.

— Bien sûr que non.

— Je te parie que si. » La femme de la pub ne donnait vraiment pas l'impression d'être poussée dans ses retranchements. Au contraire, elle respirait la décontraction, la classe, la maîtrise de soi. C'était le genre de femme qui n'avait pas fait une seule bêtise ou une seule gaffe depuis l'âge de trois ans et qui savait qu'elle n'en ferait plus jamais de toute sa vie. « Il faudrait que je lise ce qui est écrit en petits caractères, mais quelque chose me dit que payer un homme pour qu'il m'accompagne est contraire à mes principes.

– Vois les choses plus simplement, Sophy. Si tu avais besoin d'une voiture pour la journée, tu en louerais une. Tu as besoin d'un homme, tu en loues un.

- Ace, louer un Dominic ce n'est pas tout à fait pareil que louer une Ford Escort avec airbag. Les hommes vont forcément penser que tu meurs d'envie de vérifier leurs références.

– Tu peux toujours dire que tu es gouine mais que tu n'as pas le cran de l'avouer à tes parents.

– Tu as d'autres suggestions utiles, dans le genre ? » Les yeux toujours sur la blonde mince et arrogante, je me console en me disant qu'elle n'a pas de seins, ou alors ce sont des implants. « Je parie que ça coûte la peau des fesses.

– Probable. Mais tu ne voudrais tout de même pas te brader ? »

Euh, non.

C'est alors qu'Alix a émergé de son lit en titubant et en s'étirant comme si elle avait passé la moitié de la nuit dehors. Ce qui était sans doute le cas, à en juger d'après les bruits furtifs que j'avais entendus sur le coup de quatre heures et quart. J'étais même surprise qu'elle soit rentrée. Son copain actuel lui réservant plutôt de bonnes surprises, je ne la voyais plus beaucoup ces temps-ci. Elle me manquait, surtout quand il y avait un personnage particulièrement agaçant à la télé et que je n'avais personne avec qui m'amuser à le démolir. Alix et moi sommes horripilées par les mêmes défauts, et c'est l'un des points qui nous ont rapprochées. Un mètre soixante-cinq, vraie blonde aux yeux gris, 90 A en haut, trente-huit en bas, elle a tout pour plaire, mais puisqu'elle m'envie amèrement mon décolleté, je n'ai pas pu ne pas l'aimer.

Enveloppée dans une longue robe de chambre imitation peau lainée décorée de nounours, elle s'est affalée dans un fauteuil en bâillant. « Ace, si tu me fais une tasse de thé je te donne deux livres.

– Va te faire foutre.

– Trois, l'implore-t-elle. Avant que je meure déshydratée.

– Crève. J'essaie de convaincre Sophy d'essayer un truc.

– Quel truc ? »

Il lui passe le journal. « Là. Tu ne crois pas que c'est la réponse idéale à son petit problème ? » Il avait l'air incroyablement content de lui.

Lentement le brouillard se dissipe dans les yeux d'Alix. « Mais, Ace, c'est une agence d'escorte ! »

Il lève les yeux au ciel. « Je sais bien, nounouille. Elle a besoin d'un mec pour le mariage ! Le problème c'est qu'elle s'est mis dans la tête qu'il va croire qu'elle l'embauche pour autre chose.

– Normal, marmonne Alix. La plupart des types s'imaginent que les femmes ne pensent qu'à ça.

– Non, on espère seulement. Disons que c'est une question d'éternel optimisme.

– Plutôt d'éternelle obsession pour ce qui vous pend entre les jambes, rétorque-t-elle.

– Dis, on ne pourrait pas revenir à notre sujet ? » Il pointe le doigt sur l'annonce avec une expression peinée. « Parce que moi qui suis un mec, je ne pense pas que les autres mecs vont s'imaginer que Sophy cherche Gonzalez, désespérément. »

Le cher petit. J'ai senti mon estime de moi remonter en flèche.

Alix n'a pas tout suivi. « C'est un Dominic qu'elle cherche, qu'est-ce que tu me racontes avec ton Gonzalez ?

– Gonzalez Ibez y Bandalez. »

J'attrape le dernier bâtonnet au chocolat. Alix fait sa grimace *j'aurais-dû-m'en-douter* par laquelle elle accueille souvent les blagues de son frère. « Si tôt le matin, c'est trop pour moi. J'ai pourtant dit cent fois à maman qu'elle aurait dû le noyer à la naissance, me dit-elle, mais elle me répond : " Je sais, chérie, mais au moins je lui ai fait tailler les oreilles. " »

Blindé à ce genre d'attaques, Ace regardait bouche bée le paquet vide. « Elle a tout bouffé ! » Il l'agite sous le nez de sa sœur. « Regarde ! La semaine prochaine elle va pleurnicher que ses culottes ont rétréci.

– C'est le stress ! aboie Alix. Rends-toi utile, tu veux ? Par exemple, va plonger un sachet de thé dans une tasse d'eau chaude.

– Tu ne peux pas demander à ton esclave habituel ?

– Il dort. Si tu me fais des toasts à la marmelade, j'irai jusqu'à cinq livres.

– D'accord. » Ace se lève et gagne la cuisine.

Alix s'est replongée dans le journal, et je me suis mise à penser aux toasts à la marmelade. Ou, mieux encore, à une Marlboro Light. Ace en fume. Après des mois d'abstinence méritoire, j'aurais donné n'importe quoi pour une bonne bouffée de nicotine. Qui, en prime, aurait eu un goût épouvantable et m'aurait fait vomir mes Fingers.

Alix lisait l'annonce. « Tu ne vas tout de même pas faire ça ? me demande-t-elle. Je croyais que tu devais appeler ta mère dès ce matin pour lui dire qu'il n'était pas libre.

– J'ai essayé. Elle m'a fait un chantage affectif terrible, soi-disant j'avais honte d'eux, tu vois le topo. Et ensuite, pour être sûre d'avoir le dernier mot, elle a prétendu qu'elle avait à faire et elle a raccroché. Alors, oui, je suis prête à me rattraper aux branches.

– Pas ça, Sophy ! Tu ne vas pas payer un homme ! C'est totalement contre nature ! »

J'étais presque sûre que sa première réaction, la réaction instinctive, serait la même que la mienne. Je la connaissais depuis un bail, depuis notre troisième jour en cité universitaire, car nos chambres étaient au même étage. Nous avions eu un mal fou à nous faire à la vie loin de chez nous. À la soirée de bienvenue, nous avions caché notre malaise derrière un look super cool en avalant des pintes et des pintes de bière. Une fois bien bourrées, nous étions allées vomir dans des cabines de WC contiguës, et nous nous étions avoué notre trouille à la veille de la rentrée : plutôt mourir que d'affronter un amphi d'étudiants plus intelligents que nous, dans lequel nous passerions pour des andouilles. À partir de ce moment-là, tout avait été beaucoup mieux.

Peut-être parce que j'étais à bout de ressources, peut-être parce que j'étais tarabustée par le souvenir de ma conversation avec ma mère, nous avions beau avoir raison sur tous les autres points je commençais à penser que nous étions un peu trop catégoriques sur ce coup-là. Hésitante, j'ai dit à Alix : « C'est un service comme un autre. Après tout, imagine que tu aies envie d'aller écouter *La Bohème* mais que tu ne veuilles pas jouer des coudes au bar à l'entracte ?

— Mais enfin ! À ton avis, qu'est-ce qu'ils vont penser que tu attends d'eux, comme " service " ? Il n'y a pas longtemps, j'ai vu un talk-show là-dessus. Il fallait les entendre : ils se vantaient tous d'avoir fait des choux gras sur les extras, d'être venus en aide à de pauvres femmes désespérées qui leur en étaient éternellement reconnaissantes. Et crois-moi, pas un seul n'aurait pu passer pour ton Dominic.

— Peut-être que cette agence est différente. En tout cas je ne risque rien à tenter. Si je ne trouve pas ce que je cherche, je laisserai tomber.

— Il y a déjà des semaines que tu aurais dû laisser tomber. Le larguer avant que ta mère commence à espérer que ce soit sérieux entre vous. »

Très juste. Pourquoi ne l'avais-je pas fait ? Simplement parce que c'était la solution de facilité. Ça m'évitait de retourner à la case départ.

La case départ avait commencé ainsi : il y avait environ huit mois, j'avais rompu avec Kit. Nous étions ensemble depuis des lustres. Et un beau jour, il m'avait dit qu'il était vraiment désolé, qu'il m'aimait beaucoup mais que, honnêtement, il trouvait que notre relation s'engluait dans une routine confortable.

Contrairement à moi, Kit n'aurait pas pu décrocher le moindre CAP en baratinage. Il m'avait débité sa phrase de rupture en bégayant comme le mauvais menteur qu'il était, et j'avais tout de suite compris ce qu'elle cachait.

Ou plutôt qui. Je l'avais rencontrée à une soirée donnée par un collègue à lui une quinzaine de jours plus tôt. Elle m'avait coulé le sourire mielleux et empoisonné de la nana folle de votre mec, qui vous souhaite d'avoir la bonne idée de passer sous un bus en rentrant chez vous. J'avais rendu le sourire fielleux, comme il se doit, en lui souhaitant, pour la peine, d'avoir des crevasses aux seins.

Sur le chemin du retour, Kit m'avait fait des reproches. « Je t'ai trouvée un peu distante avec Jocasta. »

Jocasta, je vous demande un peu ! « Qu'est-ce que tu crois, avais-je rétorqué, elle est complètement accro. Elle t'a fait les yeux doux pendant toute la soirée mais tu es tellement borné que tu n'as rien vu.

– Mais pas du tout, enfin ! avait-il dit, agacé. Bon Dieu, c'est fou ce que les femmes peuvent être garces. C'est une fille très sympa. »

Traduction : « Si elle passait la nuit dans mon lit je n'irais pas dormir dans la baignoire. »

Si bien qu'au moment de l'inévitable mais horrible « Sophy, il faut qu'on parle », je me demande comment il pouvait encore croire que je n'avais pas établi le rapprochement. Trop dévastée pour garder ma dignité, étranglée par les larmes, j'avais hurlé la vérité. Le mot « salope » avait été prononcé plusieurs fois, je n'ai pas honte de le dire, au vu de quoi il avait avoué. Il en était profondément désolé, mais ces choses-là on ne peut rien contre, ça arrive.

Si, à l'époque, Belinda n'avait pas occupé le cagibi où dort Ace aujourd'hui, ma mère aimante n'aurait jamais connu l'étendue de mon chagrin. Mais il se trouve que ma sœur avait endossé le rôle de correspondant à l'étranger dans cette guerre d'amour, et lui transmettait des messages du style : « Malgré un ravitaillement d'urgence en vodka et en Kleenex, la situation est franchement désespérée. »

En conséquence de quoi ma mère me téléphonait tous les deux jours pour s'assurer que les seules overdoses auxquelles je m'exposais étaient du type Nutella. Au début, c'était : « Tu es sûre que tout va bien, chérie ? », etc. Puis, peu à peu, elle était passée à des variations inquiètes sur le thème : « Il faut que tu sortes, chérie. Que tu rencontres quelqu'un d'autre. » Résultat, un soir, pour lui faire plaisir (bon, d'accord, pour qu'elle la boucle une fois pour toutes), j'avais menti. J'avais laissé échapper le nom, le personnage de Dominic, déjà peaufiné. Mais, je le répète, il n'était pas un pur produit de mon imagination.

Quatre jours avant le coup de fil fatidique, j'étais allée à une soirée. À contrecœur, il faut bien le dire, mais c'était Jess, ma numéro deux chez Aristos, qui invitait. À trente-six ans, elle était encore plus en mal de mâle que moi – pas même un pétard mouillé en dix-huit mois. Jess était une grande inquiète, comme aurait dit ma mère. Depuis plusieurs jours déjà, elle se tracassait pour cette soirée : et si les gens ne venaient pas, et qu'elle se retrouve seule au milieu de ses bouchées apéritif de chez Marks & Spencer ?

Décidée à faire contre mauvaise fortune bon cœur, j'avais donc pris sous mon bras une bouteille de Stolichnaya achetée en duty free. J'avais même enfilé une petite robe noire, sur laquelle j'avais négligemment posé une poussière blanche juste au-dessus de mon téton gauche : j'avais lu quelque part que c'est un truc qui marche à tous les coups. Les mecs sont irrésistiblement attirés vers ladite poussière et ne pensent plus qu'à vous l'enlever du bout des doigts. Mais Jess ne connaissait pas le code ; je n'étais pas arrivée depuis deux minutes qu'elle me disait : « Oh, regarde, tu as une saleté sur ta robe », en la faisant sauter d'une pichenette. Bon, c'est la dernière fois que je lui fais cadeau de ma vodka duty free.

Au début, on aurait pu croire que son cauchemar se réalisait. Les invités étaient rares, la conversation languissait, les gens commençaient à regarder furtivement leur montre. Sachant qu'il me serait difficile d'abandonner une soirée vouée au naufrage, je me tapais de la vodka en souriant de toutes mes dents et en essayant de rompre les silences gênants par des blagues idiotes.

Mais voilà que, soudain, débarque une petite troupe tapageuse amenée par les soins de Luke et de Neil, de l'agence immobilière juste à côté d'Aristos. (J'avais un petit faible pour Luke, mais ce type était un trois-nuits-pas-plus invétéré.) Ils étaient venus avec une douzaine de copains, que Jess ne connaissait pas, mais qu'importe ?

C'est alors que je l'aperçois, à l'autre bout de la pièce bondée, en smoking parce qu'il venait d'une autre soirée, nœud pap' défait sur sa chemise blanche ouverte au col. En gros, le genre à vous faire haïr encore plus de votre pire ennemie si elle vous voit à son bras. Je fonce donc aux toilettes pour me chercher une autre poussière blanche, mais Jess est une telle maniaque de la propreté que je n'en trouve pas. Remarquez, ça n'aurait pas changé grand-chose.

Dominic Walsh – car c'était lui – a passé les trois heures suivantes au milieu d'un assortiment de femmes taille trente-huit pendues à son bras. Nous nous étions présentés pour la forme, ensuite je n'ai réussi à capter son regard que deux fois. Quant à l'effet de mon sourire aguicheur (répété devant le miroir de la salle de bains dès l'âge de seize ans), que dalle. J'ai donc continué de me biturer à la vodka en me laissant baratiner par un certain Clive. J'ai appelé un taxi vers une heure et quart et, croyez-le ou non, au moment où j'allais m'en aller, Dominic s'est approché, il a lorgné mon décolleté en disant : « Vous ne partez pas déjà ? »

Avec moi c'est toujours comme ça.

Si j'avais été raisonnable, si j'étais passée à l'Evian depuis un petit moment, j'aurais pu lui répondre : « Peut-être pas, non... », j'aurais lancé intérieurement des coups de poing en l'air en hurlant « Oui ! Oui ! Oui ! » Mais comme j'étais Sophy Metcalfe, avec un début de hoquet et la sensation atroce d'être sur le point de vomir, je lui ai retourné un sourire énigmatique (un sourire d'ivrogne) en disant : « Si, hélas », tout en pensant : « Merde ! »

Mais juste après (il faut que je sois pas mal bourrée pour faire ce genre de choses) j'ai pris un stylo sur la table basse de Jess, j'ai attrapé le bras de Dominic d'un geste que j'imaginais langoureusement séduisant et, d'une voix rauque (Dieu merci je n'ai pas eu de hoquet), je lui ai dit : « Mais n'hésitez pas à m'appeler. » Et j'ai inscrit mon numéro sur son poignet. Resourire, et je réussis à sortir d'un pas léger sans me casser la figure. J'ai vomi à la minute même où je suis arrivée chez moi.

Inutile de préciser qu'il ne m'a jamais téléphoné, ce salopard, mais il a servi mon but perfide. J'ai amplement brodé sur son personnage et il est passé comme une lettre à la poste. Je n'ai jamais dit à Belinda qu'il était une invention destinée à calmer maman. Elle était repartie chez nos parents et semblait si contente pour moi que je n'ai pas voulu lui ôter ses illusions.

Mais revenons à notre salle de séjour – qui aurait besoin d'un bon coup d'aspirateur – et à Alix, qui n'a toujours pas eu son thé.

« Ma mère aussi m'a cassé les pieds, comme la tienne, mais ce n'est pas pour autant que je me suis inventé quelqu'un. Et ma situation était au moins aussi critique que la tienne. Pire, même. Simon m'a annoncé sans détours qu'il avait quelqu'un d'autre. »

En effet, Kit venait à peine de me jeter qu'Alix subissait le même sort. « Tu as toujours su que ce type était un serpent, lui ai-je fait remarquer. Tu as toujours eu un faible pour les reptiles.

— Toi aussi. Si tu veux mon avis, Kit était trop gentil. Tu aurais fini par t'ennuyer avec lui.

— Jamais de la vie ! Il était le premier type correct que j'aie rencontré depuis des années ! » Cependant, je dois admettre qu'elle n'avait pas tout à fait tort. Il arrivait parfois – rarement – que sa gentillesse me tape sur les nerfs, quitte à ce que je culpabilise aussitôt. Par exemple, je ne l'avais jamais entendu dire du mal des gens, même des plus beaux salauds ou des plus grands tordus. J'aurais presque aimé lui voir ce défaut normal, humain, masculin somme toute...

Évidemment, mon vœu avait été exaucé.

« Tu ne pourrais pas demander à ce Luke de te rendre ce service ? me dit Alix. Oui, je sais, il est agent immobilier mais au moins, il a la tête de l'emploi.

— Tu veux rire ? Le vrai Dominic est un ami à lui, tout au moins une connaissance. Et puis je ne me vois pas lui raconter que je me suis inventé un petit copain. Il se paierait ma tronche. » Je n'avais même pas mis Jess au courant, au cas où elle vendrait la mèche. J'avais souvent été à deux doigts de tout avouer à Harriet, qui était nouvelle et beaucoup plus sur ma longueur d'onde que Jess, mais il y avait toujours eu quelque chose pour nous interrompre.

« Et ton Adam, du club de gym ? Il te plaisait bien à une époque.

— C'est fini. Il en pince pour quelqu'un d'autre.

— Ah bon ? Qui ?

— Sa pomme. » De toute manière, il y avait des semaines que je n'avais pas mis les pieds à la gym. Mon abonnement était périmé.

« Belinda n'a jamais rencontré Calum, dit Alix, songeuse. Tu pourrais lui demander. »

Calum était l'« esclave » qui dormait encore. Alix l'avait rencontré par un après-midi glacial il y avait environ deux mois, après l'avoir « accidentellement » arrosé de mousse au lavage auto. « Il avait l'air un peu moins " pas dégrossi " que la moyenne, m'avait-elle expliqué, alors je me suis dit : " Et merde, vis dangereusement, ma fille. " » Dernièrement, Alix s'était mise à dire des choses comme : « Il est mignon quand il dort », ce qui, pour elle, était le comble du compliment.

J'avais beau apprécier sa proposition, je me voyais mal infliger ma famille à Calum pendant une journée entière. Je n'étais pas sûre que sa relation avec Alix soit assez solide pour résister à pareille épreuve. De plus, il ne correspondait pas à l'image que je me faisais de Dominic. Il me faisait penser à un grand chien hirsute – adorable, mais pas assez domestiqué. Et un brin trop rembourré au-dessus de la ceinture, à vrai dire.

J'ai improvisé : « Je ne peux pas lui demander ça. Ne serait-ce que parce qu'il est bien trop gentil pour refuser. »

Elle n'a pas insisté. « Tu ne m'ôteras pas de l'idée que cette histoire d'agence est une folie. Ils doivent te refiler toutes les raclures, tu verras.

– Je n'ai rien à perdre à leur passer un coup de fil. J'aimerais pouvoir donner cette petite victoire à maman, même le temps d'une journée.

– Dis plutôt qu'elle te fera la gueule pendant six mois si tu la déçois », m'a corrigée Alix sèchement, en se retournant pour regarder du côté de la cuisine d'où venait un concert de bruits de vaisselle. « Bon Dieu, pour une simple tasse de thé il fait un raffut du diable. S'il réveille Calum, je le tue. Il est vraiment mignon quand il dort. »

Qu'est-ce que je vous disais ?

Ace est revenu avec un plateau et Alix a retrouvé sa bonne humeur. « Merci mon ange. Il doit y avoir un billet de cinq livres dans mon sac, si tu arrives à mettre la main dessus.

— Non, non. Tu n'auras qu'à me repasser deux ou trois T-shirts. »

Le but de cette remarque était purement polémique. Alix était censée protester : « Repasser ? Pour qui me prends-tu ? » À quoi Ace répondrait, tout sourire : « Pour une femme. »

Mais Alix a ignoré la provocation ; elle a regardé ses toasts en faisant la grimace. « Tu as mis bien trop de marmelade. Combien de fois faut-il que je te dise de l'étaler ?

— Ah, ça m'aurait étonné que je fasse quelque chose de bien. » Ace m'a jeté un regard faussement vexé, accompagné d'un petit clin d'œil. « Et je rouspète, et je me plains... elle ressemble de plus en plus à notre chère mère.

— Je le lui répéterai ! » Alix lui lance un coussin, Ace le lui renvoie, et une bataille commence. Je me fichais pas mal que le thé d'Alix finisse renversé sur le tapis, mais j'ai récupéré le journal avant qu'il soit déchiré ou trempé, ou les deux.

Sally et Julia à votre service, parce que nous vous comprenons, disait le baratin. *Nous avons créé Pour un soir parce que nous aussi nous avons parfois dû nous passer de l'accessoire essentiel des grandes occasions. Puisque vous avez déjà la robe idéale, les parures idéales, les chaussures idéales, venez donc choisir l'homme idéal qui les complétera.*

Ça paraissait tout simple.

2

Naturellement, ça ne l'était pas. La démarche n'a pas été sans m'évoquer l'obligation de dîner au restaurant un soir où on se sent patraque et où le seul plat qui ne nous soulève pas le cœur n'est plus disponible en cuisine. Mais mon deuxième choix était acceptable, et libre.

« Il est d'accord, ai-je dit à Alix le mardi soir. Julia Machinchose m'a appelée ce matin pour me dire " pas de problème ".

– Pas de problème ? a répété Alix. Pas de problème pour elle, elle se contente d'encaisser le chèque ! Tu n'as pas suffisamment réfléchi, Sophy. Tu cours droit à la catastrophe. »

Ce n'était vraiment pas le moment de me peindre la vie en noir. « Tu ne pourrais pas être un peu moins négative ? Tout baigne. On prend un verre ensemble vendredi.

– Tout baigne ? » Elle continue de faire le perroquet tout en piquant des morceaux de poivron rouge dans la poêle où nous faisons sauter une préparation viande-légumes. « Comment peux-tu être sûre que tout ira bien rien qu'en prenant un verre avec lui ? Imagine qu'il tombe sur quelqu'un qu'il connaît et qui déballe la vérité devant tout le monde ?

– Eh bien, j'attraperai le grand couteau qui sert à découper le gâteau et je me ferai aussitôt hara-kiri.

– Pour l'amour du ciel ! Je parlais sérieusement. »

Moi aussi. « Il y a une chance sur dix millions que ça arrive, lui ai-je fait remarquer.

– Ne te fais pas trop d'illusions. Au contraire, ça arrive tout le temps.

– D'accord. Une chance sur mille. J'ai dit à maman qu'il était presque sûr de venir et j'ai cru qu'elle allait avoir un orgasme au téléphone.

– Moi, je préférerais me pendre plutôt que de partir au fin fond du Lancashire en embarquant dans ma voiture un homme que je ne connais ni d'Ève ni d'Adam, continue Alix comme si je n'avais rien dit. Je suis sûre que le plus dangereux des psychopathes peut avoir l'air charmant le temps d'une bière. Ne viens pas pleurer dans mon giron si on te retrouve dans un fossé.

– Tu penses bien que leurs dossiers sont examinés sous toutes les coutures avant l'embauche. Tous !

– Examinés comment ? Deux ou trois références ? Regarde tous les pédophiles dont on a épluché les candidatures avant de les engager dans des foyers pour enfants. »

Les tendances à la dinguerie étaient le cadet de mes soucis. S'il m'assassinait pendant le voyage, au moins il m'éviterait de vivre ce cauchemar.

– « Il s'appelle comment ?
– Colin Davies.
– Et qu'est-ce qu'il fait quand il n'escorte pas ? »

Je n'ai pas beaucoup aimé le léger accent qu'elle a mis sur le mot « escorte », de façon à en faire un synonyme de prostitution.

« Il travaillait pour une grande banque d'affaires, mais il a pris un congé sabbatique.
– Autrement dit, il est au chômage.
– Et alors ? Ça ne veut pas dire qu'il s'est fait virer pour faute professionnelle ! Il avait l'air sympa sur la cassette vidéo... Comme une petite lueur au fond des yeux, et moi j'ai plus que jamais besoin d'un homme qui ait le sens de l'humour.
– S'il est à court d'argent, tout s'explique plus ou moins, me concède Alix. Qui ferait ça autrement que par nécessité ?
– Ça n'a rien de répréhensible !
– Dis donc, Sophy, tu as drôlement changé de musique. Tu voudrais sortir avec un homme qui ferait ça par choix ? »

Je n'ai pas répondu, pour la simple raison que je n'avais pas envie de me poser la question. « Le trajet est long. J'aurai plusieurs heures pour le mettre au parfum. Les circonstances de notre rencontre, l'état dans lequel j'étais, mon penchant irrésistible pour la crème de cassis, etc.

– J'espère que tu te souviendras de tous les détails que tu as donnés à ta mère. Tu ferais mieux de tout noter par écrit avant, pour ne pas te recouper. Je te parie que ce type est un crétin fini. Et l'idée même qu'un crétin suffisant te croie incapable de te trouver un homme m'est insupportable. Fais-lui savoir tout de suite que " désespoir " ne fait pas partie de ton vocabulaire. Ton problème, c'est que tu es très exigeante. »

Je n'étais pas au désespoir, même si je n'avais eu aucune expérience charnelle depuis Kit. J'avais lu quelque part que contrairement aux hommes – que l'abstinence rend de plus en plus obsédés par le sexe –, plus longtemps les femmes restent chastes plus elles découvrent les charmes de la lecture d'*Orgueil et préjugés* accompagnée d'une tartine de Nutella. Je ne dirais pas que j'entrais précisément dans ce cas de figure. N'ayant pas d'homme à la fois attrayant et disponible sous la main, je m'étais laissée aller à quelques fantasmes du côté de l'inaccessible, par exemple George Clooney et Mr Darcy – pas les deux ensemble, bien que, maintenant que j'y pense, dans le style nettoyage de vitres à la vapeur, ça devrait être assez efficace. En toute honnêteté, j'avoue que je commençais à préférer les hommes virtuels aux hommes réels. Tous les autres aspects de ma vie étaient pleinement satisfaisants. À quoi bon tout bousiller avec des peines de cœur et des couvertures qu'on vous arrache au milieu de la nuit ? Quant aux tout premiers stades si capiteux d'une liaison, merci bien. C'est le pied, c'est vrai, mais quel boulot, de se donner l'air parfait en permanence, de faire croire qu'on est trop bien élevée pour lâcher un vent !

Cette nuit-là, j'ai fait des cauchemars dans lesquels il était question de mariage et de Colin. Il commençait par se soûler et il racontait à maman qu'on lui avait promis une prime pour se charger de moi. Ensuite, la police arrivait et le pinçait pour fraude, tromperie et usurpation d'identité. Je me suis réveillée baignée de sueurs froides à quatre heures du matin, incapable de me rendormir ; au boulot, j'ai été de mauvais poil toute la journée.

Il faut dire que Jess ne m'a pas aidée. Par une note de service, la direction nous informait que, puisque nous avions adopté le logo de PersonInvest et que le budget formation était sain et robuste, Jess et moi avions été sélectionnées pour un programme de formation sain et robuste au Pays de Galles. Nous apprendrions à nous fixer de nouveaux objectifs, à mieux travailler en équipe et à mieux résoudre les problèmes. Prière de les contacter dès que possible, en précisant les dates où nous n'étions pas libres d'ici à octobre.

Jess en a quasiment fait dans sa culotte. « J'en ai entendu parler de ces formations ! Ils te font faire de la spéléo ! Des descentes en rappel ! J'ai horreur de ça ! J'ai le vertige ! Et qu'est-ce que je vais faire de mon chat ? »

Et ainsi de suite pendant toute la matinée. Au déjeuner, j'ai réussi à m'échapper. Je suis tombée sur Luke qui se rendait au pub et j'ai accepté son invitation à prendre un pot. « À l'entendre, on dirait qu'on l'envoie au camp de Colditz, ai-je marmonné en avalant une grande vodka tonic. Moi non plus je n'ai pas envie de faire leur saleté de spéléo.

— Tu vas adorer, me dit Luke en souriant d'une oreille à l'autre. C'est une sorte de bizutage, d'après ce qu'on m'a dit. Les instructeurs sont tous d'anciens sadiques des corps d'entraînement spéciaux. Ils te terrorisent tellement que tu fais dans ton froc et en plus, ils font raquer deux mille livres par tête. Une autre ? »

J'en ai pris deux autres, avec deux paquets de crackers au bacon fumé et une bonne migraine en prime. Je commençais à envier la situation d'Alix, qui s'était récemment mise à son compte comme graphiste. Personne ne l'envoyait faire de la spéléo, et si elle s'éclipsait au pub à midi, elle pouvait faire la sieste après.

J'avais toujours mon troupeau de bisons dans la tête quand ma mère m'a appelée ce soir-là, sur le mode pleurnichard. « On n'arrivera jamais à organiser ce mariage, me dit-elle. Belinda ne s'est toujours pas trouvé de chaussures et, tu te rends compte, ils n'ont rien réservé pour leur lune de miel !

– Occupe-t'en, alors. Dis-leur que tu leur as pris une semaine à Mablethorpe, ça les secouera un peu.

– Qu'est-ce que tu as contre Mablethorpe, fais attention à ce que tu dis, chérie. Ils s'étaient presque décidés pour un safari mais au dernier moment, Belinda a reculé... à l'idée de toutes ces bestioles qui rampent... ils devaient camper en brousse et tu sais comment elle est avec les bébêtes. En fin de compte elle a tout de même dit oui – vraiment, j'ai trouvé qu'elle se conduisait comme une petite sotte – mais du coup, tous les hôtels étaient complets... je crois qu'ils se sont un peu disputés. Dieu sait ce qu'ils vont pouvoir trouver maintenant. Paul essaie de voir s'il n'y a pas des désistements. »

Après avoir déblatéré interminablement contre tout ce qui 1) avait tourné à la catastrophe, 2) n'avait pas encore tourné à la catastrophe mais y allait tout droit, elle a continué : « J'imagine que tu aimerais dire un mot à ta sœur. Je vais l'appeler... »

Je n'étais pas d'humeur à ça. Si je n'avais eu comme seul souci que celui de savoir quelle page cocher dans la brochure « Destinations lointaines », j'aurais été le bonheur fait femme. J'aurais même distribué des sourires béats aux agents de la circulation et à ces vieux horripilants qui tiennent le crachoir pendant des heures au guichetier de la poste.

Je n'ai même pas essayé de cacher mon exaspération à Belinda. « Pour l'amour du ciel, arrête avec tes bébêtes, tu n'es plus une petite fille.

— Ce n'est pas ça ! D'accord, je ne supporte pas l'idée d'avoir une bestiole qui rampe sur mon lit, mais trois semaines, ça coûte une fortune : Malindi, un petit voyage à Zanzibar... sans compter qu'il ne veut rien à moins d'un palace. C'est scandaleux, avec les gens qui sont si pauvres ! »

Elle n'avait pas tort, mais je n'étais pas du tout prête à l'admettre. « C'est ta lune de miel, nom d'un chien. S'il a envie de flamber, quel besoin as-tu d'en faire un combat idéologique ? Distribue des pourboires maousses si ça t'aide à te sentir mieux.

— Ah, je t'en prie, ne commence pas ! J'en ai par-dessus la tête... maman me rend dingue... c'est sans arrêt les robes, les cadeaux, les discours, à tel point que j'ai envie de hurler. Je suis complètement à bout et... enfin... »

Tout à coup, je me suis rendu compte que, sous la pression, elle était au bord des larmes. « Enfin quoi ?
— Oh, rien. C'est sans doute les nerfs. Il y a trop de choses, je suis débordée... Paul s'impatientait pour les réservations, et maintenant ces saletés d'hôtels sont tous complets... »

J'ai commencé à entrevoir la vérité. « Maman m'a dit que vous aviez eu quelques mots. Vous vous êtes rabibochés, n'est-ce pas ?
— Oui ! » Elle a eu un petit rire, mais sa voix tremblait toujours. « C'est moi qui suis bête, comme d'habitude. Je savais bien que je n'aurais jamais dû regarder *Mariages en Enfer*... »

Je comprenais de mieux en mieux. Filmé à partir d'extraits de la vie réelle, *Mariages en Enfer* était passé à la télé une semaine plus tôt. Nous avions vu la deuxième moitié après les infos. Au bout de deux minutes, Alix avait résumé ainsi : « C'est le type même de la production commerciale qui flatte bassement le voyeurisme du spectateur sans cervelle. Tu trouves pas ça super ? »

Cinq minutes plus tard, en voyant un marié néandertalien qui prenait la tangente au dernier moment, elle ajoutait : « Mon Dieu, j'espère que Belinda ne regarde pas », et j'avais renchéri : « Oh ! là, là, moi aussi. » Nous avions ri. Un peu jaune.

Je ne riais plus. J'étais à nouveau au comble de l'exaspération. « Bon Dieu, Belinda, ne me dis pas que tu t'es mis dans la tête que Paul allait te faire faux bond au dernier moment ? »

Son petit silence m'a suffi comme réponse. J'ai enchaîné :

« Vous vous êtes disputés. Ce sont des choses qui arrivent. Je t'en prie, reprends-toi. Je parie que tu as encore regardé ce fichu film, c'est ça, hein ? En plus de *Mariages en Enfer* ?

– Non ! Enfin, pas récemment... »

Pour ce que ça aurait changé... Elle avait regardé *Quatre mariages* tellement souvent que le film avait eu le temps de creuser un sillon parfaitement lisse dans son cerveau. « Belinda, tu n'es pas cette pauvre tronche de cane. Paul ne va pas te faire son numéro à la Hugh Grant et te planter au pied de l'autel. Quoique franchement, si tu craches sur une lune de miel cinq étoiles, je comprendrais qu'il te laisse là et qu'il se barre au pub.

– Sophy, s'il te plaît, arrête ! Je n'ai vraiment pas besoin qu'on me harcèle comme ça. Tu te trompes, ce n'est pas ça du tout, alors ferme-la, veux-tu ? »

En entendant son ton, mélange de colère et de larmes, ça m'a fichu un coup. Mais j'ai aussi compris que j'avais tapé dans le mille et qu'elle se sentait trop bête pour le reconnaître.

« Pardonne-moi, Belinda. Je n'ai rien contre toi. Je suis jalouse. Je donnerais n'importe quoi pour partir à l'autre bout du monde voir les couchers de soleil et faire l'amour pendant la sieste. Et je ne parle pas des cocktails exotiques à l'ombre du baobab, ni des bestioles exotiques qui tombent dedans avec un gros *plop* ! »

Elle a eu un petit rire mélancolique. « Excuse-moi, je ne devrais pas me plaindre comme ça, mais maman a tellement peur qu'il arrive quelque chose que ça devient contagieux : je m'imagine en train de me prendre les pieds dans ma robe, et papa qui truffe son discours de gaffes. Tu sais qu'après deux ou trois verres, il ne peut pas s'empêcher de raconter cette histoire de bain qui me donne envie de disparaître dans un trou de souris. »

Il en était bien capable. « Menace-le de le tuer. Dis-lui que *moi*, je vais le tuer, si tu préfères. Et essaie d'être patiente avec maman. Elle veut tellement que tout soit parfait.

– Tu crois que je ne le sais pas ? Le buffet, le temps, et même toi et Dominic. Tu ne croiras jamais ce qu'a dit Maggie, avant-hier. »

Là, j'ai failli avoir une attaque. Imaginons que, par quelque perfidie du téléphone arabe, elle ait eu vent de ma supercherie ? « Qu'est-ce qu'elle a dit ?

– Elle a demandé si tu venais accompagnée, maman a répondu : " Oui, je crois. " Alors Maggie lui a jeté le genre de regard entendu et supérieur qui l'exaspère tant, et elle a craché : " Enfin, on verra. " Sur quoi maman s'est mise en boule comme un hérisson – tu vois comment – et elle lui a répondu : " Qu'est-ce que vous entendez par là ? " Et Maggie : " Eh bien, Sue, vu le nombre de fois où elle vous a posé des lapins, c'est à se demander si elle ne l'a pas inventé. " Elle l'a dit sur le ton de la plaisanterie, mais maman lui aurait volontiers explosé la cervelle avec un gigot congelé (ça se passait au supermarché.) »

La menace de l'infarctus s'éloigne. Si Maggie avait vraiment eu vent de quelque chose, elle l'aurait répété à ses copines du club de golf et ce serait déjà revenu aux oreilles de ma mère. Je m'indigne avec conviction – enfin, je crois : « La sale bonne femme !

– Oui, maman était livide. Elle n'arrêtait pas de répéter : " Comment ose-t-elle insinuer que ma propre fille me mentirait ? ", etc. Elle ne s'est calmée qu'à l'heure de son feuilleton, *Emmerdale*. Elle s'en veut de ne pas avoir invité Alix – moi aussi, remarque, mais il faut bien qu'on mette la limite quelque part...

– Mais bon sang, elle n'a jamais attendu d'invitation ! » C'était la vérité. Elle avait à peine connu Belinda autrefois, et n'entrait pas non plus dans la catégorie des « amis de la famille ».

« Oui, bon. Transmets-lui mes amitiés, d'accord ? Oh ! zut. Quoi encore ? » Une note de lassitude s'était glissée dans la voix de Belinda. « Elle m'appelle. Il faut que j'y aille... »

Tout en dégustant un *souvlaki* acheté chez le Grec du coin, j'ai rapporté la conversation à Alix. « Je t'assure, il y a des jours où je l'étranglerais. L'Afrique ! Les couchers de soleil superbes, les éléphants, les neiges du Kilimandjaro ! Moi, si un type s'était mis en tête de me faire souffrir trois semaines dans des palaces, je crois que j'arriverais à regretter l'Angleterre, quitte à grincer des dents. Et elle a beau dire, je jurerais qu'elle s'est monté le bourrichon à propos de Paul. Elle se fait du mal toute seule... côté mecs, elle s'attend toujours au pire.

– Surtout s'ils se sont disputés.

– Et surtout depuis ce salaud de Marc. »

C'était à cause de ce salaud de Marc que Belinda avait occupé notre cagibi l'an dernier. Ils étaient ensemble depuis des mois quand, un soir, elle l'avait vu avec une certaine Melanie, une soi-disant amie à elle, alors qu'il lui avait dit qu'il travaillait. Classique.

Ne retenez pas votre souffle. Elle n'est pas allée leur verser une pinte de Guinness sur la tête. Elle ne s'est même pas montrée. Elle est rentrée chez elle, elle a fondu en larmes et elle a passé des heures à se demander si elle allait l'envoyer se faire foutre sur sa messagerie vocale.

Pour finalement se dégonfler.

Hélas, Belinda n'a jamais été très solide sur le plan émotionnel. À Noël dernier encore, alors que maman l'avait traînée aux soldes, elle a acheté pour une livre un nounours en tricot parce qu'il avait les yeux tristes, parce que c'était le seul qui restait et qu'elle avait peur qu'il finisse à la poubelle. (Bon d'accord, j'aurais pu faire la même chose – le petit côté fleur bleue, c'est souvent de famille –, mais vous voyez le topo.)

Pendant toute la semaine suivante, elle avait accueilli avec une fausse indifférence les excuses de Marc, qui était décidément débordé de travail. Mais au lieu de le larguer et de se trouver quelqu'un d'autre en vitesse, elle s'était mise à lui débiter sur un ton détaché qu'elle voulait prendre l'air et aller travailler à Londres pendant quelque temps.

Le but de cette énormité était de provoquer un choc. Marc était censé découvrir à quel point il tenait à elle. Mais, bien entendu, ça s'était retourné contre elle. Il avait marmonné de vagues *Si tu y tiens*..., après quoi

Belinda ne pouvait plus abandonner son projet sans perdre la face. C'est à ce moment-là qu'elle m'avait appelée en larmes pour me demander si le cagibi était disponible. Embellie par le malheur, elle avait atterri sur mon paillasson, où l'avait déposée un chauffeur de taxi qui était tombé amoureux d'elle entre la gare d'Euston et chez moi et ne lui avait pris que trois livres pour la course.

Après avoir passé deux ou trois semaines à languir sur notre canapé et à user la bande de *Quatre mariages et un enterrement*, attendant un coup de fil de Marc, elle avait fini par se ressaisir. Elle s'était inscrite dans une agence de baby-sitters et s'était consolée en s'occupant de bébés. (Belinda était venue tard à la puériculture, et elle adorait ça. Il faut de tout pour faire un monde.)

Puis, peu à peu, elle avait oublié Marc. Elle commençait à envisager de retourner à la maison quand Kit m'avait joué son tour de cochon ; elle était donc restée pour consoler sa sœur et assurer la provision de Kleenex. Dix jours plus tard, c'était Alix qui pillait la boîte de mouchoirs. Comme Belinda l'avait fait remarquer au bord du désespoir, notre appartement était devenu une sorte de dépotoir ; elle nous avait porté la poisse : autant qu'elle dégage au plus vite avant qu'on ne tombe de Charybde en Scylla.

Elle avait rencontré Paul trois semaines plus tard.

J'avais rendez-vous avec Colin le vendredi soir. Le vendredi midi, j'étais tellement malade d'appréhension qu'il m'était devenu impossible de le cacher. Jess m'a dit : « Tu n'as pas l'air dans ton assiette. Tu n'aurais pas attrapé une gastro, par hasard ?

— J'espère pas. » J'avais déjà des dizaines de grenouilles qui coassaient dans mon ventre sans avoir besoin de ça en plus. J'ai failli profiter de ce que Jess allait acheter son sandwich pour me confier à Harriet, mais elle s'est mise à me raconter comment une amie à elle était tombée follement amoureuse sur une plage exotique. Tout avait été parfait jusqu'au jour où elle s'était aperçue qu'il était marié et habitait à Singapour, et que son stérilet avait oublié de remplir son office.

« *Et toi qui te lamentes sur tes problèmes* », me suis-je dit, sans que ça me console, d'ailleurs. Quand est arrivée l'heure de partir, j'étais dans un état indescriptible.

Il était là, pile à l'heure. « Sophy ? Enchanté. Que puis-je vous offrir ? »

Ouf. Il a l'air pas mal, mais sans rien d'extraordinaire. En tout cas il ne porte pas de chaussettes blanches et n'a pas mauvaise haleine. Il sourit d'un air naturel. « Je veux bien une eau minérale, dis-je. Non... une vodka tonic. »

Nous avons passé quarante minutes ensemble, quarante minutes pendant lesquelles il s'est montré d'une courtoisie parfaite et n'a pas cherché une seconde à la ramener. Il a même réussi à me donner l'impression que s'inventer un petit copain était une activité féminine tout à fait normale. Il était le genre d'homme dont je ne pouvais pas m'enticher, mais avec qui je me sentais à l'aise. J'étais tellement soulagée que j'ai un peu trop bu, mais je ne crois pas qu'il l'ait remarqué.

En rentrant chez moi, j'ai appelé ma mère pour lui confirmer la présence de Dominic. « Deuxième orgasme, ai-je dit à Alix à qui j'ai tout raconté au téléphone (elle était chez Calum, pour changer). Mais après, c'est moi qui ai failli avoir une attaque, quand elle m'a dit qu'elle allait nous réserver une chambre pour deux à l'hôtel.

– Tu ne vas quand même pas le mettre dans ton lit ! hurle Alix.

– Ne t'affole pas. Ni dans mon lit ni dans ma chambre. Dieu seul sait pourquoi je n'ai pas vu le coup venir. La moitié de la famille passe la nuit là-bas, elle a donc pensé que nous aussi. J'ai eu un instant de panique, mais juste après je lui ai dit que nous repartions aussitôt parce qu'il s'envolait pour Kuala Lumpur le lendemain.

– Kuala Lumpur ?

– C'est la première chose qui me soit venue à l'esprit ! » Puis j'ajoute, vexée : « J'étais plutôt contente de moi. Je lui ai inventé une réunion au sommet avec des banquiers malais. Peut-être des ministres, aussi. Des excellences et tout. J'ai dit à ma mère que malheureusement, nous regrettions beaucoup, mais il faudrait qu'il parte à une heure raisonnable le samedi parce qu'il aurait encore des dossiers à étudier le dimanche matin. Je lui en ai mis une telle couche qu'à la fin, elle ne savait plus comment le remercier de prendre le temps de venir.

– Ça fait combien de mensonges en tout ? demande Alix. À moins que tu ne les comptes plus ? Tu cherches vraiment les ennuis. Tu fais tout pour te fourrer dans une de ces galères...

– Tu vas arrêter de jouer les Cassandre ? Tout ira bien. » À force de le répéter, j'arriverais peut-être à m'en convaincre moi-même.

« Et toi, tu passes la nuit là-bas ? me demande Alix.

– J'y ai pensé, mais j'ai déjà promis à l'agence de le ramener en voiture. Je sais, c'est dommage d'être obligée de partir tôt, mais j'imagine que je serai à bout de nerfs, et trop contente de m'échapper. J'ai dit à maman que je conduirais pour éviter trop de fatigue à Dominic le dimanche. Londres-Kuala Lumpur, même en première classe, c'est épuisant.

– Je m'étonne que tu n'aies pas inventé une compagnie pour l'occasion », dit Alix avec un grognement de mépris.

J'y avais pensé. D'un ton enjoué, j'ai conclu : « Tu vois, tout est arrangé.

– Arrangé ? Si c'est ça que tu appelles arrangé, j'aimerais savoir à quoi ressemble un désastre imminent. Euh, excuse-moi, Sophy, mais il faut que je te quitte. Je suis en train de faire un crumble à la rhubarbe.

– Mais tu détestes la rhubarbe !

– Oui, mais Calum adore ça. »

Elle était très, très mal partie.

Le désastre imminent s'est donc abattu sur moi plus tôt que prévu. Deux jours avant le mariage, l'agence m'appelle.

« Sophy Metcalfe ? Ici Julia Wright de l'agence Pour un soir. Je suis absolument navrée, mais nous avons un petit contretemps. Colin vient d'être hospitalisé d'urgence. Une péritonite, sans doute.

– Un *petit* contretemps ? Je peux vous rappeler ? » (J'étais au bureau et, en général, je préfère vomir dans l'intimité.)

« Écoutez, ne vous en faites pas, me dit-elle un peu plus tard. Je pense pouvoir vous trouver un remplaçant.

– Pas question ! » J'en étais à me demander si je ne devrais pas m'étrangler moi-même sur-le-champ pour éviter à ma mère d'avoir à le faire. « Aucun des autres candidats ne faisait l'affaire...

– En effet, mais celui-ci est nouveau. Il n'était pas dans le book quand nous nous sommes rencontrées. Il s'appelle Josh Carmichael... Très bonne présentation. Je lui ai déjà expliqué votre situation et il est tout à fait prêt à coopérer. »

S'il n'y avait pas eu Maggie et son air triomphant... « Quand vous dites qu'il présente bien, vous voulez dire qu'il est beau ? Parce qu'il me faut vraiment un homme qui ait de la prestance. Il y va de la santé mentale de ma mère. »

Elle a marqué une pause pleine de délicatesse. « Je ne dirais pas qu'il a un physique de star, mais il a beaucoup de charme, si vous voyez ce que je veux dire. Moi-même, je le lui présenterais sans hésiter. On sait tout de suite quand un homme va plaire à sa mère, n'est-ce pas ? »

Le problème c'est que je ne connaissais pas celle de Julia. Certaines sont fanas du genre lavette à l'air triste... « Quel garçon charmant, chérie. Personnellement, je pense qu'un cours de décoration d'intérieur serait idéal pour qu'il se fasse des amis... », mais moi il me fallait un peu plus d'envergure. « Je ne voudrais pas paraître trop exigeante, mais j'espère que ce n'est pas le genre chien fidèle aux yeux de cocker.

— Oh, non, non, me dit-elle. Il n'a rien d'une lavette, si c'est ce que vous craignez. C'est un ancien de la Marine royale. »

En effet, pas de danger de ce côté-là. En revanche, côté sales machos, même éduqués et policés...

À la fois réticente et prête à tous les compromis, je demande : « J'imagine que vous avez vérifié ses références ?

— Je vous donne ma parole. Jamais je ne vous proposerais quelqu'un dont nous ne sommes pas sûrs.

— Et vous m'assurez qu'il est d'accord ?

— Tout à fait.

— Quelle taille ?

— Un mètre quatre-vingt-six.

— Cheveux ?

— Châtain.

— Âge ?

— Trente-quatre ans. »

Ça collait. « Pas de barbe de trois jours ? Mon père déteste le genre artiste.

— Non, il se rase de près. Je suis quasiment sûre que vous ne serez pas déçue. »

Oh ! là, là, les décisions... « Je vais faire un saut tout à l'heure pour voir la vidéo.

— C'est que... » Au bout du fil, je sens un léger flottement. « Malheureusement, nous ne l'avons pas encore. Nous n'avons que la petite photo d'identité qu'il a envoyée avec sa candidature. Elle n'est guère flatteuse. Comme toujours, d'ailleurs.

– Je peux le rencontrer ce soir ? Dix petites minutes ?

– Il faut que je voie. Je vous rappelle. »

Elle m'a rappelée peu après. « Désolée, mais il ne peut pas se libérer avant samedi matin. »

Saloperie ! Saloperie et sodomie. Ou encore, comme clame régulièrement mon cher père quand il ne trouve pas quelque chose dans le placard sous l'escalier : Merde et *malé*diction ! Chiasse et *chien*lit ! Papa aime les bons jurons scandés et allitératifs, surtout quand maman lui crie de la cuisine, pour l'aider : « Mais si, c'est là, devant toi ! Si tu te donnais la peine de chercher... »

« Il fera parfaitement l'affaire, croyez-moi », poursuit Julia.

Et merde. Ai-je le choix ? « Bon, d'accord. Je prends. Soyez gentille de lui dire d'être là dès huit heures. J'ai trop peur des embouteillages. Il peut apporter son costume sur un cintre. Nous nous changerons là-bas. Et... oh, mon Dieu, j'ai oublié de vous le préciser... surtout pas un costume marron. Ma mère ne supporte pas les costumes marron. Transmettez à Colin mes vœux de prompt rétablissement. »

Alix était sidérée. Je ne l'avais jamais vue comme ça. « Tu as loué ses services ? Sans même avoir vu sa photo ?

– Je ne pouvais pas faire autrement !

– Tu as perdu la boule.

— Tu ne peux pas lui foutre la paix deux minutes ? dit Ace, le cher petit. Elle est déjà bien assez chamboulée comme ça. Tiens, Sophe, prends une clope. Ça calme.

— T'es fou ou quoi ! » Alix lui arrache le paquet de Marlboro Light. « Enfin, Sophy, tu es censée coucher avec ce type. Imagine qu'il te fiche la chair de poule ? »

Tout ce qu'elle me disait, je me l'étais déjà dit au moins un million de fois. Je m'étais représenté mentalement 1) Le fumier pompeux et obséquieux aux mains baladeuses, qui s'imaginerait aussitôt que je ne pensais qu'à me jeter sur lui, 2) La brute sexiste machiste culturiste qui s'imaginerait aussitôt que je ne pensais qu'à me jeter sur lui. « Si sa tête ne me revient pas, je lui dirai simplement merci beaucoup, mais j'ai changé d'avis.

— Tiens donc ? Et à ta mère, qu'est-ce que tu diras ? »

Naturellement, j'avais préparé un autre petit bobard juste au cas où. « Je lui dirai qu'on a mangé des fruits de mer la veille au soir, qu'il a avalé une huître pas fraîche et qu'il a la courante.

— Tu vois ? dit Ace. C'est ce qui s'appelle avoir la situation parfaitement en main. »

Si seulement il avait pu dire vrai.

À huit heures moins dix le matin du mariage, j'ai téléphoné à la maison. Avant, j'avais dû me mettre en condition. Il fallait que ma voix reflète la joie et l'impatience devant une journée qui s'annonçait agréable, et non pas la résignation du passager du *Titanic* qui vient d'avoir un sombre pressentiment juste au moment d'embarquer.

« Bonjour, maman. Tout va bien ?

– Oui, ma chérie. J'allais justement apporter à Belinda son petit déjeuner au lit. »

Aussitôt, je prépare le terrain. « J'attends Dominic d'une minute à l'autre... j'espère qu'il n'a pas eu une panne de paupières... Il avait un travail urgent à finir hier soir. » Et là, futée, j'avance mon pion. « Il m'a emmenée manger des fruits de mer en tête à tête. C'était délicieux, langoustines, huîtres, tout y était.

– Euh, tu sais ce qu'on dit à propos des huîtres, chérie... »

Je le jure, j'ai entendu le clin d'œil dans sa voix. « Oui, maman. C'est plein de vitamines et de minéraux essentiels. » Et de salmonelles en prime. « Bon, je te laisse. » Bruit de baiser dans le téléphone : « Embrasse papa et Belinda, à tout à l'heure... »

Les mains tremblantes, je vérifie que j'ai bien tout. Tailleur sur son cintre, chaussures, petits plans pour trouver le chemin, collant de rechange, slip de rechange au cas où je ferais pipi dans ma culotte, bigoudis chauffants, pilules-suicide en cas d'urgence.

Vite, les toilettes.

Vingt minutes plus tard, toujours aucun signe de « Dominic ». Ce ne sont plus des grenouilles que j'ai dans l'estomac mais de gros vers de terre qui se tortillent et qui vont me faire gerber, c'est sûr.

Déchirée entre le désir 1) de vomir tripes et boyaux, 2) de me suicider, à peu près en proportions égales, je fulmine : « Qu'est-ce qu'il fout, bon Dieu ? »

Vêtu d'un simple caleçon aux motifs de la famille Simpson. Ace se sert un bol de Rice Krispies. Alix dort encore, je ne l'ai donc pas dans les pattes, en robe de chambre, qui me serine : « Calme-toi, ça va aller » tout en pensant : je savais bien que ça finirait en catastrophe.

« Pas de panique, dit Ace. Il va arriver. »

C'était précisément ce que je commençais à redouter. Comparé à un intestin grouillant de vers que je ne pourrais jamais noyer dans la vodka, une petite courante contre une huître douteuse me paraissait soudain la solution de tout repos. « S'il n'est pas là dans deux minutes, je m'en vais. »

Tout à coup en manque, je jette un coup d'œil à la ronde. « Où sont tes clopes ? J'ai besoin d'en griller une.

— Désolé, Sophe, j'ai fini le paquet.

— Nom de Dieu ! Je ne peux compter sur personne ! » Je file d'urgence aux toilettes verser encore trois gouttes, en me demandant pour la millionième fois comment j'ai fait pour me fourrer dans un pétrin pareil.

Quand j'en sors, Ace est debout devant la fenêtre du séjour. « Y a un taxi qui vient de s'arrêter devant la porte, me lance-t-il, la bouche pleine. Loue-mon-Loulou est là, on dirait. »

J'osais à peine regarder.

Depuis mon réveil, à cinq heures et demie, je me baladais une vision cauchemardesque dans la tête, dont voici le nom latin et la définition : *Jeune schnoquus cravaticus, espèce en voie de disparition, s'observe encore dans les pubs de campagne, où il émet des braiments caractéristiques.*

« Kess t'en penses ? » me demande Ace.

Sur le trottoir, je distingue vaguement, vus de derrière, un pantalon sport dans les beige et un polo olivâtre. La silhouette paie le chauffeur, se redresse, se retourne et lève les yeux droit sur la fenêtre où je me tiens, avec Ace.

Pas de cravate, Dieu merci. Je marmonne : « Il fera l'affaire. Et il a drôlement intérêt, il me coûte assez cher. »

Les mains toutes tremblantes, j'attrape mes affaires. « Bon, si j'arrive à terminer la journée sans me foutre en l'air, à plus.

— Tt tt, Sophe, amuse-toi bien. »

Ha. Très drôle. J'ai ouvert la porte à toute volée sans lui laisser le temps de sonner. « Qu'est-ce que vous fabriquiez ? J'avais dit huit heures !

— Désolé, je ne me suis pas réveillé. Il n'est que huit heures et quart », ajoute-t-il après avoir consulté sa montre.

De plus près, je me trouve une autre raison d'avoir l'estomac chaviré. « Et pas rasé, en plus !

— Désolé. Je voulais faire ça en vitesse dans le taxi, mais je me sers rarement de mon rasoir électrique et les piles sont mortes. Si vous pouvez vous arrêter à une station service, j'en achèterai. » Il m'adresse un sourire méfiant et me tend la main. « Josh Carmichael. »

Il avait raison de se méfier. J'étais tellement furibarde que j'ai failli ne pas la lui serrer. « Vous n'êtes plus Josh Carmichael mais Dominic Walsh, célibataire. Allez, on file. »

Pour une fois, ma Clio noire presque neuve sort du lavage, l'aspirateur a été passé à l'intérieur, les emballages de Mars ont disparu des vide-poches.

En tournant la tête pour faire marche arrière, je croise son regard. « Oh, non ! Vos yeux ne sont pas de la bonne couleur ! Je jurerais que j'ai dit à ma mère qu'ils étaient bleus.

— Je ne vois pas très bien ce que je peux y faire. »

Couleur des yeux mise à part, j'ai senti le soulagement couler tout doucement en moi, et commencer à noyer la vermine qui me bouffait les tripes. Une fois rasé, il serait parfaitement potable : il avait tout ce qu'il fallait pour plaire à ma mère. Et, plus important encore, pour flanquer une jaunisse à Maggie. Comme l'avait dit Julia, il n'avait pas un physique de star ; son nez et sa bouche étaient légèrement tordus, mais pas au point où on se dirait : Euh, vous n'avez jamais envisagé la chirurgie esthétique ?

Ses yeux noisette allaient bien avec ses cheveux châtains encore humides de la douche. « Espérons qu'elle ne s'en souviendra pas, dis-je en manœuvrant pour sortir de ma place. Sinon, je lui dirai que j'étais beurrée quand on s'est rencontrés. »

Il n'a fait aucun commentaire, et aussitôt je me suis demandé 1) s'il me soupçonnait de me torcher souvent, au point d'être un danger public, 2) auquel cas, s'il craignait de terminer la journée à la morgue dans une housse mortuaire. Ou plutôt, d'ailleurs, s'il n'était pas en train de se rappeler les mises en garde de l'agence, du style «... paraît légèrement névrosée. Forcément, pour s'inventer un petit copain, la pauvre fille, enfin j'espère que ce ne sera pas trop dur pour vous. Je dois vous avertir que parfois, après deux ou trois verres, elles s'avèrent être de dangereuses nymphomanes... il faut beaucoup de doigté avec elles. L'astuce c'est d'avoir l'air sincèrement flatté mais absolument désolé que ce soit contraire au code de déontologie de l'agence. »

Pour parer à toute éventualité, j'ai continué sur un ton enjoué : « Remarquez, ça ne risque pas de m'arriver aujourd'hui. Hormis le fait que je conduis, je vais avoir besoin de toute ma tête. » J'ai déboîté, puis j'ai tourné au premier croisement et je l'ai arrêté au Pop-In. « Vous devriez trouver vos piles. Vous pouvez me prendre un paquet de... euh... de bonbons aux fruits ?

– Ça marche. »

Et merde. J'avais voulu lui demander un paquet de Silk Cut mais je m'étais dégonflée.

En l'attendant, j'ai essayé d'oublier que j'avais la bouche complètement desséchée et je me suis bercée de tout un tas de platitudes : jusqu'ici tout baigne, je ne m'en tire pas trop mal, etc. Sur un point au moins, celui de la taille, il correspondait exactement à mes desiderata. Quand on mesure plus d'un mètre soixante-quinze en talons, un homme d'un mètre quatre-vingts est le minimum minimorum. Ce que je n'avais pas précisé, c'était « assez corpulent pour que je me sente fine et délicate à côté de lui. » Parce que, décidément, un homme dont les cuisses sont plus minces que les miennes, c'est le monde à l'envers.

En son absence, j'ai procédé à une rapide inspection dans le miroir. Ç'aurait pu être pire. Compte tenu de mon manque de sommeil, même mes yeux tenaient la route. Mes cheveux ne ressemblaient plus à rien, mais vu que j'avais l'intention de les relever pour la réception, je m'en moquais.

Ce qui m'a le plus étonnée, cependant, et pour la cent millionième fois, c'était de constater combien, à me voir, on pouvait me prendre pour une adulte relativement équilibrée. Car, en effet, les gens me prenaient pour quelqu'un de relativement adulte et équilibré. Je m'étais souvent demandé combien de temps j'arriverais à entretenir l'illusion, et comment ça se terminerait le jour où on découvrirait le pot aux roses.

J'ai rangé mon miroir et j'ai regardé « Dominic » qui revenait vers la voiture. Pas vraiment heureux comme un coq en pâte, il avait plutôt la mine du type qui se demande ce qu'il fait là mais qui, par noblesse d'âme, est déterminé à serrer les dents et à endurer jusqu'au bout.

Ma remarque acerbe avait été une erreur. J'avais besoin de le mettre de mon côté. J'ai pris avec un demi-sourire les bonbons qu'il me tendait. « C'est très chic de votre part de vous être libéré si rapidement. J'espère que vous ne venez pas de trop loin.

– Environ un quart d'heure en taxi. »

Jolie voix, pas nasale, pas agaçante.

Il a fini de se raser pendant que je me dirigeais vers la rocade nord. « Ce n'est pas parfait, a-t-il fait observer en se passant une main sur la joue. Si nous avons le temps de nous arrêter, j'achèterai un rasoir mécanique et je ferai ça proprement.

— Si nous avons le temps. Il y a des jours où la M6 est un vrai cauchemar. » Je me suis sentie obligée de clarifier notre situation. « J'imagine que vous vous demandez ce qui peut pousser une femme relativement saine d'esprit à s'inventer une relation.

— On m'a dit que vous deviez donner le change à une mère qui vous harcèle de questions. »

Bon. Maman me tape bien sur les nerfs de temps en temps, mais je ne voulais pas lui laisser s'imaginer qu'elle était une harpie. « Elle s'inquiète pour moi. Si je fais ça, c'est pour qu'elle puisse tenir son rang devant les voisins. »

Je lui ai parlé de Maggie. Je ne voyais son visage que du coin de l'œil, mais il m'a semblé qu'un petit sourire jouait sur les commissures de ses lèvres.

Il rigole, le salaud.

Pourtant, je reconnaissais qu'il y avait de quoi. Pour un tiers, la situation avait tout d'un vaudeville.

« Si elle est aussi épouvantable que vous le dites, pourquoi votre mère l'a-t-elle invitée ?

— Parce qu'elles sont soi-disant amies. Vous n'avez pas des amis que vous ne pouvez pas souffrir ?

— Si je ne peux pas les souffrir, ce ne sont pas des amis mais des connaissances. »

Typiquement masculin, cette logique horripilante. « Vous voyez ce que je veux dire. Elle était bien obligée de l'inviter, parce que nous étions tous allés au mariage de sa fille. » Qui avait été une réussite totale, naturellement. Maman avait souri vaillamment toute la journée en priant pour avoir un jour l'occasion de faire mieux encore, de préférence dans la cathédrale Saint-Paul avec un chœur céleste.

La jolie petite église de village où Sarah s'était fait passer la bague au doigt était réservée depuis des lustres mais, de l'avis général, l'Inn by the Beck, où nous nous rendions, était presque aussi bien. D'un charme désuet, le restaurant recueillait des critiques honnêtes dans les journaux.

À un rond-point, j'ai déboîté dans la file de droite pour doubler un de ces petits bonshommes hésitants dont la tête dépasse à peine du volant. Ils portent tous un chapeau qui leur fait des oreilles décollées, et ils emmènent bobonne faire ses courses le samedi matin même s'ils sont libres tous les autres jours de la semaine.

« Où nous sommes-nous rencontrés ? me demande Josh.

– À une soirée.

– Pas très original.

– Vous voudrez bien m'en excuser. » J'ai répondu sèchement, ç'a été plus fort que moi. « J'aurais préféré m'écraser dans votre jardin avec mon vieux Cessna fatigué et que vous m'extirpiez de l'épave, mais malheureusement je vous ai inventé sur un coup de tête. »

N'ayant pas cherché à faire de l'humour – j'étais bien trop tendue pour avoir envie d'être drôle –, j'ai été un peu surprise de le voir rire.

« Chez qui, la soirée ?
— Chez Jess, une collègue. Mais ce n'était pas la soirée du siècle. » Pardon, Jess. « Dès que ç'a été décemment possible, nous nous sommes échappés pour aller dîner.
— Ah. Le coup de foudre ?
— Non. Nous mourions de faim. Elle n'avait prévu que quatre canapés de chez Marks & Spencer par personne. »

Il se remet à rire, d'un petit rire silencieux, mais ça m'est égal. Il ne me manquerait plus qu'un pauvre con avec zéro sens de l'humour. « Au fait, hier soir vous avez dû travailler après le dîner. Juste au cas où ma mère s'inquiéterait que vous vous soyez couché tard. Nous sommes allés dans un restaurant de fruits de mer et vous vous êtes empiffré d'huîtres. J'étais bien obligée de choisir quelque chose d'un peu dangereux, au cas où vous auriez été un salaud de première et où j'aurais dû vous renvoyer chez vous.

— Content de voir que j'ai réussi l'examen de passage. Je n'aurais pas apprécié d'avoir à passer mon week-end empoisonné par une huître.

— Et pourtant ça a failli être le cas. J'étais sur le point de partir quand vous êtes arrivé.

— Je suis quel genre de type ? Relax ? Possessif ? J'ai des squelettes dans le placard ?

— Vous êtes Mary Poppins faite homme. Bien sous tous rapports. » Comme nous passions devant le parc d'Ealing, le soleil a repoussé les nuages maussades et jeté ses feux sur ce matin de mai. Y compris sur moi.

Peut-être les ingrédients étaient-ils réunis, après tout, pour que la journée se déroule sans accroc. Belinda serait une mariée de rêve, Maggie aurait le bec sérieusement cloué, en conséquence de quoi ma mère nagerait dans le bonheur, s'y noierait même.

Il ne pouvait rien arriver de mal.

3

C'est du moins ce que je me disais encore trente secondes plus tard.

« Bon, si j'ai bien compris je suis banquier d'affaires, poursuit Josh. Dans quelle branche, et qu'est-ce que je fais exactement ? »

J'avais relégué cette question gênante sur l'étagère du fond, avec tous les problèmes que je refusais d'aborder de face, tels que les ourlets qui se décousent, par exemple. « Je n'ai jamais donné de précisions. Sachez seulement que vous prenez l'avion dès demain pour Kuala Lumpur, où vous devez rencontrer d'autres dirigeants. »

Je dois lui reconnaître ceci : il ne s'est pas étranglé. « Et nous devons parler de quoi ? Vous n'avez pas précisé non plus ?

– Euh, non. »

Il s'est étranglé, finalement. J'ai cru entendre quelque chose comme Bon Dieu.

« Je suis désolée, j'ai dû faire vite ! Ma mère pensait que nous allions passer la nuit là-bas, alors il a fallu que j'invente une excuse. Ah, et vous devez travailler demain matin. Vous devez peaufiner votre présentation, enfin ce que vous voudrez. »

Pendant les quelques secondes précédant sa réponse, j'ai eu l'impression qu'il comptait lentement jusqu'à dix. « Pardonnez-moi si je vous parais particulièrement balourd, mais qu'est-ce que je dis si on me demande pour qui je travaille ?

– Vous éludez. Vous prenez un air peiné en répondant que vous ne parlez jamais boutique, et vous changez de sujet. Si vous commencez à dire : " Moi ? Je suis un gros plein de fric de chez Megapèze SA ", et qu'un copain du marié siège au conseil d'administration, vous aurez l'air fin. »

Il m'a regardée l'air de dire *Pour l'amour du ciel, si elle a bien préparé son coup, moi je suis l'archange Gabriel*. Mais il ne l'a pas dit, ce qui était aussi bien parce qu'il s'en fallait de peu que je revienne à la solution des huîtres douteuses. Il pouvait encore gicler au prochain feu, sauter dans un taxi et se féliciter d'avoir touché une somme coquette sans avoir rien branlé de sa journée.

« C'est le stress ? me demande-t-il, ou vous conduisez toujours en tenant le volant comme si vous vouliez l'étrangler ?

– Je suis un peu tendue, c'est vrai. »

De plus, j'étais en pleine prise de décision, si on peut appeler prendre une décision jouer son sort à pile ou face. Nous arrivions à un autre feu. S'il passait au rouge, il avait la courante. Sinon, la farce continuait jusqu'à l'acte III, où un imbécile un peu éméché se pointerait à moins d'un mètre de maman et de Maggie Freeman en disant : « Josh, mon vieux ! Comment ça va chez Loue-mon-Loulou ? Tu te trouves des nanas passables ou tu subis stoïquement en pensant au fric que tu vas empocher ? » Sur quoi Maggie ferait son petit sourire victorieux et le couteau à découper le gâteau trouverait tout de suite son utilité. Je voyais déjà le gros titre : LE MARIAGE TOURNE MAL : UNE INVITÉE EMBROCHÉE SUR LE BUFFET. « Elle l'a cherché la salope », dit la meurtrière, Susan Metcalfe.

Cette saleté de feu est passé à l'orange juste comme je m'engageais dans le carrefour. Ah, on peut faire confiance au destin pour mettre la pagaille dans un truc simple. Si maman écopait d'une peine à vie pour Maggicide, ce serait de ma faute.

« Si je puis me permettre, dit Josh, alors que je double un camion laitier, je ne comprends pas votre stratégie. »

Il ne pouvait tout de même pas être aussi stupide ! Il n'en avait pas l'air, mais les neuneus sont parfois des simulateurs géniaux.

« Si vous me disiez ce qui vous tracasse, je pourrais peut-être vous éclairer.

– Voici comment je vois les choses : si tout se passe comme prévu et que votre mère ne tarit plus d'éloges sur votre Dominic Walsh-Poppins, elle vous harcèlera encore davantage pour que vous l'ameniez à la maison.

– Vous croyez que je n'y ai pas pensé ? C'est prévisible, en effet.

– Et alors, vous vous retrouverez coincée dans la même situation.

— Non. Parce que je dirai que je l'ai largué.
— Sous quel prétexte?
— Je trouverai quelque chose.
— Je peux vous simplifier la tâche. Imaginons que je boive un peu trop, que je me mette à flirter avec les demoiselles d'honneur et que je traite votre tante de vieille truie, votre mère vous dirait aussitôt tout le bien qu'elle pense de moi et vous pousserait à rompre au plus vite. »

Et voilà. J'avais toujours caressé le vain espoir que l'homme capable d'impressionner à la fois ma mère et Maggie Freeman se contenterait d'empocher l'argent et de rester à sa place sans s'imaginer que tout irait mieux s'il prenait les choses en main. « C'est drôle, pourquoi n'y ai-je pas pensé? Vous pourriez aussi vous mettre les doigts dans le nez et offrir un pétard à ma grand-mère. Vous ne m'avez donc pas écoutée? Tout le but de la manœuvre est que ma mère vous trouve parfait. Qu'elle vous adore. L'objectif numéro deux c'est de démoraliser Maggie Freeman.

— Ah, oui. J'oubliais le critère Freeman! »

Rien que ça. J'avais besoin de ma petite drogue. J'ai farfouillé dans le vide-poche et je lui ai tendu le paquet de bonbons. « Vous pourriez m'ouvrir ça et m'en donner un? Servez-vous au passage.

— C'est un peu tôt pour moi. »

Où ai-je la tête! Les gens normaux ne se dopent pas au bonbon à neuf heures du matin. Moi-même, d'habitude, je n'en prends pas avant neuf heures et demie. J'ai tendu la main pour lui éviter d'avoir à me le mettre dans la bouche. Ce geste a quelque chose de terriblement intime, et je ne voulais pas qu'il pense que je cherchais à provoquer ce genre de privautés.

J'avais beau avoir l'intestin bouffé aux vers, voyez-vous, j'étais encore capable de cerner un mec. Mes antennes me disaient, en gros : « Excuse-nous, mais il n'est pas mal du tout, au cas où tu n'aurais pas remarqué. »

Je refusais de remarquer. Il était hors de question que je me laisse attirer par un homme que je payais. Il le sentirait et se dirait qu'il avait vu juste : je ne reculerais devant rien pour avoir un mec. D'un autre côté, ce n'était pas sans avantages. Pour que nous soyons convaincants, il faudrait bien de temps en temps qu'il me passe le bras autour de la taille, qu'il me donne une petite caresse.

Au moins, je ne serais pas obligée de souffrir en silence.

« Bon, si vous me disiez ce que vous savez de moi ? Commençons par les choses faciles. J'ai toujours mes parents, par exemple ? »

Comment me rappeler tous mes mensonges ? Quel cauchemar. « J'ai dû leur dire qu'ils avaient pris leur retraite en Écosse. De toutes manières, vous les voyez très rarement. »

À ce point, j'ai jugé indispensable un petit aveu. « Je vais être franche : vous êtes devenu un tel cauchemar que je ne vous aime plus. Quand je pense à vous, je vois un type terriblement imbu de lui-même et nombriliste, et vous me tapez sur le système comme c'est pas permis.

– Pas étonnant que vous soyez prête à me larguer.
– Ce sera un soulagement, croyez-moi. Au fait, vous avez eu les oreillons il y a quelques semaines. C'est pour ça que vous n'avez pas pu venir à l'anniversaire de mariage de mes parents. »

Du coin de l'œil, je l'ai vu faire la grimace. « Puisque oreillons il y a eu, j'espère que ça n'est pas descendu plus bas que la tête.

– Je ne suis pas entrée dans les détails sordides. J'ai failli vous inventer une pauvre grand-mère atteinte d'Alzheimer et d'un problème au rein, mais j'ai pensé que c'était un peu trop rebattu. Et à la dernière occasion manquée – qui n'avait rien de spécial, simplement maman qui s'impatientait de vous rencontrer –, vous vous êtes souvenu au dernier moment que vous deviez déjeuner avec un vieil ami. Vous aviez complètement oublié, mais l'ami vous a appelé catastrophé parce que sa femme venait de le quitter, et vous n'avez pas pu lui faire faux bond.

– Quelle imagination !
– Détrompez-vous. Je peux vous dire que je me suis creusé les méninges pour trouver tout ça. Passez-moi un autre bonbon, s'il vous plaît. »

Il m'en met un rouge dans la main.

Nous arrivions au rond-point de Hanger Lane. Au cas où vous ne le connaîtriez pas, c'est un énorme échangeur à plusieurs voies qui met à rude épreuve les coronaires des conducteurs crispés. Je ne suis pas crispée, mais je ne prêtais pas attention à ce que je faisais et je n'étais pas dans la bonne file. J'ai fait une queue de poisson à une BMW rouge, et le conducteur s'est défoulé sur son klaxon. J'ai failli lui faire un geste, mais je me suis ravisée. Pas le moment de m'exciter au volant.

« Où allons-nous exactement ? demande Josh. On m'a dit le Lancashire, mais...

– Une petite auberge. Beaucoup de charme apparemment. Ils ont eu de la chance, quelqu'un a annulé sa réservation. Ils ne sont fiancés que depuis quelques mois... tout s'est fait très vite. »

Tout d'un coup, la petite voix chevrotante de Belinda est venue me hanter. Imaginons qu'elle ne se soit pas monté la tête sans raison ? Qu'elle ait senti que Paul se dégonflait ? À cette seule pensée, mes grenouilles se sont réveillées dans mon ventre. Elles grossissaient et se multipliaient encore plus vite que les bactéries sur la vaisselle sale qu'Ace fourre sous son lit. J'ai eu une vision horrible : par rangs entiers, les invités se retournaient vers la porte de l'église en murmurant : « Ils sont en retard, non ? Qu'est-ce qui se passe ? »

« Détendez-vous ! m'a dit Josh. Vous avez de nouveau les articulations toutes blanches. »

J'ai chassé de mon esprit mes visions d'horreur. C'étaient mes nerfs qui me jouaient des tours.

« Quand vous dites que tout s'est fait très vite, vous voulez dire qu'elle le connaît à peine ? » a poursuivi Josh.

Son intérêt me touchait, même s'il était plus poli qu'intéressé. « Non, ça a commencé bien avant Noël. Octobre, je crois... »

Elle l'avait rencontré dans une boîte où l'avait traînée une amie qui savait que ce traître de Marc et sa Melanie s'y trouveraient sans doute aussi. « Il faut bien que tu les revoies, lui avait-elle dit. Mets-toi sur ton trente et un, maquillage et tout, et fourre-lui sous le nez un super beau mec. »

En fait, c'était Paul qui avait fourré Belinda sous le nez de ce traître de Marc, et elle en était encore dans les nuages trois jours plus tard. « Tu ne le croiras jamais, il m'a envoyé un énorme bouquet de fleurs dès le lendemain ! m'a dit Belinda au téléphone. Maman n'avait pas assez de vases. » Il y avait eu encore des fleurs, des cadeaux coûteux, et aucun signe de ce refroidissement que Belinda ne cessait d'attendre. En y repensant, j'ai prié pour qu'il ne se manifeste pas maintenant.

« Comment s'appelle votre sœur ? m'a demandé Josh. Et le marié, par la même occasion ?

— Belinda, et Paul. Je n'ai vu Paul que deux ou trois fois. C'est un très bel homme, et Belinda est une femme superbe. Ils feront un beau couple. La pauvre Belinda était dans tous ses états il y a une dizaine de jours. Je suis sûre qu'elle s'était mis dans la tête que Paul allait lui poser un lapin.

— Et pourquoi ça ? »

Par où commencer ? « Eh bien, la plupart de ses relations avec les hommes se sont terminées dans les larmes... les siennes. D'autre part, Belinda est une femme douce et effacée qui n'imagine même pas qu'un homme puisse rester avec elle.

— Et résultat, ils ne restent pas.
— Exactement. Elle s'attend toujours au pire : parfois, je me dis qu'elle s'enfonce dans ce schéma parce qu'elle y trouve une gratification. J'ai peur que ma mère l'ait complètement affolée avec son mariage par-ci mariage par-là depuis des semaines. Tout ça mis bout à bout...
— Ça suffirait à flanquer une frousse bleue à n'importe qui.
— Verte ! Je voudrais un autre bonbon, s'il vous plaît. »

Il m'en passe un noir. « Si ça se trouve, Paul est dans le même état, me dit-il. Je n'ai été garçon d'honneur qu'une seule fois dans ma vie, et pour rien au monde je ne recommencerais. Le marié avait réussi à se persuader qu'elle ne viendrait pas. J'avais l'impression de faire du baby-sitting pour un lapin en gelée de quatre-vingt-quinze kilos. »

Je ne sais pas qui faisait du baby-sitting pour Paul, mais je doutais que se pose le même problème. Rien, chez lui, ne m'évoquait la consistance de la gelée.

« Si vous voulez, je peux prendre le volant, m'a-t-il proposé un peu plus tard. Ça vous aidera peut-être à vous décontracter.
— Je préfère conduire, mais merci tout de même. » Dieu seul sait pourquoi j'ai répondu ça. Moi qui adore me faire conduire. Si je pouvais avoir des avantages en nature dans mon boulot, le chauffeur viendrait bien avant le crédit garde-robe chez Harvey Nicks.

« Si vous me disiez exactement ce qui vous tracasse, nous pourrions préparer nos défenses », me dit-il, pragmatique.

De toute la masse de prémonitions qui se pressaient dans ma tête, j'en ai extrait une, et une seule : « Imaginons que vous tombiez sur quelqu'un que vous connaissez.

– Il y a peu de chances que ça se produise.
– Oui, mais imaginons ?
– Je tirerais le premier.
– C'est-à-dire ? »

Il a réfléchi quelques instants. « Prenons un cas de figure : disons que je rencontre Mark, qui travaille actuellement dans la gestion de fortune. Je lui dirais : "Ça alors, mon vieux Freddy ! Ça se vend bien, les voitures d'occase ?" Je crois qu'il pigerait, a-t-il ajouté, laconique.

– À condition que ce ne soit pas lui qui vous repère le premier.

– Aucune chance. J'ai des yeux derrière la tête. Décrispez-vous, bon sang. J'en fais mon affaire. »

La confiance en soi c'est très bien, mais j'ai souvent remarqué que les hommes en ont à revendre, de préférence quand rien ne le justifie. Offrez-leur la vidéo *La voile seul en dix leçons*, et deux jours plus tard ils racontent partout que le cap Horn c'est de la tarte tant que vos drisses sont à tribord de vos artimons et que vos dames de nage sont trois écoutes sous le vent.

« Au risque de vous poser une question sexiste, a-t-il continué, vous ne croyez pas que, imbu de lui-même comme il l'est, votre Dominic aurait pris sa voiture ?

– J'ai dit à ma mère que je prendrais la mienne pour que vous ne soyez pas trop fatigué pour votre vol de demain. »

Il a émis un petit grognement de mépris. « S'il en faut aussi peu pour me fatiguer, je me demande si je dois partir jusqu'à Kuala Lumpur sans ma maman.

– Il fallait bien que je dise quelque chose ! Vous auriez préféré que je vous fasse passer pour un fou du volant qui vient d'enrouler sa Ferrari Testostérone autour d'une poignée de vieilles dames ? »

J'espérais plus ou moins qu'il me corrige : « Testarossa », pour pouvoir lui répondre : « Non, Testostérone » en me trouvant très maligne.

Mais il a dit simplement : « Non, non, bien sûr. »

Une fois sur la M1, je pourrais appuyer sur le champignon et commencer à me détendre, si on peut appeler se détendre ne plus se brûler sur les braises de la panique. Le soleil accompagnait notre périple vers le nord ; les agneaux bondissaient dans les champs, entre des haies parsemées de fleurs d'aubépine. Pendant les premiers kilomètres d'autoroute, je lui ai raconté tous les mensonges qui me sont revenus en mémoire. Il n'y en avait pas tant que ça ; ma mère ne m'avait pas demandé les noms des gens de sa famille, ni s'il avait porté le bonnet d'âne à l'école. Ensemble, nous avons passé en revue les questions qu'elle risquait de lui poser, sur ses frères et sœurs par exemple. Il n'avait qu'une sœur, nous nous en tiendrions donc là.

« J'ai oublié ce que vous faites, m'a-t-il dit au moment où nous passions devant la station-service de Scratchwood. Du recrutement, c'est ça ? »

La vue de la station a momentanément chassé mes soucis. Bien que réveillée depuis cinq heures et demie, j'étais dans un tel état que je n'avais rien pu avaler. C'est tout dire. Mon estomac me rappelait maintenant qu'à part les bonbons, il n'avait rien vu venir depuis la veille au soir et que ça commençait à bien faire.

« Oui, c'est exact. Je dirige la succursale de Fulham du cabinet Aristos, si le nom vous dit quelque chose. » Puisque Julia ne m'avait rien divulgué à son sujet à part le truc sur la Marine, c'était le moment ou jamais de lui demander : « Et vous, qu'est-ce que vous faites quand vous n'escortez pas les femmes sans hommes ? »

Mais comme j'avais déjà ma petite idée, j'ai tenu ma langue. Dans mon boulot, j'avais été amenée à rencontrer quelques anciens de l'armée qui s'étaient fait virer lors des restrictions du budget de la Défense ou avaient eu envie de changer d'air, et qui trouvaient la vie civile trop dure pour eux. Je n'avais pas envie de l'acculer à m'avouer : « Je branle le mammouth toute la journée, si vous voulez savoir. »

« Et en ce moment, au bureau, il y a des drames particuliers qui auraient pu arriver jusqu'à mes oreilles ? Des disputes à couteaux tirés pour savoir qui doit acheter le café ?

– Ce n'est pas à ce point, mais puisque vous posez la question, oui, nous sommes un peu en effervescence. » Je lui ai parlé de la semaine de formation Découverte de soi, et de Jess, qui se serait peut-être calmée sans l'intervention de Neil, l'agence immobilière voisine. Neil passait souvent à l'improviste, généralement pour échapper aux foudres d'un vendeur ou d'un acheteur, mais aussi parce qu'il avait le béguin pour Harriet, ses jambes de deux mètres de long et sa beauté excentrique. Par un coup tordu de la loi de l'emmerdement maximum, son employeur précédent lui avait fait suivre ce même stage, si bien qu'entre deux baratinages d'Harriet, il s'employait à démoraliser Jess en beauté. Il adorait lui fournir les détails les plus horrifiants, surtout pour la descente en rappel, et lui raconter l'histoire de cette femme qui, de terreur, avait fait dans sa culotte. Jess, qui était programmée pour la session de juillet, en faisait déjà presque dans sa culotte, et, au cas où, stockait des couches pour incontinents.

Je n'ai pas été jusqu'à raconter ce détail à Josh. « À vrai dire, ça ne m'enchante pas non plus, ai-je dit. Je n'ai pas le vertige et je n'ai pas peur de me renverser en canoë, mais depuis que j'ai vu ce reportage horrible sur 999, la spéléo me flanque une trouille bleue.

– Ce n'est pas possible qu'on vous force à faire ça !

– On est censé s'y obliger soi-même, tout est là. S'obliger à faire des trucs qu'on déteste.

– Qui sait ? Ça vous plaira peut-être. Il y a longtemps que vous travaillez pour cette boîte ?

– Deux ans. J'étais aux ressources humaines avant de tirer ma révérence. Mais la société dégraissait sévère, et je suis bien meilleure à placer les gens qu'à les virer, surtout juste avant Noël, quand ils ont des gosses et des emprunts sur le dos. Et aux ressources humaines, on ne touche pas de commission. » J'espérais entrer bientôt dans un gros cabinet de chasseurs de tête, mais je ne l'ai pas dit. Je ne voulais pas risquer une indélicatesse au cas où il aurait été au chômage.

« Il y a longtemps que vous habitez Londres ? me demande-t-il.

– Cinq ans. Avant, j'étais à Manchester.

– Chez vos parents ?

– Oh ! là, là, non. Ce n'est pas que je ne m'entende pas avec eux mais, non, à la longue je deviendrais chèvre. » Je me demandais parfois comment Belinda n'était pas devenue chèvre, mais dans l'ensemble, jusqu'aux préparatifs du mariage, tout semblait s'être bien passé. Il faut dire que, comme elle n'avait jamais très bien gagné sa vie, pécuniairement c'était plus confortable pour elle.

Ces idées de salaire et d'argent m'ont ramenée à des considérations plus immédiates. « Josh, vous pourriez prendre mon sac ? Il est sur le siège arrière. »

Il l'attrape.

« Regardez dans la poche de devant, il y a une enveloppe avec du liquide. Ça nous évitera de faire les comptes plus tard. Vous serez peut-être obligé de m'offrir un verre. Mes parents sont assez vieux jeu, pour eux c'est toujours l'homme qui paie. »

Il hésite brièvement, puis met l'enveloppe dans sa poche. « Je m'appelle Dominic, au cas où vous l'auriez oublié. Si vous continuez à m'appeler Josh, vous pourrez dire adieu à votre petit manège. »

Quelque chose, dans son ton, a ébranlé ma précaire sérénité. L'allusion n'était guère subtile. *Il s'agit strictement d'affaires entre nous, d'accord ? Alors, pas de familiarités.*

Je lui ai jeté un coup d'œil en coin. Il regardait par la vitre, comme pour m'éviter.

Je ne sais pas comment, à trente ans, on peut encore se sentir aussi gauche qu'une gamine de quatorze ans en robe longue dans une soirée jean, mais c'est en tout cas ce qui m'est arrivé. Qu'est-ce que l'agence avait pu lui dire ? Lui avait-on filé une prime pour se charger d'un cas de névrose désespérée ? M'imaginait-il plongeant tout d'un coup sur sa braguette : « *Oh, mon Dieu, mon Dieu, vite, vite vite...* » ?

Il s'est tourné vers moi. « Je n'ai avalé qu'une demi-tasse de café avant de partir. Si on pouvait s'arrêter pour prendre un sandwich... »

Ouf, soulagée... mais il fallait me ressaisir au plus vite. À ce tarif-là, j'étais salement guettée par la paranoïa. « Nous sommes dans les temps. Si vous voulez, nous pouvons nous arrêter à la prochaine aire.

– Je me disais que vous ne me le proposeriez jamais. Il y a un moment que je fantasme en silence sur un petit déjeuner Uncle-Tom-Cobbleigh-et-tout. »

J'étais un peu larguée. « Pardon ?

– Oui, tout le tremblement. Il y a des mois que je n'ai pas pris un petit déj comme ça : bacon, saucisse, pommes de terre sautées... »

Rien que d'y penser, ça m'a donné des frissons. Désolée de vous décevoir si vous êtes du genre muesli bio, mais ce n'étaient pas des frissons de dégoût ni de refus. Plutôt des frissons d'orgasme. Il y avait des lustres que je ne m'étais pas autorisé un menu totalement proscrit par le lobby diététicien. Ma notion du méga petit déjeuner se limitait désormais à un yaourt bulgare maigre. Le fait que je le complétais en milieu de matinée par un demi-paquet de Hob-Nobs était totalement à côté de la question.

C'était le moment ou jamais d'écouter ce que me soufflaient mes antennes ; un homme qui partage vos vices secrets a un côté résolument séduisant. J'ai failli lui demander s'il lui arrivait d'acheter les pâtes de fruit au cassis de chez Rowntree et d'en dévorer la moitié avant de passer à la caisse, mais je me suis retenue.

« Il y a combien de temps que nous sommes ensemble ? me demande-t-il.

– Ça date de juste avant Noël. Une durée raisonnable pour que je commence à me détacher de vous mardi prochain, au déjeuner.

– J'ai bien compris, mais depuis le temps, j'imagine qu'un petit nom affectueux par-ci par-là s'impose. Chérie, trésor, mon amour... qu'est-ce que vous préférez ? »

Demander à un parfait étranger de vous appeler chérie a quelque chose d'extrêmement gênant.

« Ma crotte en sucre ? poursuit-il. Mon petit cochon rose ? »

J'ai failli le prendre de travers. Mais vu les circonstances, je n'allais pas lui refuser une petite tranche d'humour. « Pas de petit cochon rose, s'il vous plaît. Sauf si vous voulez que je vous appelle mon lapinou. »

Pour toute réaction, un petit frémissement au coin de sa bouche. « Ce serait une grande première. Au fait, il va falloir penser à se tutoyer. Je m'en tiendrai à un chéri de temps en temps, si ça vous convient. C'est une valeur sûre et inoffensive. »

J'ai commencé à me demander si je devrais faire de même, ou si je pouvais me contenter de l'appeler Dominic. J'ai répété dans ma tête. « Chéri, tu veux bien aller me chercher...? Dominic, sois un amour, apporte-moi une double Vodka Tonic. »

Je m'y voyais déjà. Sauf qu'il vaudrait mieux un tonic seul. Ou un Perrier. Entre la conduite et les mensonges, il fallait absolument que je garde les idées claires. Bon Dieu, quel cauchemar !

Le soleil commençait à chauffer sérieusement. Tout en me promettant de choisir l'option clim sur ma prochaine voiture, j'ai baissé la vitre et j'ai mis un vieux CD de Queen dans le lecteur pour couvrir le bruit. Le vent me faisait une tête de sorcière mais je m'en fichais complètement. Si nous arrivions assez tôt, la coiffeuse que ma mère avait fait venir pour les mariés serait peut-être encore là. Comme l'auberge était à une heure de voiture de chez mes parents, il était prévu qu'on se change sur place.

« Est-ce que j'ai participé au cadeau ? me demande-t-il. Et qu'est-ce que c'est ? Je ne veux pas avoir l'air d'un idiot si on me remercie pour l'adorable je-ne-sais-quoi. »

Les mariés avaient déposé une liste pratique et de bon goût, mais comme tout finirait usé ou cassé, j'avais choisi quelque chose qui résiste au temps.

J'avais hésité en écrivant la carte, et fini par apposer un... *et Dominic* en me haïssant de toutes mes tripes.

« Je leur ai offert un bel objet totalement inutile : une petite boîte indienne ancienne, en argent, décorée de dieux hindous. Elle sera encore là quand toutes les assiettes auront été cassées.

– Vous... tu n'insinues pas qu'ils se les seront jetées à la figure, j'espère.

– Pas les Minton, en tout cas. À vingt-cinq livres la pièce... »

D'imaginer une dispute à coups d'assiettes m'a refait penser, tout d'un coup, au différend qu'avait provoqué la lune de miel. Tout avait fini par s'arranger. Suite à des désistements providentiels, ils avaient trouvé de la place sur le safari cinq étoiles. J'ai raconté leurs tribulations à Josh, sans oublier Belinda et ses bébêtes, pour le faire rire, et il a réagi en conséquence.

« J'espère que Paul saura faire preuve de toute la sensibilité nécessaire envers les bestioles, ai-je continué. Parce qu'elle termine toujours par un " ... mais ne le tue pas " ! »

– Remarque, ce n'est pas plus mal d'éviter d'écraser les cafards, surtout en Afrique : ils sont gros, ça fait des saletés.

Pendant quelques kilomètres, j'ai passé en revue la famille et les amis. Qui était drôle, qui était sûr de poser des questions embarrassantes et devait donc être évité comme la peste. Avec tout ça, les dangers qui m'attendaient me sont apparus si cruellement que mes grenouilles se sont réveillées toutes ensemble. Quand nous nous sommes arrêtés à l'aire autoroutière, j'étais de nouveau dans un état de total délabrement nerveux.

Au moment où je coupais le moteur, Josh a émis un petit clappement de langue exaspéré.

« T'as encore tout foiré, hein ? »

Je l'ai regardé, sidérée. « Quoi ?

– Regarde comment tu t'es garée ! »

Je m'étais garée en avant, entre deux voitures, et quasiment parallèle à elles, au centimètre près. « Vous seriez bien aimable de garder vos finasseries pour vous. Je m'en passerais volontiers !

– Chérie, tu ne te gares jamais droit, a-t-il ajouté avec un sourire patient et condescendant. Combien de fois dois-je te répéter qu'il faut se garer en marche arrière ? »

J'étais tellement soulagée que j'ai failli éclater de rire. « Ah, je vois. C'est un jeu.

– Répétition générale, me dit-il avec un clin d'œil. Comme tous les bons acteurs, j'entre dans mon rôle bien avant la première représentation.

– L'unique représentation. » Je descends de voiture et je verrouille les portières. « D'ailleurs, vous vous êtes trompé de rôle. Dominic ne se gare pas en marche arrière.

– Bien sûr que si. C'est un imbécile égocentrique et suffisant qui vous tape sur le système.

– Non, pas aujourd'hui. Aujourd'hui, il est un parangon de vertus. Il est quasiment la perfection faite homme, comme ce mariage, qui va être une réussite fracassante.

– J'admire votre optimisme. » Au moment où nous entrions dans le bâtiment au milieu d'un groupe hésitant de permanentes mauves et de cardigans blancs, il ajoute : « Je manque singulièrement d'expérience, mais il me semble que les mariages sont les pires sources d'angoisse connues de l'homme. Ils provoquent les divorces. »

Nous avons suivi une bonne odeur de nourriture qui nous a amenés jusqu'au restaurant, situé à l'étage. Il arrive que les odeurs de friture me mettent l'estomac à l'envers, mais là, je salivais comme notre chien Benjy quand il espère avoir un morceau de notre sandwich au fromage grillé. Je dois avouer que dans ces moments-là, Benjy n'a pas seulement la langue qui sort : son cerveau ne fait plus trop la différence entre son désir de nourriture et un désir d'un autre ordre. Un jour, ça lui est arrivé devant ma mère qui venait d'offrir à une invitée assez prude une tasse de thé et une tranche de gâteau. « La pauvre Mrs Peabody ne savait plus où se mettre, m'a-t-elle raconté ensuite. Pense un peu, elle n'a jamais eu ne serait-ce qu'un petit fiancé. »

Comme nous arrivions au buffet, Josh m'a passé un plateau. J'ai dit à la serveuse : « Tout sauf l'œuf. » Le blanc n'est jamais assez cuit sur le dessus, et ça me soulève le cœur.

« Je le prends, dit Josh. Vous m'en mettrez deux. »

Puisqu'il m'avait servi son petit numéro du type condescendant, j'ai voulu égaler le score en faisant la fille vexée. « Un seul suffit largement ! Pourquoi faut-il toujours que tu t'empiffres ? »

La serveuse m'a coulé un regard plein d'espoir : enfin une bonne engueulade pour égayer sa matinée !

« On ne va pas se disputer, chérie. » Il a joué le jeu comme un agneau, et il m'a passé un bras autour de la taille. « Fais-moi un sourire et dis-moi que tu m'aimes. »

En voyant la tête de la fille – grosso modo *Eh bien ces deux-là, ils font la paire* –, je me suis retenue de rire. « N'en profite pas, hein ? » J'ai failli me dégager de son bras, mais j'avoue que je prenais plaisir à ce contact et que j'avais envie de le faire durer. Je me trouvais presque petite, enlacée à cet homme beau et solide, ce qui n'est pas négligeable quand on souffre des effets d'une cure canapé et Nutella à la petite cuillère. J'ai ajouté : « Je me détache de toi à la vitesse de la lumière.

— Ce matin encore, tu m'aimais. » Sur ce, il se compose une expression qui est un miracle de douleur. « Hein ? Quand je t'ai apporté un bon petit café au lit et que je t'ai fait couler ton bain ? »

La fille suivait notre échange avec un intérêt non dissimulé ; je n'ai pas pu résister à l'envie d'en rajouter. « Ce n'est pas du café que je voulais. Mais tu es incapable de te rappeler qu'il me faut une tasse de thé pour me réveiller.

— De tout, s'il vous plaît, dit-il à la serveuse. Et moi qui me trouvais drôlement gentil de t'apporter ton petit déj au lit, poursuit-il, toujours vexé. Surtout que tu avais la migraine hier soir et que j'ai dû dormir sur le canapé. »

La fille dresse l'oreille un peu plus, si c'est possible. « Vous voulez vos deux œufs, ou non ?

— Non. J'ai bien assez d'ennuis comme ça », lui dit-il.

Je saisis la balle au bond. « C'est de ta faute. Tu n'avais qu'à pas me dire que je grossissais, et me donner l'impression d'être une énorme vache. »

Il joue le mec carrément blessé. « Chérie, tu déformes mes paroles. J'ai dit que je préfère les femmes grassouillettes qui aiment bien manger. »

Je n'avais même plus à me forcer : « Si tu me traites encore une fois de grassouillette, tu dormiras sur le canapé pour le restant de tes jours. » Partagée entre le rire et la bouderie, je me suis dirigée vers la table où étaient le thé et le café. Je savais qu'il n'y avait pas de quoi se fâcher. S'il continuait comme ça, nous nous entendrions comme larrons en foire. D'un autre côté, quand on payait un homme la peau du dos, n'entrait-il pas dans son rôle de vous flatter – quitte à mentir comme un arracheur de dents –, de vous entourer de prévenances, de vous mettre parfaitement à l'aise ?

Nous sommes allés nous asseoir et je lui ai dit : « Si vous voulez un pourboire, ne me traitez plus jamais de grassouillette. » Je l'ai aussitôt regretté. C'était condescendant, j'avais l'impression de le remettre à sa place. De toute manière, je n'avais jamais eu l'intention de lui laisser de pourboire.

Il n'a pas eu l'air démonté pour deux sous. « Les pourboires sont strictement interdits, m'a-t-il dit en attrapant la cafetière, qui versait mal. Pour un Soir est une agence très professionnelle. Nous ne devons ni espérer, ni accepter de cadeaux en nature, ni boire en excès, roter à table ou raconter des blagues douteuses. L'agence paie rubis sur l'ongle, fait en sorte de ne pas fournir d'escorte à des Lorena Bobbit en furie, et veille à ne divulguer ni adresses ni numéros de téléphone. »

Si j'étais censée saisir l'allusion, merci bien, précision inutile. Mais j'en comprenais la nécessité. J'imaginais aisément une cliente demandant la même personne une deuxième puis une troisième fois, et l'agence répondant avec tact qu'elle n'était plus disponible...

Avec Josh assis en face de moi, il ne m'était pas aussi facile de débrancher mes antennes. De temps en temps, elles me transmettaient un message : *Beaux yeux.*

J'essayais de ne pas regarder, mais j'avais du mal.

Quant à ce petit sourire en coin, il devrait être accompagné de la mention « tout abus peut nuire à la santé », poursuivaient-elles.

Arrêtez un peu !

Oui, tout de suite. Tu as remarqué ses mains ?

J'essayais de ne pas les voir. Les mains, c'est hyper important pour moi. Même quand le reste est acceptable, des mains blanches, moites et pas franches suffisent à me refroidir aussitôt.

Belles mains, non ? Imagine-les en train de faire glisser ta bretelle de soutien-gorge sur ton épaule.

Nom de Dieu ! Silence, à la fin !

« J'ai le temps de me raser ? me demande-t-il quand nous avons presque fini.

– J'aimerais repartir sans tarder, si ça ne vous dérange pas. Vous pourrez peut-être faire ça une fois sur place si c'est absolument nécessaire. »

Rassasiés de bacon, de haricots et de saucisses, nous sommes passés par la boutique où il a acheté un nécessaire de rasage et moi un paquet de Silk Cut, uniquement au cas où. Ainsi parée, me disais-je, aucune catastrophe ne pourrait plus me donner l'envie de commettre un meurtre pour en griller une.

Pensant plus particulièrement à des boulots douteux, j'ai fini par me persuader que je pouvais lui poser la question : « Vous ne travaillez pas dans la finance, par hasard ? lui ai-je demandé comme nous retournions à la voiture. Ça faciliterait les choses.

– Malheureusement pas, mais s'il le faut, je peux raconter des bobards. J'ai un diplôme en bobards. »

Juste au moment où j'allais enchaîner : « Si ce n'est pas indiscret, qu'est-ce que vous faites ? » Il m'a demandé : « Si je comprends bien, vous m'avez inventé après une rupture. Je suis censé être au courant, au cas où quelqu'un parlerait de lui ?

– Il s'appelait Kit. Et c'est lui qui m'a larguée – ça vous évitera de poser la question. »

J'ai passé le reste du trajet à le mettre au courant des détails de mon CV et du sien, tout en entretenant une conversation à bâtons rompus dans les temps morts. Pour un homme, il aimait bien bavarder, et il pouvait raconter des banalités amusantes pendant des heures ; c'était exactement ce qu'il me fallait.

Je n'ai eu besoin de directives que pour les derniers kilomètres. Nous avions laissé loin derrière nous les agglomérations industrielles. Des murs de pierre sèche séparaient les prés où les agneaux gambadaient à côté de leur mère ; de temps en temps, une vieille ferme se dressait à flanc de colline. Londres et son animation grouillante étaient à l'autre bout de la planète.

L'auberge était indiquée par un panneau à un petit croisement. Nous l'avons vue bien avant d'y arriver : la vieille bâtisse semblait née de la vallée. Un petit cours d'eau étincelait à ses pieds, enjambé par un pont bossu. Autour du bâtiment, les jardins regorgeaient de fleurs exubérantes... et le soleil brillait toujours.

Malgré toute cette perfection, j'avais un trac du diable.

Ça y est.

La Jaguar de papa, vieillissante mais amoureusement bichonnée, était garée sur le parking. Dans trente secondes... « Vous êtes sûr que vous vous sentez d'attaque ? ai-je murmuré en attrapant mes affaires avec des mains qui sucraient les fraises toutes seules. Parce que moi, non. Je suis malade.

– Calmez-vous », me dit-il.

Qu'est-ce qui fait, quand un homme vous dit « Calmez-vous », qu'on a toujours envie de lui taper dessus ? Parce que j'en ai connu certains capables de vous dire ça alors même qu'on vient d'annoncer au JT qu'on va tous mourir frappés par une météorite demain à l'heure de pointe.

Vite, les toilettes.

La réception de l'auberge était bien éclairée et accueillante ; il y avait des vases de fleurs sur le comptoir verni. J'y ai trouvé mon père, en conversation avec un homme que je connaissais vaguement.

Je me suis collé un grand sourire sur les lèvres et je me suis approchée. « Bonjour papa ! Je te présente Dominic. »

Josh ne m'a pas déçue. « Enchanté, dit-il avec un sourire parfait pour l'occasion.

– Ted Metcalfe. Ravi de faire enfin votre connaissance, mais pour être franc, ça pourrait aller mieux. »

Je me rends compte tout à coup qu'il a la mine épuisée, abattue. « Tout va bien ? Où est maman ?

– Là-haut, avec Belinda. » Il hoche la tête lourdement en direction de l'escalier. « Chambre 8. C'est une pagaille infernale, chérie. Tu ferais mieux d'aller voir. »

4

Comment ai-je fait pour ne pas vomir mon méga-petit déj sur le tapis Axminster, je ne saurai jamais.

J'ai fourré toutes mes affaires sur les bras de Josh et j'ai attaqué l'escalier au pas de charge. Il bifurquait au milieu. En haut, je me suis retrouvée dans un labyrinthe de couloirs pleins de recoins et entrecoupés çà et là de quelques marches, qui m'ont amenée à la chambre 12 alors que je venais de passer devant la 7 et attendais logiquement la 8. J'ai fini par trouver la 8 en manquant me casser la figure sur une marche, et j'ai ouvert la porte à toute volée.

« ... désastreux, disait ma mère d'un ton désolé. J'ai cru que j'allais la tuer... Sophy ! » Elle fonce sur moi pas du tout avec l'air de quelqu'un qui est dans une pagaille infernale. « Nous ne t'attendions pas si tôt, chérie. » Bisou, bisou. « J'espère que tu as fait bonne route. »

J'ai commencé à me demander si j'étais dans le ciel de traîne, l'orage déjà passé. Il n'y avait pas de dents par terre, Belinda n'était pas prostrée sur le lit, serrant dans sa main une note qui disait : « Désolé mon trésor, mais c'est au-dessus de mes forces. » Enveloppée dans son vieux peignoir bleu marine, elle était assise à la table de toilette pendant que la coiffeuse lui tripotait les cheveux. « Salut, toi, me lance-t-elle.

— Qu'est-ce qui se passe, maman ? dis-je, affolée. Papa avait l'air au bord de la crise cardiaque !

— Ça m'étonne pas, lâche Belinda sur un ton acerbe. Maman est en rage parce que Maggie Freeman s'est pointée il y a quelques minutes avec le même tailleur qu'elle. »

J'aurais dû m'en douter. À soixante-deux ans, mon cher père adore faire des frayeurs.

« C'est absolument typique de Maggie, dit ma mère, furieuse. Elle fait du quarante, elle veut m'humilier. »

Ma mère fait du quarante-quatre.

La coiffeuse avait du mal à se retenir de rire, et dans la glace j'ai vu Belinda qui levait les yeux au ciel. « Écoute, maman, je suis sûre qu'elle ne l'a pas fait exprès. Vous faites vos courses au même endroit... c'est une coïncidence !

— Ça m'étonnerait, chérie. Je suis sûre qu'elle savait. »

J'en aurais chancelé de soulagement. « Même si c'est le cas, si elle t'imite c'est qu'elle t'admire, ai-je fait remarquer. De toutes manières, elle ne porte jamais les vêtements aussi bien que toi. Elle est trop voûtée.

— Au moins, elle n'a pas le même chapeau. Et qu'est-ce qu'elle fait ici si tôt ? Elle est venue fourrer son nez dans nos affaires pour pouvoir critiquer. »

De nouveau, Belinda lève les yeux au ciel. « Maman, si tu dis encore un mot sur Maggie...

– Excuse-moi, chérie. Je sais, je sais, ce n'est pas bien, mais c'est vraiment rageant... »

Il faut reconnaître que ma mère fait plutôt justice à la taille quarante-quatre. Elle se teint les cheveux dans leur couleur d'origine, châtain foncé, et n'a rien d'une vieille mémère. Elle avait déjà revêtu son tailleur, un ensemble très élégant, marine avec des touches de fuchsia. Je comprenais Maggie d'avoir eu le coup de foudre elle aussi.

« Où est Dominic ? me demande-t-elle.

– En bas, avec papa. »

Elle a écarquillé les yeux. « Dans ce cas, je descends deux minutes le saluer. Au fait, chérie, je vous ai réservé une chambre, comme ça vous pourrez vous changer tranquillement. »

Elle s'est dirigée vers la porte. À mi-chemin, elle s'est retournée en me regardant avec de grands yeux. « Mon Dieu, j'allais oublier. Tu ne devineras jamais qui vient... Sonia a téléphoné hier soir en disant qu'il était chez elle pour deux ou trois jours et en me demandant si elle pouvait l'amener, parce que comme Katie Smith n'est pas bien du tout, la pauvre – elle a attrapé un genre de grippe –, ça fera une place vide à table. »

Comme presque toujours, elle m'avait perdue dès les premiers méandres de son raisonnement. « Qui, maman ?

– Kit, voyons, chérie. Tu ne te souviens pas qu'il est cousin avec Sonia ? Ce n'est pas là que tu l'as rencontré ? Chez Sonia ?

– *Kit*? » répétai-je, éberluée.

« Euh, oui, je l'ai trouvée un peu sans gêne mais je ne pouvais pas refuser. Il est venu quelques jours voir la famille et Sonia était ennuyée de l'abandonner pour la journée – ses parents se sont absentés, vois-tu –, j'espère que ça ne te dérange pas, mais enfin ce n'est pas comme si tu n'avais personne.

– Un peu sans gêne? Tu veux dire qu'elle a un sacré culot! a craché Belinda, les joues roses d'indignation. Sonia est d'un manque de tact incroyable. Elle sait très bien qu'il t'a quittée pour une autre. Elle n'aurait jamais dû ne serait-ce que poser la question.

– Peut-être qu'il ne viendra pas, a dit ma mère, apaisante. Et puis ce n'est pas comme si Sophy était toujours en train de soupirer après lui, tu l'as oublié, n'est-ce pas chérie?

– Qu'est-ce que tu crois! » Je me suis assise sur le lit en pensant à toutes les fois où j'avais aperçu de derrière une tête châtain clair dans la rue ou sur un quai de métro bondé, à mon cœur qui bondissait dans ma poitrine et à la petite déception poignante quand je me rendais compte que ce n'était pas lui. Je ne l'avais pas revu depuis la rupture. Quel effet cela me ferait-il?

« S'il vient, Sophy, sois décontractée mais aimable, me dit ma mère. Qu'il voie ce qu'il perd. Souris à Dominic, histoire de bien remuer le couteau dans la plaie. Bon, en parlant de Dominic, je descends... »

Elle partie, la voix de Belinda s'est faite plus tranchante encore. « Elle va faire sa petite inspection. Je lui souhaite d'être à la hauteur, le pauvre.

– Oh, oui, pas de problème, ai-je dit sur un ton que j'ai espéré confiant et détaché.

– Oui, mais tu ne trouves pas que Sonia est drôlement culottée ? Et Kit ? Je ne comprends même pas comment il ose seulement se pointer ici le bec enfariné, après ce qu'il a fait.

– Excusez-moi, a dit la coiffeuse, vous pourriez éviter de bouger la tête une minute ? »

Je dois le dire, j'étais touchée par la loyauté sans faille de Belinda. J'avais des remords de lui avoir cassé du sucre sur le dos avec Alix. Pourtant, même avant la crise, elle n'avait jamais particulièrement apprécié Kit. « Il me prend pour une blonde idiote », m'avait-elle dit un jour, et je n'avais pas osé avouer qu'il y avait du vrai, même si Kit ne l'avait jamais exprimé en ces termes.

« Honnêtement je m'en fiche, ai-je dit. Il m'a quittée, c'est tout. Il ne m'a pas battue, il ne m'a pas piqué mes cartes de crédit. Qu'est-ce qu'il fabrique chez Sonia ?

– Il était allé voir des amis en Écosse ou dans ce coin-là, et il s'est arrêté sur le chemin du retour. Le mieux serait qu'il retourne dans son fichu Barnstaple, si tu veux mon avis. »

J'avais en effet entendu dire par une vague connaissance commune qu'il avait quitté Saint-Machin et pris un poste dans le Devon. C'était la faute à pas de chance s'il avait choisi justement ce week-end pour rendre visite à sa cousine.

Belinda connaissait Sonia depuis des lustres : leur amitié remontait à l'école maternelle. Un jour – j'avais dix-huit ans et venais de réussir mon permis de conduire (au troisième essai) –, j'étais passée en coup de vent un samedi matin prendre Belinda qui avait été invitée à dîner et dormir sur place. Très sûre de moi, j'étais entrée en faisant tinter dans ma main les clés de voiture de maman, une paire de lunettes de soleil relevée nonchalamment sur mes cheveux. Sonia venait de se lever ; elle m'avait envoyée à la cuisine, où il y avait du café chaud – ses parents étaient partis faire des courses.

Dans la cuisine, j'étais tombée sur un garçon en pantalon de survêtement, qui était assis à la table. Ç'avait été la grosse surprise. Affreusement gêné mais faisant tout pour le cacher, il avait repoussé son livre de chimie et m'avait préparé un Nescafé avec trop de lait, et nous avions bavardé poliment pendant vingt minutes, le temps que Belinda se prépare. Il s'appelait Christopher, mais tout le monde l'appelait Kit. Comme moi, il préparait son bac. Il espérait être admis en fac de médecine à Bristol mais s'inquiétait pour ses notes de chimie, car il n'avait eu que 9 au bac blanc. Ses parents, qui traversaient une crise et se disputaient sans arrêt, l'avaient envoyé chez son oncle et sa tante pour qu'il puisse réviser au calme. Il était content de ce répit et mourait d'impatience de commencer ses études.

Ses manières faussement détachées n'auraient trompé personne. J'avais senti quelque chose se nouer en moi ; j'avais eu envie de lui faire un gros câlin, de l'amener à la maison et de lui faire partager un délicieux repas préparé par maman – je savais par Belinda que la mère de Sonia était une spécialiste des hachis pleins de grumeaux et des pâtes collantes. J'avais follement espéré qu'il m'inviterait à sortir, mais j'avais eu beau faire le chauffeur plusieurs fois pour Belinda pendant ces vacances, je ne l'avais plus jamais revu. Soit il révisait dans le jardin, soit il révisait dans sa chambre.

Et nous en étions restés là, jusqu'à ce fameux samedi soir où un habitué du pub du coin nous avait traînées, Alix et moi, à un match de bienfaisance au club de football de Saint-Machin. Un type déguisé en Daffy Duck avait gardé le but pendant la première mi-temps, puis il était passé dans les rangs avec un seau pour collecter de l'argent. Je lui avais dit : « Ils vous ont viré de l'équipe ? », et il m'avait répondu : « Oui, je suis le vilain petit canard. » J'avais ri, j'avais regardé sous le masque et j'avais pigé. Il m'avait fait le genre de sourire aux yeux bleus qui font craquer les élèves infirmières et il avait ajouté : « Je suis sûr qu'on s'est rencontrés quelque part, mais je ne sais pas où. Je devais être sérieusement bourré. »

Et ç'a avait duré jusqu'à Jocasta.

Pour la première fois, j'étais presque contente d'avoir Dominic. S'il fallait absolument revoir Kit, autant que ce soit avec quelqu'un de présentable à mon bras.

Je me suis rendu compte tout d'un coup que Belinda parlait et que je ne l'écoutais pas : « ... j'ai laissé mon "truc bleu" à la maison et elle n'a pas arrêté de m'embêter avec ça, et ensuite cette fichue Maggie... »

La coiffeuse m'a jeté un regard dans lequel j'ai lu *Ne vous inquiétez pas, j'ai l'habitude*. Puis elle s'est excusée : « Je vous laisse deux minutes. Je vais aux toilettes. »

Une fois seule avec moi, Belinda n'a pas explosé en une bordée de rouspétances, elle s'est contentée de pousser un gros soupir, l'air de dire *j'en ai par-dessus la tête*. « Excuse-moi, mais j'ai failli me jeter sur le mini-bar il y a dix minutes. Si jamais tu te maries un jour, pour l'amour du ciel barre-toi dans un coin tranquille et fais ça en douce. »

En l'occurrence, j'ai trouvé que le mini-bar n'était pas une mauvaise idée. « Bon, qu'est-ce que tu prends ? ai-je demandé en inspectant le contenu. Tiens, il y a du Drambuie. Tu aimes bien le Drambuie.

– D'accord, mais la moitié seulement. »

Je lui ai servi la moitié de la mignonnette en regrettant de ne pas pouvoir prendre l'autre, mais les liqueurs me délient la langue plus vite que le cerveau. Dans moins d'une demi-heure, je dirais allègrement : « Josh, venez que je vous présente... » et je n'aurais plus qu'à me tuer sur-le-champ. De plus, j'avais besoin de passer aux toilettes avant même de me mettre une goutte de liquide dans l'organisme.

Après avoir avalé une bonne rasade, Belinda a désigné du menton un truc enveloppé dans une housse en plastique, qui était pendu à la porte de l'armoire. « Maman n'aime pas beaucoup ma robe. C'est un modèle Empire – ma coiffure est censée être assortie. Elle trouve qu'avec la taille haute, j'ai l'air de vouloir cacher une grossesse de cinq mois.

– Et c'est le cas ?

– Tu plaisantes ! Tu sais très bien qu'elle aurait deviné une grossesse de cinq semaines, avant moi. »

Exact. « Moi je la trouve superbe ta robe. Et elle sera encore plus belle sur toi. Tu serais magnifique même si Benjy l'avait mâchouillée et que maman t'ait drapée dans un vieux drap Directoire retrouvé dans le fond du placard-séchoir.
– Pauvre Benjy... Je voulais qu'il vienne, me dit-elle d'un ton soucieux en étalant une base sur ses ongles. Je voulais lui mettre un ruban autour du cou et le laisser faire le chien d'honneur. Le maître des cérémonies a dit " pas de problème ", mais maman a eu peur qu'il s'excite avec toute cette nourriture, et qu'il nous fasse honte. Elle l'a mis au chenil jusqu'à demain, et tu sais combien il déteste le chenil.
– Ne te fais pas de souci pour lui, l'ai-je rassurée. Là-bas, il pourra aboyer toute la journée à se faire péter les carotides sans que personne ne lui dise de la fermer. »

Tandis qu'elle continuait de se manucurer les ongles, j'ai fait quelques pas dans la chambre. Elle était beaucoup plus grande que je l'avais imaginée, un peu étouffée par des tissus Laura Ashley qui auraient pu être envahissants s'ils n'avaient pas été d'aussi bon goût. Une grande fenêtre basse ouvrait sur la vallée verte et douce, au-delà de laquelle s'étendaient les landes dépouillées.

J'ai lorgné la porte de la salle de bains. Qu'est-ce qu'elle fabriquait, l'autre, là-dedans ? Elle avait la courante, ou elle nous laissait tranquillement tailler notre petite bavette ?

Belinda a lâché un juron dans sa barbe, elle s'est passé du dissolvant sur le petit doigt et a recommencé son ongle.

« Tu n'as plus peur, n'est-ce pas ?
– Je n'ai plus peur que d'une chose : que maman et Maggie se crêpent le chignon. » Elle s'est mise à souffler sur ses ongles éclatants. « Ou que papa fasse des gaffes. Si j'étais toi, je volerais au secours de Dominic. Maman mourait d'envie de le connaître. Juste avant que tu arrives, elle n'arrêtait pas de rabâcher : " J'espère vraiment que cette fois-ci c'est un type bien... elle n'a pas tellement de chance avec les hommes... " »

Elle a fait une mimique assez drôle, et j'ai ri d'un rire un peu creux. « On ne peut pas dire que Kit n'était pas un type bien, et pourtant ça ne l'a pas empêché de me plaquer. »

Ma mère avait été jusqu'à raconter qu'il était un garçon charmant, et pourtant je ne l'avais jamais amené à la maison. Consciente de la charge de travail que subissait un jeune médecin hospitalier, même elle n'avait pas osé insister. Ils s'étaient rencontrés une seule fois, lors d'un week-end où mes parents étaient venus voir un spectacle à Londres. J'avais emmené Kit boire un verre à leur hôtel avant.

J'ai pris un biscuit sur le plateau et je me suis dirigée vers la porte. « Bon, je pars en mission sauvetage. À tout à l'heure...

– Souhaite-moi bonne chance. »

Nous ne sommes pas le genre de sœurs qui sont tout le temps en train de s'enlacer en se disant *Je t'aime* trois fois par jour, mais aujourd'hui c'était un peu spécial, et je m'en voulais de ne pas avoir embrassé ma sœur plus tôt. Je suis revenue vers elle et je l'ai serrée dans mes bras. « Bonne chance, Belinda. Mais tu n'as pas besoin qu'on te souhaite bonne chance. Tu seras tellement superbe que même moi, je ne pourrai pas m'empêcher de pleurer. »

Elle m'a serrée elle aussi pendant une seconde, puis elle s'est dégagée. « File vite, avant que je m'y mette aussi. » Elle riait à moitié mais sa voix tremblait, et dans ses yeux perlaient des larmes.

Tout d'un coup, j'ai senti les miens me picoter. « Je dois vieillir, ai-je dit en essuyant du bout du doigt le bord de ma paupière. Je deviens bête et sentimentale... »

Elle m'a passé un mouchoir en papier et elle en a pris un. « Allez, tire-toi vite, vieille sorcière. Cours sauver ton gigolo avant que maman le mette en pièces.

— Dis donc, sale traînée, je te défends de me traiter de vieille sorcière. » Et je suis descendue quatre à quatre, mourant d'envie de faire une incursion aux toilettes mais n'osant pas laisser Josh seul plus longtemps.

Je l'ai trouvé au bar avec mon père, et mon pouls a ralenti à l'instant même où je les ai aperçus ; ils avaient l'air de s'entendre comme larrons en foire, de vrais piliers de bar qui rigolaient comme des copains de toujours.

Mes idées de parricide s'étaient envolées. Je jubilais intérieurement tant j'étais soulagée, mais j'ai néanmoins foncé sur eux, l'œil noir. « Dis donc, papa, pourquoi est-ce que tu m'as fichu une trouille pareille ? J'ai cru qu'il était arrivé une catastrophe !

– Pour ta mère, c'en était une », me dit-il de sa voix de baryton.

Son air harassé avait cédé la place à son enjouement habituel. Presque aussi grand que Josh, il avait pris un peu d'embonpoint sans être vraiment gros. Ses cheveux, bien que gris, étaient épais. Quand il le voulait il pouvait avoir l'air d'un nounours distingué à qui on avait envie de faire un gros câlin. Pour l'occasion, il portait un costume anthracite et une fleur blanche à la boutonnière par-dessus un gilet de soie aux motifs pimpants mais élégants.

Je me suis juchée sur un tabouret de bar en regrettant de toutes mes tripes de ne pas pouvoir me commander une demi-pinte de vodka avec une paille. Josh, lui, avait l'air parfaitement décontracté. Le bar était dans le style vieux pub anglais, gravures de chasse à courre, décorations de harnais en cuivre et pléthore de chopes en étain. « Écoute-moi, mon cher paternel, ai-je dit d'un ton menaçant. Sous aucun prétexte je ne veux t'entendre raconter des histoires gênantes sur ce que Belinda a fait dans la baignoire, compris ? »

Josh a avalé sa bière de travers.

« Tu n'y penses pas, trésor, a dit papa.

– Moi non, mais toi si. Si tu oses sortir quoi que ce soit d'un tantinet embarrassant, je dirai à tout le monde que c'est ton Viagra qui affecte ta discrétion. »

Pas mauvaise idée, le Viagra. Il a fait sa tête de cocker puni, qu'il prend quand il veut obtenir quelque chose de maman.

« Bon, où est Maggie ? ai-je demandé.

– Elle astique son manche à balai, j'imagine. Ou alors elle se promène dans les jardins avec David et Zoé. »

David était Mr Freeman. Sarah ne venait pas. Elle et James avaient lancé depuis longtemps une invitation, dans leur manoir du Yorkshire. J'en étais déçue, parce que Sarah était la seule Freeman que je trouvais sympathique.

Au moment précis où j'hésitais à me permettre deux doigts de vodka, ma mère est arrivée comme un navire de guerre battant grand pavois.

« Ah, tu es là, chérie. Ta chambre est prête – autant que tu en profites, puisqu'elle est réservée. » Comme je m'y attendais, elle m'a attirée un peu à l'écart. « J'avoue qu'il me paraît absolument charmant, m'a-t-elle murmuré à l'oreille. Quel dommage que vous ne restiez pas ce soir, enfin, j'imagine que vous ne pouvez pas faire autrement. »

Pendant que j'empochais la clé de la chambre, elle a poursuivi : « Qu'est-ce que tu penses de la robe de Belinda ? Elle est ravissante, naturellement. Mais j'aurais préféré quelque chose de plus ajusté. C'est dommage de ne pas mettre en valeur une taille aussi fine. »

Avant que j'aie eu le temps de répondre, un pli soucieux lui a barré le front et elle s'est tournée vers « Dominic ». « Mon Dieu, j'ai oublié de vous demander des nouvelles de votre ami, le pauvre. C'est épouvantable, sa femme qui le quitte comme ça. Il s'en remet ? »

Mon cœur a bondi dans ma gorge. Souci inutile.

« Oui, il va mieux, merci. » Josh lui a servi un de ses sourires parfaitement jaugés. « Ils sont de nouveau ensemble. C'était à cause d'une erreur sur un relevé de carte de crédit – une note d'hôtel qui avait été ajoutée par erreur.

– Tt, tt, a fait ma mère. C'est toujours pour des bêtises comme ça. »

J'étais béate d'admiration. Pour inventer des mensonges géniaux au débotté, il était presque meilleur que moi. Pourtant, mieux valait se retirer en pleine gloire. À mon tour de lui servir un sourire parfaitement jaugé. « Si tu as terminé ta bière, tu ne crois pas qu'on devrait monter se changer ? »

Il n'a pas cillé. « Quand tu voudras. »

Pendant qu'il avalait ses dernières gouttes, j'ai ramassé mes affaires.

Jusque-là, tout allait bien.

« Quel dommage que vous ne puissiez pas rester, lui a répété ma mère. Enfin, si jamais vous changez d'avis, vous avez la chambre. J'aimerais beaucoup vous avoir au moins à dîner... à ces grandes réceptions, on n'a jamais vraiment le temps de bavarder. »

Sans lui laisser le temps d'épiloguer sur ce thème périlleux, j'ai attrapé Josh par le bras. « Viens chéri, on y va. »

Ça me faisait bizarre de l'appeler chéri. Ce n'était pas dans mes habitudes ; mon genre serait plutôt un affectueux « Pousse-toi de là, phacochère. » « J'espère qu'ils ne t'ont pas passé à tabac, ai-je murmuré tandis que nous nous dirigions vers l'escalier.

– Rien d'insurmontable. » Arrivé à mi-hauteur, il a ajouté sèchement : « Ta mère n'est manifestement pas le genre à savoir que tu es une coquine mais à faire semblant de ne rien voir.

– Tu plaisantes ? Au bout de cinq mois, il est normal qu'elle nous croie plus que bons amis. »

Pourtant, sa remarque ne m'étonnait pas. Les parents d'Alix, par exemple, étaient restés incroyablement pointilleux sur la question du « pas sous notre toit ». La seule fois où elle avait amené Simon, son ex, chez eux, sa mère lui avait dit : « Je me fiche de ce que vous traficotez quand vous êtes chez vous, mais ce lit grince et ton père sera mal à l'aise. »

Nous avons trouvé la chambre 5 au bas de trois marches casse-gueule, au bout d'un mini-corridor bas de plafond qui a obligé Josh à baisser la tête. Meublée dans le même style à petites fleurs que celle de Belinda, elle était deux fois plus petite. Les lits jumeaux étaient plutôt serrés l'un contre l'autre.

« Qu'est-ce qu'elle a fait, Belinda, dans la baignoire ? a demandé Josh. À moins que ce ne soit indiscret.

– Elle a fait caca et elle est allée le raconter dans tout le quartier. Mais elle avait deux ans. » J'ai attrapé ma trousse de toilette. « Excuse-moi, je m'isole deux minutes. » J'avais beau ne plus pouvoir me retenir, j'ai honte d'avouer que j'ai été prise d'une angoisse digne d'une adolescente. À travers la porte, je l'ai entendu fermer l'armoire, ce qui voulait dire qu'il m'entendrait probablement aussi, or je n'avais pas envie de lui donner l'impression que les Chutes du Niagara avaient été détournées sur le Lancashire. J'ai donc garni la cuvette de papier hygiénique, et je me suis revue à quinze ans, en séjour linguistique en France, prenant exactement la même précaution. J'aurais préféré me tuer plutôt que de faire entendre mon gargouillis au frère de Marie-Louise, un superbe garçon de dix-sept ans. J'ai d'ailleurs failli me suicider quand il a fallu aller avouer à son père que j'avais bouché les gogues.

La plomberie anglaise était mieux conçue. Je me suis brossé les dents et, devant le miroir, je me suis rappelée au calme. Jusque-là, il n'y avait eu aucun accroc.

Enfin soulagée, je suis sortie et j'ai suspendu mes vêtements dans le placard. La pièce, occupée presque entièrement par les lits, permettait à peine à deux hamsters de s'y retourner ; j'avais donc un deuxième motif d'apprécier la présence de la salle de bains. Je n'aurais pas du tout aimé devoir me mettre en sous-vêtements sous le nez de Josh. Je portais une culotte un peu vulgaire qu'on m'avait offerte pour Noël et sur laquelle on pouvait lire : Salut mec ! Quant à mes cuisses, j'osais à peine les montrer.

Il avait adopté un air un peu coincé qui semblait proscrire toute plaisanterie sur les « migraines » ou tout autre sujet susceptible d'être mal interprété. D'ailleurs, il était inconsciemment revenu au vouvoiement : « Vous voulez la salle de bains ou je la prends ?

– Allez-y. Ah, au fait... »

Il s'est retourné à la porte.

« Il se peut que mon ex soit là, tout à l'heure. Kit. Si vous pouviez jouer l'homme éperdument amoureux, j'apprécierais. » Je lui ai brièvement expliqué la situation.

Il a haussé un sourcil. « Un peu gonflé, non ?
– Je trouve aussi, mais de toute façon il n'est pas certain qu'il vienne. Et puis je m'en moque. »

Deuxième haussement de sourcil. Il a disparu dans la salle de bains en verrouillant derrière lui.

Au bout d'une vingtaine de minutes, il a frappé à la porte.

« Visible ?
– Presque prête. »

Assise à la table de toilette, j'ai étalé une deuxième couche de Hot Berry sur mes lèvres pendant qu'il jetait ses vêtements sales dans son sac de voyage. Ensuite, j'ai pivoté sur mon tabouret pour mieux le regarder.

« Passable ? » me demande-t-il avec une pointe d'auto-dérision.

Passable était au-dessous de la vérité. Il portait un costume gris clair, une chemise blanche avec des rayures dans le tissage, et une cravate marine à petits pois blancs. D'une de ses manches dépassait un bouton de manchette en or.

Tout était manifestement de bon goût et de bonne qualité, sans que rien tape à l'œil. C'était l'ensemble qui faisait de l'effet. Il était très comestible, selon l'expression d'Alix.

« C'est tout à fait dans le ton, ai-je dit. J'espère que, quand vous serez vieux, vous vous féliciterez encore d'avoir aidé ma mère à tenir la dragée haute à Maggie Freeman.

– Je meurs d'impatience de rencontrer cette Maggie. Votre père m'a dit qu'en privé, il l'appelle Winnie Pisse-Vinaigre. »

Pour que papa lui ait déjà fait ce genre de confidence, il fallait vraiment que le courant soit passé entre eux.

Je me suis levée. Sur un ton que j'ai voulu détaché, j'ai demandé : « Et moi, ça passe ? »

Je n'étais pas follement convaincue par mon tailleur. J'aurais préféré quelque chose de sombre – le noir amincit –, mais on peut difficilement porter du noir à un mariage, et je mettais tout le temps du gris et du marine pour aller travailler. J'avais donc choisi un jaune pâle printanier, jupe droite et veste bord à bord assez longue pour couvrir le pire. La coupe était très seyante, mais elle pouvait l'être : l'ensemble m'avait coûté les yeux de la tête. J'y avais assorti une blouse d'un joli bleu, entre un bleu île grecque et un bleu marine clair. Je m'étais relevé les cheveux sans les tirer, c'était doux et vaguement sexy, et pour une fois ce n'était pas trop raté.

Je trouvais même l'effet plutôt réussi.

« Tout à fait dans le ton », me dit-il.

Ouf, merci.

« J'irais même jusqu'à dire ravissant, poursuivit-il. Qu'est-ce que je dois faire si quelqu'un commence à vous entourer d'un peu trop de prévenances ? Je l'ignore ou je lui fais le coup du *Dégagez, elle est à moi* ?

– Il y a beaucoup plus de chances que je me fasse alpaguer par un épouvantable vieux barbon que je ne pourrai pas envoyer promener sans être grossière. Auquel cas j'apprécierais que vous veniez à ma rescousse. »

Je me suis abondamment aspergée d'Aqua di Giò.
« Bon, je crois que ça y est. On descend ?
– C'est vous le chef. »
Au moment d'attraper mon sac, je me suis souvenue du collier. « Oh, mon Dieu, j'ai failli oublier... » J'ai sorti d'une pochette un trois-rangs de lapis-lazulis et de perles de culture que mes parents m'avaient offert pour Noël il y avait deux ans.

Dans des circonstances normales, j'aurais fait mon affaire du petit fermoir en moins de trente secondes. Là...

« Je peux ? demande-t-il.
– Si ça ne vous dérange pas... » Je penche un peu la tête pour lui faciliter le geste.

À ce moment-là, j'ai su que j'aurais un mal fou à débrancher mes antennes pendant qu'il s'employait à fermer mon collier. Dans notre contrat, il n'était pas prévu qu'il interfère de quelque manière que ce soit avec mes zones érogènes secondaires, et pourtant, il me chatouillait délicatement la nuque comme s'il avait un doctorat ès chatouillis. D'un autre côté, je me disais qu'avec ce qu'il me coûtait, j'avais bien droit à mon petit frisson.

Une fois de nouveau dans le corridor trop bas de plafond, j'ai été prise d'une attaque de grenouilles et j'ai failli me noyer dans la mare. « Je ne me sens pas bien, lui ai-je avoué. Je n'arrive pas à me débarrasser de cette horrible prémonition qu'il va arriver une catastrophe.

– Quel genre de catastrophe ? »

Par exemple, et juste pour rigoler, imaginons que le vrai Dominic soit un cousin de Paul ? Que quelqu'un dise tout d'un coup : « C'est drôle, je viens de faire la connaissance d'un autre Dominic Walsh », et qu'ensuite le vrai D.W. se pointe en disant : « Ça alors ! Vous n'êtes pas cette chtarbée qui s'est jetée sur moi et qui m'a gribouillé son numéro de téléphone sur le bras ? »

Mais je me suis cantonnée à des horreurs plus vraisemblables. « Eh bien, ai-je dit, imaginons qu'on vous cuisine sur ce que vous faites dans la vie ? Qu'on vous pose des questions vraiment pointues ?

– Du calme, tout ira bien.

– Vous pouvez me le mettre par écrit, daté et signé ?

– Détendez-vous, Sophy. Si vous descendez dans cet état, tout le monde va deviner qu'il y a anguille sous roche. Vous avez les nerfs en pelote. Allez, arborez votre plus beau sourire : vous êtes sûre de vous, vous n'avez peur de rien.

– C'est facile à dire pour vous.

– Du calme ! Quand on a les jetons, on ne s'en sort jamais impunément.

– Vous parlez par expérience ?

– Qu'est-ce que vous croyez ? »

La question était intéressante, mais je n'ai pas eu le loisir d'y répondre. J'ai entendu des voix qui m'étaient familières, et j'ai redressé ce qu'il me restait d'échine. « Allons-y, avant que je me dégonfle complètement, ai-je dit. Et n'oublions pas : on se tutoie. »

Vu mon état de panique latente, l'instant des retrouvailles et des présentations s'est passé aussi bien que possible. Je n'ai pas vu Kit, mais je ne me suis pas non plus dévissé le cou dans la foule ; il était le cadet de mes soucis. Avec sa charpente en bois et ses vieilles pierres, la salle avait des allures d'église, odeur de psautier moisi en moins. Des profusions de fleurs dégageaient un parfum suave. Nous avons pris place sur des chaises tapissées de velours bordeaux tout en entretenant un murmure poli en attendant les mariés. Et tout d'un coup, l'organiste a attaqué *Here Comes the Bride*.

Je me suis tordu le cou pour voir ma sœur, et j'ai vu Kit. Il était assis tout au fond, au bord de l'allée, et nos regards se sont croisés une demi-seconde. Je reconnais qu'au tréfonds de moi, quelque chose a été remué, mais rien d'alarmant. Je me suis dit *Pfouu*, et j'ai réussi à lui faire un sourire décontracté mais gracieux juste avant l'entrée de Belinda au bras de papa.

Sa robe aurait été superbe sur n'importe qui, mais portée par elle, elle était époustouflante. Mélange de simplicité et de ravissantes touches de fantaisie, elle tombait en plis de soie crème d'un petit corsage ajusté, avec juste ce qu'il fallait de dentelle. J'en ai eu les larmes aux yeux. Maman a mouillé plusieurs Kleenex, et je dois dire que les plus endurcis des cyniques ont dû simuler une soudaine poussée de rhume des foins.

Je ne sais pas à quoi ça tient, mais en queue de pie, même un type ordinaire arrive à passer. Comme Paul était loin d'être ordinaire, je commençais à comprendre la frousse de Belinda. À sa place, je me serais offert des menottes plaquées argent, car il y a toujours quelque part un prédateur embusqué. Pour les femmes comme Jocasta, piquer un mec à son propre mariage ne doit pas manquer de... piquant : c'est le genre d'exploit capable de leur rapporter cinquante points de bonus d'un coup.

La cérémonie a été simple et digne. Une fois les serments et les alliances échangés, j'ai poussé intérieurement un petit soupir de soulagement.

Tandis que nous nous égaillions lentement dans la salle de réception, Josh m'a murmuré à l'oreille : « Alors ? Il est là ?

– Oui, mais je ne le vois plus... » Juste à ce moment-là, il y a eu un mouvement de foule. Je lui ai donné un petit coup de coude. « Là, à côté de la fille à la robe rouge... »

J'étais contente qu'il ait autant de prestance. À peine un peu plus petit que Josh, il portait une veste bleu marine et une cravate qu'il avait dû emprunter dans la garde-robe du père de Sonia. Il avait un léger hâle, et ses cheveux châtain clair étaient décolorés par le soleil. J'ai même soupçonné sa passion pour le surf de n'avoir pas été étrangère à son déménagement à Barnstaple. Je me suis souvenue d'un certain week-end de mars que j'avais passé à grelotter sur une plage du Devon en me demandant s'ils étaient fous, lui et ses copains, à courtiser ainsi l'hypothermie dans les rouleaux.

Josh m'a murmuré : « Qu'est-ce qu'il fait ? »

Pourquoi est-ce toujours la première question qu'ils posent ? « Il est médecin. » Jocasta était une collègue à lui, ce qui explique sans doute pourquoi, après, je n'avais plus jamais pu regarder *Urgences*. Toutes ces passions-pulsions autour du bidule à électrochoc pendant qu'un pauvre malheureux passait l'arme à gauche, c'était trop proche de la réalité.

Sonia – la robe rouge, c'était elle – a croisé mon regard ; elle est arrivée toute guillerette au moment où on servait le champagne. Après un rapide « Salut ! », elle m'attire à l'écart.

« Dis, ça ne te dérange pas que j'aie amené Kit ? me demande-t-elle à voix basse. Au début, il a dit pas question, qu'il se sentirait trop mal à l'aise, mais je lui ai assuré que tout le monde s'en fichait éperdument et je l'ai quasiment traîné de force.

– Non, pas de problème, dis-je sur un ton chaleureux et courtois. De l'eau a coulé sous les ponts.

– Bon, tant mieux. Je vais lui dire que tu ne vas pas l'écharper. Belinda est absolument ravissante. Quant à Paul, rien qu'à le regarder je suis malade. Pourquoi est-ce que je n'ai jamais des mecs comme ça ? Jamais de mecs tout court, d'ailleurs, depuis un moment. » Et elle est repartie aussi vite qu'elle était venue.

Circulant de groupe en groupe ma flûte à la main, j'ai de nouveau croisé le regard de Kit. Il m'a fait un sourire très gauche, auquel j'ai répondu par une version relax et courtoise, pour aussitôt regretter de ne pas avoir été plus chaleureuse. Dieu seul sait pourquoi, je commençais à compatir en lui voyant cet air si embarrassé. Sans doute parce que je venais de me rendre compte qu'aucune flamme ne risquait plus de renaître des dernières braises. D'ailleurs, j'avais plutôt l'impression d'avoir retrouvé un vieil ami avec qui j'avais eu une dispute mémorable et dont je regrettais d'avoir été séparée.

Pourtant, j'espérais qu'il remarquerait mon nouveau prétendant, qui enfonçait le couteau dans la plaie comme s'il venait de décrocher l'Oscar du meilleur acteur. De temps en temps, sa main se posait légèrement sur ma taille ou entre mes épaules, juste au-dessous de ma nuque.

Quel gâchis impardonnable ! Moi, coincée à distance pas du tout respectueuse de l'homme le plus séduisant que j'aie vu depuis des lustres, et bien trop tendue pour en profiter ! Je me sentais de plus en plus dans la peau d'un truand qui fait passer dix kilos de crack à la douane et qui attend d'une seconde à l'autre la grosse main qui va s'abattre sur son épaule.

Pour des raisons de sécurité, j'ai essayé d'éviter toute rencontre entre Josh et des inconnus qui lui demanderaient aussitôt ce qu'il faisait dans la vie. J'ai essayé de le piloter vers des femmes que je connaissais assez bien pour contrôler la conversation avec elles. S'il s'est lassé des éternels « Belinda est absolument ravissante », tant pis pour lui.

Nous avons fini par nous frayer un chemin jusqu'à l'heureux couple. Belinda semblait planer carrément. Elle n'arrêtait pas de sourire.

« Je te présente Dominic – voilà, enfin, tu peux voir à quoi il ressemble. » Elle a ri et elle l'a embrassé. Dominic a serré la main de Paul en lui disant : « Félicitations, vous avez beaucoup de chance », avec un sourire de circonstance, à quoi Paul a répondu : « Merci, mais vous ne m'apprenez rien.

– Vous ne pourriez pas me glisser dans vos valises ? ai-je dit. Moi qui ai toujours eu une envie folle de connaître l'Afrique. »

Paul est parti d'un petit rire. « Ça devrait pouvoir s'arranger avec Dominic, après une allusion pareille... » Subitement, ses yeux se sont posés sur quelqu'un, juste derrière mon épaule gauche. « Brian ! Heureux que vous ayez pu venir. Mais... vous n'avez rien à boire ? Jane, j'espère que Saskia va mieux. » Il s'est légèrement écarté de nous pour parler à ce couple très élégant, la quarantaine.

Avec une petite moue d'excuse, Belinda a murmuré : « Désolée, c'est son patron, et sa femme. Leur fille a fait une chute de cheval et s'est cassé quelque chose. Il n'espérait pas les voir aujourd'hui. »

Au bout d'une minute, nous sommes passés à un autre groupe. Josh m'a murmuré froidement à l'oreille : « Patron ou pas, il aurait pu attendre deux secondes avant de courir lui faire de la lèche.

— Pour l'amour du ciel ! ai-je dit, agacée, en partie parce que j'étais d'accord.

— Désolé, mais moi ça ne m'a pas plu. Obliger celle dont on a fait sa femme il y a moins d'une heure à s'excuser pour sa conduite, ce n'est vraiment pas brillant.

— Ça ne m'a pas dérangée », ai-je menti.

Nous nous sommes approchés de Maggie Freeman, de Zoe et d'Oliver, qui n'avait pas le menton aussi fuyant que le disait ma mère, mais qui ne cassait pas des briques non plus.

Maggie avait des cheveux autrefois blonds dont sa coiffeuse s'évertuait à prolonger la couleur, et une peau marquée par les innombrables vacances qu'elle avait passées sous les tropiques. À en juger d'après sa mine, elle n'était pas réjouie de constater que la réalité confirmait les vantardises de maman. Cinquante points pour moi. À Noël – le traditionnel cocktail du soir de Noël chez les Freeman –, elle ne m'avait pas épargné son coup de griffe. Pour commencer : « Il paraît que tu t'es trouvé un nouveau garçon, enfin », suivi aussitôt de : « Oh ! là, là, mais tu ressembles de plus en plus à ta mère. » Traduction : *Bon sang, ce que tu as grossi !* Ma mère avait entendu ; elle avait pris la mouche et s'était indignée à ma place, en aparté. « Au moins, tu respires la santé. Zoe devient anorexique, ma parole. Et ces *mince pies* sont immangeables. Si Maggie est incapable de faire une pâte sablée, au moins, qu'elle l'admette. On en trouve de très bonnes toutes prêtes. »

Zoe n'avait rien d'une anorexique. Pas du tout maigrichonne mais mince et élégante, elle s'était fait couper les cheveux au carré et portait un ensemble en lin taupe qui seyait bien à sa blondeur. Je n'avais jamais eu beaucoup d'atomes crochus avec elle. Elle avait été une vraie petite peau de vache avec Belinda quand elles étaient gamines, et ce n'est donc pas sans plaisir que j'ai remarqué son sourire forcé quand elle m'a vue m'avancer vers elle, mon languissant amoureux au bras.

« Nous avons entendu parler de vous, a dit Maggie de sa voix grinçante qu'elle prenait soin de moduler. Susan m'a dit que vous étiez banquier d'affaires. »

Il lui a serré la main en souriant d'un air naturel. « Oui, pour mon malheur. C'était soit ça, soit devenir prêtre.

– Non ! C'est vrai ? a lâché Maggie, les yeux écarquillés.

– Pas du tout », a-t-il avoué.

Sa remarque a été accueillie par un rire un peu braillard, émis non pas par l'un des Freeman mais par mon amie Tamara, qui venait de se joindre à notre petit cercle. C'était bien la dernière personne dont je m'attendais à recevoir le coup de grâce.

Après avoir serré la main de « Dominic » comme il se devait, elle lui lance : « J'espère ne pas vous avoir mis mal à l'aise, parce que depuis une demi-heure je ne peux pas m'empêcher de vous regarder. Vous me rappelez quelqu'un, mais je n'arrive pas à savoir qui. »

Mon Dieu. Hara-kiri, déjà.

Josh s'est contenté de sourire d'un air amusé. « Si j'ai un sosie, j'espère qu'il sait se conduire.

– Quand son nom me reviendra, je vous le dirai. »

Avec un petit rire que j'ai voulu insouciant, j'ai pris le bras de Josh. « Ça y est, chéri, tu es démasqué. Je savais bien que tu finirais sur *Crimewatch*. Je te l'avais dit, tu aurais dû garder ton passe-montagne.

– Il me grattait la peau. Et je n'ai pas pu résister à la tentation de faire un doigt d'honneur à la caméra.

– Ah, je l'ai sur le bout de la langue, a dit Tamara. Remarquez, j'ai rencontré tellement de gens...

– Tamara fait de temps en temps de la pub pour les stations de ski en hiver, pour les stations balnéaires en été, a dit Zoe. Vous êtes peut-être tombés sur elle sur la Costa del Piña Colada. » Elle a essayé d'adoucir son allusion à un mode de vie bas de gamme par un petit rire nerveux, mais Tamara n'a pas relevé.

« Ça me reviendra », a-t-elle dit, tout sourire.

J'ai changé de sujet illico. « Quel dommage que Sarah n'ait pas pu venir. J'aurais tellement aimé la revoir. Comment va-t-elle ? »

Maggie était trop contente d'embrayer là-dessus. « Elle est très heureuse, merci. Nous sommes montés pour le nouvel an. Elle était en pleine réception ; la maison est immense, elle date en majeure partie du XVIe, et naturellement ils avaient organisé une chasse pour le jour de l'an. James a pas mal d'hectares, vois-tu. Ils étaient une trentaine au déjeuner, et comme c'est Sarah qui supervise tout, elle avait un travail fou.

– Sarah est un cordon bleu, ai-je expliqué à Dominic. Elle tenait un restaurant très branché à Manchester.

– Et heureusement ! a dit Maggie. Le cuisinier de James ne sait absolument pas comment accommoder une truffe. Ces chasseurs, on ne peut pas leur donner n'importe quoi à manger. Tamara est allée passer le week-end il y a une quinzaine, n'est-ce pas Tamara ?

– Oui, oui, a dit Tamara, tout enjouée. Le manoir est superbe. On en bave d'envie. »

Ayant ainsi rehaussé le statut de Sarah, Maggie s'est tournée vers « Dominic ». « James reçoit souvent des Londoniens de la City. Vous en connaissez peut-être. Vous chassez ?

– J'ai chassé, mais pas le faisan. Dégommer les têtes des boutons d'or c'est à peu près tout ce que je sais faire. J'ai essayé les roues du vélo du facteur, mais je n'ai fait mouche qu'une seule fois. Les cibles mouvantes, ce n'est pas si facile avec un fusil à air comprimé. »

Même Zoe a ri, mais Maggie ne s'est pas déridée. « Je ne trouve pas ça drôle du tout, a-t-elle craché avec raideur, en vieille sorcière pleine d'aigreur.

– Désolé. » Il lui a fait un sourire à neutraliser le vinaigre le plus acide. « Puis-je aller vous chercher une autre flûte ? »

Une minute plus tard, je l'entraînais un peu plus loin avant que Maggie revienne à ses Londoniens et à ses questions indiscrètes. J'avais l'impression de marcher dans un champ de mines, avec des pièges tous les deux mètres. « Où Tamara a-t-elle bien pu vous rencontrer ? ai-je sifflé entre mes dents.

– Nulle part. Je m'en souviendrais. »

En effet. Elle était très séduisante.

« Elle confond avec quelqu'un d'autre, poursuivit-il d'un ton ferme. Détendez-vous donc. » Sa main reposait légèrement sur ma taille. Il m'a donné une petite pression du bout des doigts.

« Pourriez-vous éviter de faire ça ? Ça me chatouille. »

Tout à l'heure, la crainte d'être découverte avait suffi à réveiller mes grenouilles. Imaginons que l'incident se reproduise ? Je n'avais jamais eu de crise d'angoisse, mais je sentais que ça me guettait. J'avais chaud, je suffoquais, et je ne voulais surtout pas que ça se voie. J'ai bredouillé : « Je vais aux toilettes. Vous... tu pourrais aller tenir compagnie à mon père. Il a l'air d'en avoir besoin. Il adore le cricket, alors si tu pouvais lui demander ce qu'il pense des Aussie

Spin Bowlers, ça le brancherait pour tout l'après-midi. »

Je me suis frayé un chemin jusqu'à la réception, où j'ai trouvé une fraîcheur et un calme providentiels. Dans une sorte d'alcôve attenante, un petit fauteuil décoratif me tendait les bras ; à côté, il y avait un guéridon en acajou, avec un bouquet de fleurs et un cendrier.

C'était le moment ou jamais de taper dans le paquet de cigarettes que j'avais acheté pour les urgences. J'ai fouillé dans mon sac pendant cinq secondes, et je me suis maudite. Je l'avais laissé en haut, dans mon sac de voyage. J'ai juré intérieurement, je me suis renversée dans le fauteuil et j'ai fermé les yeux.

Je les ai rouverts aussitôt.

« Sophy ! Tout va bien ?

— Kit ! » Un instant, j'ai cru qu'il m'avait percée à jour. C'était lui qui m'avait fait arrêter de fumer, mais sans jamais me harceler. Et c'était ça, cette retenue, alors que je savais qu'il détestait la cigarette, qui avait été efficace, même si j'en grillais une en douce de temps en temps, comme il le savait pertinemment.

« Ça va, Sophy ? répète-t-il, un peu gêné.

— Oui, oui. J'avais chaud. »

D'un geste un peu maladroit que je n'avais pas oublié, il s'est passé une main dans les cheveux. « J'ai aperçu ça en entrant, me dit-il en désignant du menton le mur derrière lui. J'étais embêté de venir les mains vides. Tu crois que ça ferait l'affaire ? »

Le mur faisait office de mini-galerie où les artistes du coin exposaient leurs œuvres. Je me suis levée pour aller jeter un coup d'œil. Épaule contre épaule, nous avons contemplé les aquarelles, des paysages, des ciels assez jolis, tous encadrés avec goût, et accompagnés d'une étiquette discrète.

En voyant les prix, j'ai eu un choc. « Ne te sens vraiment pas obligé. J'imagine que tu ne savais même pas que Belinda se mariait quand tu es arrivé chez Sonia ?

— Non, dit-il en secouant la tête.

— Eh bien alors. »

Nous avons continué de faire semblant de regarder les aquarelles, et le silence s'est épaissi de toutes les choses troubles que nous ne nous disions pas. Il a fini par le rompre, hésitant : « Qu'est-ce que tu deviens ?

— Un tas de choses super. Et toi ?

— Ça peut aller. Puis, après une pause : Ton copain a l'air très bien.

— Il est pas mal. » Je ne serais jamais allée jusqu'à l'encenser, et il le savait. « Comment va Jocasta ? ai-je ajouté.

— Aucune idée. Je ne l'ai pas vue depuis une éternité. »

Contente de l'apprendre. « Elle a eu des crevasses aux seins ? »

Il m'a regardé complètement éberlué.

« C'est ce que je lui ai souhaité, ai-je expliqué. Je ne te dirai pas ce que je t'ai souhaité. » J'avais lâché ça sur le ton de la plaisanterie en espérant détendre l'atmosphère, mais j'avais réussi à le mettre encore plus dans l'embarras.

À voix basse, il m'a dit : « Je n'ai jamais voulu te faire du mal. »

Il avait l'air tellement coupable que, oui, je l'avoue, j'aurais dû trouver une parole de réconfort. Mais c'était au-dessus de mes forces. « Tu m'en as fait. Je ne vais pas essayer de te faire croire le contraire, mais c'est de l'histoire ancienne alors on passe l'éponge, d'accord ? »

Il évitait mon regard. « Je n'aurais jamais dû venir.

– Pourquoi es-tu venu, alors ? » Franchement, il commençait à me taper sur les nerfs. « Bon, puisque tu es là, essaie au moins de ne pas avoir l'air du mec à la torture. C'est un mariage, nom de Dieu, pas une veillée mortuaire ! Prends-toi une biture ! Paie-toi une bonne tranche de rire ! Si c'est trop te demander, alors rentre chez toi et cesse de me donner mauvaise conscience ! »

Sur ce, je l'ai laissé en plan et j'ai traversé la réception en trombe. J'hésitais encore à monter me chercher cette cigarette quand j'ai failli me heurter à Tamara. « Où tu vas ?

– Aux toilettes. Les autres sont bondées. » Elle m'a jeté un petit regard curieux. « Dis-moi, tu ne t'es pas disputée avec Dominic ? Je t'ai trouvée un peu nerveuse tout à l'heure. »

Ça se voyait tant que ça ?

« Non, je me suis échappée pour griller une clope et il m'a menacée de me plaquer si jamais j'y touchais encore une fois. Mais j'ai laissé mon paquet dans ma chambre.

– Prends une des miennes. »

Dieu merci, on ne pêche jamais seule. Je l'ai suivie jusqu'aux toilettes, et elle m'a passé ses cigarettes avant de s'enfermer.

« J'ai fait la connaissance de ton ex, m'a-t-elle lancé à travers la porte. Je n'en croyais pas mes oreilles, quand Sonia me l'a présenté. Elle ne manque pas d'air, de l'avoir amené, tu ne trouves pas ? Ça t'a débectée ?

– On peut le dire, oui. » La première bouffée avait un goût atroce, mais j'étais prête à souffrir pour ce petit plaisir.

« Tu n'en pinces plus pour lui, tout de même ?

– Non, c'est fini. J'ai discuté deux minutes avec lui dans le vestibule. Il regrette d'être venu.

– Oui, c'est l'impression qu'il m'a faite. Mais il a l'air gentil. Pas du tout comme je me l'imaginais. Et ton nouveau, qu'est-ce qu'il pense de le voir ici ?

– Ça ne le dérange pas. Ça devrait ?

– Non, non... »

Quand elle est sortie, j'ai jeté ma taffe dans la cuvette et j'ai tiré la chasse. Deux détestables bouffées me suffisaient amplement. J'avais déjà la tête qui tournait.

« Ça me turlupinait, de savoir à qui il me faisait penser, poursuit Tamara en se lavant les mains. Mais ça y est, ça m'est revenu. Je crois que c'est sa blague sur le fusil à air comprimé qui a fait tilt. »

Inutile de dire que j'étais déchirée entre l'envie de savoir et celle de changer de sujet.

Sans me laisser le temps d'enchaîner, elle a poursuivi : « Dieu sait si ça fait longtemps, mais ça doit être un tic, ou quelque chose dans ses yeux... Il n'aurait pas un jumeau ?

– Pas vivant, en tout cas. » Ç'a été plus fort que moi : « Il s'appelait comment ?

– Josh. »

Seigneur. « Bon, alors ce n'est pas lui.

— Remarque, il ne se souviendrait pas de moi. » Elle a eu un petit rire en s'ébouriffant les cheveux devant le miroir.

Incapable de résister, je demande : « Ne me dis pas... une passade de vacances à Newquay, quand tu avais dix-sept ans ?

— Même pas. » Elle glousse encore, puis continue : « Si je te le dis, tu me promets de ne pas rigoler ? »

Jamais je n'aurais eu la volonté de l'arrêter là. « Bien sûr que non !

— Bon. Il a été mon premier amour. »

5

Ma première réaction a été de ne pas la croire. Je connaissais Tamara depuis l'âge de dix ans et je n'avais jamais entendu parler d'un Josh. Ma deuxième réaction a été l'envie de le tuer. S'il connaissait du monde dans le coin et ne m'en avait rien dit...

« Remarque, il ne s'est jamais rien passé. Je ne crois même pas qu'il l'ait su. C'était un copain de classe de Jerry. Je l'ai peut-être vu trois fois en tout et pour tout... à l'occasion des représentations théâtrales, ce genre de chose. »

Ouf. Jerry était le frère aîné de Tamara ; ses parents l'avaient mis en pension à plusieurs kilomètres de chez eux, au grand soulagement de Tamara parce qu'il était un insupportable casse-pieds.

Elle s'est perchée sur le support de vasque – un meuble rose – en allumant une Marlboro Light. « Je devais avoir treize ans. Je portais un appareil dentaire et j'essayais désespérément de remplir un 80 A, tu te souviens ?

— Oui, oui. » Tamara avait aujourd'hui la silhouette que j'avais eue dans une autre vie, entre une taille trente-huit et une taille quarante.

« Ça a commencé après un match de rugby, poursuivit-elle. Papa et maman nous avaient tous emmenés dans un Beefeater manger un steak frites. Jerry avait invité deux ou trois copains, parce que tous les copains de Jerry mouraient toujours de faim et que ce soir-là leurs parents n'étaient pas venus. Ceux de Josh vivaient à l'étranger. Je m'en souviens parce que maman l'avait plaint, et elle lui avait promis de lui envoyer de la bouffe. Bref, il était assis juste en face de moi, il m'a fait un clin d'œil et il m'a piqué des frites dans mon assiette. C'est tout. J'étais raide dingue. »

Elle a été prise d'un fou rire. « Jerry ne savait plus où se mettre. Je dévisageais son copain bouche bée, j'en bavais dans mon appareil. On n'aurait pas pu imaginer pire pour démolir son image devant Josh, parce que Josh était le type même du mec cool qu'ils auraient tous voulu être. Il avait failli se faire renvoyer pour avoir piqué la moto du factotum ou un truc dans ce genre-là, mais l'affaire n'avait pas été plus loin parce que ses parents étaient en expatriation. Je le dévorais des yeux. Je lui aurais donné toutes mes frites s'il les avait voulues. En sortant, j'ai fait exprès de tomber sur des gravillons – je me suis fait un mal de chien – uniquement pour qu'il m'aide à me relever. Je savais que Jerry me laisserait croupir par terre. »

Je comprenais, ô combien. « J'ai fait un peu la même chose, un jour, avec Stuart Dangerfield, le gars du manège, tu sais ? Tout le monde a dû s'en apercevoir.

– Même chose pour moi. Tu ne sais pas ce que m'a dit Jerry, ce petit merdeux ? Il m'a dit : " Arrête de nous faire ta crise. " Mais Josh l'a rembarré, alors évidemment, ça a suffi pour que je le porte aux nues. »

Normal.

Perdue dans ses souvenirs, elle a eu un petit rire nostalgique. « J'ai rempli des pages et des pages de mon journal – tu sais, ceux avec un petit cadenas. Je dessinais des cœurs roses partout, je me faisais mes petits fantasmes : on était coincés dans un chalet, entourés de neige, il avait une pneumonie et je le soignais tendrement – je ne portais plus mon appareil dentaire, tu penses bien –, et quand il était guéri il me regardait tout d'un coup en me disant d'une voix rauque : " Mon Dieu, Tamara, comme tu es belle... " Et il me donnait un baiser chaste. Oh ! là, là, ce que j'étais innocente... ça n'a pas duré, hein ? »

Je n'ai pas pu m'empêcher de rire avec elle. Dieu sait que j'avais besoin de me détendre, mais malheureusement, je n'ai pas pu en profiter longtemps. Tamara a repris bientôt : « Si ce n'est pas un jumeau, c'est un cousin. Oh et puis merde... il faut que je lui pose la question.

– Non ! »

Elle m'a regardée, stupéfaite, puis ses yeux se sont mis à briller de curiosité. J'ai su alors que mon stratagème était éventé, mais pas complètement foutu. « Écoute, lui ai-je dit. Il y a toutes les chances pour que ce soit lui. Si je te raconte quelque chose, tu me jures de ne pas le répéter ? »

Elle brûlait d'impatience de partager une espièglerie. « Quoi, quoi, Sophy ? »

En trente secondes, je lui ai tout raconté dans les grandes lignes, et naturellement, elle a craqué, sinon elle n'aurait pas été Tamara. Après Alix et ses sempiternelles prédictions catastrophiques, quel soulagement de la voir partir d'un fou rire incoercible. « Bon sang, je te trouvais bien un peu émotive tout à l'heure, mais jamais, jamais je n'aurais imaginé...

— Espérons que les autres non plus. Moi qui redoutais qu'il tombe sur une connaissance... Dieu merci, ce n'était que toi.

— Ne t'inquiète pas, je ne dirai rien à personne. Mais tout de même, escorter ! Excuse-moi de dire ça, mais ça fait un peu sordide, non ? Mes petits fantasmes de gamine en prennent un coup ! Moi qui l'imaginais en véto – c'est ce que j'aurais aimé faire si j'avais été bonne en maths-physique-chimie –, je nous voyais habitant une jolie petite ferme retapée à la campagne, soignant ensemble les pauvres petits animaux.

— Il était dans l'armée. C'est un ancien fusilier marin.

— Oui... ça colle mieux avec le personnage que véto. À la réflexion, je l'imagine assez bien rampant derrière les lignes ennemies pour faire sauter des tanks. Qu'est-ce qu'il fait maintenant ?

— Je n'ai pas osé lui poser la question. Pas grand-chose, je suppose, puisqu'il a besoin de ce fric.

— Ils demandent combien ? »

Je lui ai donné le chiffre.

« Eh ben putain ! Plutôt me pendre que de claquer tout ça. Qu'est-ce qui t'a pris ? »

Je lui ai parlé de l'escalade des vantardises entre ma mère et Maggie. « Maggie lui a tellement rebattu les oreilles avec Sarah, pendant des mois elle n'a fait que jubiler avec méchanceté, et maintenant c'est au tour d'Oliver qui est absolument merveilleux... conclusion, j'ai fait ça à quatre-vingt-dix pour cent pour maman et dix pour cent pour moi. Je ne l'ai jamais aimée, cette vieille peau.

— Elle ne va pas jubiler longtemps, c'est moi qui te le dis. » Tamara a jeté un coup d'œil vers la porte pour s'assurer que nous étions toujours seules. « Sarah ne veut pas perdre la face quand ses parents viennent la voir, mais l'autre fois, quand je suis allée chez eux, elle en avait par-dessus la tête. Je ne pense pas qu'ils soient sur le point de se séparer, mais ils se bouffent le nez sans arrêt, on se croirait dans *Jerry Springer*. C'est tout juste s'ils ne se lancent pas les bibelots à la figure. »

J'étais tout ouïe, un peu coupable tout de même.

« Je te dis ça parce que je sais que tu ne vas pas le répéter. J'espère que ça ne s'est pas déjà ébruité. J'ai commis l'erreur de mettre maman au courant – tu comprends, elle aussi, elle en a plein le dos des airs triomphants de Maggie. Je lui ai fait jurer de le garder pour elle mais tu sais comment elles sont. »

Au mariage, James m'avait bien plu avec ses airs discrets et son sens de l'humour pince-sans-rire. « Ils avaient l'air de si bien s'entendre. Qu'est-ce qui s'est passé ? »

Pendant deux minutes, elle a énuméré les failles dans le style de vie campagnard qui se voulait si parfait. Des biens lourdement hypothéqués – Sarah le savait mais n'avait rien dit à ses parents. Une vieille maison qui coûtait les yeux de la tête à entretenir et à chauffer. Sarah qui se tuait au boulot tous les week-ends pour les parties de chasse et de pêche – en fait elle tenait un *bed & breakfast* de luxe, etc. James qui suait sang et eau tout pareil. Pas de vacances à proprement parler depuis la lune de miel. L'un et l'autre trop crevés pour avoir envie de faire l'amour, et la chambre trop glaciale de toute manière. La mère de James qui comptait bien continuer à se la couler douce, le jeune frère de James qui n'avait jamais rien fait de ses dix doigts non plus, qui dépensait tout son fric en came et qui avait bousillé la voiture de Sarah parce qu'il était en plein trip au volant. James et sa mère refusant de voir où passait l'argent, la mère crachant de plus en plus au bassinet pour son fainéant de fils. James obligé de verser une rente à sa mère parce que le banquier commençait à se montrer contrariant. James refusant de taper du poing sur la table. Etc.

« Eh bien, ai-je lâché. La pauvre Sarah. »

Le peu d'envie que j'avais encore pu éprouver pour elle fondait comme neige au soleil. Parce que oui, je l'avais enviée, un tout petit peu. Difficile de faire autrement. La maison était une de ces gentilhommières distinguées qui semblaient faire partie du paysage depuis toujours, et qu'on aurait volontiers imaginée regardant de haut une résidence XVIIIe en disant : « Mon Dieu, mais c'est épouvantablement nouveau ! »

« J'ose espérer qu'ils trouveront une solution, a dit Tamara en haussant les épaules. Mais si jamais Maggie l'apprend... remarque, cette vieille chipie, ça lui fera les pieds. »

Mes grenouilles, qui s'étaient tues pendant cinq minutes, étouffées par tout le reste, se sont remises à enfler et à coasser de plus belle. « Bon, je ferais mieux de retourner au zoo, au cas où mon cher et tendre se serait fait alpaguer par un indiscret.

— Attends une seconde... cette fichue culotte qui me remonte tout le temps entre les fesses... » Elle l'a remise en place, et elle a repris : « Tout de même, je trouve ça drôlement chic de ta part. Je veux bien être pendue si je dépense un jour une somme pareille pour permettre à ma mère de faire le poids face à une emmerdeuse. J'espère qu'il ne te prend pas pour une nympho en goguette.

— Sans doute que si, mais ça n'a aucune importance. Je ne le reverrai jamais.

— Peut-être, mais il ne faut jamais donner à un homme, surtout un homme comme lui, l'impression qu'on est aux abois. Tu aurais pu lui dire que tu avais un copain, mais que tu n'aurais jamais pu le présenter à tes parents. »

Pourquoi n'y avais-je pas pensé ? « Qui, par exemple ? ai-je demandé en m'appliquant en vitesse une couche de Hot Berry sur les lèvres.

– Je ne sais pas. Quelqu'un qui vient de faire de la prison pour coups et blessures aggravées ? Un trotskiste enragé, style travailliste-jurassique ?

– C'est un peu tard. »

En sortant des toilettes, elle m'a demandé : « Tu vas lui dire que je l'ai découvert ?

– Ça m'obligerait à lui avouer que je t'ai mise au parfum.

– Et ce serait grave ? Mais ne lui parle pas de ma petite toquade idiote. En admettant qu'il s'en soit aperçu. Je ne pense pas que Jerry ait vendu la mèche. Il aurait eu trop honte. Les garçons n'ont des sœurs qu'à partir du jour où elles ont de quoi remplir un soutien-gorge et où elles sont baisables. »

J'ai mis une minute à retrouver Josh. Au moment même où je l'ai aperçu, ç'a été la débâcle dans mon ventre. Il était en conversation avec trois amis de Paul, tous du genre à se mettre à parler boutique au bout de vingt secondes.

Un grand sourire placardé sur les lèvres, j'ai accouru à sa rescousse. « Pourquoi ne pas avoir été bavarder avec mon père, comme j'avais dit ? ai-je sifflé entre mes dents.

– Il n'était pas seul.

– Peut-être bien, mais il était largué au milieu d'un troupeau de vieilles bonnes femmes ! Il n'aurait demandé que ça, d'être interrompu.

– Si vous disparaissez pendant vingt minutes, qu'est-ce que je suis censé faire, moi ? a-t-il grommelé. Rester planté comme un con ?

– Écoutez, je suis désolée. Je discutais avec Kit dans le vestibule. Il n'était vraiment pas bien.

– C'est son problème. Si vous voulez mon avis, il n'a rien à faire ici. »

C'était exactement ce qu'aurait répondu un amoureux transi, sauf qu'au lieu d'y mettre le ton adéquat d'indignation blessée il y avait instillé un parfum de *Je commence à en avoir ras le bol, qu'est-ce que je fous dans cette galère?*

« Qu'est-ce que vous fabriquiez dans le vestibule? marmonne-t-il.

– J'avais une crise d'angoisse, si vous voulez savoir. » Comme lui, je parlais à travers mes dents, lèvres écartées en un grand sourire pour qu'on ne croie pas que nous nous disputions.

« Ça ne m'étonne pas. Avant de vous éclipser, vous aviez l'air d'un cadavre gagné par les derniers stades de la rigidité cadavérique. » Sa main retourne à ma taille. « Vous l'êtes toujours. Pour l'amour du ciel, décontractez-vous. »

J'ai forcé mes lèvres Hot Berry à s'arrondir en une courbe naturelle, et j'ai sifflé : « Je suis à bout de nerfs, fermez-la, d'accord ? »

Il lève les yeux sur le dais et dit : « Qu'est-ce que je fous dans cette galère ?

– Personne ne vous y a forcé ! Si vous n'êtes pas à la hauteur, dites-le, qu'on se fiche une bonne peignée tout de suite et qu'on n'en parle plus !

– Parfait, articule-t-il, toujours sous ses babines retroussées. Je vais vous pousser dans ces corbeilles de fleurs et vous accuser haut et fort de me tromper. Avec une femme : ça changera du vieux cliché habituel. Ensuite, vous pourrez me flanquer une gifle scandalisée et la farce sera terminée. Vous n'avez manifestement pas la carrure du rôle, et si vous devez gigoter sans arrêt comme un ver de terre, je rends mon tablier. »

D'un mouvement naturel et amoureux qui aurait trompé n'importe qui, il s'est penché plus près. « Et au fait, mon petit cochon rose, tu as du rouge à lèvres sur les dents.

– Tu ne pouvais pas le dire plus tôt ? » J'ai fouillé dans mon sac, j'ai essuyé mes dents sur un Kleenex, j'ai découvert mes crocs. « C'est parti ?

– Oui.

– Écoute, si vraiment je te rends dingue, tu peux monter t'allonger dans la chambre et regarder Sky Sport. Je dirai que tu as la migraine. Ou que tu souffres du stress des cadres, si tu préfères.

– Si seulement tu pouvais arrêter de te tortiller et prendre la situation en main, mon stress, comme tu dis, disparaîtrait tout de suite. Quand on raconte des mensonges éhontés, on se donne les moyens de les vivre jusqu'au bout.

– Je n'ai pas fait ça pour moi, mais pour maman. Pour qu'elle arrête de se tracasser pour moi ! » Ce n'était pas facile de tenir une conversation en totale opposition avec la mine que nous nous efforcions d'afficher. Car tout le monde nous regardait. Mrs Gardner, pour commencer ; elle habitait à quelques numéros de chez mes parents depuis environ trois cents ans.

« Bonjour, Mrs Gardner ! ai-je lancé d'un ton joyeux par-dessus mon épaule. Joli chapeau ! »

Josh a suivi mon regard. « Joli chapeau ? Immonde bibi, oui. Ça lui fait une tête de gorgone surannée.

— Même sans, elle a l'air d'une gorgone surannée ! Je voulais être gentille !

— Occupe-toi plutôt d'être gentille avec moi. » Mais le chapeau de Mrs Gardner avait détendu l'atmosphère, et je sentais que Josh reprenait du champ, comme un chien au bout d'une laisse extensible. « Inspire profondément et fais un effort », ajoute-t-il.

Je rassemble ce qu'il me reste de sang-froid. « Ce ne sera pas nécessaire, chéri. Viens, que je te présente les membres les moins sauvages du clan. »

Je l'ai conduit vers ma tante Barbara et ma cousine Diana : avec elles, rien à craindre. Trois ans et douze kilos de moins que moi, Diana avait de longs cheveux noirs brillants et une bouche espiègle très mobile. « Quel dommage que vous ne restiez pas ce soir, me dit-elle avec une moue. Sans vous, je vais me retrouver avec un tas de vieux ennuyeux à mourir.

— Merci, ma chérie, dit tante Barbara sans s'émouvoir.

— Je ne parlais pas pour toi, maman.

— C'est vraiment impossible, dis-je. Dominic part pour la Malaisie demain.

— Eh oui, malheureusement », renchérit-il avec un sourire convaincant.

C'est alors que ma mère arrive tout excitée. « On fait les photos dans le jardin. Venez, venez tous ! »

Diana et sa mère s'éloignent, et soudain un relatif silence se fait autour de nous. Je demande à Josh : « J'espère que ces types en costard sombre ne vous ont pas posé de questions trop embarrassantes ?

– Rien d'impossible à gérer, sauf que vous auriez pu me prévenir que nous étions presque fiancés.

– Merde, qui vous a dit ça ?

– Une bonne femme exubérante avec un chapeau rose. Elle m'a attrapé au passage pour me dire : " il paraît que vous êtes presque fiancés – merveilleux, merveilleux ", et elle est repartie.

– Eh bien non, pas du tout !

– Comme tu voudras, chérie. »

J'ai eu envie de marmonner « Et cessez de rire, d'accord ? », mais je me suis retenue. S'il tirait un amusement cynique de tout ceci, au moins ça lui donnait l'air décontracté, ce qui n'était pas mon cas. Le chapeau rose c'était probablement Trudi, du club de golf, qui, à ce qu'on m'avait dit, était une bonne femme à étrangler.

Nous avons suivi le mouvement sur les pelouses ensoleillées où, à côté de leurs compagnons plus sobrement vêtus, les femmes ressemblaient à des papillons aux couleurs vives. On a fait des photos sur un gazon de velours vert, avec des rhododendrons roses en arrière-plan, mais aussi sur la vieille terrasse en pierre. On m'a traînée pour les photos de famille, et Dominic aussi, inévitablement.

« Je me suis dit que ce serait bien de vous avoir tous les deux avec Paul et Belinda, m'a dit ma mère, rayonnante. Là-bas, sur la terrasse. »

Elle avait bu quelques verres de champagne et avait les joues roses. Mais même venant d'elle, c'était un peu gros : portrait des deux heureux couples. Si j'avais été avec un vrai fiancé, j'aurais été mortifiée. Elle me rappelait la fois où elle avait trébuché et où on avait vu sa culotte – j'avais sept ans, c'était la course des mamans, à l'occasion de la journée sportive à l'école. Je savais que Josh se tordait de rire en silence; il n'arrivait pas à dissimuler le frémissement qui lui relevait les commissures des lèvres.

Je l'imaginais un ou deux jours plus tard, se tapant les cuisses avec ses copains. « Bon Dieu, ça m'étonne pas qu'elle ait dû faire appel à une agence. Sa mère ferait fuir n'importe quel type normalement constitué en cinq minutes : tout est bon pour caser sa fille. »

Certaine qu'il pensait plus ou moins selon cette ligne-là, si ce n'est en plus grossier, je me suis scotché un sourire factice sur les lèvres et je me suis sentie parfaitement imbécile, serrée contre lui pendant que le photographe rectifiait ses lentilles et notre pose, prenant des centaines de clichés.

Seule Tamara, qui me faisait des sourires complices depuis l'autre bout de la pelouse, a réussi à me détendre et à m'arracher un sourire sincère. Ma pauvre mère ne pouvait pas être si horrible que ça puisqu'elle n'avait pas fait fuir Paul.

Une fois la corvée finie, on nous a fait venir sous un dais que parfumait une nouvelle profusion de fleurs roses et crème. Sur les nappes blanches, les cristaux et l'argenterie brillaient. Pas comme moi, qui me préparais tant bien que mal à subir des questions délicates pendant tout le déjeuner.

À notre table ronde, Josh était placé presque en face de moi. De temps en temps, tout en mangeant son saumon poché, il me faisait un imperceptible clin d'œil.

Mais j'aurais préféré que ma mère ne le mette pas à côté de tante Rosemary. Rosemary venait de divorcer d'oncle George, à qui elle n'avait pas adressé la parole depuis deux ans. Elle n'était pas de tout repos. Ses yeux couraient de l'un à l'autre telle une calculatrice en folie, évaluant le niveau de salaire, le milieu familial, etc. Elle travaillait chez un agent immobilier de Cobham, ce qui a amené le sujet suivant.

« Vous devriez persuader Sophy de s'acheter un appartement, a-t-elle dit à Josh d'un ton péremptoire. C'est ridicule de payer un loyer à son âge quand on gagne bien sa vie.

– C'est son choix, a répondu Josh.

– Parfaitement. Dis-le lui », m'a glissé Granny Metcalfe, qui était assise à ma droite. Ce n'était peut-être pas très judicieux d'avoir mis ces deux-là à la même table. Rosemary était la sœur aînée de ma mère, et dire que les deux côtés de la famille s'entendaient comme les Walton à une kermesse serait mentir.

Il y a une fracture nord-sud bien marquée dans la famille. Ma mère vient du Hampshire, où son père était fonctionnaire, très classe moyenne et respectable avec un petit côté voulant paraître plus riche qu'on n'est. Sa mère, grand-mère Simons, venait du genre de famille où l'on utilisait fréquemment le mot « ordinaire », et avait perpétué cette noble tradition.

Mon père, lui, venait d'un milieu ouvrier. Grand-mère et grand-père Simons avaient donc failli avoir une attaque quand leur fille avait rencontré papa lors d'un week-end dans le Yorkshire et annoncé peu après son intention de l'épouser.

A l'époque, il travaillait dans une petite société manufacturière, où il faisait un boulot manuel. Grand-mère Simons, qui n'avait rien rêvé moins qu'un ORL pour sa fille, l'avait suppliée de ne pas se brader. Elle n'avait jamais tout à fait pardonné à papa d'avoir repris la direction de l'affaire, d'avoir su la faire prospérer et donné à ma mère un train de vie qu'aucun de ses autres enfants n'avait jamais atteint. Cela n'était pas dans l'ordre des choses. Ma mère aurait dû finir avec cinq enfants crasseux et un mari qui se pintait à la bière tous les soirs. Elle aurait dû faire des ménages pour empêcher l'huissier d'emporter la télé, et se lamenter : « Pourquoi ne t'ai-je pas écoutée, maman ? »

Granny Metcalfe, naturellement, sentait tout cela. Elle n'aimait guère Rosemary non plus, qu'elle considérait comme une snob bourrée de préjugés de classe, comme sa mère. « Je ne comprends vraiment pas pourquoi il a fallu que tu ailles vivre à Londres, chérie, me dit-elle. Moi, même si tu me payais je n'y retournerais jamais. »

Elle était allée à Londres une seule fois, il y avait vingt ans. Une pimbêche de vendeuse l'avait regardée de haut dans une boutique du West End, et elle ne le lui avait jamais pardonné.

« J'avais besoin de changer d'air, ai-je dit pendant qu'on débarrassait les assiettes des hors-d'œuvre. Et tous les Londoniens ne sont pas des suppôts de Satan, tu sais.

– Mmm... Remarque, ton nouveau petit ami me plaît assez. » Sur ce, elle inspecte Josh sans vergogne.

« Rappelle-moi, ça fait combien de temps que vous sortez ensemble ?

— Environ cinq mois.

— Et vous ne vivez pas ensemble ? Je croyais que c'était devenu monnaie courante, de nos jours. C'est plus économique. »

Tante Rosemary a pris son air pincé, l'air de dire *Oh ! là, là, ces péquenots*. « Vous savez, Mrs Metcalfe, je crois que c'est eux que ça regarde. »

Granny adorait la faire mousser. « Je demandais simplement. Il n'y a pas de mal à demander, n'est-ce pas Sophy ? »

On servait le plat principal, agneau de lait du Pays de Galles au romarin et aux petites pommes de terre nouvelles. « Bien sûr que non, ai-je dit en cherchant désespérément à changer de sujet avant que ça ne devienne trop épineux. Simplement la question ne s'est jamais posée.

— Je crois que Sophy préfère garder son indépendance, a dit Josh, toujours cool comme une crème vichyssoise.

— J'imagine qu'elle n'a pas tort, a dit Granny. De vivre avec un homme, ça enlève tout le mystère. On finit par faire la bonniche, on lui repasse ses chemises, etc. On aura tout le temps une fois mariée. Mon Dieu, cet agneau n'est pas cuit du tout ! Regardez-moi ça ! Il est rose ! Ça me soulève le cœur. »

Pour Rosemary, c'était l'occasion rêvée de la rabaisser. « C'est comme ça que ça doit être, Mrs Metcalfe. C'est cuit à la française.

— Qu'est-ce qu'on reproche à la bonne vieille cuisine anglaise ? Je ne peux pas avaler de l'agneau saignant, moi.

— Je vais demander qu'on te change ton assiette, ai-je dit.

— Ne te dérange pas mon petit. Je mangerai les légumes. » Elle baisse la voix et elle ajoute : « Je ne veux pas qu'une serveuse aille penser que je n'ai pas de savoir-vivre. » N'ayant pas entendu ce que ma grand-mère m'avait glissé à l'oreille, Josh a fait signe à un serveur. Sans un commentaire, sans même un regard, celui-ci s'est éloigné, et la pauvre Granny a eu l'air un peu gênée. « Je ne voulais pas déranger.

— Tu ne déranges personne, lui ai-je dit. Je suis sûre qu'ils ont un morceau cuit à point quelque part. Tu as le droit de demander ce que tu veux. »

Josh lui a fait un petit clin d'œil. « Et s'il y en a à qui ça ne plaît pas, envoyez-les promener.

— Naturellement, l'agneau cuit à point, c'est parfois un mets de choix, a dit Rosemary, qui craignait manifestement d'avoir poussé le bouchon trop loin. À Chypre, on le fait cuire dans des fours à pain jusqu'à ce qu'il se détache tout seul. On appelle ça *kleftiko*.

— Mais cuit dans mon four à gaz de Bolton, a dit Granny, ça n'a plus rien d'extraordinaire. Pour ça, il faut sans doute que ce soit étranger. Avec de la coriandre. Ils en mettent partout, à la télévision. Je n'ai qu'à mettre de la coriandre sur mes œufs pochés pour en faire un mets de choix. Delia Smith donnerait la recette dans ses livres de cuisine. »

J'ai senti qu'on tenait une bonne porte de sortie. Une fois lancée sur un de ses sujets favoris, elle pouvait discourir pendant des lustres. Si j'arrivais à la brancher sur l'Union européenne (ces fichus Allemands qui nous interdisent de manger du bacon fumé, à quoi ça a servi de faire la guerre, etc.), j'aurais la paix jusqu'au café.

Au moment où on débarrassait les assiettes, Sonia est venue s'agenouiller à côté de moi. « Dis, Sophy, tu as dit quelque chose à Kit ? Il a pris la tangente... il a laissé un cadeau pour Paul et Belinda, il a appelé un taxi et il est parti. »

Aussitôt, je me suis sentie coupable, et je me le suis reproché. « J'ai simplement échangé quelques mots avec lui, ai-je répondu avec une pointe d'irritation. Si tu veux mon avis, il n'était pas très à l'aise de se retrouver ici.

– C'est ce qu'il m'a dit. Oh ! là, là, c'est de ma faute. Je n'aurais jamais dû l'amener. »

Elle est repartie vers sa table, et moi j'ai culpabilisé encore plus d'avoir montré mon agacement. Elle n'était pas mal intentionnée, la pauvre fille, et si elle avait autant de tact et de diplomatie qu'un crapaud, elle n'y était pour rien.

Au moins, il n'y avait pas eu de désastre côté Dominic ; à l'heure du café et des petits fours, j'ai commencé à penser que nous allions réussir notre coup sans anicroche et pouvoir rire comme des fous pendant tout le trajet de retour.

« Remarque, Rosemary a raison, m'a murmuré Granny quand, enfin, nous nous sommes levés de table. C'est ridicule d'aller remplir les poches d'un propriétaire. Achète-toi quelques pierres mais ne vis pas avec lui, chérie. Pas si tu veux le garder. Il faut qu'il soit toujours aussi fou de toi. »

Bercer ma grand-mère de fausses espérances était presque pire que de tromper mes parents ; et Josh s'était attiré tant d'éloges que ç'allait être sacrement difficile de le larguer. Quelle excuse tordue faudrait-il que je trouve pour me justifier ?

L'après-midi s'est déroulé sans aucune trace de panique, à tel point que j'ai commencé à y prendre goût. Moins tendue, j'ai dû affronter un autre petit problème. Josh n'arrêtait pas de me poser une main sur la taille, et mes antennes, qui avaient pris un peu de repos pendant le repas, se réveillaient soudain et s'en donnaient à cœur joie. Néanmoins, j'assurais. Tous mes frissons étaient parfaitement contrôlés, et je savourais en secret mais non sans culpabilité un plaisir sensuel et fugace, comme j'aurais savouré ces biscuits basses calories qui font maigrir à condition d'en manger suffisamment. À un moment, il m'a même caressé le derrière, avec une familiarité tout à fait inattendue et vulgaire. « Pas ça ! » ai-je sifflé entre mes dents. Et il n'a pas recommencé, le salaud.

Tout à coup, sans prévenir, Belinda est montée se changer. Je lui avais à peine parlé. Elle avait été constamment entourée, elle avait beaucoup ri et je la soupçonnais d'avoir un peu picolé. Elle n'en était que plus belle, ce que je trouvais extrêmement injuste.

Comme Josh s'éloignait pour aller inspecter la plomberie, je me suis assise sur les marches de la terrasse, au soleil. Tamara est venue me rejoindre, avec son expression typique, mélange d'innocence et de malice. « Je viens de parler à Sonia, me dit-elle. D'après elle, Kit est toujours amoureux de toi et c'est pour ça qu'il s'est tiré en douce. »

Je l'ai regardée bouche bée. « Est-ce qu'elle se rend compte que c'est lui qui m'a plaquée ? »

– Oui, mais elle pense que l'autre... comment s'appelait-elle ?

– Face-de-garce.

– Eh bien, elle pense que Face-de-garce n'était qu'une passade, qu'il n'a pas pu supporter de te voir roucouler avec ton « Dominic » et qu'il est allé noyer son chagrin dans une pinte au pub du coin.

– Disons qu'un affreux vieillard se sera aperçu qu'il était médecin et aura voulu lui montrer son ulcère variqueux, et on sera plus près de la vérité. Ou plus probablement, qu'il s'est senti coupable, ce qui n'est que justice.

– Oui, c'est ce que je lui ai répondu.

– Tu es gonflée ! ai-je protesté, vexée. Tu aurais dû caresser dans le sens du poil mon pauvre petit amour-propre blessé, et être totalement d'accord avec elle. »

L'expression de Tamara a subi un changement perceptible. « Tu n'es pas en train de me dire que tu penses encore à lui ?

– Non ! Mais j'apprécierais la justice poétique de la chose. Ou peut-être l'ironie poétique, vu les circonstances. Pas toi ?

– Si, mais je trouve que ça n'a rien de poétique. Je dirais simplement que c'est bien fait pour lui, ce salaud. »

Et nous sommes parties d'un fou rire. Un vieux monsieur qui passait par là, et qui avait l'air déjà à moitié pété, nous a fait un clin d'œil coquin en disant : « Aïe, aïe, aïe, toute cette jeunesse qui ne tient pas trois verres de champagne, il y a de quoi rendre un vieux bonhomme tout guilleret.

— Vieux dégoûtant, a murmuré Tamara comme il s'éloignait d'un petit pas vacillant. Il nous imagine peut-être en train de le fouetter avec son bandage herniaire. »

Et c'est reparti.

« Remarque, Sonia n'a peut-être pas tort, a poursuivi Tamara une fois un peu calmée. Josh est exactement le genre de type avec qui s'afficher quand on veut faire comprendre à un ex ce qu'il a raté. »

Pour la première fois, quelque part, j'ai commencé à me dire que ce n'était pas totalement impossible. Et, je dois avouer, j'en ai éprouvé une certaine gratification.

« Comme a dit Sonia, continue-t-elle, " elle est vraiment très bien, surtout quand elle s'arrange, tu ne trouves pas ? J'espère qu'à trente ans, j'aurai autant d'allure ". »

Ça, c'était ce qui s'appelle me caresser dans le sens du poil. « Chère Sonia... », ai-je soupiré.

Tamara était repartie à rire. « Ah, j'oubliais. Juste avant que Belinda aille se changer, ta mère lui a dit : " N'oublie pas de jeter ton bouquet avant de t'en aller, chérie. Et je n'ai pas besoin de te préciser où il faut qu'il atterrisse. "

– À mon avis elle est déjà en train d'entourer au crayon tous les samedis de juin de l'an prochain. Heureusement que c'est une farce !

– Dommage que Belinda ne soit pas au courant. Elle lui a répondu : " Pour l'amour du ciel, tu veux le dégoûter à vie ? " »

Pourvu qu'elle n'ait pas vexé maman... mais je n'ai pas eu le temps de m'appesantir là-dessus. Josh était revenu et une sonnerie nous appelait tous dans la cour, où attendait la voiture des jeunes mariés. Ils n'étaient pas encore là ; je venais à peine de rejoindre la foule quand ma mère m'a attirée à l'écart, tout excitée. « Tu ne croiras jamais ce que Jane Dixon m'a dit il n'y a pas une demi-heure. »

Tamara avait donc raison. « Quoi ? » ai-je répondu, comme il se devait.

Elle a baissé la voix. « Il paraît que le mariage de Sarah Freeman – pardon, Lambert – est un vrai désastre. Ils se disputent tout le temps. Il boit, semble-t-il. Elle envisage même de le quitter.

– Je suis sûre que c'est faux, maman.

– Je ne fais que te répéter ce que Jane m'a dit, chérie. La propriété est lourdement hypothéquée, et ce serait pour cette raison qu'il est obligé d'organiser toutes ces parties de chasse, pour des gens capables de payer les yeux de la tête. Le pire, c'est que Maggie n'a aucune idée de ce qui se passe. Jane l'a appris par Tamara, qui l'a appris par Sarah récemment, quand elle y est allée. »

Sans me laisser le temps de répondre, elle poursuivait : « La pauvre Maggie. » Elle m'a regardée, sur la défensive. « Oui, je sais ce que tu penses, mais je ne fais pas de triomphalisme. Je ne peux pas m'empêcher de la plaindre un peu. »

Pour un revirement c'était un revirement, mais j'imagine qu'il est plus facile d'aimer son ennemi quand on a pu, d'abord, compatir sincèrement à ses malheurs. « Écoute, Tamara m'a en effet parlé de quelque chose, mais ce n'est pas aussi grave que tu le dis ; alors, pour l'amour du ciel, ne le répète pas.

– Sophy, tu sais bien que jamais... Ah, les voilà ! »

Aussitôt, une cacophonie de vœux de bonheur. Belinda portait un éblouissant ensemble crème. Elle a jeté son bouquet grosso modo en direction de Sonia, qui n'avait pas de petit copain, et une acclamation bruyante est montée de la foule.

Au dernier moment, enfin, j'ai réussi à faire mes adieux à ma sœur.

« Prends soin de toi, m'a-t-elle murmuré à l'oreille en me serrant contre elle. Et prends bien garde que maman ne le fasse pas fuir. Vous avez l'air si bien ensemble. »

Et voilà. Je voguais sur le fleuve Culpabilité, dans un canoë sans pagaie. « Ne t'inquiète pas, je sais ne pas laisser filer les bonnes choses. Amuse-toi, et dis bonjour pour moi à tous les petits héphélants. »

Enfin, la voiture a démarré, traînant une ou deux vieilles chaussures ; à ce moment Tamara est arrivée, les yeux encore pétillants de rire. « Un peu plus et ils trimballaient un truc un peu moins couru qu'une vieille godasse, me dit-elle en gloussant. Sonia a trouvé une grosse bite gonflable dans un magasin de farces et attrapes, mais elle s'est crevée quand on a voulu l'attacher au pare-chocs. »

Elle s'est éloignée, me laissant hilare et extraordinairement détendue, vu les circonstances. « Tant mieux. Maman aurait piqué une de ces crises », ai-je dit à Josh, qui riait encore lui aussi. J'ai consulté ma montre. « On se donne encore une heure et on se fait la belle. Vous devez mourir d'impatience de vous échapper.

— Ç'aurait pu être pire.

— Pas ce genre de politesse entre nous. Les familles des autres sont toujours un calvaire, surtout un après-midi entier, et au grand complet. » Les invités s'éparpillaient, ou retournaient vers la tente, où on venait de servir le thé.

Ignorant la pâtisserie avec une grandeur d'âme inégalée, je me suis perchée à demi sur une table et j'ai attrapé un sandwich au saumon fumé. « Autant prendre un peu d'avance, sinon je serai obligée de m'arrêter à une station service et j'avalerai n'importe quelle cochonnerie. »

Josh s'est mis à côté de moi et il m'a imitée. Maintenant que nous étions presque tirés d'affaire et que personne ne pouvait nous entendre, j'ai pensé qu'un petit remerciement ne pourrait plus tenter le destin.

« Vous mentez superbement. Cette histoire sur votre ami et sa carte de crédit mériterait un Oscar.

— Je vous avais dit que je serais à la hauteur.

— Je ne pensais pas que vous vous en tireriez aussi bien.

— Oh, femme de peu de foi. » Il m'a passé le plateau de sandwiches. « Goûtez ceux-ci. »

Je me suis servie. « Depuis quelques jours, je crois que j'ai imaginé à peu près tous les scénarios-catastrophes. J'ai passé ces dernières vingt-quatre heures morte de trouille. Si vous saviez tous les pièges que j'ai imagin...

– Justement. Des pièges imaginaires. Vous vous êtes monté la tête pour rien. »

Qu'est-ce que je disais, à propos des hommes et de leur confiance en eux injustifiée ? « Pas si imaginaires que ça, ai-je répondu, un poil acerbe. Tamara vous avait déjà rencontré. »

Il s'est tourné vers moi. Manifestement, il n'en croyait pas ses oreilles. « Quand ?

– Vous n'étiez pas en classe avec un certain Jerry Dixon ?

– Jerry ? » Il commençait à entrevoir la vérité. « Seigneur ! Tamara est sa sœur ?

– Tout juste.

– Bon sang. »

Je l'ai observé un moment : il était clair que des souvenirs anciens se frayaient un chemin jusqu'à la surface. « Elle était à deux doigts de vous demander si vous aviez un cousin ou un frère jumeau, alors j'ai dû cracher le morceau.

– Vous lui avez dit ? Je croyais que justement, il fallait que personne ne sache. Imaginez qu'elle l'ait répété ?

– Pas Tamara ! » Il avait toujours l'air un peu stupéfait. « Elle se souvient de vous parce que vous lui avez piqué des frites. Elle était furieuse.

– Je ne l'aurais jamais reconnue. » À mesure que son ébahissement s'estompait, j'ai compris, à un petit frémissement au coin de sa bouche, qu'il ne se souvenait pas que des frites.

« Quoi ?
– Les parents de Jerry étaient sympa, ils m'invitaient souvent à dîner au restaurant. » De nouveau, il me présente le plateau de sandwiches.

« Non merci. » Par-dessus mon épaule, j'ai jeté un coup d'œil aux plats garnis de napperons. « Qu'on m'enlève ces éclairs avant que je me jette dessus comme un cochon.

– Un petit cochon rose, passe encore. » Un battement de cil plus tard, il en brandissait un sous mon nez. C'était un chou fourré à la Chantilly et nappé de chocolat. « Ouvrez grand. »

Il aurait été discourtois de refuser. J'ai ouvert, il a enfourné. « Et moi qui essayais d'oublier que ces choses-là existent.

– On ne parle pas la bouche pleine. » Il s'est levé brusquement. « J'ai un coup de fil à passer. »

Bon.

J'ai pris un autre sandwich en me demandant à qui il allait téléphoner, et si c'était pour un compte rendu de la situation. Je ne l'imaginais que trop bien.

– *Comment ça va, chéri ?*
– *Comme prévu, l'horreur totale.*
– *Elle est comment ?*
– *Une grosse névrosée. Je viens de lui fourrer un petit four dans la bouche pour la faire taire, tu crois que ça l'aurait arrêtée ?*

Tout en me vautrant dans ces agréables pensées, j'ai pris un autre sandwich au saumon. J'aurais bien pris un éclair aussi, mais les invités partaient et je suis allée dire au revoir à Tamara.

« Je me demande si je ne vais pas passer un coup de fil à Jerry pour voir s'il a gardé le contact avec Josh, me dit-elle. Ça m'intrigue que quelqu'un comme lui fasse ce genre de boulot. D'ailleurs, je vois Jerry dans quinze jours. Il vient de déménager dans une vieille maison près de Cambridge. Il travaille pour une société de logiciels. »

Jerry avait décroché un diplôme mirobolant en informatique, à Cambridge, justement, et était resté dans la région depuis. Il s'était marié il y avait plus de cinq ans. « J'imagine qu'il a un emprunt sur le dos et un ou deux gosses.

– Un emprunt oui, des gosses non. Le seul heureux événement qu'ils attendent, c'est un divorce ! Il paraît que leur mariage a été un désastre quasiment depuis le début. Il organise une grande pendaison de crémaillère dans l'esprit youpi-je-retourne-à-la-vie-de-garçon. S'il m'a invitée, c'est uniquement parce qu'il a le béguin pour Charlotte, une fille avec qui je travaille, et qu'il veut que je l'amène, en plus de toutes les nanas baisables que je pourrai ratisser, comme il le dit si délicatement. Les frères, c'est galère, crois-moi. » Ses yeux se sont arrondis tout d'un coup. « Dis, tu ne veux pas venir ? Jerry est un peu chiant, mais quand il fait la fête on ne s'ennuie pas. »

J'ai fait la grimace. « Non merci. Ça fait vraiment drago-drome, et la drague j'en ai marre.

– Ne m'en parle pas. J'y vais parce qu'il a un copain italien qui ressemble à David Ginola. Jerry l'a amené il y a quelques semaines quand on est allés voir Manchester United jouer à domicile. C'est ce jour-là qu'il a rencontré Charlotte. Ce mec, rien qu'à entendre son accent j'ai les genoux qui flageolent. Il n'y a pas un poète qui a écrit un poème sur Les Latins corrompus ?

– *Le* latin corrompu. La langue. *Ce doux latin corrompu dont les accents évoquent le satin*, un truc comme ça. Byron, je dirais.

– Bon, s'il l'a dit. Mais " Les Latins corrompus ", je trouve l'image vachement bien vue aussi. »

J'ai pris congé de Tamara ; quand je suis retournée sous la tente, il n'y avait plus un seul éclair.

Une demi-heure plus tard, Josh et moi sommes remontés chercher nos affaires. Cependant, il est impossible de s'éclipser discrètement d'une réception de ce genre. Il faut passer vingt minutes à roucouler « Au revooiiiir, c'était super de se revooooiiiir », à des tas de gens épouvantables qu'on espère oublier pendant dix ans.

Nous sommes allés faire nos derniers adieux au bar, qui se prolongeait par quelques tables sur la terrasse. La plupart des invités s'y étaient installés. Le soleil vespéral baignait les pelouses et les murs de pierre d'un éclat doré, et le bêlement des agneaux nous parvenait des prairies lointaines. La scène était si paisible, si séduisante, que j'ai eu soudain envie de m'asseoir au soleil et de me commander un grand quelque chose double avec une paille, sans avoir à remonter dans ma voiture et à me coltiner des heures de route.

Au bout d'un moment, je me suis rendue compte que l'atmosphère n'était pas aussi détendue qu'elle aurait dû l'être. Il y avait des sous-entendus dans la conversation, des clappements de langue et des hochements de tête.

Tante Barbara nous a repérés alors que nous étions sur le seuil, prêts à partir. « Ta mère te cherche. Tu vas voir, elle est toute chamboulée », me dit-elle, l'air d'insinuer *Attention, prépare-toi*.

Juste à côté d'elle, Diana arbore un sourire malicieux. « Ma pauvre Sophy. On ne peut jamais tout prévoir, n'est-ce pas ? Si j'étais toi, je me tirerais et vite. »

Je me glace sur place.

Tamara.

« On a loupé quelque chose ? dit l'idiot à côté de moi.

– Oh, mon Dieu, ils ne sont pas au courant, dit Tante Barbara.

– Au courant de quoi ? répète l'idiot.

– C'était aux infos », dit quelqu'un derrière nous.

Nous nous retournons. Le barman passe une lavette sur le comptoir. « Alerte à la bombe sur les autoroutes. Je croyais qu'on en avait terminé avec ce cirque. Il y a un bouchon de vingt-cinq kilomètres sur la M6 et la M1 est fermée. Sur les autres routes c'est déjà une pagaille monstre. La police fait dire de ne prendre sa voiture qu'en cas d'extrême nécessité. » Il lance sa loque dans l'évier. « Qu'est-ce que je peux vous servir ? »

J'ai failli m'évanouir de soulagement ; je me serais jetée sur le premier verre venu. Pendant les trois secondes avant l'explication, j'avais cogité tous azimuts pour essayer de trouver qui avait pu éventer mon secret. Tamara avait dû tout déballer à un copain/une copine du/de la journaliste qui faisait les mariages pour la feuille de chou locale, qui était copain/copine avec un autre journaliste de la radio locale... j'avais même imaginé un troisième copain à *News of the World*, qui était prêt à offrir dix mille livres pour les droits exclusifs sur mon histoire : « Fraude à l'Amour : le Choc. »

C'est stupéfiant ce que le cerveau peut inventer quand on se croit au bord du suicide.

J'ai essayé de prendre l'air de la fille contrariée et je me suis laissée tomber sur un tabouret de bar. « Zut, ça m'achève. Avec les embouteillages nous ne serons pas à la maison avant minuit...

– Si ta mère a pris les choses en main, tu n'auras pas à te taper les embouteillages, a dit Diana avec un grand sourire. Euh, oui, s'il vous plaît. Je veux bien un Bacardi Breezer à l'ananas, ajoute-t-elle à l'intention du barman. Nous sommes toujours invités ou c'est à notre compte, maintenant ?

– Permettez-moi, dit Josh. Que puis-je vous offrir, Barbara ? Sophy ? »

Agacée, j'aboie : « Je ne peux pas, je conduis ! »

– Ah, tu es là, chérie. » C'était mon père. « J'imagine que tu es au courant », ajoute-t-il en voyant ma tête.

Maintenant que le divin soulagement s'estompe, je suis furax, en effet. « Oui. C'est le bouquet. »

Juste sur les talons de mon père arrive ma mère, avec l'air du chat qui vient d'attraper le poisson rouge et la perruche en prime. « Ah, te voilà, mon petit. Je te cherchais partout. Heureusement que j'ai réservé cette chambre... il est hors de question que tu reprennes le volant maintenant. »

Mon côté cynique se réveille, et je me demande si elle n'a pas manigancé tout ça exprès. S'éclipser entre deux tasses de thé pour aller monter un petit canular téléphonique était simple comme bonjour. Je l'imaginais disant à l'inspecteur principal Slammer : « Je suis terriblement désolée de vous déranger, mais je ne pouvais pas laisser perdre une bonne chambre d'hôtel. Sophy est parfois très têtue, vous savez. Elle tient de son père... vous n'imaginez pas le mal que j'ai eu à amener Ted à consulter pour ses hémorroïdes. »

Je proteste : « Comment ça, hors de question ? Ça prendra peut-être deux heures de plus...

— Et le reste, chérie. La circulation va être épouvantable. Tu ferais mieux de faire contre mauvaise fortune bon cœur et de passer une bonne soirée tranquille en famille.

— C'est juste un petit contretemps. Un embouteillage ne va pas me tuer.

— Je t'en prie, chérie, ne dis pas des choses comme ça ! se lamente-t-elle, angoissée. Ça va t'épuiser ! Et moi je me ferai un sang d'encre en pensant que tu risques de t'endormir au volant ! »

Chantage affectif, pour changer. « Je ne m'endormirai pas au volant. D'ailleurs, J..., je vais laisser Dominic conduire la moitié du chemin. » Mon cœur a fait un saut périlleux arrière. J'avais failli dire Josh.

« Je ne peux pas, me fait-il remarquer. J'ai bu. »

Je l'aurais giflé. Quel imbécile ! Il ne voyait pas que toutes les excuses étaient bonnes ?

Comme toujours, ma mère a cherché un soutien auprès de mon père. « Dis-le-lui toi, Ted, l'implore-t-elle d'une voix plaintive. Tu sais dans quel état je serai si elle prend la route.

– C'est peut-être plus raisonnable, chérie, me dit mon père.

– Papa, c'est im-pos-sible ! Je te l'ai dit, Dominic doit rentrer.

– À quelle heure doit-il être à Londres ?

– Vers une heure, dit Josh. Une heure et demie même, ça passera. »

Je n'en croyais pas mes oreilles. « Mais... ton vol est à une heure et demie, non ?

– Non, chérie. C'est l'heure où je dois partir.

– Oui, mais...

– Bon, eh bien, trésor, dit mon père, où est le problème ? En partant tôt, vous arriverez largement à l'heure. Même si les autoroutes sont toujours fermées, les petites routes seront dégagées. »

Je me suis tournée vers Josh en espérant qu'il me soutiendrait. « Ça dépend entièrement de toi, me dit-il du ton raisonnable et placide du raisonnable, placide et chiant au possible Dominic qu'il était !

– Bon, eh bien tu vois, chérie, s'exclame ma mère, triomphante. C'est un argument imparable, non ? »

Certainement pas. Juste au moment où j'allais pouvoir disparaître sans me faire démasquer, je n'avais pas l'intention de laisser la porte me claquer au nez. « Je préférerais rentrer, ai-je dit avec fermeté. Moi aussi j'ai des choses à faire. » Comme me bourrer la gueule tellement j'étais soulagée que ce soit terminé.

Non mais. Cinq minutes plus tard, nous étions partis.

Partis pour la chambre 5.

6

« Qu'est-ce qui t'a pris de dire que tu devais partir de chez toi à une heure et demie ? » Je fulminais tellement, en enfonçant rageusement la clé dans la porte, que je continuais de le tutoyer. « Et ton travail à terminer demain matin ?

— Je le ferai dans l'avion. Sur mon fidèle ordinateur portable dernier cri.

— Oh, et puis merde !... » Avec toute cette tension et cette fatigue, j'avais un mal de tête atroce. Rien que la chambre me sortait par les yeux. Ces petites fleurs qui semblaient bouger sans arrêt auraient donné la migraine à n'importe qui.

« Qu'est-ce que vous vouliez que je dise ? Vous auriez dû prévoir l'heure de mon vol. Vous veniez de vous lamenter en disant que vous ne supporteriez pas de rentrer jusqu'à Londres au pas. J'ai pensé que vous aviez envie de rester ! »

Je n'allais pas lui avouer que ç'avait été une diversion, après ma crise de panique. « Eh bien non, je n'avais pas envie de rester! C'était pourtant clair, non?

– J'ai cru que vous disiez ça pour ne pas me mettre dans l'embarras. Vraiment stupide de ma part, ajoute-t-il en rangeant ses affaires dans l'armoire.

– C'est vrai, j'ai dit ça pour vous! J'avais peur que vous preniez la tangente!

– Sophy, allez-vous vous calmer? » Il referme la porte de l'armoire et, d'une voix glaciale : « C'est la seule chose raisonnable à faire. La circulation aurait été un cauchemar, la route interminable, et votre mère certainement bonne à interner.

– Toujours son éternel chantage!

– Pas entièrement, je suis sûr. »

D'accord, pas entièrement. Ma mère se faisait toujours un souci monstre jusqu'au moment où le téléphone sonnait et où je lui disais : « Je suis bien arrivée. »

« Au moins, maintenant, vous pouvez avaler un petit verre, me fait-il remarquer. Et si vous voulez mon avis, ça ne vous ferait pas de mal.

– Vous voulez rire? Vous n'avez pas entendu, tout à l'heure? J'ai failli me trahir. Si je commence à m'envoyer de la vodka...

– Je n'ai pas dit "vous envoyer", j'ai dit "prendre un petit verre". Si c'est déjà trop, mieux vaut vous abstenir, en effet.

– Oh... » Je lui ai tourné le dos, et je lui ai dit dans ma barbe de s'en aller, mais en termes plus crus.

« J'ai entendu », me dit-il.

Tant mieux.

« Vous croyez que ça me fait plaisir d'être coincé au fin fond du Lancashire ? Si vous voulez savoir, j'ai un déjeuner demain. Vous ne croyez pas que j'aurais préféré rentrer chez moi et dormir dans mon lit ?

– Alors, merde, pourquoi n'avez-vous pas abondé dans mon sens ? » ai-je sifflé entre mes dents. Si je m'étais écoutée, j'aurais hurlé, mais ma tête ne l'aurait pas supporté. « Je n'avais aucune chance, seule contre mon père, ma mère, et ma tante Barbara qui mettait son grain de sel. » Si j'avais résisté un peu plus, ça aurait eu l'air louche. Déjà, je voyais ma mère qui commençait à nous soupçonner de nous être disputés.

Si vous aviez une telle envie de partir, il fallait le faire !

– Comment lutter contre une demi-douzaine de bulldozers ?

– En bulldozant plus fort !

– Est-ce que vous pourriez éviter de m'agresser comme ça ? J'ai un mal de tête épouvantable, je suis crevée, ce matin j'étais réveillée à cinq heures et demie tellement j'avais la frousse.

– Dans ce cas, c'est aussi bien qu'on reste. »

D'un certain point de vue, peut-être. Je n'avais pas de chemise de nuit, pas même un T-shirt ; or, au cas où vous vous diriez *Et alors ?*, je précise que je suis le genre de dormeuse agitée qui se découvre la nuit. De temps en temps – bien que ça me fasse mal d'avouer cette habitude inélégante – j'adopte même une position infantile, tête dans l'oreiller, derrière en l'air. Un petit copain que j'ai eu avant Kit m'avait surprise ainsi, et réveillée par une bonne tape sur les fesses en riant, la vache. « Écoutez, je suis désolée. Je n'étais pas préparée à ça, partager une chambre et tout.

– Moi non plus. » Appuyé contre l'embase de la fenêtre, il avait croisé les bras sur sa poitrine. « Mais est-ce que c'est si grave que ça ? »

Je commençais à comprendre que j'avais pris les choses trop à cœur. C'étaient des lits jumeaux, après tout, pas un lit à deux places ; toutes les chambres à grand lit devaient être prises. Dieu merci. Avec un peu de chance, pour une fois, je ne remuerais pas trop. Sinon, je pouvais toujours espérer qu'il dorme comme une bûche et ne remarque rien. « Non, non, d'accord. Mais il m'arrive de parler dans mon sommeil. J'espère que je ne vous réveillerai pas.

– Pas de danger. Je me suis couché tard hier soir. Je vais fermer les yeux sitôt couché et, à part un tremblement de terre, rien ne pourra me réveiller. »

Ouf.

« Écoutez, continue-t-il sur un ton ferme et pragmatique. Allez donc prendre un bain ou une douche. Ça vous détendra. Je vais vous chercher un verre si vous voulez, et ensuite je vous laisse seule. »

Typique des hommes. Juste après vous avoir rendue livide au point de vouloir leur casser la figure, ils se répandent en gentillesses et en attentions histoire de vous donner mauvaise conscience. « Je veux bien, oui, deux doigts de vodka et un double tonic.

– Je reviens tout de suite. »

J'ai enlevé mes chaussures et je me suis affalée sur un lit. C'était la loi de l'emmerdement maximum qui continuait, bien entendu. Puisque les catastrophes prévues ne s'étaient pas matérialisées, il fallait bien que le destin m'en jette une dans les pattes au dernier moment.

J'ai cherché du paracétamol dans mon sac, j'ai pris un verre d'eau et j'ai appelé à la maison. Il n'y avait personne, ce qui n'était pas plus mal. Je n'aurais pas supporté de me lancer dans un post mortem avec Alix, surtout que je n'en étais pas encore au stade « post ». J'ai laissé un message et je suis retombée sur l'oreiller ; je commençais à somnoler quand Josh a frappé à la porte.

« Service de chambre. »

Je n'avais pas fermé à clé ; c'était donc par pure politesse qu'il s'annonçait, au cas où j'aurais été en petite culotte.

Rêve toujours.

« Tenez, me dit-il. Excusez-moi, vous ne dormiez pas, si ? »

Je devais avoir l'œil vague de la nana qui émerge. « Presque.

– Bon, détendez-vous. À tout à l'heure. »

Au moment où il allait ouvrir la porte, j'ai cédé à la panique. « Dominic ! »

Il s'est retourné. « Quoi ?

– Et si jamais je vous appelle Josh par erreur ? J'ai failli, tout à l'heure. »

Il a réfléchi une seconde, pas plus. « Un surnom ?

– Un surnom ? Josh pour Dominic ? »

Il a haussé les épaules. « Il n'y a pas forcément de relation. Quand je jouais de la trompette, j'écorchais tellement les oreilles de tout le monde qu'on m'a appelé Joshua, comme celui qui a fait tomber les murs de Jéricho.

— C'est un peu tiré par les cheveux.

— Pas vraiment. J'ai en effet écorché pas mal d'oreilles. Pour les voisins, j'étais une calamité publique.

— Comme moi avec mon violon. » J'ai réussi à m'arracher un sourire anémique, apparemment assez faiblard pour qu'il se pose des questions.

À demi exaspéré, il s'est passé une main dans les cheveux. « Écoutez, si ça doit vous donner une telle migraine, on rentre tout de suite. Je vous soutiendrai devant vos parents. »

Ah! enfin. Mais la seule idée de devoir rediscuter le pour et le contre avec ma mère m'a paru au-dessus de mes forces. De plus, avec cette délicieuse vodka-tonic fraîche dans la main... « Je ne suis pas sûre d'en avoir la force. Dans le feu de l'action, tout à l'heure, j'y étais prête, mais plus maintenant. Bien sûr, si vous y tenez...

— À dire vrai, non. Ce que j'aimerais, pour l'instant, c'est un whisky, suivi d'un dîner, suivi de plusieurs heures d'oubli total. »

À part le whisky, tout à fait d'accord. Après une journée comme celle que nous venions de passer, se mettre dans les bouchons aurait été de la folie. « Bon, si vous pouvez supporter de partager ma chambre pour une nuit, moi c'est d'accord.

— Dans ce cas, on ne change rien. On se retrouve en bas. Bon bain. » Arrivé à la porte, il a marqué une pause. « Et prenez les choses du bon côté. Toute la journée, vous avez tendu le dos. Le malheur a fini par arriver. »

Tu ne crois pas si bien dire, mon vieux.

Pourtant, comme la porte se refermait sur lui, j'ai reconnu que nous avions échappé au pire. Si je tournais ma langue dans ma bouche avant d'ouvrir le bec, nous pourrions aller sans trop de mal jusqu'au bout de l'épreuve ; mais je commençais à regretter – ô combien – le sympathique et inoffensif Colin. J'allais déjà être dans un état de tension nerveuse atroce sans avoir besoin d'y ajouter le stress de passer la soirée et la nuit avec un homme dont j'étais toquée tout en prétendant ne pas l'être (vis-à-vis de lui), et tout en prétendant l'être (vis-à-vis de mes parents)... si vous me suivez.

Ça ne s'annonçait pas comme une partie de plaisir pour lui non plus, toutes ces heures sup à mourir d'ennui en compagnie d'une famille soporifique, en tentant désespérément d'étouffer ses bâillements... pauvre Josh.

Et même, pauvre petite amie, s'il en avait une. Je me trouvais très généreuse de penser à la petite amie d'un type qui me plaisait, mais j'étais sincère. À peu près sincère. Les paroles d'Alix me revenaient dans toute leur acrimonie. « Tu voudrais sortir avec un homme qui fait ça par choix ? »

Ou plus exactement : Tu voudrais sortir avec un homme qui fait ça tout court ? Qui me disait qu'il n'était pas en ce moment même au téléphone avec la pauvre fille ?

« *Écoute, ne hurle pas, je suis coincé. Je ne rentrerai que demain.*
– *Quoi ? ?*

– *Les autoroutes... tu as dû voir le JT ? Sa mère va piquer une crise si elle prend la route, avec tous les bouchons.*

– *Eh, à d'autres !* »

Et clac.

Et ce n'était que le début. Je l'imaginais des semaines plus tard. Il l'embrassait en partant « travailler. »

– *Si jamais tu oses penser à autre chose avec elle, je te tue.*

– *Pour l'amour du ciel, je ne pense jamais à autre chose !*

Une gifle.

Moi, à sa place, je me rongerais les sangs toute la soirée, je m'imaginerais des pouffiasses genre Jocasta pendues à son bras. *Allez, tu en meurs d'envie. Elle ne le saura pas...*

Et j'irais renifler ses cheveux, ses vêtements, etc., à l'instant même où il mettrait la clé dans la serrure.

« *Tu l'as embrassée, hein ?*

– *Non, c'était une grosse truie genre troisième âge.*

– *Sale menteur.*

– *Bon, d'accord, je l'ai embrassée. Mais juste un petit baiser sur la joue. Elle me faisait pitié.*

– *Menteur ! Les vieilles truies ne se parfument pas avec Joop ! Elle te plaît, c'est ça ? Je parie que tu lui as tripoté les seins ! Je vais le dire à cette saloperie d'agence et tu te feras virer ! Pourquoi est-ce que tu ne peux pas prendre un vrai boulot ?* »

Et que dire aux amis qui demandent ce qu'il fait dans la vie ?

« Il, euh, il fait des sortes d'escortes, mais tout à fait irrégulièrement ; c'est temporaire, le temps qu'il retrouve un job à très haut niveau, comme celui qu'il avait avant. »

J'imaginais trop bien les haussements de sourcils : *Ah ouais ?*

Merci bien. Je préférais mes bons vieux fantasmes avec Darcy et Clooney, qui étaient disponibles sur demande et sans même avoir à se raser les jambes. Et qui ne rouspétaient jamais quand on avait envie de regarder *Animal Hospital*.

En descendant, je me suis arrêtée à la réception pour me faire réveiller à six heures le lendemain.

« Désirerez-vous prendre un petit déjeuner avant de partir ? m'a demandé la fille. Pas un petit déjeuner anglais, malheureusement, mais nous pouvons vous préparer quelque chose. »

Non merci. Je veux me tirer d'ici, et le plus tôt sera le mieux.

Je ne l'ai pas dit. Josh voudrait probablement se sustenter. « Très bonne idée, merci. »

L'apéritif s'est déroulé sans encombre. Josh avait le don de détourner la conversation de sa personne. Meublé dans le style cottage confortable, le restaurant donnait sur la terrasse, il était bondé comme un samedi soir, mais, par les portes ouvertes, entrait un air très doux pour la mi-mai. Le crépuscule, dont les teintes rosées s'estompaient, baignait les jardins d'une beauté paisible. J'écoutais les derniers chants des oiseaux, bientôt couverts par une musique : il avait fallu qu'un jeune DJ se mette à passer les vieux tubes à l'eau de rose (il n'y avait que ça qui pouvait plaire à ces plus-de-vingt-cinq-ans décrépits) pour que je remarque la petite piste de danse.

Quelques couples se sont aventurés dessus avec un air un peu gauche, bientôt rejoints par d'autres, et ma mère s'est mise à me lancer des regards l'air de dire *Alors ?* Mais comme Josh, en grande conversation avec oncle Mike, le mari de tante Barbara, était à des lieues de se douter de ce qu'on attendait de lui, j'ai fait semblant de n'avoir rien vu.

Dans des circonstances normales, je serais la première à reconnaître que danser avec un homme qui vous plaît est l'une des expériences les plus délicieuses de la vie. Mais quand on le payait pour vous accompagner et qu'on était obligée de partager sa chambre ensuite, ça changeait légèrement la donne. De plus, je ne suis pas maso. Pourquoi se tourmenter en devenant accro à quelque chose dont on sait qu'il faudra se passer dans moins de vingt-quatre heures ?

Je suis allée m'asseoir à côté de Granny, qui m'a glissé à l'oreille : « Tout va bien, ma chérie ? Je t'ai trouvée un peu à cran, tout à l'heure. »

Ça se voyait tant que ça ? « Ce contretemps m'a un peu ébranlée, c'est vrai. La journée a été longue.

— C'est aussi bien que vous ne repartiez pas ce soir, alors. » Au bout d'un moment, elle a ajouté : « J'espère que je n'ai pas fait d'impair au déjeuner, tu sais, quand j'ai parlé de vivre ensemble. Après, j'ai eu peur que tu sois contrariée parce qu'il ne te l'avait pas proposé.

— Oh! là, là, non, ai-je dit en me forçant à rire avec légèreté. Il est bien trop maniaque – je deviendrais dingue en moins d'une semaine. » J'ai vite changé de sujet, tout en me demandant si ce serait un bon prétexte pour le larguer. Pour des gens qui ne vivaient pas ensemble, c'était douteux. Quoi, alors? Il me tapait sur le système sans raison particulière? Certaines personnes m'agaçaient rien qu'à leur manière de dire « Bonjour ! » ou de soulever un coin de leur sandwich club et de le renifler avant de mordre dedans. J'étais tellement sûre qu'ils allaient le faire que j'en aurais hurlé. Si j'habitais Los Angeles, je le jure, j'aurais déjà passé un contrat sur une ou deux têtes.

« ... et leur lune de miel, qu'en penses-tu ? poursuivait Granny. La moitié de l'Afrique, d'après ce que je comprends. Ça doit lui coûter une fortune.

— Il a les moyens.

— Et envie de lui faire plaisir, il faut croire. Si tu veux mon avis, ça ne lui ferait pas de mal d'être un peu moins gâtée. Pour tes parents, elle a toujours été la huitième merveille du monde. De moi à toi, chérie, j'ai toujours pensé qu'ils faisaient une différence entre vous.

— Mais pas du tout, Granny !

— Je ne parle pas de choses matérielles, mais de leur manière d'être avec elle. Toujours à l'encenser. À l'élever dans un cocon. »

J'ai failli rire. « Mais je n'avais pas envie de vivre dans un cocon ! Maman a besoin d'avoir quelqu'un à encenser. J'étais bien contente que Belinda soit là pour tout encaisser ! »

La piste de danse se remplissait rapidement. Ma mère n'y tenait plus. « Sophy, tu ne vas pas danser un peu avec Dominic ? »

Josh a haussé un sourcil interrogateur et m'a jeté un coup d'œil.

J'étais prête, sourire d'excuses et tout. « Je ne crois pas, maman ; j'ai affreusement mal aux pieds. Je savais bien que ce serait une erreur de mettre des chaussures neuves. » Ce que je ne disais pas, c'est que le cuir italien était si souple qu'elles m'allaient comme une paire de gants en chevreau.

« Enlève-les, chérie.

– Moi, je suis partante. » Jamais la dernière quand il s'agissait de se mettre en avant, Diana arborait un petit sourire espiègle. « Allez, debout Dominic. »

Il l'a suivie avec une grâce parfaite et ma mère a fait de son mieux pour ravaler son humiliation.

Tout en écoutant ma grand-mère, je regardais les danseurs. Josh n'avait décidément pas deux pieds gauches ; il n'avait pas l'air de s'ennuyer non plus. Diana, elle, s'amusait franchement. Le clan Metcalfe compte plus de filles que de garçons, et ce n'est pas folichon de danser avec son père.

À la fin de la danse, j'étais sûre qu'il allait revenir à l'assaut. « Allez, Sophy, me dit-il sur un ton de plaisanterie et de cajolerie parfaitement de circonstance. Ça fera passer le dîner. »

Juste pour la forme, je pouvais jouer le jeu du badinage. « Ça me fera perdre quelques grammes, tu veux dire. »

Il m'a jeté un regard qui voulait dire : *Tous les prétextes sont bons...* « Si je voulais une sauterelle, je m'en trouverais une.

— C'est vrai, ça. Dites-le lui, intervient ma mère aussitôt. Elle est très jolie comme elle est. Je te l'ai dit cent fois, chérie, les hommes n'aiment pas les maigres. »

Vraiment, on aurait dû lui interdire les liqueurs ! Après deux ou trois Cointreau, sa capacité de gaffer atteint des sommets.

« Moi je vous le dis, ce sont tous ces mannequins maigrichons qui rendent les filles anorexiques, poursuit-elle à l'intention de tante Barbara. Je n'arrive pas à comprendre pourquoi ils ne choisissent pas des vraies filles, avec des rondeurs.

— C'est pourtant facile, Susan, lui répond Barbara, qui a les joues aussi roses que ma mère. Tous les couturiers sont gays. Ils ne veulent ni seins ni fesses. En tout cas, pas des vraies fesses, des fesses de filles.

— S'ils préfèrent les fesses des garçons, Barbara, grand bien leur fasse, voilà ce que je dis. » Et elles se mettent à rigoler comme des écolières qui échangent une blague salace au fond de la classe.

« Mon Dieu, elles sont insortables, dit Diana en souriant d'une oreille à l'autre. Rondes comme des queues de pelle, toutes les deux. »

Josh se retenait manifestement d'éclater de rire. « Allons, Sophy. Une petite danse avant que je me transforme en citrouille, me dit-il en haussant un sourcil.

— Si tu ne veux pas, j'accepte à ta place, me dit Diana.

– Vas-y. Je te promets de ne pas t'arracher les yeux. » J'adresse un petit sourire doux à Josh. « Désolé chéri, mais j'ai vraiment trop mal aux pieds. »

Diana était trop contente. Après un autre morceau endiablé, le DJ a mis quelque chose de plus lent.

Je les ai regardés danser trente secondes, puis j'ai chuchoté à Granny : « Je vais prendre l'air quelques instants dans le jardin. »

Une fois sur la terrasse, j'ai enlevé mes chaussures parce que j'étais presque sûre que ma mère m'épiait. L'herbe était douce et humide, l'air embaumait l'été et le gazon fraîchement tondu. Les cheveux ébouriffés par un souffle de brise, je suis descendue vers un petit banc de pierre au bord du cours d'eau.

Et que ma mère n'aille pas s'imaginer que je faisais la tête à cause de « Dominic » qui dansait avec Diana.

Parce que c'était la vérité.

Dans une autre vie, on m'aurait appelée perversité.

Je me suis assise et j'ai écouté l'eau gazouiller doucement sur les cailloux, en me demandant si je n'étais pas la fille la plus bête de toute la terre. La chanson me parvenait à travers l'air nocturne. Ce salaud de DJ savait ce qu'il faisait. C'était une de ces ballades lentes et rêveusement érotiques capables de vous amener au bord de l'orgasme, surtout avec un partenaire qui vous mettait déjà en transe au départ.

Et cette salope de Diana qui dansait avec lui !

Je me suis souvenue d'avoir éprouvé quelque chose de similaire à un anniversaire d'enfants. Je venais de refuser poliment la dernière mini-jelly parce que c'était mal d'être gourmande, et, verte de rage, j'avais vu Emma Jenkins se jeter dessus quelques secondes plus tard.

D'un autre côté, c'était sans doute aussi bien. Il est quasiment impossible de cacher des frissons proches de l'extase quand on fait du frotti-frotta. Seul un Néandertal profond ne comprendrait pas le message, et je ne voulais pas effrayer ce pauvre Josh en lui donnant l'impression que j'allais me jeter sur lui pendant la nuit.

Il faisait bon sur ce banc de pierre, avec la lumière qui déclinait en se parant de teintes douces. J'imaginais qu'un peu plus tard dans la nuit, ce ne serait pas aussi serein : déjà, un oiseau lançait sur les landes son cri sinistre d'âme damnée. Je me suis mise à penser à Heathcliff – gamine, j'avais fantasmé sur ce personnage – en me demandant si l'auberge était hantée. J'imaginais une pauvre fille de cuisine séduite par le jeune maître, et chassée par une nuit glaciale de janvier. Elle serait morte de froid recroquevillée contre un mur de pierres sèches, en jurant dans son dernier souffle de hanter le maudit sir Deveril jusqu'à la nuit des temps. Et depuis, son spectre pâle et froid comme la tombe errait sur les...

« Bon Dieu ! » Mon cœur avait bondi dans ma poitrine. « Ne faites pas ça !

– Faire quoi ?

– Arriver en catimini derrière moi !

– Je ne suis pas arrivé en catimini, j'ai marché d'un pas parfaitement normal, sur mes deux pieds chaussés de mes deux chaussures. »

Je me voyais mal lui avouant que je l'avais pris pour le fantôme d'une fille de cuisine enceinte. « Je ne vous ai pas entendu. Vous m'avez fait peur.
— Je vous demande pardon. » Il se tenait à un ou deux mètres de moi. Il avait enlevé sa veste et sa cravate, et défait le dernier bouton de sa chemise. Danser avec Diana, ça donnait chaud. « Tout va bien?
— Mais oui, pourquoi ça n'irait pas?
— Je ne sais pas, votre mère s'inquiétait. »
J'aurais dû m'en douter. « Elle vous a envoyé aux nouvelles?
— Pas tout à fait. Elle m'a dit : "Sophy est toute seule là-bas depuis un moment. Rien de grave, j'espère?"
— Qu'est-ce qu'elle a bien pu s'imaginer, encore? »
Il s'est assis à côté de moi, à environ trente centimètres. « Il y a du fretin tueur dans le cours d'eau? »
J'ai failli rire. « Ici, on dit le ru. Il va falloir que je vous enseigne l'ancien dialecte du Nord.
— Non merci. J'ai déjà eu assez de mal avec le russe. »
Ne l'ayant jamais imaginé en linguiste, ça ne m'a pas surprise. « Vous avez appris le russe à l'école?
— Oui, mais j'ai abandonné après le brevet. J'avais choisi le russe parce que je voulais m'engager dans le MI 5 pour faire comme James Bond. C'était encore l'époque de la guerre froide. »
Je n'ai pas pu m'empêcher de rire. « Vous deviez être fou de tous les petits gadgets de Mr Q — les briquets qui explosent, les voitures à sièges éjectables...
— Sans oublier les espionnes pulpeuses qui se glissaient dans mon lit, dit-il d'un ton gourmand. À seize

ans, c'est presque aussi tentant que les gadgets. » Il baisse les yeux. « Comment vont vos pieds ? »

Tiens, il était tombé dans le panneau. « Bien, maintenant que j'ai enlevé mes chaussures. » J'ai agité les orteils dans l'herbe fraîche et déjà pleine de rosée.

« Dans ce cas pourquoi n'avez-vous pas voulu danser pieds nus ? »

Je commençais à regretter qu'il ne soit pas resté à l'intérieur. Mes frissons me reprenaient. « J'aurais filé mon collant.

— C'est l'excuse la plus nulle que j'aie jamais entendue. Si j'étais prêt à faire l'effort, vous auriez pu jouer le jeu. »

L'effort ? Il n'avait pas eu l'air de se forcer, avec Diana, le salaud. « Je n'avais pas envie, d'accord ? De toutes manières, Diana était trop contente.

— Oui, et votre mère l'a pris de travers, si vous voulez mon avis. C'est vous et pas Diana qu'elle voulait voir dans mes bras.

— Il faudra qu'elle s'y fasse. D'ailleurs, je n'avais pas envie d'être dans vos bras. Ne le prenez pas mal, mais je n'aime pas beaucoup votre aftershave.

— Je n'aime pas trop votre parfum non plus, mais j'étais prêt à souffrir pour une noble cause.

— Toutes mes excuses. Je ne savais pas que vous vous étiez bouché le nez toute la journée... façon de parler.

— Ça pourrait être pire. » Il s'est penché imperceptiblement vers moi, en reniflant un petit coup. « C'est moins fort. »

Comme mon cœur se remettait à battre comme un fou, je ne tenais pas à ce qu'il s'approche davantage.

Cependant, j'ai pensé à la jelly d'Emma Jenkins et j'ai fait contre mauvaise fortune bon cœur. La brise s'est levée, ébouriffant mes cheveux, et l'oiseau a lancé son cri sinistre.

J'ai frissonné.

« Vous avez froid ?

– Non... c'est cet oiseau. On dirait une âme perdue. Il me fait penser aux *Hauts de Hurlevent*, et à Heathcliff. »

Il est parti d'un petit rire. « Il doit avoir faim. Ça m'arrive à moi aussi de pousser ce genre de cri quand il n'y a plus qu'un oignon nouveau et deux bières dans le frigo. Quand il n'y a même pas les bières, je suis très mal. »

Juste au moment où j'allais oser me permettre une indiscrétion folle et lui demander s'il vivait seul, il a donné un petit coup de tête par-dessus son épaule. « Vous voulez que j'aille rendre mon rapport ? Ou ça annulerait le but de la manœuvre ? »

Le but de la manœuvre étant, bien entendu, de le séparer de Diana et de le rapprocher de moi. « Je suis désolée. Ma mère ne brille pas par sa subtilité, surtout quand elle a bu quelques verres. Parfois, elle donne envie de disparaître dans un trou de souris.

– Pas à moi.

– Non, c'est normal. Les mères font mourir de honte leurs propres enfants, pas ceux des autres. »

J'ai jeté un coup d'œil à la salle de restaurant, qui brillait de tous ses feux. « Je parie qu'en ce moment même elle nous épie.

– Dans ce cas, jouons le jeu. »

Inconsciemment, je suppose que c'étaient les paroles que j'espérais, tout en ne les attendant pas. « Comment ça ? dis-je, innocente.

— Une petite promenade au bord de l'eau ? » Il s'est levé en me tendant la main. Ce geste n'était pas nécessaire, mais puisque ma mère attendait ce genre de démonstration de la part d'un gentleman, amoureux de surcroît, je l'ai prise. Il l'a bientôt lâchée, et m'a glissé un bras autour de la taille. Pas un bras léger pour la galerie, comme pendant toute la journée, mais un bon bras d'amant sur lequel s'appuyer, un bras qui vous tenait serrée, hanche contre hanche.

J'ai failli céder à la tentation de lui rendre la pareille, mais alors mon 95 C droit se serait écrasé contre sa poitrine, et ç'aurait été pousser trop loin, si j'ose dire.

« Tout à l'heure, j'ai cru que Tamara avait parlé. J'ai eu une peur bleue.

— Il ne fallait pas commencer vous-même. Quand on a lâché le morceau, c'est trop tard, on ne peut plus le rattraper.

— Je sais, mais si vous saviez combien ça m'a soulagée de me confier, surtout à quelqu'un comme Tamara. Elle a trouvé ça hilarant.

— Dommage que vous n'ayez pas réagi comme elle, au lieu de vous faire du mouron toute la journée. »

Là, j'ai failli me rebiffer. « C'est fou ce que ç'aurait été hilarant si on avait découvert le pot aux roses en pleine réception, j'en aurais fait pipi dans ma culotte !

– Relax ! Ça y est, vous vous remettez à vous tortiller dans tous les sens. » Il m'a donné une petite pression sur la taille.

Attention, je risquais d'y prendre goût. « Non ! je suis chatouilleuse ! »

Il recommence. « Eh bien, c'est peut-être le remède. Je vais vous faire rire un bon coup, ça vous détendra.

– Je suis détendue !

– À peu près autant qu'une raquette de Pete Sampras. »

Il m'a lâché la taille et il m'a prise par le poignet, puis il m'a conduite vers un grand bouleau au bord du ruisseau.

Oh, mon Dieu. Quoi encore ?

« Il est temps d'aller rejoindre les autres, ai-je dit d'une voix pas trop chevrotante, j'espère. J'ai les pieds trempés.

– Dans une minute. » Il s'est appuyé contre le tronc en me posant deux mains légères sur la taille, moi lui tournant le dos. « Prenez exemple sur ce ruisseau Laissez-vous aller avec le courant.

– Facile à dire. »

Les mots avaient eu du mal à sortir. La manière dont il me tenait était infiniment plus érotique que tout ce qu'on pouvait lire dans *Lads' Weekly* sur « Comment brancher votre nana. »

D'accord, ce n'était pas bien difficile.

« Vous croyez que votre mère nous observe toujours ? »

J'en aurais parié mon salaire. Je la voyais poussant mon père du coude.

— *Regarde-moi ces deux-là.*
— *Arrête de les épier, mon chou.*
— *Je n'épie pas, je m'intéresse. De toute manière, ils ne peuvent pas me voir.*

« Elle en est tout à fait capable, ai-je répondu.
— Alors il ne faut surtout pas la décevoir. »

Je me suis sentie comme une potiche à son premier rendez-vous. Il faut dire les choses comme elles sont : j'avais la tête dans les nuages. « C'est-à-dire ? ai-je demandé, comme une idiote.
— Devinez. Au hasard. »

Je n'aurais jamais cru qu'il irait aussi loin. J'étais prête à parier que c'était contraire au règlement de l'agence. Et pourtant, si jamais quelqu'un méritait une petite faveur, c'était bien moi.

Lentement, il m'a tournée vers lui. Les mains toujours aussi légères, il m'a attirée plus près.

Il commençait à se faire tard, je le reconnais, mais justement, c'était l'heure où il n'y avait plus de potiche qui tienne. Je ne suis tout de même pas stupide à ce point. On n'arrive pas à trente ans sans piger le moment où un affreux bonhomme commence à vouloir faire joujou.

Mais j'avais toujours été joueuse. Et particulièrement bonne quand tous les coups étaient permis.

J'étais sûre de ce qu'il allait faire, et je ne m'étais pas trompée. Un lent effleurement de nos lèvres, un vrai supplice de Tantale dont le seul but était de me laisser sur ma faim.

Le problème c'était soit que j'étais trop en manque, soit qu'il excellait à ce jeu-là. J'imagine que c'est cette combinaison de pouvoir et de gentillesse qui a eu raison de moi ; ses bras fermement enlacés autour de ma taille me disaient *Tu ne peux pas t'échapper...*, mais ses lèvres me criaient *Même si tu le voulais...*

Ajoutez à cela la caresse de son menton rasé et sa discrète odeur d'homme, et j'ai failli me faire emballer. Après tout, il y avait des mois que je n'avais pas approché quelqu'un d'aussi appétissant à une distance aussi palpitante. J'avais tellement le tournis que j'ai failli manquer de courage pour passer à la phase suivante.

J'en étais sûre : juste après m'avoir jeté cette petite miette, il s'est écarté. Il savait exactement ce qu'il faisait. Le but était de m'appâter, de constater ma cruelle déception, et de bien rigoler sous cape.

Pas question.

Prête à la curée, j'ai passé un bras autour de son cou, je l'ai attiré violemment à moi et j'ai terminé ce qu'il avait commencé. Si vous voulez les détails sordides, je lui ai donné le genre de baiser que je réserve à quelqu'un dont je suis folle et que je n'ai pas vu depuis un mois, quand je m'attends à ce qu'on s'arrache nos vêtements et à ce qu'on s'accouple comme des bêtes en moins de deux minutes.

Au bout de trois secondes, je ne jouais plus la comédie. Naturellement, j'ai bien senti qu'il en était comme deux ronds de flan, mais c'était son problème. Je m'y suis collée (littéralement) avec une application dévorante (littéralement), explorant les recoins de sa bouche qu'il ne se connaissait pas lui-même. Au bout de quelques secondes, il a dû se dire que quand on vous fait cadeau d'une jument nymphomane on ne va pas regarder dans sa bouche (littéralement), et il a répondu en nature. Il m'a attirée contre lui, écrasant mes 95 C contre sa poitrine, et croyez-moi ils ne se plaignaient pas. Cet étrange organe qu'on ne nomme pas et qui ne se réveille qu'à ces instants-là pointait soudain de manière alarmante, et tous mes instincts d'hibernation s'envolaient. Il m'a dévorée à son tour, et tout au fond de moi mes instincts de femelle criaient *Vite ! Pourquoi crois-tu que tu as été mis sur cette terre ?*

Vous comprendrez donc qu'il m'a fallu une maîtrise de moi exceptionnelle pour ne pas dévier de mon plan. J'ai mis fin à cette labio-succion avec un petit bruit de ventouse et je me suis écartée de lui. Mon cœur tambourinait comme un fou, mais tant pis. « Bon, ça suffira, ai-je dit d'un air enjoué. Pas la peine d'en rajouter. »

Vous auriez dû voir sa tête. L'homme troublé dans toute sa splendeur, remué et ému en même temps.

Cinquante points pour moi.

J'ai pris mon air de sainte nitouche. « Pourquoi faites-vous cette tête-là ? C'est bien vous qui avez eu cette idée !

— Pas comme ça, non ! »

J'y suis allée de mon couplet faussement déconcerté. « Si ma mère nous regardait, au moins elle aura eu quelque chose à se mettre sous les yeux. Si vous pouvez continuer de jouer la comédie encore cinq minutes, nous allons rentrer. J'ai les pieds trempés. Vous pourriez me refaire le coup du bras, s'il vous plaît ? ai-je ajouté, toute douceur. Sinon, ça aurait l'air bizarre. »

Nous n'étions pas loin du banc de pierre, où j'ai récupéré mes chaussures.

Il ne disait pas un mot.

Et nous sommes rentrés, moi le cœur battant la chamade. « Je vais aux toilettes, ai-je dit une fois à l'intérieur. Vous pourriez aller me chercher un grand verre de quelque chose de frais ? Un seven-up, par exemple.
– Tout de suite. »

J'avais besoin de respirer un peu, et je ne connais rien de mieux qu'un siège de WC pour un petit moment de réflexion.

Le salaud.

Je savais bien que je n'avais pas tout imaginé. Je n'étais pas totalement parano, je suis sûre qu'il m'aurait suffi d'un clignement de paupières pour louper le frémissement au coin de sa bouche, la petite lueur au fond de ses yeux.

Il avait ri ou, plus précisément, il avait eu l'air de s'amuser, avec toute la condescendance dont les hommes sont capables. *Pauvre conne*, se disait-il à peu de choses près, *en manque d'amour depuis des mois, prête à tomber dans la première amourette, elle attend en tremblant de délices tout ce que, dans ma grande bonté, je suis prêt à lui accorder.*

Manifestement, je m'étais raconté des histoires en prétendant avoir su contenir mes émois. Depuis combien de temps les sentait-il ? Depuis le début de l'après-midi ?

Pourtant, cela n'aurait pas dû me surprendre. Je me doutais depuis toujours que les émotions comportent un composant chimique. Peut-être dégageons-nous une phéromone que les mecs captent aussitôt sur leurs récepteurs, comme le Grand Papillon à cornes à la saison des amours. Un peu primaire, tout ça, mais les mecs sont plutôt primaires dans l'ensemble. Et comme la phéromone n'est perçue que par la partie primaire de leur cerveau, ils ne sont pas conscients du processus. Ils pensent que tout est dû à leur génie pour repérer les nanas baisables.

Il m'a fallu plusieurs minutes pour me calmer. Toutes les sensations qu'il avait réveillées de leurs longs mois d'hibernation (je ne compte pas les fantasmes) gémissaient en chœur, criaient à la trahison. *« Tu nous as mises sens dessus dessous pour rien ? »*

Mais ça valait la peine de voir sa tête. J'ai même commencé à le soupçonner d'apprécier l'aubaine, qui lui permettrait peut-être, sait-on jamais, de prendre du bon temps.

Une fois mon pouls revenu à la normale, je suis retournée dans la salle à manger ; je savourais ma petite victoire et j'étais contente de moi. Maintenant que j'y repense, son amusement mal dissimulé me rappelait l'expression qu'il avait prise en se rappelant Tamara. *Mon dieu, cette Tamara-là ! La petite maigrichonne qui me prenait pour la huitième merveille du monde après le Ken de Barbie !* Jerry avait dû cracher le morceau, finalement. Ils avaient dû bien rigoler dans le dos de la pauvre petite Tamara.

Apparemment remis de ses émotions lui aussi, il bavardait avec oncle Mike. « Chérie, ton verre. » Il désigne un verre sur la table.

« Merci, chéri. » Je prends le verre avec un sourire tout miel. « Je vais le monter dans la chambre. Je suis crevée et nous devons partir de bonne heure. Je ne fermerai pas la porte à clé. Ne fais pas de bruit et ne me réveille pas, d'accord ? »

J'espérais avoir laissé des instructions claires : ne montez pas tout de suite, j'aimerais avoir le temps de me déshabiller tranquillement.

Je lui ai déposé un petit baiser sur la joue, puis je suis allée embrasser mes parents en leur interdisant formellement de se lever pour nous le lendemain, j'ai dit au revoir à tout le monde et je suis montée.

Josh m'a laissé trois quarts d'heure. Tout doucement il a ouvert la porte. J'avais laissé une lampe de chevet allumée et une fenêtre ouverte. À travers les rideaux frémissant sous la brise, des cris d'oiseaux plaintifs me parvenaient dans la nuit.

Je ne voyais rien. J'avais gardé mon soutien-gorge et ma culotte au cas où je me découvrirais en dormant et j'étais allongée sans bouger, la tête à moitié sous les couvertures pour qu'il ne voie pas que mes paupières sautaient.

Il a refermé la porte tout aussi doucement, et il s'est avancé en marchant sur des œufs. Comme s'il mourait de peur de me réveiller.

Peut-être l'avais-je choqué plus que je ne l'imaginais, et craignait-il que la bête jusque-là inoffensive tapie sous les couvertures ne se réveille et se jette sur lui.

Moins de cinq minutes plus tard il était couché et avait éteint la lumière. Je ne bougeais toujours pas, j'espérais de toutes mes forces qu'il se mette à ronfler pour que je me détende et m'endorme moi aussi. Tout d'un coup, le service du réveil m'a tirée de mon sommeil.

Sous les draps, j'ai enfilé le pull que j'avais mis pour venir et que j'avais posé par terre à côté du lit.

Derrière les rideaux fermés, la pièce baignait dans une pénombre agréable que je n'avais pas envie de déchirer. Je me suis glissée hors du lit et j'ai ramassé quelques affaires. Josh s'est redressé, les cheveux en bataille, clignant des yeux, il avait l'air du type qui dormirait bien encore quatre heures.

« Je vais prendre une douche rapide, ai-je dit.

– Allez-y. »

J'étais ressortie au bout de dix minutes. Il avait remis son pantalon de la veille mais pas de chemise. Il avait tiré les rideaux et se tenait devant la fenêtre, une main sur le mur.

Son dos nu répondait à toutes mes attentes : olivâtre, musculeux, plutôt appétissant. J'aurais presque préféré qu'il ait des furoncles, ça m'aurait simplifié la vie.

Vingt minutes plus tard nous étions en bas, sans avoir échangé plus de dix paroles. Nous avons trouvé des croissants, du beurre et de la confiture sur la table, et une serveuse aux yeux chassieux nous a apporté une cafetière.

« Je vais appeler Automobile Association pour connaître l'état des routes », a dit Josh.

Pendant qu'il était au téléphone, je me suis servi un café et j'ai tartiné un croissant de margarine allégée.

Après le petit déjeuner pantagruélique de la veille, il faudrait que je me rationne un peu.

Josh est revenu. « La M6 est toujours fermée, mais la M1 est ouverte.

— Ne nous plaignons pas. »

Il a dévoré un croissant entier qu'il avait fourré à la confiture de griotte, puis un deuxième. Quand il a tendu la main vers le troisième, j'avais les nerfs à vif rien qu'à la vue des milliards de calories qu'il pouvait avaler.

« Vous n'allez pas tout manger, tout de même ! On devrait déjà être partis ! »

Il a jeté un coup d'œil au croissant à peine entamé que j'avais laissé sur mon assiette. « Sophy, si vous voulez vous laisser mourir de faim, c'est votre affaire. N'espérez pas que je fasse la même chose.

— Vous avez bien dormi ? ai-je demandé par pure politesse.

— Oui, merci. »

Au moment où nous partions, j'ai entendu la voix de ma mère dans l'escalier. J'aurais dû m'en douter.

« Je t'avais dit de ne pas te lever, ai-je protesté en espérant cacher mon agacement : mon père et elle arrivaient en toute hâte, n'ayant visiblement pas pris le temps de faire leur toilette. Il est beaucoup trop tôt, voyons.

— Ne sois pas bête, chérie. Tu ne voudrais pas qu'on te laisse partir sans te dire au revoir ? »

Ils nous ont accompagnés dehors, dans le petit matin encore silencieux. Une fois la voiture chargée, et nous prêts à partir, ma mère m'a dit : « Au fait, chérie, tu sais que Paul et Belinda viennent à la maison le soir de leur retour ? »

Je l'ai regardée bouche bée. « Quoi ? Pour leur première nuit ? »

Ma question l'a terriblement vexée. « Ils meurent d'envie de voir les photos. Comme nous les aurons reçues, je les ai invités à dîner. C'est Paul qui a demandé à passer la nuit à la maison. Il n'a pas envie de boire de l'eau minérale toute la soirée. »

Dans l'évangile selon maman, c'est toujours l'homme qui conduit.

« Je me disais, tu ne voudrais pas venir toi aussi ? Je suis sûre que ça te plairait de voir les photos et de passer une soirée avec eux.

– Super, maman. Je te passerai un coup de fil », ai-je dit, tout sourire.

Naturellement, elle ne s'en est pas tenue là. Elle s'est tournée vers Josh avec un sourire hésitant. « Vous aussi, Dominic, si vous êtes libre. En toute simplicité, samedi en quinze, juste nous six, pour un petit dîner en famille...

– Il n'est probablement pas libre, chérie », a dit mon cher papa.

À Josh de jouer. Son sourire lui aurait valu tous les premiers prix dans les concours du parfait petit gendre. « C'est très gentil à vous, Mrs Metcalfe. Il faudra que je consulte mon agenda. J'ai encore quelques réunions en vue à l'étranger et il y a parfois des contretemps, mais sinon, j'en serais enchanté. »

Ma mère en a rougi de plaisir. « Nous l'espérons de tout cœur. Nous sommes ravis d'avoir enfin pu faire votre connaissance. Je vous souhaite un excellent vol. »

Enfin libres.

Nous n'avions pas parcouru un kilomètre que j'explosais : « Si jamais vous me dites : " Qu'est-ce que je vous avais dit ", je vous tue.

– Au contraire, j'espère bien pouvoir accepter leur invitation. Je parie que votre mère est une excellente cuisinière. »

Je l'ai regardé de travers et je me suis aperçue, mais trop tard, qu'il avait voulu plaisanter. Plutôt raté.

« Ne vous inquiétez pas, je ne vous demanderai pas de répéter cette petite farce, dis-je d'un ton acide. C'était le point d'orgue. Fini la comédie.

– Content de l'apprendre, me répond-il d'un ton brusque. C'est allé assez loin comme ça.

– À qui le dites-vous ! » J'ai ralenti derrière un tracteur. De chaque côté de la route des moutons paissaient, et un poney solitaire baissait la tête par-dessus un mur de pierres sèches. Si j'avais été seule, je me serais arrêtée pour lui tenir compagnie deux minutes.

Je n'étais pas sûre de mon chemin ; sur ces petites routes, c'était à douter d'arriver quelque part. « Je vais avoir besoin de vous pour la navigation. Vous pourriez attraper l'atlas routier, s'il vous plaît ? »

Il l'a pris sur le siège arrière. « Quelle excuse allez-vous trouver cette fois-ci ?

– Je vous l'ai dit, je leur dirai que je vous ai plaqué.

– Sous quel prétexte ? »

Bizarrement, une idée venait de me traverser l'esprit. « À mon avis, ça ne va pas vous plaire », ai-je ajouté d'un ton suave.

À moi, ça me plaisait beaucoup.

7

« Vous vous souvenez que vous avez eu les oreillons, récemment ? »

Il m'a jeté un regard décapant.

« Malheureusement, il y a eu des complications, ai-je poursuivi. Vous venez de découvrir que vous êtes stérile.

– Eh bien, merci quand même. »

Bien fait pour lui ; il n'avait qu'à pas me prendre pour un jouet. « Et naturellement, j'en suis absolument bouleversée, étant donné que j'ai l'intention d'avoir des enfants un jour. »

Il s'est fait encore plus sardonique. « Donc il faut que je saute ? Parce que je ne peux pas vous donner d'enfants ?

– J'en ai peur. » J'ai enfin dépassé le tracteur, en faisant un grand signe au conducteur. « Et ma mère va en être infiniment soulagée.

– Ah oui, vous croyez ? me lance-t-il, l'air de dire : *Qui espérez-vous convaincre ?*

– Oui, je crois. Elle va me dire que j'ai fait ce qu'il fallait, que vous ne lui avez jamais plu, que la méchanceté se lit dans vos yeux.

– Tiens donc.
– Si, si. » J'ai attendu une seconde pour lui balancer ma pièce de résistance. « Parce que ça vous a laissé complètement froid. Vous étiez même vachement content. Vous m'avez dit que vous ne vouliez pas d'enfants parce que c'est empoisonnant et que ça coûte une fortune. Coup de chance, ça vous permettait d'éviter la vasectomie. » J'étais lancée : mon diablotin était perché sur mon épaule et m'aiguillonnait. « Vous n'êtes pas vexé, j'espère ?
– Pourquoi voudriez-vous que je le sois ?
– À cause de votre stérilité imminente et des conséquences sur votre virilité.
– Sophy, si ça peut vous faire plaisir, castrez-moi. Tournez à droite au prochain croisement. » Le message implicite était *Si vous croyez que je vais me soucier de ce que vous racontez sur mon compte, vous vous flattez.*

Pendant quelque temps, je me suis sentie pas plus grosse qu'un ver de terre. Au moment où j'envisageais de me murer dans un silence arctique jusqu'à la maison, il m'a dit : « J'ai l'impression que vous m'en voulez. »

Comme je n'aurais jamais imaginé que ça puisse le déranger au point qu'il en parle, j'ai repris du poil de la bête. « Qu'est-ce qui peut bien vous faire dire ça ?
– Vous m'en voulez depuis hier soir. Depuis un certain incident sous un arbre », ajoute-t-il après avoir marqué une pause.

C'était au moins ça qu'il avait deviné. Arrivée au croisement, j'ai ralenti et j'ai regardé des deux côtés.

« Pas plus que vous ne m'en voulez de vous avoir battu à votre propre jeu.

– Ce n'était pas un jeu. »

Il commençait à m'échauffer. « Josh, ne me prenez pas pour une imbécile. Je ne suis pas une godiche de dix-neuf ans avec un pois chiche dans la tête. Je sais exactement ce que vous faisiez.

– Éclairez-moi.

– Oh, arrêtez ! » Je savais que je n'avais rien imaginé. Je n'étais tout de même pas parano à ce point. « Vous croyez que je ne me suis aperçue de rien ? Vous vous disiez : pauvre conne, elle est à bout, ça va être marrant de lui donner un petit frisson.

– Mais pas du tout ! » Sa voix était montée légèrement, elle est retombée. « Arrêtez de monter ça en épingle. C'était simplement un signe, envers vos parents. J'ai cédé à une impulsion.

– Impulsion, mon œil ! Vous saviez pertinemment ce que vous faisiez. Vous vous amusiez à mes dépens. Ou plutôt vous croyiez, ai-je ajouté avec insolence.

– N'importe quoi... »

Nous avons fait deux ou trois kilomètres dans un silence tendu, qu'il a rompu bientôt : « Vous voulez que je vous dise ? Je vous trouve vraiment parano. Vous croyez tout le temps qu'on va s'imaginer que vous êtes en manque.

– Vous le pensiez bien, vous, hier soir.

– Ab-so-lu-ment pas. » Il a marqué une pause. « Mais si je puis me permettre, si vous continuez à dévorer les gens tout crus comme moi hier soir, ils vont finir par le penser. »

Je me suis retenue d'exploser de colère. « Je ne voulais plus voir ce petit sourire suffisant sur vos lèvres. Et pour votre information, je n'ai pas du tout besoin de " dévorer " ou quoi que ce soit.

— Non, bien sûr que non, dit-il, plein de sarcasme. Vous dévorez régulièrement, et pour votre plus grande satisfaction, et c'est pourquoi vous avez dû payer une agence pour vous faire servir un simulacre de repas. »

Là, j'ai failli m'arrêter et le flanquer dehors, mais aussitôt, il s'est repris : « Excusez-moi. Je n'aurais pas dû dire ça.

— Fermez-la, d'accord ? À moins que vous n'ayez envie de faire le reste du chemin à pied. » Je ne pensais pas consciemment aux conseils que m'avait donnés Tamara, mais une partie de mon cerveau s'était mise sur pilote automatique. « Et si ça vous intéresse, je mange à ma faim chez moi. Régulièrement et pour ma plus grande satisfaction. »

Le problème, c'est que quand votre cerveau vous joue ce genre de tours, on est tout surpris de s'entendre proférer ce genre de paroles.

Je n'étais pas la seule étonnée. Son incrédulité était presque palpable. « Vous voulez dire que vous êtes avec quelqu'un ? »

Merci, Tamara, ma chère enfant. « Et pourquoi pas ?

— Vous m'avez dit le contraire.

— Je n'ai jamais dit ça ! J'ai dit que je m'étais inventé un petit ami convenable pour que ma mère me fiche la paix !

— Ce qui veut dire que vous en avez un pas convenable ?

— Tout juste. Ah, vous pigez vite.

— Laissez-moi deviner. C'est un bisexuel marié qui a un casier judiciaire. »

De nouveau, je n'inventais pas consciemment mais mon cerveau avait trouvé un autre chemin de traverse et s'y engageait droit devant. « Épargnez-moi vos sarcasmes. Il ne convient pas à mes parents parce qu'il ne vient pas d'un milieu " bien " et, côté boulot, ce n'est pas le Pérou non plus. Il n'en avait même pas jusque récemment. Il était SDF. »

Tout semblait clair dans mon esprit, tous les détails y étaient.

Josh digérait en silence. L'atmosphère s'était détendue, comme si je lui avais dit la vérité. « Il vit avec vous ?

— Oui. Vous l'avez peut-être vu. Il était à la fenêtre avec moi quand vous êtes arrivé, hier matin. » Je savais qu'Ace ne m'en voudrait pas ; je ne me sentais même pas obligée de lui en parler.

« J'ai vu quelqu'un. » Au bout d'un moment, il a repris : « Si ce n'est pas indiscret, comment avez-vous fait pour rencontrer quelqu'un comme ça ? »

Bon. Obligée d'emprunter à un autre personnage. Mais tout était prêt dans ma tête. « Il vendait le journal des sans-abri près de l'endroit où je travaille. Je le lui achetais de temps en temps, et je m'arrêtais pour bavarder une minute. Il m'arrivait de me demander s'il était vraiment SDF. On n'est jamais sûr, et en plus il n'était pas crasseux, mais je ne lui ai jamais posé la question. Ça a continué pendant des lustres. Il faisait presque partie du mobilier urbain. »

Là, j'ai eu un peu mauvaise conscience. Ce type avait existé. Jusque-là, je n'avais dit que la vérité. « La veille de Noël, comme tous les jours, il était là. On l'avait fêté au boulot et j'étais plutôt détendue. Je lui ai apporté une canette de bière et un paquet de chips, je lui ai glissé un billet de dix livres et je suis allée prendre mon train. » Vrai également. « Le lendemain, j'ai passé Noël en famille, comme d'habitude – feu de bois, la moitié de la dinde qu'on donne au chien, des boîtes entières de chocolats que personne ne peut plus avaler. La grande bouffe, quoi. Et je ne pouvais pas m'empêcher de penser à lui, d'imaginer comment il passait Noël. »

Comme Josh ne mouftait pas, j'ai continué. « Quand j'ai repris le boulot, il n'était plus là. Il faisait un temps épouvantable – très humide, il tombait une espèce de neige fondue et les nuits étaient glaciales –, et j'ai espéré qu'il se soit trouvé un endroit où se mettre au chaud. »

Toujours vrai, au cas où vous vous poseriez la question. Je m'étais fait pas mal de souci pour ce type. Je me demandais ce que je ferais si je le revoyais par un froid polaire en train de cracher ses poumons.

C'est là que j'ai dû commencer à mentir, mais je n'ai fait que broder sur le scénario que j'avais imaginé dans ce cas de figure. « Il est revenu environ une semaine plus tard. Il gelait à pierre fendre. Il avait toujours le moral mais il était dans un état épouvantable. Il grelottait et il avait attrapé une mauvaise toux. Je ne pouvais pas le laisser là, dans le froid. J'ai hélé un taxi, je l'ai poussé dedans et je l'ai amené à la maison. »

Au point où nous en sommes, vous serez sans doute contents d'apprendre que ce n'était pas sans problème de conscience que je me faisais passer pour le bon samaritain. Parce que j'avais eu beau me dire que je l'amènerais à la maison, je savais bien que, mise au pied du mur, j'aurais eu les jetons. J'aurais eu trop peur de me retrouver coincée avec un schizophrène porté sur les couteaux de cuisine ou avec un camé au crack qui ferait main basse sur tout ce qu'il pourrait revendre dès que j'aurais le dos tourné.

En l'occurrence, la décision s'était prise toute seule : je ne l'avais plus jamais revu. Un autre type s'était mis à vendre *Big Issue* au même endroit. Quand je lui avais demandé : « Où est Mick ? », il avait haussé les épaules. « J'sais pas, il a dû se trouver une place dans un foyer. »

J'avais donc envoyé un chèque à Saint-Mungo en culpabilisant de ne pas y avoir pensé plus tôt.

Il s'était mis à pleuvoir. De fines gouttelettes parsemaient le pare-brise, juste ce qu'il fallait pour justifier de mettre les essuie-glaces intermittents.

Enfin, Josh a ouvert la bouche. « Et il est resté ? »

J'ai hoché la tête. « Il a vite guéri, mais il faisait si froid que j'étais sûre qu'il retomberait malade s'il retournait à la rue. Et il était maigre. Il avait besoin de se " remplumer ", comme aurait dit ma mère. » Autant faire les choses bien.

« Et ça continue depuis ?

– Oui. » Je me suis dit que je ferais peut-être mieux de mettre Ace au courant, après tout. Il se tordrait de rire, et je me sentirais moins coupable. Mais jamais je ne le dirais à Alix. Elle se ficherait complètement que j'aie fait passer son frère pour un clodo, mais elle pourrait s'imaginer que j'avais le béguin pour lui, à Dieu ne plaise.

La circulation était de plus en plus dense. Mais, entre nous, la tension s'était envolée. Josh observait un silence estomaqué. Je sentais qu'il se demandait ce que j'allais pouvoir lui déballer encore : un aveu de meurtre, ou simplement le fait que j'étais traitée pour une schizophrénie paranoïaque légère.

« Quel âge a-t-il ? me demande-t-il.

— Vingt-six ans. » Tout à fait acceptable. On ne pouvait pas dire que je le prenais au berceau.

« Comment lui avez-vous expliqué la situation ? Vous lui avez dit ? »

Réflexion faite, il n'aurait pas tellement apprécié la présence de Dominic sur la scène. « Il ne connaît même pas l'existence de Dominic. Il m'aurait fait une de ces scènes ! Je lui ai dit que vous étiez un ami du marié, temporairement sans voiture, et que je vous véhiculais. »

Je devenais géniale pour raconter des bobards. « Je lui ai dit aussi que mes parents étaient un peu spéciaux et qu'il n'était même pas question que je leur parle de lui. Remarquez, même si je l'avais fait inviter il aurait refusé de venir. Une fête comme ce mariage, pour Ace, ç'aurait été l'archétype du cauchemar.

— Ace ? C'est un nom, ça ?

— Un surnom, qu'est-ce que vous croyez ? Ce sont ses initiales.

– Et vous avez réussi à le cacher à vos parents pendant cinq mois ?

– Pas tout à fait, mais il a bien fallu que j'invente une histoire au cas où il répondrait au téléphone. Je leur ai dit que nous logions un garçon – le frère de ma colocataire. Même s'il n'y avait rien eu entre nous je ne pouvais pas leur raconter d'où il sortait. Mon père en aurait fait une jaunisse. Il se serait tout de suite imaginé qu'il était délinquant ou drogué, au mieux.

– Comment savez-vous qu'il ne s'est jamais drogué ? Comment pouvez-vous être sûre qu'il n'a jamais partagé d'aiguilles sales ?

– Je le sais, OK ? Il n'a touché qu'à l'herbe, il me l'a dit. Et des millions de gens fument. » (Ace s'offrait bien un Ecstasy de temps en temps, mais sa drogue de prédilection, c'étaient les joints.)

« Pourquoi ne m'avez-vous pas dit tout ça hier ? »

Bonne question. « Ce n'était vraiment pas nécessaire. Il valait même mieux que vous ne le sachiez pas. Vous n'auriez peut-être pas aussi bien joué la comédie si vous aviez su que quelqu'un m'attendait chez moi. »

Argument imparable.

La pluie avait cessé mais il faisait toujours gris et triste. J'ai dépassé un camping-car en souhaitant à ses malheureux occupants de partir vers les ferries et le soleil.

« Dominic est venu avant ou après Ace ? me demande-t-il. Juste pour m'aider à faire la part entre la réalité et la fiction. » Son ton sarcastique n'était pas pour me surprendre.

« Juste avant. Alors naturellement, j'ai fait durer.
— Naturellement. »

Pendant un long moment, le silence qui s'était établi entre nous n'a été rompu que par les indications qu'il me donnait.

« Comment s'est-il retrouvé à la rue ? me demande-t-il enfin.

— Le scénario habituel. Parents divorcés, beau-père violent, scolarité perturbée. Il avait été placé en foyer mais il avait fugué, et son manque de qualifications ne l'a pas aidé à trouver du travail.

— Il travaille, maintenant ?

— Oh, oui ! Dans une grande surface du disque. » Exactement comme le vrai Ace, bizarre, non ?

Je m'étonnais moi-même de la facilité avec laquelle je dévidais des rouleaux entiers de mensonges que les gens gobaient tout crus. Il faut dire que, depuis quelque temps, j'avais de l'entraînement. J'aurais pu ouvrir une agence de location. Frime-en-Prime, je l'appellerais.

Enfin, nous arrivions à la M1. Quelques mots à bâtons rompus, pour entretenir la conversation, auraient été les bienvenus ; mais toutes ces craques m'avaient vidé le cerveau. J'étais à sec. Du coin de l'œil, j'ai balayé le paysage, qui n'était pas très intéressant. J'ai vraiment fait les fonds de tiroirs. « Vous voyez ces champs, là, qui ressemblent à de la tôle ondulée ? On m'a dit un jour qu'ils remontaient au Moyen Age. »

Il a jeté un regard absent.

« C'est le résultat de la culture en planches de labour, comme on la pratiquait alors. On plantait un sillon de ceci, un sillon de cela...

— Ah bon ? » Il étouffe un bâillement.

J'essayais, moi, au moins. « À la Renaissance, labourer se disait sillonner. »

Il étouffe un deuxième bâillement. « Je m'en souviendrai. On ne sait jamais... pour les mots croisés.

— Les renseignements les plus inutiles peuvent servir un jour. »

J'ai mis la radio. Aux infos, on annonçait que la police avait trouvé une petite charge d'explosif dans un caniveau d'évacuation ; deux écologistes farouchement opposés au moteur à combustion interne « étaient actuellement interrogés ». Les suspects n'étaient peut-être pas étrangers à un autre incident survenu récemment dans un parking à plusieurs niveaux.

J'ai pensé à tous les automobilistes exaspérés qui devaient leur souhaiter d'écoper de vingt ans, mais je connaissais au moins une personne qui se réjouissait de ce contretemps. J'imaginais bien ma mère leur envoyant un superbe gâteau pour les remercier.

« Bande de dingues, a marmonné Josh.

— C'est un peu extrême, c'est vrai, mais au fond ils ont raison, ai-je répondu d'un ton de petite sainte, en espérant le prendre à rebrousse-poil.

— Ah, vous préféreriez revenir au temps des diligences, c'est ça ?

— Ne dites pas de bêtises. Les trains, ça existe.

– Pourquoi sommes-nous venus en voiture, alors ?
– Parce que deux billets plus les taxis à chaque bout ça nous aurait coûté les yeux de la tête.
– Qu'est-ce que vous essayez de prouver, exactement ?
– Mais rien du tout ! Je suis juste un peu maladroite, d'accord ?
– Bon, bon... » Au bout d'un moment, il ajoute : « Et, il y a une raison particulière, si ce n'est pas trop indiscret ?
– Vous devriez pouvoir répondre tout seul à cette question.
– Bon, ça va, j'ai compris. »
Il se tait pendant deux ou trois kilomètres, puis : « Ça ne vous dérange pas si je baisse mon siège et si je fais un petit somme ?
– Je vous en prie.
– Sinon, je ne suis pas certain de pouvoir supporter ce déjeuner, poursuit-il en basculant son dossier. Entre elle qui va me servir trois plats soporifiques et lui qui va me faire boire trois vins soporifiques, tous les deux espérant que je leur fasse une conversation roborative... »
Au moins, il aurait quelque chose à raconter. « Ça n'a pas l'air de vous emballer. Vous ne pouvez pas vous excuser ?
– Ce sont des amis. »
Autant pour moi. « Où voulez-vous que je vous dépose, au cas où vous dormiriez toujours quand nous arriverons ?
– À n'importe quelle station de métro. Ealing, ce sera parfait. »

Je ne savais toujours pas où il habitait et je n'allais certainement pas le lui demander.

Quelques minutes plus tard, il dormait ou faisait semblant. Soit il n'avait pas envie de faire l'effort de la conversation, ce que je comprenais fort bien, soit il était réellement fatigué. Qui sait s'il n'avait pas passé la moitié de la nuit à se tourner et se retourner dans son lit. S'il n'avait pas fait un cauchemar dans lequel il escortait une femme d'apparence normale à un mariage et découvrait que c'était lui le marié. Même Cilla Black était dans le coup : *Surprise, Surprise* ! Ma mère l'arrosait de confettis, Sonia brandissait une bite gonflable... à ce tarif-là, n'importe qui se serait réveillé avec des sueurs froides.

Je n'aurais pas été surprise que ses cauchemars le reprennent dans la voiture, notamment celui où il embrassait une femme à première vue inoffensive, mais qui se transformait tout d'un coup en araignée et le bouffait.

Je l'ai réveillé peu avant d'arriver à Ealing ; quand je me suis arrêtée à la station de métro, le soleil refaisait une apparition.

La boucle était bouclée.

Il était encore à moitié endormi. « Merci pour tout, ai-je dit d'un ton vif. Et bonne continuation.

– À vous aussi. »

Je croyais que nous nous en tiendrions là. Mais, la main sur la portière, il a marqué un temps d'arrêt. « Écoutez, je suis désolé pour hier soir. Vous aviez raison... j'ai profité de la situation, d'une certaine manière. »

Je n'en croyais pas mes oreilles : il le reconnaissait !
« Mais avec votre mère qui nous regardait... » ajoute-t-il.

Et moi qui ne demandais que ça... Il ne l'avouerait jamais, et c'était aussi bien. C'était mortifiant de l'avoir tant laissé paraître. « Euh, j'ai réagi un peu trop vivement, ai-je enchaîné. Et je suis désolée pour les heures supplémentaires. Je sais que ça vous a pesé.

– Au moins, le dîner était bon. » Il m'a fait son demi-sourire, celui qui devrait toujours être accompagné de la mention « Nuit à la santé ».

Il n'aurait pas dû. « Vous m'avez rendu un fier service. Si, à mon tour, je peux vous être utile, vous savez où me trouver.

– Je vous appelle dès que j'ai besoin d'un mensonge qui tienne la route pour échapper à un dîner rasoir.

– Très drôle.

– Je parlais sérieusement. » Enfin, il est descendu, et il a pris ses affaires sur le siège arrière. « Bonne continuation. » Il a fait un petit signe de tête en direction d'un agent de police qui approchait. « Allez-y, avant que les requins ne se jettent sur vous.

– Bon, au revoir, j'espère que vous n'attendrez pas votre rame. »

Dans le rétroviseur, je l'ai vu qui me faisait un signe de la main. Il est resté sur le trottoir deux secondes, puis il m'a tourné le dos et il a disparu.

Bon débarras. Après les embarras.

Tout de même, il fallait voir le positif. Nous avions évité les catastrophes. J'avais traversé l'épreuve sans même déchirer le Cellophane de mon paquet de cigarettes. J'avais bien droit à une petite tape sur l'épaule et à une barre de Mars, non ? Je me suis arrêtée au Pop-In.

Quand je suis arrivée à la maison, j'ai trouvé Ace seul, pas habillé mais debout, qui se faisait des pâtes au fromage râpé. Si on le laissait faire, il se nourrirait exclusivement de pâtes au fromage râpé.

« Bon, tu ne t'es pas suicidée, à ce que je vois ! me lance-t-il avec un grand sourire. Ta mère t'adresse encore la parole ?

– Elle m'adore. Il est passé comme une lettre à la poste. Si tu veux mon avis, elle est déjà en train de retenir ses samedis de juin de l'année prochaine. » J'ai laissé tomber mes sacs par terre. « Où est Alix ?

– Partie voir le Gay Paris avec Gueule d'Amour.

– Quoi ?

– Un petit voyage en Eurostar. Décision de dernière minute. »

Même si elle était complètement crumble de lui, je trouvais qu'elle y allait un peu fort. Partir en week-end amoureux sur un coup de tête en me laissant morte de trouille ! « Super, ai-je marmonné en mettant la bouilloire sur le feu.

– C'est toi qui avais raison, finalement, dit-il en s'enfournant une petite montagne de macaronis dans la bouche. Elle était persuadée que ça se terminerait mal. Elle en chiait des œufs d'autruche. »

J'ai plongé un sachet de thé dans une tasse. « Tu veux dire qu'elle pondait des œufs d'autruche ?

– Enfin, tu me comprends. Elle balisait à mort. »
Tant mieux.

« T'en veux ? me demande-t-il en râpant du cheddar étuvé sur ses pâtes. Y en a plein. »

Je mourais d'envie de me jeter sur ce plat garanti 100 % calories, 0 % vitamines. « Non merci, je n'ai pas tellement faim. » La saison des bikinis approchait, et j'aurais déjà dû commencer un régime depuis longtemps. Pas le régime qu'on démarre demain, non, celui qu'on démarre tout de suite.

« Comme tu voudras. » Il jette la râpe dans l'évier. « Elle a failli ne pas partir, au cas où tu appellerais affolée parce que votre plan avait foiré. Elle a téléphoné ce matin pour vérifier que tu étais encore de ce monde. »

Dans ce cas, je daignerai peut-être lui pardonner.

« Moi je l'ai trouvé pas mal, poursuit Ace. En tout cas il n'avait pas l'air du parfait connard. Le courant est passé entre vous ? »

Puisque j'étais à l'abri des indiscrétions d'Alix, je n'ai pas pu résister à le mettre au courant. « Ç'a été un désastre total. Tu ne croiras jamais ce que j'ai fait. »

Pendant qu'il se bâfrait de pâtes, je lui ai tout déballé, à part le fait que j'étais dingue de Josh.

Comme je m'y attendais, il a failli s'étrangler. « Dommage, tu aurais dû l'inviter à prendre une bière. Tu aurais dû t'arrêter en chemin et me passer un coup de glingue pour me mettre au parfum : tu n'aurais pas eu à rougir de moi. » Il prend un air de voyou et pointe un doigt agressif sur le frigo. « J'espère que t'as pas mis tes sales pattes sur elle. Ce soir je la passe au microscope, et j'te préviens, si jamais je trouve une seule empreinte digitale sur ses tétons, j't'envoie mes potes pour qu'ils t'arrangent le portrait quequ'chose de bien. »

Je n'ai pas pu m'empêcher de rire, mais je n'étais pas tout à fait décontractée. « Surtout, ne dis rien à Alix.

– Elle va trouver ça tordant !

– Je t'en prie. Ace. Ça doit rester strictement entre nous. Je me sens déjà assez bête comme ça.

– OK, t'en fais pas.

– Et ne dis rien à Tina non plus. » Tina était sa petite amie. « Surtout Tina. Elle va me prendre pour une vieille connasse pitoyable. » J'étais sûre qu'elle me prenait déjà pour une vieille connasse. Elle avait vingt et un ans, en paraissait dix-sept et me donnait l'impression d'en avoir quarante-trois et demi.

Ace ne m'a pas contredite, ce qui était honnête de sa part mais absolument catastrophique pour mon image de moi. « On ne peut pas te laisser seule deux minutes, me dit-il en souriant d'une oreille à l'autre. Si tu veux mon avis, il te faut quelqu'un pour s'occuper de toi. »

Je lui ai piqué deux ou trois pâtes. « Je sais que ça paraît stupide, vu avec le recul, mais j'étais furieuse. Je savais exactement ce qui se passait dans sa tête... l'idée de me donner un petit frisson...

– Plutôt salaud.

– Oui. Mais dans la voiture, il l'a plus ou moins reconnu. Il s'est même excusé. En fait, c'était un peu pour la galerie... enfin, pour ma mère. »

À la manière dont il m'a regardée, comme si la lumière se faisait dans son esprit, je me suis rappelée qu'il n'était pas aussi borné qu'il en avait souvent l'air. « Il t'a plu, c'est ça ? »

Puisqu'il avait deviné, autant l'admettre. « Euh, oui, un peu.

— Un peu seulement ?

— Pas mal. J'imagine que c'est ça qui m'a mise hors de moi, de savoir qu'il l'avait senti. Je te l'avais bien dit, non, que le mec me croirait prête à lui sauter dessus ? »

Il a essuyé son assiette avec son doigt, qu'il a léché en me faisant remarquer, vaguement condescendant : « Quelqu'un peut te plaire sans que ça veuille dire que tu es prête à lui sauter dessus. Tu deviens parano. »

Il avait entièrement raison.

Alix et Calum sont revenus vers onze heures, les bras chargés de paquets. Ils avaient l'air content et satisfait de ceux qui ont bien profité de la bonne chère, et de tout ce qu'ils ont pu inventer dans leur chambre d'hôtel, sous la douche, etc. L'expression baise-en-ville m'est revenue à l'esprit. Quel dommage qu'on ne l'utilise plus. Petit week-end en amoureux n'a pas la même saveur.

« Vous deux, je ne vous parle plus, leur ai-je dit en faisant semblant de les bouder. Filer à l'anglaise pour aller jouer au papa et à la maman à la française en me laissant au bord du suicide, c'était vraiment pas sympa de votre part.

— J'ai failli ne pas partir ! a protesté Alix. Calum m'a fait une surprise !

— Tout est de ma faute, comme d'habitude, a dit Calum, faisant mine de s'excuser.

— Je plaisantais, gros malin. » Je les ai embrassés. « Je suis jalouse. Moi, ça s'est bien passé.

— Il était comment ? me demande Alix.

— Parfait dans le rôle. Ma mère est folle de lui. » J'ai jeté un coup d'œil dans les sacs. « De la bouffe ? Vous n'avez acheté que des choses qui se bouffent ? Tu aurais pu au moins t'offrir une culotte aux Galeries Lafayette.

— Pas eu le temps, a dit Calum, tout sourire. J'étais trop occupé à baver sur les tartes. »

Ils en avaient rapporté : tarte aux pommes, tarte aux abricots qui exigeaient d'être consommées sans attendre.

Pendant qu'ils en coupaient une dans la cuisine, j'ai entendu des rires étouffés. Apparemment, Calum s'intéressait davantage aux friandises bien anglaises qu'aux pâtisseries françaises. Alix avait l'air un peu pompette. Ses petits rires semblaient dire : *Arrête ! Oh, j'aime ça...*

J'ai ressenti une pointe d'envie, et ce n'était pas la première fois. Pas à cause de la demi-heure cochonne qu'ils allaient passer sous peu, ni à cause du week-end cochon qu'ils venaient de passer, quoique je n'aurais pas dit non si Darcy ou Clooney s'étaient pointés chez moi avec des billets de train. Ce que je leur enviais, c'était leur intimité naturelle. Le côté on-rigole-bien-ensemble.

Ils sont revenus de la cuisine avec des hectares de tarte et des verres de vin, et j'ai remis mon régime à plus tard, comme chaque fois qu'il y avait quelque chose d'appétissant au menu.

Je leur ai parlé de Kit, et Alix s'est dûment indignée. Je leur ai aussi rapporté les hypothèses de Sonia ; Alix, qui était maintenant bien partie, m'a dit : « Elle n'a peut-être pas tort. Tu aurais dû lui laisser croire que tu voulais toujours de lui, comme ça il serait – hic – revenu la queue entre les jambes et tu aurais pu – hic – l'envoyer se faire foutre. »

Satisfaisant en théorie, mais je me sentais incapable de me comporter comme une garce avec Kit. Non que le registre garce me soit étranger, comprenez-moi bien. Rien ne me branche davantage que de faire baver des ronds de chapeau à un salopard d'ex qui revient quémander mes faveurs. Mais je n'ai jamais considéré Kit comme un salopard, simplement comme une proie facile pour les femmes comme Jocasta. De toute manière, les salopards d'ex ne reviennent jamais quémander. Et honnêtement, je ne voyais pas Kit ramper devant moi. J'avais eu le temps de me bâtir une petite théorie sur les raisons qui l'avaient poussé à accompagner Sonia. Ç'avait été une occasion de me voir dans un cadre civilisé, au milieu d'une foule, et de pouvoir faire la paix de manière courtoise et partir soulagé. Et moi j'avais tout gâché.

Je le regrettais, mais tant pis, trop tard.

Pendant les jours suivants, loin d'être soulagée que l'épreuve soit terminée, j'ai eu du mal à tenir en place.

Un rien m'irritait. Tôt ou tard, ma mère allait m'appeler et me tarabuster pour ce fameux week-end, et tout recommencerait de zéro. L'histoire des oreillons était bien trop énorme pour que je l'utilise, mais je n'arrivais pas à trouver un scénario plausible sans faire passer Dominic pour un odieux personnage.

Cependant, le mercredi soir, alors que je prenais un pot rapide avec Alix et Calum au Rat and Ferret, j'ai été visitée par l'inspiration. Un bobtail un peu envahissant essayait de gagner les grâces d'un type qui ne voulait rien entendre. À un moment, il lui a léché le bras et l'homme est devenu fou de rage. Il a déblatéré pendant des heures sur l'hygiène, et qu'il faudrait interdire les chiens dans les pubs, etc. C'était un vrai emmerdeur, mais je l'ai remercié de m'avoir fourni le point de départ d'un nouveau mensonge.

Car je venais de découvrir que Dominic détestait les chiens. Il comprenait l'utilité des chiens d'aveugles, des chiens policiers, etc., mais pour lui, le reste n'était que vermine. J'étais devenue tellement perverse dans mes mensonges que j'en peaufinais les moindres détails. Tout aurait commencé devant l'évier de la cuisine, alors que je récurais un plat où des lasagnes avaient attaché. « Dommage que Benjy ne soit pas là, aurais-je dit. Il nous aurait nettoyé ça en moins de deux. Il est presque aussi efficace qu'un Scotch Brite. »

Dominic m'aurait dévisagée avec un dégoût non feint. Pardon ? Nous ne laissions pas notre chien lécher nos plats, tout de même ? « Bien sûr que si, aurais-je répondu. C'est son boulot. Ensuite, on les met au lave-vaisselle. La température est assez élevée pour que ça tue tous les microbes. Les humains aussi ont des microbes, nom d'une pipe. »

Il serait resté imperméable à cet argument. Les chiens se lèchent le derrière, m'aurait-il répondu. Et la queue. À quoi j'aurais rétorqué qu'il était jaloux parce qu'il ne pouvait pas faire la même chose. (Réflexion faite, pour ma mère, j'omettrais cette réplique.) Ensuite, nous nous serions disputés comme des chiffonniers, presque au point de se jeter des trucs à la figure. Pour moi, naturellement, ç'aurait été une découverte aussi catastrophique que s'il m'avait dit qu'il était membre de la Société de la terre plate ou du Front national.

Tout compte fait, heureusement que Benjy n'avait pas été chien d'honneur au mariage de Belinda. Bien élevé comme il l'est, il aurait donné la patte à Josh et j'aurais pu dire adieu à ma petite invention. Sauf si Josh n'aimait effectivement pas les chiens. On ne sait jamais.

Au travail non plus je n'étais pas à prendre avec des pincettes. La chaleur et le soleil m'incommodaient, le climatiseur fonctionnait mal, une de mes plantes était en train de crever et Sandie, notre stagiaire et femme à tout faire, avalait des Coca en faisant des bruits de bouche. Ajoutez à cela que Neil entrait chez nous comme dans un moulin pour essayer de convaincre Harriet de l'accompagner au Met Bar ou ailleurs. Plus elle refusait, plus il insistait. « C'est parce que je suis agent immobilier, c'est ça ? a-t-il fini par lui demander un jour, complètement défait.

— Non, Neil, c'est parce que vous êtes un peu con et que vous vous prenez pour la huitième merveille du monde. Voulez-vous bien ôter vos fesses de mon bureau ?

— Tout le monde nous déteste, a poursuivi Neil sans bouger. Nous sommes une minorité persécutée. Il faut bien quelqu'un pour réussir de beaux coups sur le boom immobilier ! Il faut bien quelqu'un pour inventer tous ces superbes mensonges sur les prospectus. »

Je n'avais peut-être pas choisi le bon boulot, mais j'étais en train de rédiger un e-mail long et compliqué ; je me suis énervée : « Eh bien, qu'est-ce que vous attendez ? Allez-y, inventez ! Il y a des gens qui travaillent, ici. »

Il s'approche du coin café et il me pique un cookie aux noisettes. « J'aurais peut-être dû rester dans le marketing.

— Pourquoi l'avez-vous quitté ? demande Sandie.

— C'est bon pour les bosseurs, ma belle. » Tout à coup, tout sourire, il se tourne vers moi : « Vous avez eu des nouvelles de Dominic, récemment ? »

Après un moment de flottement et de panique, je me ressaisis. « Qui ?

— Dominic Walsh, de notre succursale de Wimbledon. Vous lui avez donné votre numéro de téléphone à la soirée chez Jess, vous ne vous rappelez pas ?

— Ah bon ? s'étonne Jess. C'était celui qui avait un petit air de Tom Cruise, en plus grand ? »

Par moments, je jure que jamais plus je ne boirai une seule goutte d'alcool. Mais ça ne dure pas. J'ai menti : « Il pourrait aussi bien ressembler à Freddie Kruger, pour ce que je me souviens de lui. J'étais un brin pompette.

– Vous étiez complètement beurrée, oui. Il se souvient de vous, lui. Il a retrouvé votre numéro l'autre jour. Il pensait vous appeler. Je lui ai dit " Vas-y, mon vieux. Elle a l'air, comme ça, mais elle ne te bouffera pas. "

– Comme c'est gentil à lui de ne pas m'avoir oubliée... Depuis le temps, dis-je, l'air pincé. Mais il se trouve que je suis un peu prise ces temps-ci, entre mon cours de broderie au point de croix et mon groupe " Vaincs l'alcool avec Jésus ". »

« Bon, je vais lui dire que vous êtes toujours partante. » Mains dans les poches, il s'approche de Jess d'un pas nonchalant. « Comment ça va, ma puce ? Parée blindée pour la joyeuse escapade au Pays de Galles ?

– Ah, ne commencez pas, dit-elle en retenant un frisson. J'ai fait un cauchemar cette nuit. On voulait me faire descendre l'Empire State Building en rappel. J'ai dit " Je ne peux pas ! " et on m'a dit " Très bien, si c'est comme ça, on enverra un Rottweiler manger Alice. " »

Alice était sa chatte.

Sandie a poussé un petit grognement et Neil lui a fait un clin d'œil que je n'étais pas censée voir. « La descente en rappel ce n'est rien à côté du reste, dit-il en tapotant l'épaule de Jess. Ce dont il faut se méfier, c'est cette bande d'anciens gros costauds des troupes d'intervention armée qui ne penseront qu'à vous coincer dans un bois pour vous sauter. L'une des femmes m'a dit que ce n'était pas si terrible que ça à condition d'aimer le style cent kilos de muscles qui vous tringlent à mort sur un lit de crottes de mouton.

— Oh, tout de même ! » lâche Jess. Sandie pousse un autre grognement, et moi j'explose : « Neil, vous allez foutre le camp, oui ou merde !

— Ouh, vous me plaisez quand vous êtes en colère », dit Neil avec un grand sourire, mais il prend la porte avant que je ne lui jette quelque chose à la figure.

« Ce type est un connard de première », dit Harriet. Et Jess renchérit : « Vraiment, il dit de ces choses !

— Je parie qu'il n'a pas inventé les gros costauds, dit Sandie en gloussant. Mais sur des crottes de mouton, non merci.

— Je préférerais des campanules, tant qu'à faire, dit Jess. Un lit de campanules, dans les bois... »

Harriet et moi nous échangeons un regard interloqué. Je lui fais remarquer : « Il n'y a pas de campanules en juillet.

— Je sais bien ! Je voulais dire en théorie. » Elle rougit et s'agite, puis se met à ranger des papiers sur son bureau.

Harriet et moi échangeons un regard qui veut dire *Merde alors !*

Après cet épisode, j'ai regardé Jess d'un œil neuf. Plus d'une fois je l'ai vue rêvasser, et rougir d'un air penaud quand je la ramenais sur terre.

Disons qu'il faut fantasmer soi-même pour savoir ce qui se passe dans la tête des autres. Je la soupçonnais de se faire un trip à la Harlequin, du style :

« *– Ne me raconte pas d'histoires, dit-il d'une voix de braise. Sous des dehors prudes, ton corps brûle pour moi.*

– Non, je t'assure, mes seins font toujours ça quand je...

– Tais-toi. Enlève ta robe avant que je ne l'arrache à ta peau frémissante.

– Bon, bon... »

Je l'avoue, j'ai ressenti l'ombre d'un frisson en évoquant ce fantasme par procuration, et ça m'a terriblement déprimée. Je me suis vue plus vieille de six ans, désespérée comme l'était Jess aujourd'hui, et commandant par correspondance des vibromasseurs King Size sous emballage banalisé.

Le mercredi soir, ma mère m'a appelée.

Espérant repousser l'inévitable, je lui ai demandé : « Tu as des nouvelles de Belinda ?

– Oui, chérie, un coup de fil rapide. Ils revenaient d'un safari et ils avaient vu une lionne tuer une proie. Un malheureux zèbre, m'a-t-elle dit. Ça l'avait un peu remuée. Ça a beau être la nature, tu sais comment elle est. »

Moi qui rassemblais le courage de mettre en pièces son petit rêve confortable, j'ai eu comme un choc quand elle a enchaîné : « J'espère que ça ne te dérange pas, chérie, mais pendant quelques semaines ta chambre fait office de garde-meuble. Trudi hésite encore et elle m'a demandé si nous pouvions héberger une partie de ses affaires le temps qu'elle prenne sa décision. »

Trudi, comme vous vous en souvenez peut-être, était la dame qui portait un chapeau rose au mariage de ma sœur. Deux fois divorcée, elle venait de vendre sa maison et hésitait entre 1) aller vivre à Marbella avec un type de quinze ans son cadet, 2) se trouver un petit appart sympa dans une résidence du troisième âge à Harrogate. Comme avait dit mon père, on avait dû diluer son traitement hormonal à la camomille.

« Je t'avoue que je suis un peu déboussolée : elle m'avait dit quelques cartons mais il y en a des montagnes. Ta chambre est pleine à craquer. Quant à ton père, il était à deux doigts de l'envoyer promener parce qu'elle le laissait lui monter tous ses paquets à l'étage sans lever le petit doigt... tu comprends, elle ne voulait pas qu'on les entrepose dans le garage : il y a eu quelques effractions dernièrement. Comme a dit ton père, si elle a les moyens de se faire remonter les seins, elle n'a qu'à se payer un garde-meuble et un larbin pour besogner. Et il a précisé : " À tous les sens du terme, d'ailleurs, connaissant Trudi comme je la connais ", alors j'ai dit : " Ned, je t'en prie, ne sois pas si vulgaire ", mais je n'ai pas pu m'empêcher de rire. »

Elle était partie dans ses habituelles salades sans intérêt. J'ai donc ri poliment, en prenant mon mal en patience.

« Mais J'espère sincèrement que ça ne te dérange pas, chérie.

— Pas le moins du monde, ai-je dit d'un ton enjoué. Tant qu'elle n'y entrepose pas son petit copain et qu'elle ne lui fait pas faire de la gym sur mon lit.

– Ah, ça, tout de même, je ne le permettrais pas. Mais ça n'a pas tellement d'importance... si tu viens le week-end prochain tu pourras dormir dans la chambre de Belinda et je mettrai Dominic dans la chambre des tortures, comme ton père s'obstine à l'appeler. Je serai obligée de donner le grand lit à Paul et Belinda, tu comprends bien. »

J'étais abasourdie de tant de duplicité : elle m'avait bercée d'un faux sentiment de sécurité pour mieux m'attaquer par-derrière, tel un border-colley qui saute sur un malheureux mouton. La chambre des tortures, au cas où vous vous poseriez la question, est la plus petite des chambres d'amis ; elle est meublée d'un lit à une place, d'un vélo d'appartement et d'un rameur, qui servent tellement qu'ils ne risquent pas de s'user.

De nouveau je me prépare à lui infliger la désillusion de sa vie, de nouveau elle me prend de court.

« J'espère de tout cœur qu'il pourra se libérer.

– Je ne suis pas sûre. Le problème c'est que...

– Oh, allons, chérie, à toi de le persuader. Ce serait si sympathique de vous avoir tous les quatre. Les photos doivent arriver dans un jour ou deux. Je suis sûre qu'il y en aura de très jolies de vous deux. »

Bon, cessons de tergiverser. Il faut que je me lance. « Maman, tu veux bien m'écouter une minute ?

– Mais je t'écoute, mon petit. Tiens, au fait, je n'ai plus de nouvelles de Sarah... je n'ai rien dit à personne, tu sais. J'ai vu Maggie hier. Elle ne sait rien, c'est clair. Je ne peux pas m'empêcher de la plaindre un peu, va savoir pourquoi. Si c'était le contraire, je ne crois pas qu'elle me plaindrait, elle... Je lui ai dit que tu venais probablement avec Dominic et elle m'a dit " Ah, oui ? ", tu sais, comme si elle s'en fichait comme de l'an quarante.

– Maman...

– Et j'ai vu Jane Dixon ce matin... au fait, elle l'a trouvé charmant... tout le monde a trouvé que vous formiez un c...

– Pour l'amour du ciel ! » Je ne sais pas ce qu'il m'a pris, mais j'ai disjoncté, en quelque sorte. « Arrête un peu, avec tes gros sabots ! Pendant que tu y es, vas-y, joue-lui la marche nuptiale dès qu'il franchira la porte ! »

À l'instant même où c'est sorti, je me serais coupé la langue. Il y a eu un silence atroce.

« Je suis désolée, maman, mes paroles ont dépassé ma pensée, ai-je dit, toute penaude. J'ai eu une journée épuisante. »

Silence.

« Je sais que tu as dit ça par gentillesse, ai-je continué, à court d'arguments. Il t'a trouvée très sympathique. Il me l'a dit dans la voiture. Il m'a dit aussi qu'il parie que tu es un cordon bleu. »

Enfin, elle m'a répondu, de sa petite voix distinguée qu'elle prend quand elle est horriblement vexée, amèrement blessée ou mortellement offensée. En l'occurrence, les trois à la fois.

« Je suis absolument désolée. Le sujet est clos. Si vous pouvez vous libérer, nous serons très heureux de vous voir, mais seulement si vous avez le temps. Il faut que j'y aille, j'ai quelque chose au four.

– Maman, je t'en prie... »
Clic.
J'ai regardé le combiné. J'étais au désespoir.
Ça y est, j'avais gagné.

« Elle s'en remettra, m'a dit Alix. Dis-lui que tu étais à bout de nerfs. Que tu étais encore sous le coup de la dispute à propos du chien. Ensuite, tu te laisseras encore quelques jours, tu le largueras et hop, problème réglé.
– Et celui-ci, de problème ? C'est rare qu'elle se vexe comme ça. Je m'en veux, mais je m'en veux !
– Elle s'en remettra », répète Alix.
Je ne lui avais toujours pas parlé du baiser ni de la manière dont j'avais honteusement utilisé Ace. J'avais simplement dit que tout s'était bien passé. Tous ces mensonges commençaient à me taper sur le système. C'est terriblement stressant d'essayer de se rappeler à qui on a dit quoi.
J'ai essayé d'appeler ma mère le lendemain soir, et je l'ai regretté. Elle était toujours très fâchée ; au bout de vingt secondes, elle s'est excusée en disant qu'elle avait laissé son fer allumé.
Le samedi matin, Tamara m'appelle. « Alors, cette soirée chez Jerry, ça ne te dit toujours rien ? C'est le week-end prochain.
– Non merci, je te l'ai dit, je commence à me lasser du style dragodrome. » Et je ne me sentais pas très bien dans mes kilos superflus. J'avais eu beau observer un régime très strict pendant deux jours et demi, j'avais pris cinq cents grammes. C'était sans

doute une simple rétention d'eau. Il faisait de plus en plus chaud et j'avalais des litres d'eau, de vodka light, etc.

« Bon Dieu, on croirait entendre parler une vieille, dit-elle, vaguement méprisante. Au fait, j'ai parlé à Jerry. Il n'a pas vu Josh depuis des années, mais il a trouvé désopilant qu'il se soit mis à l'escorte...

– Tu n'as pas dit que c'était moi ?

– Bien sûr que non. Remarque, ça n'aurait pas été bien grave – il ne vient presque jamais à la maison. J'ai dit que c'était une femme très belle dont le copain n'était pas libre et qui avait loué les services de quelqu'un pour se protéger contre les ivrogneries et les mains baladeuses inévitables aux bons mariages, d'accord ?

– Génial. Au fait, le salaud, il pensait vraiment que j'étais en chasse. On a dû passer la nuit là-bas à cause des routes, et j'ai eu l'occasion de m'en rendre compte.

– Il ne t'a pas draguée ? »

Je n'allais pas entrer dans les détails. « Pas exactement, mais je l'ai senti. C'est pour ça que j'ai suivi ton conseil et que je me suis inventé un petit copain " pas convenable ". Je préférais qu'il me croie pas libre plutôt que seule et aux abois. »

Elle s'est mise à rire. « Criminel ou trotskiste, le petit copain pas convenable ?

– Ni l'un ni l'autre. » En deux mots, je lui ai parlé d'Ace. « Et ça l'a remis à sa place, crois-moi.

– J'imagine, dit-elle avec un petit rire. Au fait, Jerry pense qu'il a sa boîte à lui, ou qu'il avait, mais il ne se souvient pas de ce qu'il fait. Je lui ai dit que ça ne devait pas très bien marcher s'il avait besoin d'arrondir ses fins de mois. Il a rigolé et il m'a dit, " descends sur terre, il a bien raison ". Lui-même, m'a-t-il dit, se tâtait pour le faire. »

Comme le lendemain s'annonçait plus caniculaire encore, ça m'a donné l'idée d'aller prendre un bain de soleil dans le parc. Tous mes bikinis avaient rétréci depuis l'été dernier : tant mieux, ça ferait autant de peau en plus à exposer au soleil. J'ai fourré serviette, livre et bouteille d'eau dans un sac et j'ai déterré mes lunettes de soleil. Alix était chez Calum, et Ace sous la douche.

« Ace ! ai-je hurlé à travers la porte. Je vais au parc. Si tu veux te rendre utile, il y a le salon à fumiger.
– OK, me répond-il. Mais tu me prêtes ton épilateur. Tina trouve que j'ai des fesses de singe.
– Prends donc le sien ! »

Juste avant de partir, je me suis souvenue du monstera qui était devant la fenêtre du séjour. Je l'avais acheté tout petit pour cinq livres, et déjà rempoté deux fois. Par cette chaleur, il fallait l'arroser tous les jours. Pendant que je lui donnais une bonne ration d'engrais liquide, le téléphone s'est mis à sonner. Mais il nous arrive de ne pas décrocher aux moments inopportuns ; j'ai donc laissé le répondeur s'enclencher. « Andrew, a dit une voix de femme exaspérée (je ne m'habitue pas à entendre appeler Ace Andrew), si tu es là, décroche, je te prie. »

Ensuite, un claquement de langue encore plus agacé. « J'en ai jusque-là de toutes ces pièces détachées de moto qui traînent dans le garage. Si tu ne viens pas les débarrasser dès le week-end prochain, ton père les emporte à la décharge.

– OK, m'man, calme-toi. » Ace venait d'entrer, emmailloté dans une de mes serviettes.

De tout cœur avec sa mère, j'ai ramassé ses mégots de cigarette dans le compost. « Dis donc, tu ne pourrais pas arrêter de prendre mon pot de fleurs pour un cendrier ?

– Tu peux parler, toi. Tu enfermes cette pauvre plante dans un pot rikiki alors qu'elle devrait être en pleine jungle. J'ai bavardé avec elle hier soir, et elle m'a dit que tu ne lui parlais jamais. Elle m'a dit que tu la considérais comme une plante-objet et que tu ne la respectais pas. Pour lui remonter le moral, je lui ai donné une demi-canette de bière éventée.

– Oh, va t'épiler les fesses. » Je lui ai lancé ses mégots à la figure et je suis sortie. Le parc n'était pas loin de chez nous : cette oasis verte et bordée d'arbres était égayée par des canettes de Coca, des paquets de chips au fromage et aux oignons et, çà et là, de crottes de chien bien odorantes.

J'ai trouvé un petit coin à l'abri près d'un arbre, je me suis tartinée de crème solaire et étendue sur le dos avec mon livre en essayant de ne pas m'attarder sur les zones huileuses qui luisaient dans ce soleil impitoyable tel un lac de blanc-manger.

Pourtant, j'ai remarqué quelques personnes qui exposaient une chair plus blanche et nettement moins appétissante que la mienne. Elles faisaient penser à de grosses baleines, elles, mais s'en fichaient complètement. Je me trouvais jolie en comparaison. D'un autre côté, il y avait aussi des gens d'une minceur révoltante, qui posaient sur l'herbe de jolis pétales parfois – c'était un comble – déjà bien bronzés. Mais je trouvais cela tout à fait acceptable s'il s'agissait d'hommes, car l'environnement s'en trouvait embelli.

Mon livre n'était pas inintéressant, mais bientôt je me suis mise à observer les gens. Quand on porte des lunettes de soleil, on peut mater en toute impunité. Environ trente pas plus loin, une pétasse à la peau scandaleusement brune se levait régulièrement pour s'enduire de lotion et se faire admirer de tous par la même occasion. Le bas de son bikini était une sorte de croisement entre un string et un cache-sexe, et les fesses qu'il recouvrait auraient pu servir de pub pour les crèmes anti-cellulite que les idiotes crédules paient les yeux de la tête (d'accord, je me suis laissé prendre une fois). Tous les types qui passaient se rinçaient l'œil.

J'ai repris ma lecture, mais avec le soleil qui me tapait sur la tête, j'ai eu du mal à suivre les complexités d'un crime où intervenaient des avocats véreux. J'ai reposé mon livre et j'ai épié madame String. Elle était debout, pour la énième fois, et se tartinait les épaules d'un geste sensuel. Il fallait absolument être debout pour faire ça ? Elle devait espérer qu'un type potable lui propose son aide. Elle s'est interrompue pour gazouiller avec des bébés en poussette, que poussait monsieur Jeune Papa, en short et chemise déboutonnée. Naturellement, il s'est arrêté et ils ont échangé quelques mots. Tout en lui parlant, elle continuait de se masser les épaules. D'une seconde à l'autre, monsieur Jeune Papa allait lui dire : « Vous voulez que je vous fasse le dos ? » Il n'était pas désagréable à regarder, et même il ressemblait à...

Non !

Deux bébés ! Des jumeaux !

À moitié paralysée, je ne bougeais plus. J'observais à l'abri de mes lunettes. Madame String faisait gazou-gazou avec les bébés, mais il ne lui a pas tartiné le dos. Au bout de vingt secondes, il est reparti.

Dans ma direction.

8

J'ai perdu des secondes précieuses à paniquer, et du coup il était trop tard pour ma parade préférée : sauter dans mes vêtements et prendre la tangente. Restait toujours l'espoir qu'il passe sans me voir, ou en faisant semblant de ne pas m'avoir vue. Mais avec tous mes bourrelets étalés au grand jour, pas question de courir de risque. Je n'osais pas imaginer le contraste que je ferais avec madame String.

Avec des lunettes noires, il est facile de faire semblant de dormir. On peut bouger les paupières tranquillement. J'ai fait un effort pour me décontracter de la tête aux pieds, et j'ai adopté la respiration lente et profonde du dormeur. Pour faire bonne mesure, j'ai légèrement entrouvert la bouche.

Même avec mes lunettes, je n'ai pas osé ouvrir les yeux, et j'ai souffert le martyre pendant un temps interminable. J'allais me dire chouette, fausse alerte, quand j'ai entendu un couinement de roues de poussette.

Le couinement s'arrête. Mon cœur aussi, enfin presque.

« Sophy ? »

Le ton est hésitant ; il ne doit pas être sûr que ce soit moi. Je me concentre sur ma respiration, je ne bouge pas.

Ensuite, des pas sur l'herbe, une ombre entre moi et le soleil. Puis un vague bruissement de vêtements, un imperceptible craquement : le cuir d'une chaussure. Il s'accroupit pour m'inspecter de plus près.
« Sophy ? »

Acculée au pied du mur, je ne manque pas de ressources. Je remue légèrement la tête et le bras, comme dérangée par mon rêve, et, d'une voix pâteuse, je bredouille : « Non, j'ai pris les crevettes-bouquets chez Safeway... », et je laisse mourir ma voix en entrouvrant la bouche comme si j'allais me mettre à ronfler.

Pendant un moment, l'ombre ne se déplace pas, il n'y a aucun bruit. Puis l'un des bébés commence à pousser le genre de petit vagissement qui va crescendo et se transformera bientôt en hurlements.

« D'accord, Katie, lui dit-il d'un ton mi-apaisant, mi-bougon. On s'en va. »

Sauf qu'il n'est pas parti tout de suite. Il a dit encore : « Oh, non, Ben, encore ! Qu'est-ce que ta maman t'a donné à manger ?

– Ba ba ba ba, dit le bébé.

– Je vais t'en donner, moi, du ba ba ba, sale petit couillon râleur », lui dit-il, mais sur un ton affectueux. Tout de suite après, j'ai entendu le bruit des roues qui s'éloignait.

J'ai attendu au moins une minute avant d'oser ouvrir les yeux.

Des jumeaux! Et, selon toute vraisemblance, une madame Josh, ou au moins une madame Partenaire qui ne levait pas le petit doigt. Ça avait au moins ça de bon : je ne perdrais pas une minute de plus à fantasmer sur une cause perdue. (D'accord, j'en avais déjà perdu pas mal.) Quitte à me mettre martel en tête, autant que ce soit pour quelqu'un de disponible. Moi qui ai de l'entraînement, je peux vous dire que ça met du piquant.

Je suis rentrée deux heures plus tard avec un début d'insolation et la peau teintée d'un joli rose. J'ai trouvé Ace vautré sur le canapé, qui regardait le foot à la télé. Le séjour avait l'air un peu plus propre qu'avant ; au moins, la plupart des crackers avaient disparu de l'affreuse moquette marron, et avaient été remplacés par le *News of the World*. Sur la table basse en verre, il y avait déjà deux canettes de bière, une barquette de nouilles instantanées vide et un trognon de pomme. « Merde, t'es vraiment un porc ! » Comme si j'étais moi-même une maîtresse de maison modèle, genre Jess.

« Les gènes, Sophe. Alleeez ! » Son interjection était destinée à l'écran, où un grondement montait, tel le tonnerre. « Quel con ! Même ma mère l'aurait mis, ce but.

– Qui est en train de flanquer une peignée à nos pauvres Tossers ? L'équipe féminine junior de Thessalonique ?

– Ha, ha, très drôle. » Il a légèrement tourné la tête. « Loue-mon-Loulou t'a trouvée ? »

J'ai été comme frappée à l'estomac par une charge de plastic. « Quoi ?

– Oui, Trucmuche, du mariage ! Il s'est pointé une demi-heure après ton départ. Il te cherchait. Il paraît que tu as promis de lui rendre un service, et comme il garde les mômes de sa sœur...

– Sa sœur ? Et moi qui croyais que c'étaient les siens ! »

Il a froncé les sourcils. « Ah, alors tu l'as vu. Il aurait pu te préciser qu'il n'était pas le père.

– Je ne lui ai pas parlé, sombre idiot ! Je l'ai vu se pointer vers moi et j'ai fait semblant de dormir. »

Il m'a regardée bouche bée et il a baissé le son de la télé. (Oui !) « Mais pourquoi ?

– Pourquoi, à ton avis ? J'avais tout mon lard à l'air et j'ai cru qu'il était marié, merde ! » J'ai gagné la cuisine d'un pas furieux, et je me suis servi un verre de blanc du Cap qui était au frais dans le frigo. Ace m'a suivie. « Qu'est-ce que tu aurais pensé, à ma place, si tu l'avais vu avec deux bébés dans une poussette ? Et qu'est-ce qui lui prend de faire la baby-sitter ? » J'ai descendu le verre d'une traite.

« Il m'a dit que sa sœur était chez le coiffeur, qu'il avait pris les gamins jusqu'au déjeuner pour lui permettre de souffler un peu. Tu lui as vraiment promis un service ?

– Oui, mais je n'ai jamais pensé qu'il me prendrait au mot. »

Enfin, inconsciemment j'avais bien dû l'espérer, sinon je ne l'aurais pas proposé. Bon d'accord, pas *in*consciemment. Je l'avais dit comme on prend un billet de loterie, sans véritable espoir de voir sortir les bons numéros.

Ace s'est servi une troisième bière. « Si tu veux mon avis, les mômes c'était un prétexte. Il est mordu et il est venu jauger le rival. »

Deuxième décharge de plastic en pleine poitrine, mais pas pour la même raison. « Tu es mon mec, tu te rappelles ?
– Je sais bien, patate ! J'étais un peu estomaqué, mais j'ai joué la comédie comme un pro. » Il a souri en y repensant, puis il a froncé les sourcils. « " C'est pour quoi ? " j'ai dit, comme ça : » Il me rejoue la scène, prend un ton vaguement agressif et pose des mains belliqueuses sur ses hanches. « Il s'est présenté, et je lui ai dit... » Il reprend sa pose, sourcils froncés « ... " je sais qui vous êtes, mon vieux. Je vous ai vu arriver l'autre jour. Je vous surveillais de la fenêtre. " »

Je dois reconnaître qu'il jouait le rôle à la perfection, avec juste ce qu'il fallait d'agressivité pour être convaincant.

« Alors il me fait... » Ace hausse un sourcil avec un petit air sardonique : « ... il m'a dit ce qui l'amenait, et j'ai répondu " Eh bien elle n'est pas là, vous voyez bien. " Il m'a demandé où il pouvait te trouver, et je lui ai dit que tu prenais un bain de soleil au parc. Je pensais que tu aurais envie de le voir. Il m'a dit qu'il allait te chercher, te demander si tu étais toujours prête à lui rendre ce service. Alors moi... » Ace reprend son air méfiant, sourcils froncés : « " ... et que ce soit juste un service, compris ? " et il est parti. Mais bon sang, pourquoi est-ce que tu l'as évité ?

– À quoi bon lui parler ? Je le croyais marié, ou tout comme.

– À mon avis, il est mordu et il est venu voir à quoi je ressemblais.

– C'est ça, oui. » Osant à peine entretenir cet espoir fou, j'ai avalé une deuxième gorgée de piquette.

« Bon, OK, je me suis trompé, a dit Ace en mimant *j'en ai jusque-là*. Il avait simplement besoin d'une bonne poire et il s'est dit qu'il la tenait. Et moi qui me crevais le cul pour abonder dans son sens.

– Je ne vois vraiment pas en quoi ça abondait dans son sens.

– Mais bon Dieu, Sophe, y a des fois où t'es bornée comme c'est pas possible. J'ai fait le mec odieux... tiens, merde, j'oubliais le meilleur. Au moment où il s'en allait, je lui ai crié : " Et si vous la voyez, demandez-lui ce qu'elle a foutu de mon T-shirt noir. Je l'ai mis au sale il y a déjà trois jours. " Genre électrochoc, tu vois ? Pour qu'il se dise : je me demande ce qu'elle lui trouve à ce mec, et qu'il commence à agir en conséquence. T'as pigé ?

– Il va me prendre pour une cinglée, oui, pour supporter quelqu'un comme ça !

— Et moi qui croyais te faire plaisir ! dit Ace, vexé.
— Désolée, Ace. Je suis sûre que tu as été parfait. Mais comment voulais-tu que je le sache ?
— Zut, j'oubliais. Tu ne croiras jamais qui a appelé pendant qu'il était là. Ton cher et tendre a un rival qui resurgit de ton passé nébuleux et je peux te dire que je l'ai mauvaise. »

Aussitôt, j'ai pensé à Sonia. « Ne me dis pas que c'était Kit ?
— Non, non, c'était Dominic numéro un. J'ai laissé sonner au cas où ce serait encore ma mère qui me cassait les pieds, et le répondeur s'est mis en route. Le volume était resté sur max et je suis sûr qu'il a entendu.
— Ace, si tu me fais marcher... » Je me suis ruée sur le répondeur et j'ai écouté les messages. « Bonjour, ici Dominic, a dit une voix douée et nonchalante, et pleine d'assurance à la fois. Dominic Walsh, pour Sophy. Je suis désolé de ne pas vous avoir rappelée plus tôt mais à l'époque je n'étais pas libre et j'ai perdu votre numéro. Si vous êtes toujours d'accord pour prendre un verre ou dîner avec moi, appelez-moi au...
— Va te faire foutre ! » J'ai coupé le répondeur en jurant contre la loi de l'emmerdement maximum, et aussi contre Neil qui avait dû le baratiner. « C'est maintenant qu'il appelle ? Après plusieurs mois ? Juste le jour où Josh est là ?
— Eh, Sophe, ça doit être un peu comme les bus. T'attends des heures et ils arrivent par deux.
— Ce n'est pas comme les bus ! Il doit me prendre pour une tordue sans nom !

– Pas si tordue, s'il a envie de sortir avec toi.
– Pas lui, crétin ! Josh !
– Ah, oui, pardon. Tu ne lui as pas dit qu'il y avait un numéro un.
– Bien sûr que non !
– Tu auras au moins gagné une chose : il ne te croira plus en mal de mec.
– Non, simplement barje ! Tu lui as dit quelque chose ?
– Eh bien, j'étais un peu sur le cul, et lui aussi, à voir sa tête, mais j'ai assuré. » Il sourit en évoquant ce souvenir, et reprend : « Je devrais jouer dans *East-Enders*, tu sais. » Il me refait le coup du sourcil froncé. « J'ai dit : "Je ne sais pas qui c'est ce connard, mais je vais le buter vite fait." »

Et j'étais censée vivre avec ce type ! « Oh, mon Dieu... » Je m'affale sur le canapé, la tête dans les mains.

« Mais qu'est-ce que tu voulais que je dise ? se désespère Ace. Que je lui cédais la place, là, tout de suite, parce que j'en avais marre d'une vieille truie même pas capable de trier mon linge ?

– Merci, merci, Ace ! Bon, je n'ai plus qu'à aller me suicider. »

Mais d'abord, j'ai pris un autre verre de vin et j'ai terminé ses nouilles, à la suite de quoi j'avais un mal de tête atroce et plus le courage de me suicider. Je me suis allongée sur le lit pour pouvoir bouder tranquillement. Tout ça c'était la faute de madame String, qui avait fait exprès de se planter en travers de son chemin rien que pour me rabaisser.

J'ai dû m'assoupir, et je me suis réveillée la bouche sèche, complètement démoralisée. Tout le monde était sorti. J'ai repassé le message de ce salaud de Dominic, juste pour vérifier que je n'avais pas inventé le ton assuré du type qui ne sait même pas comment s'écrit le mot « refus. » « Si vous êtes toujours d'accord pour prendre un verre ou dîner avec moi... » Traduction : *De toute façon ça se terminera dans mon lit.* Je l'ai effacé, en me détestant d'avoir eu envie de flatter son égocentrisme.

Ace est revenu vers sept heures et demie avec Tina. Ils avaient acheté des plats chinois pour deux. J'ai dit : « Merci d'avoir pensé à moi. » Ils ne savaient plus où se mettre et j'ai culpabilisé aussi sec. « Ce n'est pas grave, ai-je ajouté aussitôt. Je préfère manger grec. » J'ai fait un saut éclair à la Kouzina, un peu plus haut dans la rue, et à mon retour je me suis efforcée d'être gentille, surtout envers Tina qui m'agace, et j'ai peur que ça se voie. Elle ricane souvent, elle dit « au fond » une phrase sur deux, et elle se tâte depuis des lustres en se demandant si ça fait vraiment mal de se faire percer le nombril.

Elle est partie une heure après. Sitôt la porte refermée sur elle, j'ai dit à Ace :

« Tu ne lui as pas parlé de Josh, n'est-ce pas ?

— Mais non !

— Je suis sûre que si, espèce de petit crapaud. Si tu oses dire un mot à Alix, je te tue, je le jure. C'est déjà assez dur de savoir que je suis dingue et névrosée, je n'ai pas besoin qu'elle le pense en plus.

– Je sais ce que tu ressens, me dit-il en soupirant. Moi, elle ne me prend pas pour un dingue névrosé mais pour une tête de nœud. »

Quand j'ai revu Alix, mon cafard a été à son comble. Elle revenait de Brighton avec Calum; ils avaient déjeuné dans un restaurant chic et étaient allés flâner sur la plage, et ses jambes – un peu comme celles de Madame String – étaient aussi bronzées que si elle avait passé une semaine à Antigua. Pour couronner une journée pourrie, on n'aurait pas pu rêver mieux. Tout en me demandant ce que j'avais pu faire dans une vie antérieure pour mériter ça, je suis allée emmailloter mon corps blanc-rosâtre dans mes draps.

Toute la semaine suivante, ma mère a observé un silence de mauvais augure. Plusieurs fois j'ai essayé de rassembler mon courage pour lui annoncer que c'était fini entre Dominic et moi, mais la seule fois où j'ai appelé, il n'y avait personne.

Le jeudi soir, Tamara me téléphone. « Tu es vraiment sûre que tu ne veux pas venir chez Jerry? Charlotte va me laisser tomber, je le sens. Elle suit un cours à l'université et elle a une dissert' à rendre. Ce n'est pas que je tienne à y aller, mais je n'arrête pas de penser à Paolo.

– Il sera là, au moins?

– Oui, oui, Jerry me l'a assuré. Tu ne devineras jamais ce qu'il a dit sur moi. Il a dit que j'étais " un vrrai petit anngé de Botticelli ". Si ça ne veut pas dire " attraction réciproque garantie " en italien... Allez, tu n'as rien d'autre ce soir-là, n'est-ce pas?

– Non, à part *Blind Date* à la télé.
– Eh bien alors, viens! On va bien se marrer. Et même si on s'ennuie, on pourra toujours se cuiter et dire du mal de tout le monde. Jerry a réservé des chambres au pub d'à côté. Même bourrées on pourra y aller à pied, ce n'est pas loin. Il peut loger quelques invités chez lui, mais la maison est encore une ruine, avec une salle de bain antédiluvienne – c'est bon pour les mecs paumés. Je te faxerai le chemin pour y aller. On se retrouve au pub vers huit heures? »

Arrivé le samedi après-midi, je n'avais toujours pas eu ma mère au téléphone. Comme ça me tracassait, j'ai saisi au bond l'occasion de me distraire et j'ai sauté dans ma voiture. À huit heures et demie, je m'arrêtais devant le pub. Le Blue Boar occupait une maison ancienne et basse de plafond construite au hasard des années; les chambres, plutôt rustiques, ne faisaient pas du tout bonbonnières. J'imaginais comme clients du pub des ouvriers agricoles au visage buriné, qui ne voulaient pas s'embarrasser de fioritures et ne demandaient qu'une chose : une bonne pinte comme au bon vieux temps, à l'abri du vent. Alentour les champs étaient plats, émaillés de fermes qui n'avaient rien de bonbonnières non plus. Il faisait encore bon, mais moins chaud qu'à Londres. J'ai imaginé l'endroit en hiver, balayé par des vents venus droit de Sibérie.

On m'a conduite à une chambre assez correcte, qui donnait sur un champ, et où j'ai trouvé Tamara à moitié habillée, qui se faisait un brushing. Charlotte avait fini par venir, mais elle était toujours en short.

« Elle s'est décidée à la dernière minute, m'a dit Tamara. Tu comprends, une soirée, même chez Jerry, ça bat tous les devoirs de psycho du monde. »

En dehors de ses études, Charlotte travaillait pour une société de recherches en marketing où Tamara était intérimaire jusqu'au moment où elle aurait fait le tour de la question et irait voir ailleurs. Un peu plus petite que Tamara, elle avait le même genre de silhouette et des cheveux châtains dorés coupés au carré qui lui descendaient à l'épaule. Elle avait un physique peu commun mais très séduisant ; elle paraissait plutôt timide, et j'ai aussitôt pensé qu'elle était un peu sous la coupe de Tamara.

« On va devoir se serrer à trois dans la chambre, m'a dit Tamara en me montrant le clic-clac déplié entre les lits jumeaux. Jerry a eu plus de monde que prévu. Bon, ce n'est pas vraiment un cinq étoiles, la salle de bains est sur le palier. Les filles, il va falloir que je m'en aille dans cinq secondes. J'ai promis à mon frère de l'aider à préparer le buffet. »

Elle est partie un quart d'heure plus tard, dans une petite robe de soie vert jade qui faisait ressortir la couleur de ses cheveux et dans laquelle elle était absolument éblouissante.

Charlotte et moi nous nous sommes regardées. « Je n'avais pas tellement envie de venir, m'avoue-t-elle, mais elle m'a bassinée... à mon avis, elle comptait qu'on se tienne compagnie au cas où Paolo serait là. »

Pas bête, donc. « Moi, j'ai pensé qu'elle espérait que je lui tienne compagnie au cas où Paolo ne serait pas là. »

Nous avons éclaté de rire, et ç'a été le début de notre complicité. « J'ai trouvé Jerry très sympathique, poursuit Charlotte. Je sais, elle prétend ne pas le supporter, mais je suis sûre que ce sont des paroles en l'air. »

Pas si sûr. « Soit ça, soit elle s'est fait remonter les bretelles. J'ai été étonnée qu'elle ne lui dise pas de se trouver une autre bonne poire pour s'occuper du buffet.

— Oh... non, je crois qu'elle avait envie d'être sur place de bonne heure au cas où Paolo arriverait tôt.

— Ce n'est pas un bon plan, ça, ai-je dit en secouant la tête. Elle doit être sacrement mordue.

— Rien ne nous presse, n'est-ce pas ? Autant attendre que ça se réchauffe un peu, et de toute manière j'ai besoin de prendre une douche. J'ai crevé de chaleur dans la voiture. »

Elle était toujours dans la salle de bains quand Tamara est revenue au pas de charge quarante minutes plus tard. « Écoute, Sophy, j'ai préféré te prévenir : Josh est là.

— Quoi ? ?

— Je n'étais pas au courant. Apparemment, Jerry l'a retrouvé et il l'a invité. Mais sans me le dire. Bon, j'ai réussi à lui parler seule à seul deux minutes et je lui ai dit de ne surtout pas laisser filtrer que c'était toi qu'il escortait. On ne sait jamais, avec le téléphone arabe. Il savait que je serais là, mais toi, ç'a été la surprise. Il m'a demandé si ta moitié venait – heureusement que tu m'avais prévenue – et j'ai dit : " Oh, lui ? Euh, il lui casse les pieds en ce moment, alors elle l'a laissé mariner dans son jus. " »

Au moins, ça collait avec le numéro que lui avait fait Ace. « Qu'est-ce qu'il a dit ?

– Rien, mais écoute le meilleur. Je me suis souvenue de tes craintes qu'il te croie en train de chasser le mâle. J'ai eu une inspiration : " De toutes manières, à mon avis il ne va pas faire long feu... son ex veut se remettre avec elle. Il était au mariage. " Génial, non ? Donc, maintenant, tu te bats pour les repousser. »

J'ai eu du mal à me montrer reconnaissante envers Tamara et émoustillée par ce changement de situation, mais j'ai fait de mon mieux. J'ai été jusqu'à produire un petit rire de joie. « Je vais faire gaffe à ne pas me pinter, sinon je vais m'emmêler les pieds dans mes mensonges. »

Si je ne m'étais pas noyée dedans avant.

Qu'avait dit Josh, déjà, quand on a lâché le morceau on ne peut plus le rattraper ? Non seulement ça, mais s'il tombe par terre tout le monde marche dessus. Aussitôt, j'ai décidé de ne pas mettre Tamara au courant de la rencontre manquée dans le parc. Elle risquait de broder dessus en se trompant de point, et je serais le dindon de la farce.

« Tu es superbe, me dit-elle en passant du... dindon à l'âne.

– Merci. » J'avais choisi un pantalon noir fluide avec une tunique qui me couvrait les hanches. L'ensemble était en jersey de soie, mais les manches et le haut du corsage étaient transparents comme un collant dix deniers, et laissaient voir la naissance des seins. Je l'avais payé les yeux de la tête, et ça se voyait.

« Je suis sûre que tu vas encore repousser des avances ce soir, me dit Tamara, et ça lui fera avaler son petit sourire. »

Elle est repartie à toute allure chez Jerry, bientôt suivie par Charlotte et moi, d'un pas plus nonchalant. J'avais l'estomac noué et un lac entier de grenouilles qui se battaient dedans. Dans un petit coin de mon esprit, j'entendais toujours la phrase d'Ace : « il est mordu... », mais je la trouvais de moins en moins justifiée. Sinon, pourquoi n'était-il pas revenu me demander ce service? Au lieu de ça, il se laissait inviter à une soirée de célibataires où il n'espérait même pas me rencontrer.

Comme l'avait dit Tamara, Jerry habitait si près du pub qu'on pouvait faire le trajet à pied même en ne marchant pas droit. La maison devait être une ancienne ferme. Basse, construite au fil des ans, elle était entourée d'un grand jardin qui consistait principalement en une prairie. De part et d'autre d'un chemin recouvert de gravillons, s'égaillaient des voitures qui allaient du coupé Mercedes à la vieille Golf fatiguée. Je me suis demandé laquelle était celle de Josh. Tout était moche. L'ancien propriétaire, un vieux fauché sans doute, n'avait fait aucune réparation en cinquante ans; mais la maison avait un potentiel énorme pour peu qu'on ait cent mille livres à mettre dedans.

L'intérieur était très dépouillé, mais des dizaines de personnes s'y pressaient, qui avaient déjà largement dépassé le stade du réchauffement. Un vestibule nu, dallé de pierres, menait à une immense pièce carrée dans laquelle donnait une non moins immense cuisine campagnarde avec poutres, et une table en pin massif sur laquelle on avait installé le bar.

L'air complètement défait, Tamara sortait du fromage et du pâté d'un énorme frigo Westinghouse tout neuf – de toute la pièce, c'était le seul élément qui ne datait pas des années soixante ou avant.

« Vous vous rendez compte, Paolo a une autre soirée avant celle-ci, marmonne-t-elle entre ses dents. J'en suis malade. Je vous parie qu'il ne viendra pas. Jerry m'a fait le coup du " Ah ? Je ne te l'ai pas dit ? " Je l'aurais tué. Tenez, prenez ça. » Elle nous passe divers saladiers de crudités, et des sauces. « Dieu seul sait pourquoi je fais ça. J'ai passé des heures à couper ces saletés de carottes et de céleri. J'aurais mieux fait de me cuiter au punch. C'est de l'authentique rhum antillais ; pour vous exploser la tête, c'est radical. Si vous voulez mon avis, Jerry espère qu'une pauvre fille en tombera raide : ça lui évitera ses habituelles vingt secondes de préliminaires. »

Charlotte et moi nous échangeons un coup d'œil. Nous suivons Tamara jusqu'à une grande pièce où une table de réfectoire a été poussée contre le mur. Des baguettes sont posées dessus en vrac, avec des planches à découper prêtes à accueillir le fromage et le pâté. Du jazz de supermarché sort d'une énorme chaîne hi-fi, et une fois de plus Tamara fait la grimace. « Je déteste ces trucs. J'aurais dû apporter ma vieille cassette Agadoo, rien que pour l'emmerder. »

J'échange un deuxième coup d'œil avec Charlotte.

Étant donné qu'il n'y avait qu'une demi-douzaine de personnes dans la pièce, j'ai pu l'explorer du regard sans retenue – vous voyez qui je cherchais. Des portes-fenêtres à l'ancienne ouvraient sur le jardin, où déjà une quarantaine d'invités s'étaient regroupés sur la pelouse. Je ne voyais toujours pas Josh. Au-delà d'une haie lointaine, il y avait un pré, avec des vaches. Le crépuscule tombait, mais Jerry avait prévu un éclairage extérieur.

Deux minutes plus tard, armée d'un cocktail à base de vin blanc et d'eau gazeuse plus trop gazeuse – toujours la même idée : garder les idées claires –, je suis sortie dans le jardin avec Charlotte et Tamara qui avait déjà descendu un verre et demi de punch.

« Bon, alors... qui on choisit pour se faire les dents ? dit-elle en balayant la compagnie du regard. Je me sens d'attaque. Tiens, lui, histoire de me mettre en condition. » Elle désigne un rouquin barbu en chemise de velours côtelé moutarde. « Non mais regardez-moi cette chemise. Fringué comme l'as de pique ! Et en plus il a des mains comme des poissons morts. Jerry me l'a présenté tout à l'heure. Il a encore des potes à Cambridge. Ce mec-là, on voit tout de suite que c'est un prof. Docteur ès merdologie ou un truc dans le genre. Et c'est lui qui a amené la fille d'un mètre quatre-vingts en jupe crème. »

Je ne la voyais que de dos. Elle avait de longs cheveux blonds et des jambes jusqu'aux aisselles – ça se devinait aisément parce que sa jupe, qui lui arrivait à mi-mollet, était fendue derrière. Mince et souple, en talons elle était presque aussi grande que Josh, qui était juste à côté d'elle et écoutait avec grand intérêt ce qu'elle lui disait, cette salope. (Oui, je sais, je suis une garce, mais il faudrait être une humanoïde pour ne pas avoir ressenti aussitôt au creux de l'estomac la morsure de l'envie.)

De part et d'autre de cette apparition, Jerry et Barbe Rousse. « Elle s'appelle Svetlana, a poursuivi Tamara. Elle fait une thèse à Saint-Pétersbourg. Si son sujet de recherches est une étude approfondie sur la connerie intrinsèque du mâle anglo-saxon, elle ne pouvait pas tomber mieux. Regarde-moi Jerry, tout yeux, tout ouïe.

– Il cherche des indices », a dit un type qui venait d'apparaître à côté de Tamara. D'un ton amusé, il a poursuivi : « Avec ses copains, il a parié qu'elle était une espionne de l'industrie envoyée pour les avoir au charme, et pour recueillir sur l'oreiller leurs confidences sur leurs dernières trouvailles en microélectronique.

– Ils prennent leurs rêves pour des réalités, a dit Tamara d'un ton cinglant. Roger, je te présente Charlotte et Sophy. »

Après les serrements de mains rituels, je me remets à épier Josh, l'estomac de plus en plus noué. Tout d'un coup, il tourne légèrement la tête vers moi. Il hausse à peine les sourcils en me reconnaissant, et m'adresse un demi-sourire. Mon estomac se serre un peu plus encore – à ce rythme il ne fera bientôt plus que le dixième de sa taille normale –, et je lui retourne un sourire décontracté. Roger, l'ancien collègue de

Jerry, me demandait si la circulation n'avait pas été trop mauvaise sur la M11 et j'étais bien obligée de lui répondre. Je le trouvais assez sympathique mais j'avais un mal fou à entretenir une conversation ordinaire avec un minimum d'esprit, et ce n'est pas sans soulagement que je l'ai vu s'éloigner vers le bar quelques minutes plus tard. « On se mêle aux autres ? » ai-je demandé, comme si l'important était de se mêler, peu importait à quels « autres ».

– Un peu ! a dit Tamara. Tiens, si on allait foutre la merde du côté de Jerry. Une bonne tranche de rire ne me fera pas de mal. »

Et c'est ainsi, cher lecteur, que dix secondes plus tard, je n'étais plus séparée de Josh que par Tamara, avec un trac qui me tenaillait le ventre et croissait de seconde en seconde.

Il y avait des lustres que je n'avais pas vu Jerry ; j'ai retrouvé le garçon grand et mince que je connaissais, genre blond Scandinave plutôt agréable à regarder, avec un petit air qui semblait dire *Je suis beau et je le sais*.

« Salut, Charlotte, content de te revoir », a dit Jerry. Et Tamara : « Tu te souviens de Sophy, n'est-ce pas ? » Et lui : « Ah, Sophy... oui. Qu'est-ce que tu deviens ? »

On nous a présentés à Svetlana et à Barbe Rousse, dont le nom m'échappe. À son tour, Tamara a présenté Charlotte à Josh en ajoutant : « Vous avez vu Sophy au mariage, je pense. »

Une lueur paresseuse a brillé dans ses yeux ; il a simplement répondu : « Oui, oui, comment ça va ? » et j'ai dit : « Très bien, merci. »

Svetlana avait entre vingt-cinq et trente-cinq ans. Tant que je ne la voyais que de dos, j'avais espéré qu'elle aurait un visage ordinaire, hideux même. Or – bien fait pour moi – question beauté, elle entrait dans la même catégorie que Belinda. Cheveux blond nordique mais pommettes un soupçon slaves, elle avait de très séduisants yeux bleus en forme d'amande qui me rendaient malade. Bref, c'était la dernière femme qu'on avait envie de voir à cinq centimètres de l'homme qui vous faisait fantasmer. Pour un peu, j'aurais adhéré à cette blague stupide d'espionne sur l'oreiller, et de fil en aiguille je me suis rappelé ce que m'avait dit Josh sur ses rêves de James Bond quand il était adolescent. Les tripes en marmelade, je me suis demandé si cette apparition tout en jambes ne les réveillait pas en ce moment même, ses rêves d'adolescent.

Mais j'ai fait tout mon possible pour paraître aimable et polie envers elle. « Vous êtes ici pour longtemps ? » lui ai-je demandé. Croyez-moi, c'était vraiment rebutant, pour moi qui suis généralement la plus grande, quel que soit le groupe, de me sentir un nabot court sur pattes en face de quelqu'un comme elle.

Elle avait un accent russe assez prononcé, tout en *l* mouillés et en *r* roulés. « Six mois, mais je ne vais pas rrester tout lle temps à Cambrridge. J'ai beaucoup d'amis dans d'autrres univerrsités et j'ai bien ll'intention de visiter le pays, de rrencontrer les gens.

– Du moment que vous ne fréquentez pas n'importe qui, lui a dit Tamara sur un ton doucement espiègle qui aurait trompé quiconque ne la connaissant pas. N'écoutez pas ce que vous dit cette bande de brutes. Les Anglais sont tous des menteurs éhontés et des machos. »

Svetlana a esquissé l'ombre d'un sourire. « Les Rrusses aussi sont tous des machos. Et aussi ills sont parresseux. Ce sont les femmes qui font le trravail, et eux, ils boivent tout le temps trrop de vodka et ils battent lleurs femmes.

– Moi, a dit Jerry, mon ex me battait. Elle était complètement dingo.

– Parrdon ? a dit Svetlana en haussant un élégant sourcil russe.

– Folle, a répondu Jerry en se tapant le front. Hystérique. »

Après avoir avalé une gorgée de son punch explosif, Tamara a commencé à vouloir mettre son grain de sel. « Absolument pas, a-t-elle dit. Si j'étais obligée de vivre avec toi, moi aussi je te battrais. Il a des petites manies répugnantes », a-t-elle ajouté, toute douceur, à l'intention de Svetlana.

Pendant que j'observais la réaction de Jerry, au moins, j'ai oublié Josh quelques secondes. N'importe quel crétin aurait tout de suite compris que l'intervention musclée de Tamara l'avais mis hors de lui. Il était également manifeste que, si Charlotte lui avait plu quelques semaines plus tôt, Svetlana l'attirait cent fois plus aujourd'hui, et je ne voulais pas que Charlotte en souffre. Son « J'ai trouvé Jerry très sympathique » m'avait laissé supposer qu'il y avait autre chose.

Depuis que Tamara avait tout deviné, elle en voulait à son frère de draguer Svetlana au détriment de Charlotte, et elle se déchaînait. « Malheureusement, la grande majorité des Anglais sont restés au stade anal infantile, a-t-elle poursuivi d'un ton suave. La seule chose qui les fasse rire, ce sont des blagues scato.

– Parrdon ? » a fait Svetlana. Quant à Jerry, si ses yeux avaient été des mitrailleuses, sa sœur serait morte sur le coup.

« Oui, les pets, a expliqué Tamara, toujours tout miel. Comme ça. » Et elle a fait un bruit qui n'allait pas du tout avec son visage d'ange de Botticelli.

Svetlana a eu le genre de petit rire que font les étrangers quand ils trouvent les Anglais non seulement cinglés mais aussi dangereux, puis elle s'est tournée vers Jerry : « Je dois aller aux toilettes. Où est-ce ?

– Je vais vous montrer », a dit Jerry, trop heureux de trouver une excuse pour la soustraire à l'influence de Tamara.

« Il l'accompagnera jusqu'au bout, si elle n'y prend pas garde, a dit Tamara en les regardant s'éloigner. Il sera capable de lui dire qu'une vieille coutume anglaise veut que les hôtes accompagnent leurs invitées aux WC au cas où des rats remonteraient par les égouts. » Elle a baissé les yeux sur son verre vide. « Vous je ne sais pas, mais moi j'en prendrais bien un autre. »

Charlotte est partie avec elle, Barbe Rousse s'est évaporé et je suis restée avec mon trac au ventre et Josh, qui suivait Tamara des yeux.

« Dois-je comprendre qu'elle est un brin remontée contre Jerry ?

– Juste un brin.

– Pourquoi ? »

Pour rien au monde je n'aurais divulgué son attirance pour Paolo. « Oh, les rivalités entre frères et sœurs... ai-je dit en haussant les épaules. Ils se sont toujours battus comme des chiffonniers

— Pourquoi est-elle venue, alors ?

— Ce n'est tout de même pas la guerre entre eux... plutôt une habitude ancienne, à mon avis. »

Tamara a disparue à l'intérieur et Josh s'est tourné vers moi, une canette de bière à la main. Au cas où ça vous intéresserait, sachez qu'il était légèrement bronzé, donc atrocement plus séduisant que jamais. Il portait une chemisette noire et un jean. Je n'aurais jamais cru que les jeans lui iraient, ce qui montre à quel point j'étais bornée en matière de fringues.

Il me regardait dans les yeux, et je ne savais plus comment interpréter ce regard. J'ai cru déceler une lueur d'amusement, du style *Décidément, elle est à moitié givrée : on va rigoler.*

« Comment va votre amie ? me demande-t-il. Celle qui a la phobie des descentes en rappel ?

— Toujours pareil. Mais elle essaie de prendre du recul. De voir les aspects positifs, tout ça. »

Sa bouche s'est contractée, imperceptiblement. « Et vous ? Toujours la trouille de la spéléo ?

— Mon Dieu, non, ai-je dit d'un ton vif. Je dois montrer l'exemple à mon équipe. Je me suis convaincue que je suis capable de relever tous les défis. Un bizutage, ça peut être très marrant vous savez, et j'irais même jusqu'à dire que les sadiques viennent tous de foyers brisés, les pauvres.

– Eh bien, on peut dire qu'il a su vous remonter, ce type. Si j'étais vous, je ne prendrais pas tout ça au pied de la lettre.

– Si vous le dites. Vous avez eu beaucoup d'engagements après moi ? ai-je ajouté aussitôt sans lui laisser le temps d'aborder d'autres sujets chatouilleux, comme Dominic par exemple. J'espère que personne ne vous a fait vivre un cauchemar comme moi.

– En fait, après vous je n'ai plus travaillé.

– Comment ? Pas une seule fois ?

– Pour mon amour-propre, ce n'est pas génial, je l'avoue. Julia Wright me trouve peut-être un peu trop conventionnel d'allure. Il y a beaucoup de demandes pour le style cheveux longs. »

Il y en avait pas mal, en effet, sur le catalogue, ils avaient tous l'air de mannequins au repos, mais si vous voulez mon avis, les clientes à qui ce genre plaît sont bonnes pour l'asile.

« En parlant de cheveux longs, j'ai fait la connaissance de votre moitié », a-t-il poursuivi.

Seigneur ! « Oui, c'est ce que j'ai compris.

– J'espère qu'il ne vous en a pas trop fait baver. Il est monté sur ses grands chevaux, ce petit con, pardonnez-moi de vous le dire. Il croyait que j'étais venu avec des arrière-pensées, c'est clair. »

Je mourais d'envie de lui demander : « Et c'était le cas ? », mais ce ne sont pas trois malheureux sodas qui vous donnent ce genre de culot. « Il a des excuses, ai-je dit en haussant les épaules. Il manque un peu de confiance en lui. Après tout, la situation avait de quoi paraître louche. Il a pu s'imaginer que je serais incapable de résister à un pauvre gars paumé avec deux bébés sur les bras, et qu'alors vous préciseriez vos arrière-pensées. »

Tout ça pour le pousser à répondre : « Euh, oui, en gros c'était ça. »

Espère toujours.

« Dans ce cas, pourquoi m'a-t-il dit où vous trouver ? »

Là, il a failli me coincer. Mais j'ai réagi vite. « Parce qu'il savait que je ne serais pas à la hauteur, ai-je dit, toute douceur. Je ne sais absolument pas m'y prendre avec les bébés. Je n'ai pas le mode d'emploi. Il suffit que je les regarde pour qu'ils se mettent à pleurer.

– Je ne suis pas génial non plus.

– Pourquoi avez-vous accepté de les garder ?

– Fiona s'arrachait les cheveux. Sa moitié d'orange s'est absentée quelque temps. La veille, elle était sortie en oubliant ses clés chez elle et j'avais dû la dépanner avec la mienne. Comme je lui dois deux ou trois petits services, je lui ai promis de prendre les jumeaux deux heures le lendemain matin pour lui permettre de prendre du champ. Et comme elle n'habite pas loin de chez vous, je me suis dit que ça ne me coûterait rien de traverser le parc et de voir si vous étiez toujours d'accord pour me rendre ce service.

– Je suis désolée.

– Moi aussi. Au bout de deux heures, j'étais complètement vanné. Pour lui proposer de nouveau, j'attendrai qu'ils aient l'âge où on peut les emmener au McDo et les planter devant une cassette vidéo ensuite. »

J'ai beau être empotée avec les gosses, je crois bien que, oui, je l'aurais fait si seulement j'avais été disponible et décemment couverte. « Vous n'aviez personne d'autre à qui demander ce coup de main ?

— J'ai bien appelé deux copines, mais la première s'est excusée en disant qu'elle était occupée, et la deuxième a été plus honnête, elle m'a dit qu'elle préférerait se faire une excision toute seule dans son coin, merci bien. »

Et voilà, je le plaignais presque. Après tout, combien d'hommes auraient proposé de garder des jumeaux ? Cette vague de pensées à la guimauve n'avait rien à voir, naturellement, avec le fait que le duvet blond qui recouvrait son bras frôlait mon propre bras. Ni non plus avec les senteurs qui me chatouillaient les narines, cocktail capiteux de chemise propre, mousse à raser et peau chaude d'un corps d'homme. « Et vous vous êtes dit que je me laisserais attendrir ?

— Non, mais qui ne tente rien n'a rien. » Il suivait des yeux une blonde qui aurait pu être madame String, en pantalon blanc fluide et apparemment rien dessous, ou peut-être un string, justement, et c'était sans doute la question qu'il était en train de se poser, le salaud.

Y ayant manifestement répondu, il s'est tourné vers moi. « En fait, je vous ai trouvée dans le parc, mais vous dormiez.

— Noon ! » ai-je lâché en prenant un air ébahi de circonstance. « J'espère que je ne ronflais pas comme un cochon. Pourquoi ne m'avez-vous pas réveillée ? » Habile, ça, non ?

« J'ai eu peur de me faire engueuler. L'un des gamins venait de salir sa couche pour la deuxième fois, et à la réflexion, je me suis dit qu'il valait mieux vous laisser ronfler.

— Parce que je ronflais ? ai-je dit d'un ton faussement gêné.

— Non, mais vous marmonniez.

— Rien dont j'aie à rougir, j'espère.

— Sauf si les inepties vous font rougir. » D'une main très légère, il m'a pris le bras pour m'écarter sur le passage d'un type qui approchait avec un plateau de verres à l'équilibre plus que précaire. J'avais fait semblant de ne pas le voir arriver, dans l'espoir que Josh fasse ce geste, justement, ce qui vous montre que je ne reculais devant aucune bassesse.

Il m'a lâchée presque aussitôt et je lui ai demandé de l'air le plus détaché du monde : « Vous avez pris une chambre au pub ?

— Non, soit je crèche ici soit je reprends la route. »

Moi qui venais d'inventer un petit fantasme piquant où je le rencontrais dans le couloir en pleine nuit... écroulé, le fantasme, avant même d'arriver au passage croustillant.

« Alors, vous m'avez larguée ? me demande-t-il.

— Pas exactement, et pourtant j'avais trouvé une raison géniale, l'autre jour.

— Une autre que les oreillons ?

— Oui. » Je lui ai raconté notre dispute à cause du chien, et il a bien ri. « Seulement, elle est toujours dans les tiroirs, ai-je avoué. Je me suis dégonflée à la dernière minute.

– Comment ça ?
– J'ai dit à ma mère qu'elle en rajoutait tellement qu'elle allait faire fuir ce pauvre Dominic. »

Il a fait la grimace. « Aïe !
– Comme vous dites. Il m'a suffi d'entendre sa voix pour savoir qu'elle faisait la gueule, si vous voyez ce que je veux dire.
– Je vois, oui.
– Depuis, elle m'adresse à peine la parole. Je n'ose plus l'appeler pour lui annoncer que je vous ai plaqué. Il faudra même peut-être que je vous engage une deuxième fois, histoire de la ménager encore un peu, et ensuite seulement je vous jetterai. »

Inutile de préciser que mes paroles avaient dépassé ma pensée. Je ne sais pas ce qui m'a pris, sauf peut-être la curiosité de savoir s'il allait blêmir et prendre ses jambes à son cou.

Le petit frémissement si agaçant qui lui a retroussé le coin des lèvres pouvait s'interpréter de mille manières. « Je ne suis pas sûr de pouvoir vous supporter encore toute une séance à vous tortiller comme un ver.
– Ah, mais, vous auriez droit à une prime confortable. Ce ne serait pas du luxe, avec tous les oh et les ah qu'on vous demandera de pousser devant les photos du mariage.

Le problème c'est que je ne suis pas certaine d'avoir le cran de repasser par l'agence. Une fois, c'est déjà bien assez gênant. Il faudrait s'arranger entre nous. »

Cette fois-ci, il a souri franchement. « Vous voulez ma peau ? Vous allez me faire saquer. »

Vous voulez que je vous dise ? Il devrait être interdit aux hommes comme lui de regarder les femmes comme moi de cette manière, pour la simple raison que ça nous donne envie de faire des bêtises, par exemple simuler un évanouissement pour qu'ils nous retiennent dans leurs bras puissants, forts et musclés, etc.

« Oui, enfin, l'idée m'amusait. Si ma mère ne me parle plus d'ici à Noël, après tout tant mieux. » J'avais envie de dire d'autres choses encore, par exemple : *Espèce de crétin, j'ai inventé Ace de toutes pièces. Vous ne voyez pas que je suis folle de vous ? Et pourquoi faut-il que vous ayez des reflets verts et bruns dans les yeux, qui font penser à des rayons de soleil sur une rivière ?*

« Pourquoi ne lui dites-vous pas simplement que vous m'avez largué et n'y allez-vous pas avec votre ex ? Si je comprends bien, il est de nouveau à l'ordre du jour. »

Même si, quelque part, j'avais envie de lui dire la vérité, d'un autre côté j'abordais la situation avec la psychologie des mecs. Ace dans le rôle du petit con c'était une chose, Kit c'était vraiment autre chose.

« J'imagine qu'en conséquence. Ace est promis à l'abattoir, a-t-il ajouté.

– Je ne suis pas sûre de vouloir ni de l'un ni de l'autre », ai-je dit d'un ton détaché. Un vrai un trait de génie, ça. Et en prime, pas loin de la vérité. « Je crois que j'aimerais bien faire une petite pause. » De plus en plus inspirée, décidément. Tout ça pour qu'il me dise : *Dans ce cas, vous êtes libre mardi soir ?*

Jerry ne lui en a pas laissé le temps. Il revenait avec une tête de Thor le dieu du tonnerre dans ses mauvais jours, en marmonnant : « Je ne sais pas ce qu'elle a, Tamara, mais l'envie me démange de lui en coller une. C'est au point que Svetlana m'a demandé si elle avait des problèmes " psy-cholliogiques. "

— Allons, allons, a dit Josh d'un ton décontracté et indulgent. Tu exagères. Elle n'a pas été aussi épouvantable que ça.

— Eh bien, qu'est-ce qu'il te faut ! » Il s'est tourné vers moi en ajoutant : « Il a un petit faible pour elle. À l'âge où elle sortait à peine des poupées Barbie, elle s'est entichée de lui. Elle remplissait son journal intime de trucs sur lui...

— C'est de l'histoire ancienne, tout ça, Jerry, a dit Josh sur un ton de remontrance amusée. Tamara était une gamine. Jamais je ne l'aurais reconnue. »

S'il m'était resté un fond de verre, je me serais volontiers arrangée pour le renverser accidentellement sur le beau pantalon tout propre de Jerry. Un frère tant soit peu attentionné aurait considéré les amours adolescentes de sa sœur comme un sujet tabou.

« Dis plutôt que tu es surpris qu'elle soit devenue à peu près potable, a dit Jerry. D'un point de vue strictement plastique, j'entends. Pour le reste, c'est une vraie peau de vache, alors si j'étais toi, je ne nourrirais aucun espoir dans ce sens, mon vieux. Surtout si Paolo se pointe.

— Qui ? a demandé Josh en haussant un sourcil.

– Paolo. Un copain italien à moi. Elle a le béguin pour lui. Tu ne crois tout de même pas qu'elle est venue jusqu'ici uniquement pour moi ? »

Le vent fraîchissait à nouveau, ce qui m'a fourni l'excuse idéale pour m'éclipser. « Je rentre. J'ai besoin de faire le plein, et il commence à faire froid. »

J'ai croisé Svetlana qui ressortait, suivie par un pauvre type qui disait à un autre (*sic*) : « Merde, imagine ces jambes enroulées autour de toi. »

C'était à vomir, mais Svetlana était devenue le cadet de mes soucis.

9

Euh, non, c'est faux. Toute femme passablement séduisante approchant dans un rayon de moins de trois kilomètres me donnait des boutons, mais dans le lot il y en avait une qui battait les records.

Il fallait vraiment que je sois aveugle pour ne pas m'en être aperçue plus tôt. Si Josh ne s'attendait pas à me voir à cette soirée, en revanche il savait qu'il y retrouverait quelqu'un d'autre.

« *Où Tamara a-t-elle bien pu vous rencontrer ?*
– *Nulle part... je m'en souviendrais.* »

Avec le recul, j'entendais plutôt *Croyez-moi, j'oublie rarement*. Le fait qu'elle était complètement polarisée sur Paolo était à côté de la question.

Je commençais à regretter de ne pas être restée devant mon feuilleton préféré ; j'ai arboré le sourire de la nana qui passe une soirée géniale et je suis partie à la recherche de Tamara et de Charlotte.

Pendant toute l'heure suivante, je n'ai pas eu trop de mal à faire croire que je m'amusais follement. Il y avait des gens vraiment marrants dans la horde, en particulier deux mecs pas mal qui ont flirté avec moi sur le mode je-te-mets-à-l'aise et pas je-te-fous-les-boules. Ils connaissaient une tripotée de blagues qui m'ont fait rire aux larmes en remerciant le ciel d'avoir choisi un bon fabriquant de mascara waterproof.

À un moment, Josh est venu rejoindre notre petit groupe, mais comme l'un des deux boute-en-train m'entourait de toutes sortes de prévenances flatteuses, je n'avais d'yeux que pour lui. Josh a bavardé quelques instants avec Tamara et Charlotte, et il s'est éloigné peu de temps après. Autant de gagné pour ma jalousie morbide, mais qui sait s'il ne se la jouait pas hypercool ?

Je n'ai pas eu tout de suite l'occasion de me trouver seule avec lui. J'avais fini par abandonner les fades boissons gazeuses pour le punch, qui avait un petit goût de revenez-y assez dangereux. J'ai donc trouvé plus sage de lancer un deuxième assaut sur ce qui restait du buffet. Alors que je m'empiffrais de baguette, tout d'un coup Josh est apparu à côté de moi, tendant la main vers l'une des dernières branches de céleri.

« Ah, au fait, je voulais vous dire deux mots », murmure-t-il.

Aïe, pas bon, ça. « Ah oui ? dis-je d'un air enjoué. Prenez donc de cette terrine au saumon et à la crevette. Elle est excellente. »

Il rompt une baguette et se fait une tartine. « Pourquoi ne m'avez-vous pas dit que Dominic existait réellement ? »

J'étais préparée, la parade était facile. Je m'esclaffe : « Il n'existe pas !

— J'ai pourtant bien eu l'impression que si.

— Ah, le message sur le répondeur. » Je lui ai fait mon parfait petit haussement d'épaules tout en ajoutant quelques branches de céleri sur mon assiette en carton. « Oui, Ace ne l'a pas très bien pris. » Après tous ces mensonges, je me suis dit qu'un peu de vérité ne ferait pas de mal. « Si vous voulez savoir, je l'ai rencontré à une soirée où je me suis soûlée à mort, et j'ai écrit mon numéro de téléphone sur son bras. » Quelques tomates cerises, et mon assiette était garnie. « Si bien que quand ma mère m'a appelée quelques jours plus tard, je suis partie de lui pour broder mon personnage. Je n'ai pas assez d'imagination pour inventer des types de toutes pièces. Ça vous va comme explication ? ai-je ajouté avec un grand sourire.

— Pourquoi pas ? » Il trempe un morceau de céleri dans le reste du houmous. « Qu'est-ce que c'est que ce truc rose anémique ?

— Du tarama. »

Il va à la pêche au tarama sur un deuxième morceau de céleri. « Alors, quand allez-vous vous décider à me larguer ?

— Après le week-end prochain, à condition que j'aille chez mes parents. Si ma mère est encore vexée, il y aura de la tension dans l'air et je ne veux pas de ça devant Paul et Belinda.

— S'il existe une chose pire que les disputes familiales, c'est la tension dans l'air.

— D'un autre côté, si je n'y vais pas, elle m'en voudra encore plus.

— Si je comprends bien, quoi que vous fassiez vous êtes piégée. » Il a marqué une pause pour regarder passer Svetlana accompagnée de Jerry.

« Toqué, c'est clair, ai-je commenté. Lui d'elle, je veux dire.

— Je ne suis pas sûr que ce soit réciproque », dit-il songeur.

Je commençais à me demander s'il avait abandonné la piste Tamara pour une autre. À moins qu'il n'ait jamais eu de visées sur elle et que je me sois laissé entraîner par ma paranoïa. J'ai failli dire : *J'imagine qu'elle ne vous déplaît pas*, mais je m'en suis tenue à : « Elle est très séduisante, en espérant qu'il me répondrait : *Oui, mais pas mon genre*.

— Et intéressante, à la manière des Russes. Qui a parlé de charades enveloppées de mystères eux-mêmes enveloppés d'énigmes ?

— Churchill. Mais il parlait politique. »

Du groupe que je venais de quitter nous sont parvenus des hurlements de rire comme seule en déclenche une excellente blague. J'ai regardé de leur côté et le conteur m'a adressé un clin d'œil, ce qui m'a fait plaisir. Je lui ai retourné un sourire en espérant que Josh aurait remarqué, mais pas sûr : il était toujours dans ses énigms.

« C'est du pareil au même. Le caractère d'une nation est intimement lié à sa politique. Regardez l'Italie.

— Et regardez la Russie, ai-je rétorqué, furieuse qu'il ne me trouve pas pleine de charades, de mystères et d'énigmes moi aussi. Dans un pétrin pas possible... qu'est-ce que vous en tirez comme conclusions ?

— On en reparlera plus tard », m'a-t-il répondu. Autant pour moi, mais au moins il s'intéressait de nouveau au buffet.

« J'aurais dû me réveiller plus tôt, dit-il en hochant la tête et en sauçant avec un morceau de pain un plat en céramique qui avait contenu du pâté de campagne. Ils se sont jetés sur les viandes comme des vautours sur une charogne. Je vais peut-être bien vous prendre au mot finalement, ajoute-t-il avec sarcasme, et aller m'extasier sur les photos. Au moins, je mangerai à ma faim. Je parie que votre mère est une spécialiste du rôti traditionnel. Il y a des mois que je n'ai pas mangé de rôti. »

Depuis quelque temps, ma mère s'essayait au couscous et autres plats fantaisistes, mais au fond il avait deviné juste. Je n'ai pas pu résister à l'envie de broder sur ce thème, ne serait-ce que pour retarder le moment où il repartirait à la poursuite des Russes mystérieuses.

« En général, elle choisit un beau morceau d'aloyau chez le boucher bio du village. Ou encore un gigot d'agneau, qu'elle accompagne de pommes de terre au four bien dorées ou d'un gratin de chou-fleur... il y en a toujours pour cinquante...

— Arrêtez, grogne-t-il en se fourrant le dernier radis esseulé dans la bouche.

— Et des oignons confits si c'est de l'agneau, avec de la sauce à profusion. On en donne la moitié au chien, qui finit toujours par lécher le plat de cuisson. N'oubliez pas d'avoir l'air dégoûté, pour que notre prise de bec soit plus crédible. D'un autre côté... » J'étais lancée maintenant, et ma créativité ne connaissait plus de limites. « Je viens d'avoir une bien meilleure idée. Vous vous souvenez de ce que vous avez dit à Winnie Pisse-Vinaigre sur votre vocation de prêtre ? »

Il n'a pas compris tout de suite et ça m'a amusée de voir sa tête. « Enfin, tout de même...

— Oui, mais vous savez ce qu'on dit des mots qui nous échappent. » Je me suis écartée pour laisser un invité se servir du tarama. « Il faut croire que vous êtes saturé de la course au fric et que vous avez redécouvert votre voie si longtemps ignorée. »

Très contente de moi, j'ai pris l'une des deux dernières tomates cerises. « Génial, non ? Cette histoire de chien ne m'a jamais beaucoup plu. Remarquez, je pourrais toujours vous attribuer des penchants pervers pour les petites culottes à dentelle... (J'ai failli faire la grosse gaffe en ajoutant... *comme me l'a suggéré Ace*, mais je me suis reprise à temps.) Ou pour le caoutchouc, au choix.

— Je crois que je préfère encore les oreillons, m'a-t-il répondu d'un ton sec comme un coup de trique.

— Comme vous voudrez, mon chou. » Je lui ai fait mon petit sourire espiègle répété devant la glace de la salle de bains dès l'âge de seize ans. « Mais on ferait mieux de se mettre d'accord avant que j'appelle ma mère pour lui dire que vous salivez déjà en pensant à son rôti, ce qui l'enverrait droit chez Winnie Pissevinaigre pour marquer quelques points. Je peux aussi lui raconter que vous êtes devenu chiant au possible. »

De nouveau, cet affolant petit frémissement au coin de ses lèvres, qui pouvait signifier soit qu'il riait de moi, soit qu'il riait avec moi. « Je vous laisse choisir. Qu'est-ce que je lui offre ? Des fleurs ou des chocolats ?

– Des fleurs. Elle est tout le temps au régime.

– Elle a des préférences ? »

Quelque chose, dans sa voix, m'a donné comme un coup d'aiguillon. « Josh, je plaisantais !

– Moi aussi. » Il a pris la dernière tomate. « Vous croyez qu'il reste du pâté à la cuisine ? »

Je me suis sentie tellement bête que si j'avais eu tendance à rougir, j'aurais été de la couleur des robes de Barbara Cartland. « Aucune idée. Allez voir. »

À ce moment, le type aux blagues m'a attrapée par le bras. « Sophy, me dit-il, j'ai besoin de vous pour arbitrer un différend. »

Il arrivait vraiment à point nommé. « Excusez-moi », ai-je dit à Josh en me laissant entraîner par lui.

Une demi-heure plus tard, Paolo n'avait toujours pas pointé le bout de son nez, et, sur le visage de Tamara, le masque de fêtarde commençait à se craqueler. Elle était au bord des larmes et le cachait sous une colère feinte. Elle m'a attirée dans un coin tranquille.

« Le salaud, si je suis venue de bonne heure pour éplucher toutes ces saloperies de légumes c'était uniquement pour qu'il me voie en petite femme douce et domptée. Je n'aurais jamais fait ça pour un Anglais qui raconte des blagues puériles du style *Pourquoi les femmes ont des petits pieds ? Pour qu'ils passent sous l'évier.* Les Italiens sont différents, non ?

– J'en doute. Mais le sexisme exprimé dans une langue de velours, ça passe beaucoup mieux. Imagine un gros plouc qui crie : " Eh, fais-nous voir tes nichons ", et traduis en italien.

– Ouais, peut-être... » Elle faisait face, mais je voyais bien qu'elle avait envie de s'asseoir par terre comme une gamine de trois ans et de pleurnicher *pouce, je joue plus* ! « Mais si Jerry s'imagine que je vais l'aider à tout ranger, il se met le doigt dans l'œil. Regarde-le avec Svetlana. C'en est gênant. À trois kilomètres on voit bien qu'elle est simplement polie. Si tu veux mon avis, c'est Josh qu'elle vise. »

J'avais déjà remarqué le petit attroupement autour de la Russe, dont faisaient partie Josh et Jerry, mais j'avais essayé de ne pas y prêter attention. Il suffisait de les observer dix secondes pour voir que Svetlana s'adressait à Josh, tandis que Jerry s'efforçait désespérément d'accaparer la conversation.

« À mon avis, ce crétin de Jerry espère arriver à ses fins. Ça me démange d'aller lui dire d'arrêter de faire le con.

– Moi, à ta place, je m'abstiendrais. »

Mais peu après, elle est allée glisser quelques mots à l'oreille de son frère ; il n'a pas eu l'air ravi mais n'a pas lâché Svetlana pour autant. Environ dix minutes plus tard, nos deux groupes ont convergé et nous nous sommes retrouvés à dix en train de discuter de la question de savoir si les femmes devaient être payées autant que les hommes au tournoi de Wimbledon.

Et tout d'un coup, le miracle s'est produit, qui a ramené le sourire sur les lèvres de Tamara. Paolo était là. Il s'est répandu en excuses avec un accent satiné qui m'a mis, même à moi, les genoux en compote, et il est allé aussitôt la retrouver. Même si je ne raffolais pas des cheveux longs, je comprenais Tamara. Non seulement il était fantastiquement beau, mais il avait l'air gentil, ce qui suffisait pour le mettre sur la liste des espèces en voie de disparition.

Quant à Jerry, il ne décolérait pas, et décochait des flèches empoisonnées. « Ah, te voilà, c'est pas trop tôt! a-t-il lancé sur le ton de la plaisanterie douce-amère. Elle a passé la soirée à distribuer des coups de griffe. »

Tamara a tenté de l'arrêter d'un regard mais il lui a retourné un coup d'œil qui voulait dire *Tu l'as cherché*.

« En fait, autrefois elle avait une toquade pour mon vieux pote Josh, poursuivit-il d'un ton blagueur mais assez fort pour être entendu de tout le monde. Elle tenait un journal intime et elle écrivait des trucs du genre : *Cher Jésus, si vous faites en sorte que Josh tombe amoureux de moi, je ne me rongerai plus jamais les ongles et je vous en prie, je vous en PRIE, faites que j'aie des lolos 95 C comme Suzy Clarke.* »

Je tombais des nues. Comment avait-il pu dire une chose pareille en public ? Mais Tamara riait, comme tout le monde, à l'exception de Charlotte qui avait blêmi et d'une autre fille qui avait l'air atterrée.

Josh a dit : « Jerry, enfin...

— Tu es jaloux, a rétorqué Tamara à son frère avec un petit rire. À l'époque, aucune fille n'était amoureuse de toi. Mais comment as-tu trouvé la clé de mon journal ? Je la cachais sous la cage du hamster.

— C'est le premier endroit où j'ai regardé », a dit Jerry avec un grand sourire, comme s'il n'avait jamais soutenu de conversation plus décontractée.

Les rires ont fusé de nouveau, et Tamara a gloussé. « Oui, mais il y a plus drôle encore : un jour, je suis entrée dans la salle de bains et j'y ai surpris Jerry. Il avait seize ans. »

À l'éclair furieux qui s'est allumé dans les yeux de Jerry, j'ai compris que désormais, tous les coups étaient permis.

« Qu'est-ce qu'il y faisait ? » a dit une fille qui avait l'air plutôt shootée.

Je me souvenais vaguement que Tamara m'avait parlé des activités clandestines de son frère dans la salle de bains ; j'ai retenu mon souffle.

Tamara ne se retenait plus. « Lui non plus n'était pas très satisfait de ses mensurations, dit-elle avec un petit rire. Il se mesurait avec ma petite règle Hello Kitty. Je lui ai dit : " Beurk, touche pas ton truc avec mes affaires. " Et il m'a répondu : " Va te faire foutre, morveuse. Si jamais t'en parles à maman, je crucifie le hamster. " »

Et tout le monde de s'esclaffer. Même Jerry riait, sans doute soulagé d'avoir échappé au pire.

Quand le calme est revenu, Tamara a proposé à la cantonade : « Qui veut du café ? Je vais mettre la cafetière en route. »

Quelques secondes plus tard, je l'ai trouvée en larmes dans la cuisine. « Le salopard ! Comment a-t-il pu me faire ça, et devant Paolo ?

– Tu as su en rire, c'était parfait. Et tu t'es bien vengée.

– Il s'en fiche. Le salaud ! Je le hais de toutes mes tripes. Tiens, j'aurais dû raconter comment je l'avais trouvé en train de se branler dans le lavabo.

– J'avoue que c'était cette histoire-là que j'attendais, ai-je dit. Il n'y avait pas de verrou, chez vous ?

– Il manquait toujours une vis – papa était incapable de réparer quoi que ce soit, dit-elle en reniflant et en arrachant un carré d'essuie-tout. Remarque, même si j'avais raconté ça, il aurait été capable d'en profiter pour frimer avec un petit sourire suffisant. »

C'est alors que Josh nous a rejointes.

« Tu es venu te payer une bonne tranche de rire ? » lui dit Tamara en reniflant à fendre l'âme.

Il était clair que ce n'était pas le cas. Son expression n'était que trop facile à déchiffrer. « Je me doutais bien que tu jouais la comédie, lui dit-il. Tu ne vas pas craquer, si ? »

Tamara s'est remise à pleurer de plus belle. « Pourquoi faut-il que j'aie un frère comme lui ? Je pourrais pas en avoir un comme toi ? »

Je me tenais un peu à l'écart, totalement impuissante. Il l'a prise dans ses bras et il l'a laissée pleurer tout son soûl contre sa chemise. Torturée par une jalousie coupable, me haïssant de tout mon cœur, je suis sortie discrètement et j'ai failli me cogner dans Shootie.

« Ah, je te cherchais, me dit-elle. Ta copine ne se sent pas très bien. Charlotte, c'est ça ? »

Ce n'étaient pas les flèches empoisonnées de Jerry qui l'avaient fait pâlir. Je l'ai trouvée dans la salle de bains en train de décorer le lavabo en technicolor. « Ça doit être le punch », lui ai-je dit quand elle s'est redressée, livide et tremblante. Je lui ai tendu un verre d'eau.

« Non, je ne crois pas. J'ai pris un sandwich aux crevettes sur l'autoroute. Il n'était pas très bon, mais je n'ai pas pensé... »

De nouveau, elle arrose le lavabo.

« Je vais te ramener au pub.
– Non, je t'assure. Je peux y aller seule. Je ne veux pas t'obliger à quitter la soirée...
– Pas de problème. De toute manière, j'ai eu ma dose. »

Shootie attendait derrière la porte, inquiète, en demandant si elle pouvait faire quelque chose. Je ne devrais pas l'appeler Shootie parce qu'elle était vraiment sympa, mais son nom m'échappe. « Je vais ramener Charlotte au pub. Tu veux bien nous excuser discrètement quand on sera parties ? »

Sur le chemin du retour, Charlotte a vomi dans une haie en trouvant le moyen de se dégoûter : elle n'avait rien trouvé de mieux que de se comparer à un matelot dégueulant sa bière dans le port de Tenerife. Mais ses spasmes ont fini par se calmer ; avec les toilettes sur le palier, c'était aussi bien. « Dis donc, je me demande comment j'ai pu être attirée par Jerry, poursuit-elle d'un ton atterré. Quel chien, d'avoir dit ça devant tout le monde. J'aurais mieux fait de rester chez moi à faire mon devoir de psycho. »

Une demi-heure plus tard, elle était bordée dans son lit et dormait comme un bébé. J'étais couchée moi aussi, mais j'avais mis la télé, tout doucement, pour m'empêcher de penser. On a frappé à la porte. C'était Tamara, les yeux ronds. « Elle va mieux ?

– Un peu, oui.

– Je suis désolée. Je me suis aperçue de votre absence il y a dix minutes seulement. Retournes-y si tu veux. Je resterai avec elle.

– Non, je t'assure, ça m'est égal, ai-je dit en bâillant pour être plus crédible. À dire vrai, je ne suis plus très fraîche.

– Mais tu as passé une bonne soirée ? me demande Tamara, inquiète.

– Oh oui, on a bien rigolé.

– Dieu merci. Si tu étais venue pour rien, je m'en serais voulu. » Elle a réprimé un petit sourire espiègle. « Qu'est-ce que tu penses de Paolo ?

– Délicieux. J'imagine que ça va mieux que tout à l'heure ?

– On peut le dire. » Elle souriait franchement, maintenant. « Je me sens bête d'avoir pleuré dans les bras de Josh. Il a été adorable, tu ne trouves pas ? Mais juste après, Paolo est venu me chercher. Il était tout attendri que j'aie eu un béguin de gamine pour Josh. »

Il n'arrêtait pas de répéter : « Pauvré pétité Tamara », en me caressant les cheveux. Pour un peu, j'aurais remercié Jerry pour sa goujaterie. Bon, Paolo m'attend en bas, alors si vous êtes sûres que tout va bien, j'y retourne. »

Ça en faisait au moins une d'heureuse.

Je suis restée des heures sans trouver le sommeil, à regarder un navet sans même suivre l'intrigue. Je savais désormais que Josh avait consolé Tamara par gentillesse, ce qui d'une certaine façon me désolait encore plus. S'il avait eu la méchanceté de rire avec Jerry, il m'aurait fourni le prétexte idéal pour le larguer.

Juste histoire de me torturer encore davantage, je me suis autorisé un petit fantasme : ma voiture tombait en panne sous une pluie battante, comme par hasard à cent mètres de chez lui. Il fallait au moins cent mètres pour que j'aie le temps d'être trempée jusqu'aux os ; il me verrait de sa fenêtre me précipitant dans une cabine téléphonique parce que, toujours comme par hasard, j'aurais oublié de recharger mon portable. Ensuite, il me proposerait de prendre une douche et d'enfiler son peignoir. Je livre le reste à votre imagination.

J'ai fini par m'endormir vers trois heures et demie, et Tamara est rentrée à six heures dix.

« Désolée de t'avoir réveillée, me dit-elle. Comment va Charlotte ?

– Bien. Tu t'es amusée comme une petite folle, toi.

– Comme tu dis. On vient de prendre une soupe Hooligan et des sandwiches au bacon dans la cuisine.

– Une soupe quoi ?

– Hooligan. Un pot de crème glacée à la vanille, un pot de miel liquide et une bouteille de cognac, le tout mélangé dans une cuvette.

– Répugnant... » Mais je me serais jetée sur un sandwich au bacon. Je mourais de faim, c'était le pompon !

« Paolo vient me voir le week-end en quinze. Ça tombe bien, mes chers parents partent à Vienne pour leur anniversaire de mariage. »

Pourquoi fallait-il que tout le monde sauf moi se paye des petits week-ends cochons ?

Elle s'était à peine glissée dans les draps qu'elle a murmuré : « Et j'avais raison pour Svetlana. Peu après ton départ, elle est partie avec Josh. Il parle trois mots de russe, semble-t-il. Remarque, je ne suis pas sûre que la conversation soit leur principal souci. C'est bien fait pour Jerry. Il n'avait qu'à pas faire le con. Allez, bonne nuit. »

Parfait. Je suis restée allongée jusque vers sept heures, je me suis levée le plus discrètement possible, j'ai laissé l'argent de ma quote-part pour la chambre avec un petit mot expliquant que j'avais des choses à faire, et je suis partie me tuer.

Le lendemain soir, je sortais de la douche quand le téléphone a sonné. Alix m'a crié : « C'est ton père ! », et ça a suffi pour me contracter l'estomac. Il ne m'appelait jamais. Quand nous échangions quelques phrases, c'était toujours parce que ma mère me le passait en disant : « Papa est là, il veut te dire un mot. »

« Tout va bien ? ai-je aussitôt demandé.

– Ça peut aller. Ta mère est à son cours d'informatique, sinon je ne t'aurais pas appelée. » Il a hésité, et j'ai tout de suite senti ce qui allait venir. « Euh, mon chou... »

Ma gorge s'est serrée. « Je sais que je lui ai fait de la peine. Je ne l'ai pas fait exprès, mais elle n'arrêtait pas de me harceler – tu sais comment elle est parfois –, et moi j'étais crevée et c'est sorti tout seul.

– Je sais, chérie, mais elle l'a très mal pris. Elle ne m'en a parlé qu'hier soir. Je sentais bien que quelque chose n'allait pas, mais elle ne voulait rien me dire. J'ai même commencé à craindre qu'elle se soit trouvé une grosseur au sein, alors je lui ai posé la question et elle a éclaté en sanglots. »

J'aurais voulu disparaître sous terre. « Je suis navrée, papa, ai-je dit d'une voix mal assurée. Je ne voulais pas. Honnêtement, je n'aurais jamais cru qu'elle le prendrait comme ça.

– Je sais, mais elle s'est mis dans la tête qu'elle te fait honte et que c'est pour ça que tu ne nous as pas présenté Dominic plus tôt. »

Je me suis sentie tellement coupable que j'ai failli cracher le morceau.

« ... loin de moi l'idée de t'imposer quoi que ce soit, chérie, mais j'imagine qu'il n'y a aucune chance qu'il vienne ? Pourtant ça ferait tellement plaisir à ta mère. Elle a prévu quelque chose pour dimanche aussi, un simple déjeuner, mais c'est l'anniversaire de Pud, quatre-vingt-cinq ans – tu t'en souviens peut-être –, et elle veut qu'on fête ça entre nous au Old Windmill. »

Pud, c'était ainsi qu'il appelait Granny Metcalfe. The Old Windmill était un restaurant charmant situé à moins de dix kilomètres de chez eux.

Il a poursuivi : « Je sais que ta mère avait évoqué cette éventualité, mais en as-tu reparlé avec Dominic depuis ? Parce que s'il n'est pas chaud, je ne voudrais surtout pas que tu fasses pression sur lui. »

Jusqu'où peut-on tomber dans la mauvaise conscience ? « En fait, oui, on en a reparlé l'autre jour, ai-je répondu, ce qui était vrai. Mais on a été interrompus par le téléphone. Je lui reposerai la question, mais surtout, ne dis rien. J'ai l'impression qu'il a des projets et je ne te promets rien. »

Une fois qu'on commence, les mensonges sortent tout seuls, comme des mouchoirs en papier de leur boîte : on en tire un et le suivant est là, tout prêt. « J'appellerai maman demain soir, ai-je conclu.

– Ne lui parle pas de mon coup de fil, hein ?
– Bien sûr que non !
– Ah, merci. » Il avait l'air tellement soulagé que je me suis sentie deux fois plus coupable. « Je sais que parfois, elle exagère un peu, mais elle ne veut que ton bonheur. »

Correction : trois fois plus coupable. « Je sais.
– Bon, au revoir, chérie. Bonne continuation. »

Cinq minutes après avoir raccroché, j'étais en larmes.

Alix m'a apporté une double vodka tonic. « C'est un peu radical comme solution, mais tu pourrais le remmener chez tes parents et le plaquer juste après. »

Elle venait de dire exactement ce que je n'osais pas exprimer de peur qu'elle me fasse interner. « Retourner à l'agence est au-dessus de mes forces. Je suis sûre qu'ils ont rigolé à se taper sur les cuisses dès l'instant où j'ai eu le dos tourné.

– Ce ne sera peut-être pas nécessaire. S'il était à cette soirée, le frère de ta copine doit avoir son numéro. »

Naturellement, ça m'avait traversé l'esprit.

« Remarque, je n'aimerais pas être à ta place, a poursuivi Alix. Imagine qu'il pense que tu lui mets le grappin dessus et que cette soi-disant obligation n'est en fait qu'un prétexte ? »

Et voilà. Je ne pouvais plus rien lui dire, maintenant. Je savais que ma mère n'était pas la seule raison qui me poussait à inviter Dominic à ce week-end. Il m'obsédait, il peuplait tous mes rêves. Même s'il avait une demi-douzaine de fers appelés Svetlana au feu, il fallait que je le revoie. Mon cœur recommençait à battre à cette idée. « Mais bien sûr que non, voyons.

– Je n'en mettrais pas ma main à couper. Un type qui escorte a forcément un sexe plus gros que la tête, si tu vois ce que je veux dire... »

Si je prenais la défense de Dominic, elle me percerait aussitôt à jour. « Qu'est-ce que ça peut faire, du moment que j'arrive à calmer maman ?

– Ça devrait être plus facile la seconde fois, a poursuivi Alix. Mais quand je pense à ce que ça te coûte, ça me rend malade. Imagine les folies que tu pourrais faire avec tout cet argent ! »

Quand j'ai appelé chez les Dixon, je suis tombée sur la mère de Tamara. Je lui ai expliqué que j'avais besoin du numéro de Jerry pour contacter un des invités de la soirée. Mrs Dixon m'a répondu : « Oui, j'ai appris que tu y étais aussi. C'est vraiment sympa de rester en contact. Tu y as emmené Dominic ? Tamara ne m'a rien dit. »

Tous ces mensonges, c'était un peu comme de marcher sur une fine pellicule de glace au milieu d'un lac. Quoi que je lui dise, ma mère serait au courant. « Non, il a dû s'absenter quelques jours ; j'étais seule. »

Je n'étais pas ravie à l'idée d'avoir à appeler Jerry, parce que j'étais sûre qu'il me ferait une remarque. Mais il était apparemment pressé, et il m'a donné le numéro de Josh sans faire de commentaire.

C'était une ligne British Telecom, pas un mobile. « À ta place, m'a dit Alix, je l'appellerais tout de suite. Il a peut-être déjà un engagement social ou professionnel. En tout cas, il ne doit pas avoir de copine, sinon il l'aurait amenée à la soirée. »

Mon estomac s'est contracté de jalousie. « J'espère pour elle. Il paraît qu'il est parti avec une Russe qui aurait pu faire la couverture de *Vogue*. »

Alix a eu un petit ricanement de mépris. « Pourvu qu'elle ait fait attention à ce qu'elle faisait. Dieu sait ce qu'elle risquait d'attraper. Je te parie que ces mecs-là fourrent leur engin un peu partout.

— Il n'était pas comme ça !

— Non, parce que tu n'étais pas demandeuse, m'a dit Alix, décidément sans pitié. Je suis sûre qu'ils peuvent se donner l'air normal. Ils sont bien obligés, sinon ils ne se feraient jamais engager. Merde, les pâtes ! Elles vont être complètement collées... »

Elle est partie couper le feu sous les *penne* qui cuisaient depuis vingt minutes. Déjà tout excitée à l'idée de téléphoner à Josh, j'ai été soulagée de pouvoir le faire à l'abri des oreilles indiscrètes. Je ne m'attendais pas à le trouver chez lui, et j'ai composé le numéro à toute allure.

Il a décroché au bout de deux sonneries en disant un « Carmichael » très bref.

« Josh, c'est Sophy. » J'imaginais tellement son air ébahi que j'ai continué sans lui laisser le temps de répondre. « J'ai eu votre numéro par Jerry. Désolée de vous déranger, mais vous vous souvenez qu'il a été question de vous emmener vous extasier sur les photos ? Ça m'ennuie énormément de vous le demander, mais il semblerait que ma mère soit beaucoup plus contrariée que je ne le pensais. Elle pleure toutes les larmes de son corps, elle croit qu'elle me fait honte et que c'est pour ça que je ne vous ai pas présenté plus tôt.

– Aïe, aïe, aïe...

– Oui. » J'étais de nouveau au bord des larmes.

« Pendant des jours, elle a refusé de dire à mon père ce qui la tracassait. Il a cru qu'elle était malade et il s'est fait un sang d'encre. Il a fini par lui tirer les vers du nez hier soir et elle a fondu en larmes. Elle avait des projets pour dimanche aussi. J'avais complètement oublié mais ma grand-mère fête son quatre-vingt-cinquième anniversaire la semaine suivante, et ma mère a réservé à midi dans un restaurant ; juste la famille, mais elle se faisait une joie de ce week-end et maintenant elle est effondrée.

– En effet... » Il a marqué une pause. « Le problème, c'est que j'ai quelque chose de prévu le week-end prochain. »

J'ai eu un pincement au cœur. « Bon, tant pis. Laissons tomber. Désolée du dérangement, au revoir. »

J'ai raccroché, j'ai haussé les épaules et j'ai essayé de me convaincre que ce n'était qu'un petit contretemps dans le cours normal des choses.

Les *penne* étaient mollassonnes mais on les a mangées quand même, avec de la sauce tomate au basilic frais ; mon moral était toujours aussi bas.

« Tu peux toujours expliquer à ta mère qu'il t'a plaquée mais que tu ne voulais pas le lui dire, et que c'est pour ça que tu étais de mauvais poil l'autre jour, m'a suggéré Alix.

— Oui, mais elle va penser que c'est elle qui l'a fait fuir. Bon Dieu, qu'est-ce qui m'a pris de dire ça ?

— On peut se poser la question, en effet », m'a rétorqué Alix, excédée.

Je pouvais difficilement lui répondre : *Parce que je suis dingue de ce mec et que je n'osais même pas imaginer l'effet qu'aurait eu l'acharnement de ma mère s'il avait été réel.* « Je n'en sais rien ! Elle me tapait sur les nerfs !

— Dis-lui qu'il t'a plaquée, a répété Alix avec fermeté. Au moins, elle te plaindra. Elle pourra toujours aller raconter le contraire à Maggie. »

J'étais presque décidée quand le téléphone a sonné, environ vingt minutes après que j'avais raccroché.

« Sophy ? C'est Josh. »

Mon cœur a bondi dans ma poitrine. J'ai essayé de répondre « Ah, salut », du ton de la fille en train d'examiner l'état de ses ongles, mais j'ai eu l'impression que ça ne passait pas.

« Écoutez, il y a peut-être moyen de s'arranger. J'ai quelqu'un à voir à Durham vendredi soir...

– Durham ? Mais c'est à l'autre bout du pays !

– Oui. Mais je n'avais pas l'intention d'y passer le week-end. À quelle heure devez-vous être chez vos parents le samedi ?

– Vers sept heures au plus tard.

– Bon. Est-ce que vous pouvez me prendre à la gare de Manchester à six heures ? Ça vous irait ?

– Vous n'y allez pas en voiture ?

– Pas un vendredi soir, merci. C'est deux fois plus rapide en train. Vous pouvez y être à six heures ? »

Ma tête tournait à toute vitesse. « Oui... mais vous ne voulez pas d'abord vérifier les horaires des trains ?

– Ça ne devrait pas poser de problème. À six heures samedi, d'accord ? »

Sec comme un raisin sec.

« Il doit avoir besoin de fric, m'a dit Alix. Paie-lui son billet de train. Ça te coûtera sans doute autant qu'un billet d'avion, remarque. »

Tout d'un coup, je me suis dit que nous n'avions pas abordé les sordides questions matérielles. « J'ai oublié de parler de la rémunération ! Bon Dieu, je suis horriblement gênée. Tu crois que je devrais le rappeler ?

– Pas la peine. Il partira du principe que c'est comme la dernière fois. Contente-toi d'emporter ton chéquier ou ce qu'il faut en liquide. Je parie qu'ils préfèrent le liquide. Fourre ça dans une enveloppe et donne-le lui à la fin. »

Mais d'abord, j'avais une petite question à régler.

J'aurais dû le faire, déjà, à la soirée chez Jerry, et avoir le courage de lui avouer qu'Ace était un mensonge stupide et que je lui devais toujours le service promis ; donc, s'il était libre à dîner la semaine ou la quinzaine prochaine...

Et si jamais je le voyais faire une tête qui voulait dire *Oh, merde!* et qu'il commence à m'expliquer poliment qu'il était pris pour les quinze jours à venir, je lui répondrais avec mon plus beau sourire : « Pas de problème. J'ai dit ça comme ça.

– Et si tu le larguais juste après ? m'a demandé Alix plus tard. Tu as prévu qu'il donne un coup de pied à Benjy ?

– Tu rigoles ? Pour l'instant, il serait plutôt en train de prendre le chemin du séminaire.

– Quoi ?? »

Je lui ai rapporté les jalons qu'il avait posés auprès de Maggie.

Il en fallait davantage pour impressionner Alix. « Pendant que tu y es, pourquoi n'en fais-tu pas un homo ? La moitié des prêtres sont gays. Ça ne m'étonne pas qu'ils portent ces espèces de longues soutanes noires. »

Mentalement, j'ai classé son idée sous la rubrique urgences extrêmes/derniers recours.

Le lendemain soir, j'ai appelé ma mère. Après lui avoir annoncé la bonne nouvelle, j'ai passé deux minutes à me répandre en excuses, à lui dire que j'étais crevée et patraque l'autre jour, que mes paroles étaient allées trop loin, que je ne savais pas ce qui m'avait pris.

Autant de bobards à ajouter à la collection.

Je me suis sentie un peu mieux quand elle m'a fait le coup de l'hypocrisie, elle aussi. « Je t'assure, chérie, je n'ai jamais voulu me mêler de vos affaires. Quant aux marches nuptiales, où as-tu été chercher ça ? Tu sais bien que je ne suis pas de ces mères qui veulent à tout prix caser leur fille. Naturellement, papa et moi nous serions ravis de te voir t'installer avec un homme bien, mais tu sais parfaitement que je n'en ai jamais dit un mot. »

Quand je l'ai sentie prête à raccrocher, je lui ai présenté ma dernière offrande de paix. « Au fait, il espère que tu lui feras un rôti. Il t'a déjà jugée comme une spécialiste des bons rôtis du dimanche et il y a des lustres qu'il n'en a pas mangé. »

Si ça ne suffisait pas à nous rabibocher, je me demande ce qui le ferait.

Une demi-heure plus tard, Tamara m'appelait. Mrs Dixon n'avait pas manqué de lui rapporter tous les détails de notre conversation et Tamara était mystifiée. « Alors ? Tu as fait une rencontre l'autre soir, finalement ?

— J'aurais bien voulu. J'allais t'appeler. Il y a du nouveau côté Dominic. » Je l'ai mise au courant en quelques mots. « Donc, si tu apprends que je l'amène chez mes parents samedi, ne tombe pas des nues, d'accord ?

— Tu veux dire qu'il a accepté ? »

Quelque chose, dans son ton, m'a mise mal à l'aise. « Et pourquoi pas ?

— Non, rien, je ne sais pas. Mais Jerry l'a plaisanté sur son boulot entre guillemets, et il lui a répondu qu'il l'avait fait à titre exceptionnel, pour tenir un pari. Si ça se trouve, il est simplement gêné d'admettre qu'il a besoin de fric. Je ne t'ai rien dit, hein ? Jerry pense que le pari c'était de savoir s'il allait parvenir à ses fins, et évidemment, la réponse est oui. »

C'est fou ce que Tamara pouvait me remonter le moral, depuis quelque temps.

Je suis partie de chez moi à une heure et demie le samedi. J'avais calculé large, mais la circulation était dantesque et j'ai passé mon temps à gigoter sur mon siège en me disant ça y est, je vais être en retard. J'avançais au pas dans des files délimitées par des balises, la tête pleine de visions de Josh consultant sa montre d'un air exaspéré en disant *Et puis merde, je me casse.*

Avec qui avait-il rendez-vous à Durham ?

Inutile de préciser que je me posais la question depuis un moment. Ou plutôt les questions :

Qu'y avait-il à voir à Durham ?

Un château et une université.

Et que trouve-t-on dans les universités ?

Des étudiants bourrés. Des étudiants shootés.

Quoi d'autre ?

Euh... des étudiantes en troisième cycle ?

Tu pourrais préciser ?

Euh, des étudiantes en programme d'échange avec Saint-Pétersbourg ?

Ah, enfin une hypothèse qui tient debout.

Pas trop difficile de deviner dans quel sens travaillait mon imagination. Svetlana ne porterait plus sa jupe longue, mais une nuisette de satin ou encore un simple ruban de velours autour du cou, comme l'espionne blonde de *Bons Baisers de Russie*. Et elle ferait une moue digne d'une actrice de porno. « *Il faut vrraiment que tu t'en ailles, mon chéri ? La cinglée ne pourrait pas se trrouver une autre pomme ?*

— Poire, Svetlana, mon trésor. » Et il l'embrasserait avec une tendresse folle. « *Dieu sait que je n'ai pas envie de te quitter, mais c'est de l'argent facile. Dis-moi quelque chose de poétique en russe pour me tenir chaud. Dis-moi que tu te tortilleras toute la nuit sur ma biroutchka, sur la route dorée qui mène à Samarkand.*

— *Je te dis, qu'elle aille se faire foutrre ta cinglée, chéri. Rreste avec moi et je mettrai du caviarr et de la crrème surr ta biroutchka et je te llécherai jusqu'à ce que tu crries.* »

Rien qu'en y pensant, j'ai bouffé la moitié d'un paquet de bonbons aux fruits.

Contrairement à la dernière fois, nous aurions moins d'une demi-heure à passer ensemble en voiture. Quelle stratégie adopter ? Style copine sympa ? Pragmatique et décontractée ? Douce et agréable, comme le temps annoncé par la météo mais pas au rendez-vous ? La vague de chaleur était terminée, l'humidité et la froidure étaient de retour. On se serait cru en mars : l'été était pourtant là.

Finalement, je suis arrivée avec vingt minutes d'avance. Le parking était complet, comme d'habitude, et j'ai dû tourner et tourner dans la bruine, tout en jurant dans ma barbe. J'étais devant la gare à six heures moins une ; je l'ai trouvé armé de deux bouquets de fleurs qu'il a balancés sur le siège arrière en m'expliquant : « J'en ai pris un pour votre grand-mère, c'était la moindre des choses. »

Ce n'était pas juste, tant de sollicitude et de gentillesse alors que je cherchais désespérément des raisons de me détacher de lui. J'ai failli dire : *Passez-moi la facture et ajoutez-la à vos frais* pour qu'il puisse me répondre : *D'accord, et le train Durham-Manchester m'a coûté quarante-cinq livres*. Ça m'aurait aidée à me sentir mieux. Ou pire.

« Vous n'auriez pas dû, ai-je dit. J'ai apporté un cadeau. » Je n'avais pas encore fait le paquet. C'était le dernier Catherine Cookson et une énorme boîte de Thornton's.

« Les choses s'arrangent avec votre mère ?

— Tout est revenu peu ou prou à la normale, et je vous remercie de me donner un dernier coup de collier. J'espère que le week-end ne sera pas un cauchemar.

— Disons que maintenant que j'ai survécu à l'incendie, passer sur le gril devrait se faire les doigts dans le nez. Comment va Charlotte ?

— Beaucoup mieux. Je crois qu'elle avait mangé quelque chose d'avarié. » D'un ton détaché, j'ai ajouté : « Et Durham, c'était bien ?

— Je n'ai pas vu grand-chose. Vous savez comment c'est. »

Oui, merci beaucoup, je m'en faisais une petite idée, si c'était ce qu'il avait fait. À ce tarif-là, j'aurais du mal à jouer les copines sympa, surtout si la circulation continuait à ce rythme : ç'avait l'art de me mettre les nerfs en pelote.

J'ai pris sur moi pour me calmer. Après tout, ce qu'il faisait ne me regardait pas. Le fait qu'il ait écourté son séjour pour me secourir dans le besoin pouvait même signifier qu'il n'avait jamais attendu beaucoup de satisfactions de son escapade.

Vaguement requinquée par cette idée, je me suis arrêtée à un passage piétons, où une vieille dame attendait pour traverser. Le petit bonhomme vert devait être bien visible en face d'elle, et pourtant elle hésitait.

« Tt, tt, allez, mon petit, on se lance, a dit Josh. Un pied devant l'autre, c'est encore la meilleure façon de marcher... »

Elle a fini par s'aventurer sur la chaussée, et il a continué : « Elles font toutes ça, elles lorgnent le feu puis les voitures, d'un air suspicieux, et elles recommencent. Je suis prêt à parier qu'elles se sentent victimes d'un monstrueux complot fomenté par la brigade antivieux. »

J'ai dû me mordre les lèvres pour ne pas rire. « La pauvre, vous êtes vraiment dur. Surtout qu'elles ne sont pas toutes comme ça.

– Très juste. Seulement celles aux chapeaux en laine. Ces chapeaux en laine, c'est redoutable. Mettez-en un sur la tête d'une vieille femme et ça multiplie le coefficient d'indécision par dix.

– Et les vieux ? Les petits vieux en voiture, avec leurs chapeaux de petits vieux ? Ils se traînent encore plus que les petites vieilles.

– Ça ferait un sujet de recherche intéressant, dit-il, songeur. Des propriétés hésitatiogènes des chapeaux sur les têtes du troisième âge. Vous verriez ça comme une thèse en matériaux textiles ? Ou en psychologie appliquée, peut-être ?

— En vannes appliquées, plutôt. »

À partir de là, tout s'est déroulé sur le mode copain sympa. Comment garder ses distances avec un homme qui vous fait rire ?

« Vous avez conduit pendant tout le chemin ? me demande-t-il.

— C'est peut-être plus simple. » J'ai hésité à lui poser la question qui me brûlait les lèvres, de peur de sa réponse. « J'espère que votre ami n'a pas mal pris votre départ anticipé ?

— Je ne crois pas, non. Pourquoi est-ce toujours vous qui conduisez ? Vous ne croyez pas que ça peut paraître suspect ? »

J'étais à deux doigts de rétorquer : *Répondez donc d'abord à ma question de façon claire, en précisant qu'il s'agissait bien d'un ami et non d'une amie. Dites, par exemple, qu'il s'en fiche royalement.* Mais j'ai dit : « Je ne vois pas en quoi. Vous aimez bien vous faire conduire. Ça vous détend. »

Il n'a pas élevé d'objection. « Quand sont revenus les jeunes mariés ?

— Leur vol arrivait ce matin de bonne heure. Ils devaient prendre la navette jusqu'à Manchester et passer chez Paul. Enfin, chez eux maintenant. Il habite à Altrincham, à une dizaine de kilomètres de chez mes parents.

— Ils se sont offert une longue lune de miel. Au Kenya, c'est bien ça ?

– Et en Tanzanie, je crois.

– Belinda n'a pas fait trop de rencontres effrayantes avec la vie sauvage ?

– Je ne crois pas, mais quand on voyage de cinq étoiles en cinq étoiles, on doit être à l'abri des éléphants et des *tyrannosaures*.

– Je parlais des doudous, pas des gros animaux.

– Les quoi ?

– Les doudous. Les bébêtes, en kiswahili.

J'ai ri, et il a poursuivi : « J'ai vécu en Afrique orientale quand j'étais enfant.

– Ah bon ? Où ?

– D'abord en Zambie, puis au Kenya. Mon père y a travaillé plusieurs années. Il était ingénieur et se déplaçait pas mal, et c'est comme ça qu'on s'est retrouvés en pension à dix et onze ans, ma sœur et moi. »

Ça collait avec ce que m'avait dit Tamara. « Vous y êtes retourné ?

– Non, mais mes parents oui. Ma mère a été très déçue, surtout par Nairobi. C'est à peine si elle a reconnu la ville.

– Paul et Belinda ont passé deux nuits à Nairobi. Dans une sorte de palace. Paul ne voulait que ce qu'il y avait de mieux.

– Le Norfolk, sans doute. C'est un hôtel très typique, qui date du temps des chars à bœufs. Mon père m'a raconté qu'autrefois il y avait un marécage juste en face, avec des lions et tout. Il existe une histoire apocryphe sur un certain lord Delamere qui aurait tué un lion du bar. Je trouvais que c'était le chic du chic de se balader en permanence avec un fusil à l'épaule, de se commander une bière et de descendre avec un calme imperturbable une bête sauvage prête à se jeter sur le barman. Après quoi on retournait à sa bière en disant froidement : " Ce pays n'est plus ce qu'il était. Bientôt on y verra des femmes. "

– Espèce de sale sexiste !

– Oui, je l'admets. Disons que j'étais à l'âge simpliste où on n'a pas encore compris ce que les filles peuvent avoir d'intéressant. »

Étant donné mon état actuel, j'ai trouvé sa remarque vaguement déstabilisante. Au fil du trajet, le réchauffement de la planète Sophy avait atteint la cote d'alerte. Une fois de plus, j'aurais volontiers descendu deux ou trois vodkas agrémentées de glaçons, de jus de citron et de nectar d'ambroisie sexuelle. Mon sang tambourinait dans mes veines, mes terminaisons nerveuses me chatouillaient. Le simple parfum de sa mousse à raser me donnait le vertige.

Je suis sûre que vous voyez de quoi je parle.

J'étais contente qu'il se soit confié : cela me permettait de lui poser quelques questions sans paraître trop indiscrète. « Julia Machintruc m'a dit que vous aviez été militaire. Les fusiliers marins, c'est ça ?

– Oui. Je me suis engagé à dix-huit ans. Comme me l'a fait remarquer le conseiller d'orientation, c'était à peine mieux que la prison, où j'aurais atterri faute d'entrer à l'armée. »

En voyant ma tête, il a ri.

« Vous me faites marcher.

– Pas entièrement. Disons que si jamais, un jour, j'ai un fils comme j'étais à l'époque, ce sera un juste retour des choses. Mais j'avais envie de m'engager. J'avais envie de tâter du parachute et de l'artillerie.

– C'est peut-être plus accessible que le MI 5. Quand les avez-vous quittés?

– Il y a quelques années.

– Vous en aviez assez?

– Oui, mais surtout, j'avais envie de faire autre chose. »

Je ne pouvais pas le laisser en rester là. « Comme quoi?

– Comme démarrer ma propre affaire. Enfin, pas seul, avec un partenaire. C'est plus facile pour m'échapper de temps en temps, il peut garder la boutique. Et quand une opération foire, je peux tout lui mettre sur le dos. »

J'ai ri, en partie de soulagement parce qu'il avait dit « un partenaire. » Car en une demi-seconde, mon esprit avait déjà donné forme à une madame String *bis*, une espèce de pétasse diplômée en comptabilité qui lui tiendrait ses livres et le baiserait jusqu'à plus soif tous les soirs en prime.

J'étais contente d'apprendre qu'il n'était pas au chômage. Mais ce n'était pas non plus avec la moitié d'une petite entreprise qu'il pouvait se faire des ponts d'or, surtout s'il s'agissait d'une entreprise pépère, ce que m'évoquait la sienne. Les entreprises pépères n'étaient pas de celles qui comblaient d'aise les banquiers.

Par association d'idées, j'ai repensé à son pari, mais pour rien au monde je n'en aurais parlé. Comme me l'avait fait remarquer Tamara, c'était peut-être une fausse excuse pour dissimuler le fait qu'il était gêné aux entournures. D'un autre côté, il ne me paraissait pas du genre à être gêné par quoi que ce soit.

J'allais lui demander dans quelle branche il travaillait quand, soudain, j'ai failli nous envoyer dans le décor. Nous étions sur une route tranquille et j'avais dû relâcher mon attention : tout d'un coup, deux garçons à vélo ont déboulé à toute allure d'un chemin, juste devant mes roues. J'ai fait une violente embardée et j'ai terminé de l'autre côté de la route.

« Bon Dieu. » Mon cœur tambourinait comme un fou.

Josh a vidé ses poumons. « Ça va ?

– Oui, oui, ça va. »

Les deux garçons n'étaient même pas tombés de vélo. Ils regardaient la voiture d'un air ébahi.

« Petits cons... rien dans la tête, a marmonné Josh. J'ai vu des chats plus prudents que ça. Attendez une seconde... »

J'allais lui dire d'économiser sa salive, mais déjà il descendait de voiture et claquait la portière. Il s'est avancé vers eux à grandes enjambées ; aussitôt les gamins l'ont regardé l'air de dire je t'emmerde, pleins du genre d'arrogance qui me fait remercier le ciel de n'avoir pas choisi de faire carrière dans l'enseignement.

Fenêtres fermées, je n'entendais pas ce qu'il disait, mais à en juger d'après sa posture, même vu de derrière, il était clair qu'il leur sonnait les cloches, comme disait mon père quand j'étais petite.

Trente secondes après il revenait, l'air sévère, et les gamins décampaient. Il est remonté dans la voiture en claquant la portière un peu trop fort. « Voilà. J'ai exercé ma légendaire autorité.

— C'est ce que je vois.

— Et bien entendu, ils ont subi les remontrances avec l'humilité de circonstance. Il y en a un qui m'a dit d'aller me faire foutre et l'autre de ne pas m'approcher, parce que sa mère l'avait mis en garde contre les vieux cochons de mon espèce. »

Je me suis mordu les lèvres, ce qui était inutile car un petit sourire espiègle lui tordait le coin de la bouche. « Le risque c'est que je me retrouve un jour avec un gamin comme eux, a-t-il soupiré. Je vous l'ai dit, le prix à payer, quand on a soi-même été un petit con, c'est d'avoir un fils encore pire. »

J'ai redémarré. « Ou deux, puisqu'il y a des jumeaux dans la famille.

— Ne parlez pas de malheur. »

Quand j'ai dépassé les deux garçons, ils nous ont fait un doigt d'honneur en souriant comme des singes. « Si vous devez avoir des gosses délinquants, ce ne serait pas une mauvaise excuse pour vous larguer. On pourrait imaginer que vous ayez subi des tests pour déceler le gène de la délinquance et que vous soyez positif.

On en est déjà au stade du planning familial ?

— Non, non ! » Me serais-je trahie, par hasard ? Bon, j'imaginais bien avoir des enfants un jour, mais je n'en étais certainement pas au point de paniquer pour mon horloge biologique. Enfin, pas trop souvent. Disons une fois par mois, au moment où mes hormones me mettaient dans le trente-sixième dessous, où je m'imaginais à quarante-trois ans, suivant des cours de mécanique auto et faisant semblant de m'intéresser aux bougies pour me faire remarquer d'un type potable. Je serais « Tatie Sophy » pour les gosses de Belinda et d'Alix et « Cette pauvre Sophy » pour Belinda et Alix. Alix dirait à Calum : *Et ce Ken, qu'elle voit au boulot ? Je sais qu'il est un peu lourdingue, mais il est gentil, non ?* Et ma mère continuerait de m'appeler tous les mardis soir en me demandant : *Alors, chérie, qu'est-ce qui t'est arrivé de beau ces derniers temps ?*

J'ai banni de mon esprit ce cauchemar récurrent, en disant d'un ton léger : « En fait, je ne leur donnerai pas d'explication. Je dirai simplement que notre relation s'est terminée en eau de boudin. »

Ce qui voulait dire qu'il fallait que je me dégote un vrai mec, et vite, sinon ce serait retour case départ.

Josh n'a fait aucun commentaire. En approchant de notre destination, je me suis demandé si Winnie avait découvert les déconvenues conjugales de Sarah et, dans l'affirmative, si elle savait que ma mère les avait apprises avant elle. Elle n'en serait que plus mortifiée. En fait, je doutais que des relations normales – autrement dit la guerre froide – puissent jamais reprendre entre elles deux. Le conflit serait ouvertement déclaré, et tous les coups permis.

Je m'en suis ouverte à Josh. « Je plains Sarah de tout mon cœur. Je ne l'ai pas vue depuis son retour de lune de miel, mais nous avons été amies pendant des années.

– Malheureusement, c'est une maladie endémique. Une bonne moitié de mes amis sont soit divorcés, soit séparés. J'ai connu une fille qui s'est éprise d'un invité à son propre mariage et qui est partie avec lui à peine rentrée de sa lune de miel.

– Eh bien... !

– Mais le marié était un salopard imbu de lui-même. Ça lui a rabattu son caquet pendant un moment. »

Nous arrivions. « J'espère que vous mourez de faim, ai-je dit, parce que ma mère a du mal à comprendre que les hommes n'aient pas tous gardé leur appétit d'adolescent. Elle en fait toujours pour dix personnes de trop et si vous ne vous resservez pas, elle se vexe. Elle cuisine à merveille, mais elle s'excuse toujours pour tout ce qu'elle apporte à table. La viande est trop cuite ou pas assez, les pommes de terre trop dorées ou trop pâles, la sauce trop épaisse ou trop liquide, elle trouvera toujours quelque chose.

– Elles sont toutes pareilles », a dit Josh en riant.

Le village consistait en une rue pittoresque où subsistaient quelques pavés anciens, et qui était bordée de jardinières de fleurs et de petites boutiques avec vitrine en bow-window, autrefois échoppes d'épiciers ou de quincailliers. Depuis une vingtaine d'années, elles abritaient le genre d'activités spécialisées qui fleurissent dans les régions semi-rurales aisées : matériel de randonnée pédestre ou équestre, maroquinerie italienne hors de prix. Et même, dernièrement était apparu ce boucher bio spécialiste de gibier (faible en cholestérol) qui préparait ses viandes avec une précision chirurgicale.

De la grand-rue partaient des routes sinueuses et verdoyantes bordées de larges bandes de gazon. À demi cachées dans des jardins à la maturité épanouie, les maisons, mélange éclectique de styles allant du gothique à la villa de Marbella, dataient des années 1900. Mise en vente dans une agence immobilière, la nôtre aurait pu être décrite comme une *Demeure confortable de style Tudor*. Adolescente, j'avais nourri un total mépris pour son manque d'originalité, mais aujourd'hui je la voyais pour ce qu'elle était : une maison confortable, sécurisante et traditionnelle, comme tout ce qui émanait de mes parents.

« Ça fait longtemps qu'ils sont ici ? me demande Josh tandis que je m'engage dans l'allée de gravillons.

– J'avais cinq ans quand ils ont acheté la maison. Elle n'était pas en très bon état. Depuis, ils la retapent petit à petit et ils n'ont toujours pas fini. » Je me suis garée à côté d'une Porsche noire étincelante. « La voiture de Paul, ai-je dit. Ils doivent être là depuis une heure. J'espère que Belinda n'a pas un bronzage à me faire pâlir d'envie. Et, tiens, voici Benjy. » Il arrivait en bondissant de l'autre côté de la maison, jappant joyeusement et sautant pour me lécher le visage.

« Il a du sang d'épagneul ? » demande Josh en lui donnant une caresse.

Benjy était fauve avec une tache blanche sur la poitrine.

« Sans doute. Pour le reste, on ne sait pas. Nous l'avons pris à six mois dans un refuge. »

Nous étions encore loin de la maison que, déjà, mon père ouvrait la porte d'entrée. « Sophy, mon petit, Dieu soit loué, tu es là. »

Il n'allait pas m'avoir une deuxième fois. « Je t'arrête tout de suite, papa... Benjy a avalé le gigot, maman fait une crise dans la cuisine et on t'envoie acheter des plats à emporter.

– Si seulement tu pouvais dire vrai... »

Sans prévenir, un nœud froid et horrible m'a contracté l'estomac. Mon père ne jouait pas la comédie. Tout d'un coup, il avait pris un coup de vieux.

10

« Pour l'amour du ciel, papa, que se passe-t-il ?

– C'est Belinda. Elle a disparu.

– Quoi ?? Comment ça, disparu ? »

Il a haussé les épaules en signe d'impuissance. « Comme je te le dis. Elle a laissé un mot à Paul et elle s'est évaporée. Le dernier jour du voyage. Quelques heures seulement avant de prendre l'avion. »

J'ai eu comme un coup de barre, la chair de poule... J'ai cru m'évanouir. « Tu veux dire qu'elle l'a quitté ? »

Il s'est contenté de hocher la tête.

J'avais la bouche sèche. Bêtement, je demande : « Comment va-t-il ?

– Pas fort. Ta mère non plus. » À l'intention de Josh, il ajoute : « Je suis navré. Ça tombe vraiment mal pour vous. »

Josh pose deux doigts sur mon bras. « Ne restons pas plantés là, ça n'arrangera rien. »

Je me bouge enfin, et je traverse comme un zombie l'entrée moquettée d'abricot où brillent de petites antiquités, astiquées avec soin. Nous laissons tomber nos affaires par terre et nous franchissons les doubles portes du séjour.

Moi qui m'attendais à trouver ma mère en larmes ou en train de courir partout comme un poulet décapité, j'ai eu un choc. Elle était assise, immobile, dans un fauteuil. Comme mon père, elle avait l'air ahuri, stupéfait, et elle avait pris un coup de vieux. Elle a tourné la tête et, la lèvre tremblante : « Oh, Sophy... »

Que faire, sinon lui passer un bras autour des épaules ? « Allez, maman, ne te rends pas malade. »

Remarque banale et gnan-gnan, mais je n'ai rien trouvé de mieux. J'étais toujours comme engourdie, en partie à cause du coup de massue que je venais de recevoir derrière les oreilles, et qui me faisait comprendre ces choses à retardement.

« Nous l'avons appris par Paul, il y a une demi-heure, a dit ma mère d'une voix chevrotante que je ne lui connaissais pas. Il était quasiment sûr de la retrouver à Altrincham, ou du moins qu'elle lui téléphonerait là-bas, mais elle n'a pas donné signe de vie. Du coup, il attend qu'elle appelle ici. »

Debout devant la fenêtre, Paul nous tournait le dos.

Je hasarde : « Ça va, Paul ?

— Quelle question ! À ton avis ? »

Il se retourne en se passant une main irritée dans les cheveux et en disant, comme pour lui-même : « À quoi elle joue ? Nom de Dieu, à quoi elle joue ? ? »

– Asseyez-vous, Dominic, murmure mon père. Je vais vous chercher quelque chose à boire. Qu'est-ce que vous prendrez ?
– Un pur malt, si vous avez. Sec.
– Sers un cognac à maman, papa, dis-je. Elle en a bien besoin. Et moi aussi, par la même occasion. »

Mon père est parti, et un silence stupéfait et lugubre s'est abattu sur nous. Pour un peu on aurait pu croire qu'un décès venait de survenir dans la famille. « Qu'est-ce qu'elle disait dans sa lettre ? » ai-je demandé au bout d'un moment.

Sans un mot, Paul m'a tendu une feuille à l'en-tête d'un hôtel.

Cher Paul,
Je suis terriblement navrée, mais je me suis trompée. C'est horrible, je sais, mais ça ne va plus entre nous. J'avance mon retour de quelques heures ; je logerai chez des amis pendant quelque temps. Pardonne-moi, je t'en prie. Ce n'est pas de ta faute, tu n'as absolument rien à te reprocher. Sois gentil de dire à papa et maman de ne pas s'inquiéter. Je les contacterai très bientôt. Encore pardon.

Tendresses,
Belinda.

J'étais au bord de la nausée. « C'est absolument navrant, je ne sais pas quoi dire.
– Moi, je sais », marmonne-t-il dans sa barbe.

C'était assez compréhensible. Il était blessé et fou de rage.

J'avais envie de passer le billet à Josh, mais il était assis tout au bout du canapé et il n'aurait pas été très délicat d'étaler l'humiliation de Paul devant un quasi-étranger. Josh n'a rien demandé, il n'est pas venu lire par-dessus mon épaule, et je lui ai su gré de sa sensibilité.

Mon père est revenu avec les boissons. Un peu réchauffée par une gorgée d'alcool, j'ai relu la note. « Avancer son retour de quelques heures ? Mais comment a-t-elle pu rester seule assez longtemps pour s'organiser ?

— J'étais parti jouer au golf », dit Paul en s'affalant lourdement à l'autre bout du canapé. « Nous étions revenus à Nairobi pour notre dernier jour et j'avais envie de m'offrir un parcours au Country Club. Je ne vois pas ce qu'il y a de mal à aller faire quelques trous à la fin d'une lune de miel de trois semaines, nom de Dieu ! »

Aussitôt, je réagis : « Vous vous étiez disputés ?

— Mais non ! » Il avait répondu presque avec colère. « Enfin, ce n'est pas ce que j'appelle une dispute. Elle ne tenait pas à ce que j'y aille, mais, sorti du golf, les occupations sont rares, là-bas. Elle m'a dit qu'elle allait faire des courses et prendre un bain de soleil à la piscine.

— Et quand tu es revenu, elle était partie.

— Comment as-tu deviné ? » Il porte son verre à ses lèvres, puis ajoute : « Je n'en croyais pas mes yeux. »

Après un nouveau silence long et pénible, il reprend, furieux : « Comment a-t-elle pu me faire ça ? Qu'est-ce qui lui a pris, putain ? »

Personne n'aurait osé émettre un commentaire.

« J'étais sous le choc, poursuivit Paul. Il s'est bien écoulé vingt minutes avant que je pense à appeler l'aéroport. Sans résultat, d'ailleurs, parce que le vol précédent était déjà parti. »

Très doucement, je demande : « Alors ? Qu'est-ce que tu as fait ?

— Qu'est-ce que tu crois ? » Sa voix s'était teintée de sarcasme et d'amertume. « J'ai fait une razzia sur le minibar. J'ai même failli louper mon avion.

— Mon Dieu, pleurniche ma mère. Pourvu qu'elle ne se soit pas fait enlever !

— Mais non, voyons, la rassure mon père.

— C'est tout à fait possible. On a pu l'obliger à écrire cette note pour faire croire...

— Mais bien sûr que non ! » Paul avait haussé le ton. « Les gens qui se font enlever n'emballent pas proprement toutes leurs petites affaires, jusqu'au vernis à ongles ! Ils ne prennent pas le temps de prévenir la réception : " ... je retrouve mon mari plus tard, en attendant, je vous règle les suppléments. " »

Un silence s'est installé, qu'a rompu mon père, posément : « Mon garçon, je sais que vous êtes bouleversé, mais ce n'est pas une raison pour parler à Sue de cette manière.

— Désolé », a marmonné Paul.

Ma mère s'est levée, chancelante. « Bon, je vais voir où en est le dîner... » À sa voix mal assurée, on la devinait sur le point de craquer.

Je l'ai suivie dans la grande cuisine qui avait été refaite deux ans plus tôt en chêne ancien.

« Ça y est, le dîner est fichu, me dit-elle, au bord des larmes, en ouvrant le four. C'était presque prêt, je voulais baisser le thermostat mais avec tout ça, tu penses, j'ai oublié, et maintenant regarde-moi ce pauvre rôti... tout desséché.

– Personne ne remarquera. À mon avis, tout le monde a l'appétit coupé.

– Et les pommes de terre qui sont trop cuites... » Elle en pique une du bout d'une fourchette. « C'est immangeable... »

Josh s'était glissé derrière nous. « Moi, c'est comme ça que je les aime.

– Vous êtes bien le seul. Je vais tout donner au chien, tenez... mais je vais quand même faire la sauce... et le raifort, j'ai oublié le raifort... » Et elle se met à fourrager dans le bac à légumes du réfrigérateur. « Où est-il donc ? Je sais que j'en ai acheté du tout frais...

– Je m'en occupe, maman. Et je ferai la sauce. Va t'asseoir et déguste ton cognac. »

Tout d'un coup, sa fragile assurance s'est brisée. Laissant échapper un profond sanglot, elle a porté ses deux mains à son visage. « Tout est de ma faute ! » Et elle a fondu en larmes.

Affolée, je l'ai fait asseoir à la table de pin et je l'ai prise par les épaules en jetant à Josh un regard d'effroi. « Comment ça, de ta faute ?

– C'est ma punition. » Elle sanglotait si fort qu'elle avait du mal à parler. « Parce que je me suis réjouie des malheurs de Sarah Freeman. Juste un peu, mais tout de même. Ç'a été plus fort que moi : Maggie se vantait tellement. Il existe un mot pour ça en allemand, un mot horriblement long...

Schadenfreude. Et pour quelqu'un comme ma mère, s'autoriser un soupçon de *Schadenfreude* – de joie malveillante – était le summum du péché, et provoquait une overdose de mauvaise conscience.

« Même si ce que tu dis est vrai, je ne vois pas le rapport. » J'ai détaché un morceau d'essuie-tout que je lui ai tendu. « Tu n'y es pour rien, maman. Il faut absolument que tu te sortes ça de la tête. »

Peu à peu, elle a repris ses esprits. Elle a reniflé en s'essuyant les yeux : « Si elle avait des doutes, pourquoi n'a-t-elle rien dit ? Elle aurait pu m'en parler, tout de même... je suis sa mère ! »

Si j'avais répondu en toute honnêteté à cette remarque, elle aurait été cent fois plus effondrée.

« Je me suis bien rendu compte qu'elle n'était pas dans son état normal, une ou deux semaines avant le mariage. Mais pas une fois je n'ai imaginé... Je me suis dit que c'était moi qui lui tapais sur les nerfs... elle était à cran... elle n'arrêtait pas de répéter " Arrête donc de faire tant d'histoires, maman... " Je sais que je suis parfois un peu casse-pieds, mais c'est parce que je voulais que tout soit absolument... »

Elle s'est remise à pleurer.

Elle me faisait pitié. « Tu ne pouvais pas savoir, je t'assure. Tu n'es pas voyante. »

Mais moi j'aurais dû deviner. J'aurais dû anticiper la catastrophe. Le coup de fil à ma sœur était comme gravé dans mon esprit, et je m'en rappelais tous les détails. Si quelqu'un avait commencé à paniquer, ce n'était pas Paul. Pourquoi n'avais-je pas pigé ? Comment avais-je pu passer aveuglément à côté d'une chose aussi énorme ?

Puis j'ai repensé à leurs fiançailles, et en la revoyant si rayonnante je me suis dit, zut, pourquoi faut-il que je me sente coupable ? Elle était très amoureuse ce jour-là... Qu'est-ce qui avait bien pu se passer entre-temps ?

De tout cela, je ne pouvais rien dire à ma mère. Ses yeux étaient tombés sur Benjy et ses larmes redoublaient. « Pauvre petit bonhomme, j'ai complètement oublié... il n'a pas eu son repas... »

Assis à côté de son bol, Benjy nous lançait des regards à fendre l'âme. En bon chien bien élevé qu'il était, il n'avait pas émis le moindre *woof* tant il avait dû sentir que tout n'allait pas pour le mieux dans son petit monde.

« Je vais le nourrir, ai-je dit. Monte te rafraîchir. Je m'occupe de tout. »

Une fois la porte refermée sur elle, j'ai fouillé les placards avec frénésie. Depuis qu'on avait refait la cuisine je ne m'y retrouvais pas, mais j'avais besoin de m'activer, ça tombait bien. « Je me giflerais. Je savais bien que Belinda n'était pas dans son assiette, mais j'ai tout compris de travers... où est-ce qu'elle a fourré cette foutue pâtée ? »

Appuyé contre le plan de travail, Josh avait croisé les bras sur la poitrine. « Vous croyiez qu'elle avait peur que Paul l'abandonne au dernier moment.

– Oui. Et pas une fois il ne m'est venu à l'esprit que c'était elle qui pouvait se rétracter ! » Enfin, j'ai mis la main sur une boîte de tripes et poulet ; ensuite, j'ai dû faire tous les tiroirs pour trouver l'ouvre-boîte. « Je n'ai pas su écouter. J'ai manqué de patience, je me suis moquée d'elle. J'étais trop empêtrée dans mes petites histoires stupides... »

Pendant que j'ouvrais la boîte, j'ai senti au ras de la paillasse les pattes et le nez tout frétillant de Benjy, qui vérifiait ce qu'il y avait au menu. J'ai posé son bol par terre et il s'est jeté dessus en le poussant devant lui ; on aurait dit un aspirateur sur pattes.

« Je ne vois pas pourquoi vous devriez vous reprocher quoi que ce soit, m'a dit Josh. Quel âge a-t-elle ?
– Vingt-sept ans.
– Elle est assez grande pour savoir ce qu'elle veut.
– Sauf qu'elle ne savait pas. »

Benjy avait coincé son bol dans un angle et finissait de le lécher jusqu'à la dernière miette.

Comme c'était simple, la vie de chien. Pas de relations compliquées, un lit chaud, un dîner savoureux : le paradis.

Josh l'observait lui aussi.

« Je suis vraiment désolée de vous imposer tout ça.
– Aucune importance.
– Oh, si. Et le rosbif desséché, ce n'est pas mal non plus.
– J'ai mangé bien pire.
– Au moins, ça vous évitera la corvée de vous extasier sur les photos, ai-je tenté de plaisanter.
– J'aurais préféré. »

Il a posé son verre vide sur l'égouttoir et m'a regardée en croisant les bras. « Je sais que je vais dire une banalité, mais ce n'est vraiment pas la fin de tout. »

Nous étions au moins à trois mètres l'un de l'autre, séparés par une grosse table en pin, mais son regard avait suffi à me remuer les tripes. Naturellement, je m'en suis voulu. Vu les circonstances, mon émoi avait quelque chose d'indécent : c'était comme de raconter des blagues salaces à un enterrement.

Je me suis détournée pour explorer le bac à légumes. « Pour ma mère, si, c'est la fin de tout.

— Si Belinda s'est trompée, autant qu'elle le reconnaisse tout de suite, m'a-t-il fait remarquer. C'est mieux que dans cinq ans, avec deux gosses sur les bras... »

Quand je me sens tendue et coupable, la moindre contrariété suffit à me mettre en rogne. Or je ne trouvais pas le raifort. Et il avait raison : qu'est-ce qui me prenait, d'endosser toute la responsabilité ? « Je la tuerais. Elle n'était vraiment pas obligée de nous faire la grande scène du deux ! Si elle est incapable de vivre avec lui, elle ne pouvait pas attendre quelques mois pour la forme et le quitter sans tambour ni trompette ?

— La vraie question, c'est de savoir pourquoi elle est allée aussi loin.

— Ça se comprend assez aisément... » J'allais développer quand mon père est entré dans la cuisine, un verre à la main.

« Paul a besoin d'un petit remontant, dit-il, atterré, en se dirigeant vers le frigo. Il n'est pas frais, le pauvre garçon, et je me sens tellement impuissant à l'aider... »

Une chose pareille, dans la bouche de mon père ? Je n'imaginais même pas qu'il puisse connaître ces mots-là. Je ne supportais pas de le voir ainsi. Hébété par le choc, il avait pris dix ans d'un coup.

Il a sorti des glaçons du freezer. « Où est ta mère, chérie ?

– Je l'ai envoyée en haut se rafraîchir. Elle était à ramasser à la petite cuillère.
– Pauvre Sue. C'est un rude coup pour elle... Tu veux bien t'occuper du dîner ?
– Voyons, papa...
– Bon, très bien, très bien. Dieu merci tu es là, chérie. La table est mise. Je vais déboucher le vin...
– Je peux m'en charger, lui a proposé Josh.
– Non, mon garçon. J'ai besoin de m'occuper les mains. Restez avec Sophy. Je porte ça à Paul et je monte voir Sue... »

Il allait sortir quand je me suis rendu compte que je ne savais pas ce qu'il y avait au menu. « Papa, il y a une entrée ? »

Il a fait un vague signe de tête en direction du frigo. « Je crois, oui. De l'avocat il me semble... »

C'étaient des asperges, attachées en petits fagots et prêtes pour la casserole. Il y avait de la sauce hollandaise, aussi, dans un plat couvert, et une grande jatte de blancs battus en neige sans doute destinés à une tarte meringuée, l'un des desserts préférés de Belinda. J'ai trouvé des framboises et des fraises lavées dans un saladier en verre, et un bol de crème fouettée pour la décoration.

Tout avait été préparé avec amour pour un bon petit dîner en famille avec les deux filles de la maison et leurs amoureux.

J'en aurais pleuré.

J'ai pillé les placards comme un cambrioleur pressé. « Mais bon Dieu, il doit bien y avoir de la sauce au raifort toute prête si je n'en trouve pas dans le frigo ! » J'ai dégoté un pot dans lequel il restait à peine une cuillerée à café. « Tant pis, on se contentera de moutarde. Elle est là, dans ce placard, Josh. Il faut que je mette les légumes à cuire. Zut, je ne sais même pas ce qu'elle a prévu comme légumes... » J'ai fouillé le tiroir du bas du frigo et j'ai trouvé des brocolis et un bout de raifort.

« Pas de panique. Regardez. » Josh avait soulevé des couvercles. « Choux-fleurs, carottes. Et ça... je ne sais pas très bien ce que c'est. »

Je trempe mon doigt, je lèche. « C'est de la béchamel au fromage. Pour le chou-fleur. Dieu merci, un souci de moins. »

Les carottes coupées en bâtonnets et les choux-fleurs en bouquets attendaient patiemment dans leur bain d'eau salée. Je balance le raifort dans le bac à légumes. « Pas le temps de m'embêter à râper ce truc-là maintenant. Vous voulez bien me trouver la moutarde ? Je vais faire cuire les asperges, et tant pis pour la sauce du rôti. »

Tandis que je remplissais d'eau une casserole, Josh sort un pot du placard. « Pas de la moutarde de Dijon ! De la moutarde anglaise ! Vous ne ferez jamais avaler à mon père de la moutarde française avec un rôti de bœuf ! »

Sans un mot, il remet le pot dans le placard.

« Excusez-moi, dis-je, ébranlée, en enfilant non sans peine des moufles isolantes. Voilà que je m'en prends à vous maintenant... » Et j'ouvre toute grande la porte du four, j'attrape le plat de cuisson et je me brûle le poignet sur la grille. J'ai poussé un juron retentissant.

Josh est venu examiner les dégâts. « Passez-vous le bras sous le robinet d'eau froide. »

J'étais trop agacée pour suivre son conseil. « Ça ira. Je ne vais pas en mourir. »

Me laissant m'agiter et fulminer, il est allé se mettre prudemment à l'écart. Il s'est assis à la table et il s'est mis à caresser les oreilles de Benjy. « Je ne veux pas rester dans vos jambes, mais si je peux me rendre utile, sifflez-moi. »

Je ne vous dis pas ma honte d'avoir pris la mouche. « Je me débrouille, mais merci tout de même. Je vous ressers quelque chose à boire ?

– Non, ça va. »

Tout en déglaçant la sauce, je continuais de chercher une explication logique à notre drame familial. « Belinda était furieuse contre lui. Je ne comprends pas ce qui a pu se passer, à moins que...

– À moins que ? »

J'ai hésité. « Visiblement, ils étaient très attirés physiquement l'un par l'autre. En admettant que ça ait commencé à s'estomper et qu'elle se soit rendu compte qu'il n'y avait rien de très solide derrière...

– Possible. Que disait sa note ? »

Je l'ai mis au courant.

Au bout d'un moment, il a repris : « Vous alliez dire quelque chose, quand votre père est entré, tout à l'heure. »

Je me suis tournée vers lui. Benjy était toujours assis tranquillement à ses pieds. « Je ne pouvais pas en parler devant lui, mais je crois que Belinda serait allée jusqu'au bout même si elle avait découvert que Paul était polygame. Il aurait fallu être drôlement costaud pour démonter les illusions de ma mère, et ma sœur n'est pas de taille. Depuis quelques semaines, ma mère ne parlait plus que du mariage. Belinda a dû se sentir emportée sur un parcours de montagnes russes. Plus la machine prenait de la vitesse, moins elle avait de chances de pouvoir sauter en marche. »

Il me dévisageait sans rien dire.

« Et je parie que mon père pense exactement la même chose. Seulement il ne le dira jamais, pas à ma mère en tout cas. Tôt ou tard, elle finira bien par arriver à la même conclusion elle aussi, et ce jour-là, ça fera mal. »

J'ai coupé le gaz sous les choux-fleurs et j'y ai enfoncé un couteau. Ils étaient encore croquants, mais si je les remettais sur le feu je les oublierais, c'était sûr et certain. L'eau des asperges arrivait à ébullition; je ne savais jamais combien de temps il fallait faire cuire ces fichus trucs. Trois minutes? Quatre?

J'ai égoutté les choux-fleurs et haché du persil pour les carottes. L'esprit ailleurs, je travaillais avec des gestes mécaniques. Une foule de détails significatifs me revenaient, que je ne déchiffrais que maintenant : l'énervement de Belinda le matin du mariage, et même la manière dont elle avait bu plus que de coutume, dont elle riait fort, ce qui n'était pas dans ses habitudes. « Elle savait qu'elle commettait une erreur mais elle a continué sur sa lancée parce qu'elle n'avait pas le cran de faire machine arrière.

— Dans ce cas, elle joue rudement bien la comédie. Personne n'aurait pu remarquer quoi que ce soit d'anormal.

— Je sais, mais... oh, merde, les asperges... » Oubliées, les asperges.

Je les ai égouttées en jurant dans ma barbe. « Maman avait raison, on aurait dû tout donner à Benjy et se commander un curry. Je n'ai vraiment pas la tête à m'occuper d'asperges, bon Dieu. Elle ne l'emportera pas au paradis, cette peau de vache de Belinda. Regardez-moi ça ! Tout est bon pour la poubelle. »

Josh est venu regarder par-dessus mon épaule. « Ça passera très bien. Le reste est prêt ?

– Plus que prêt. Vous voulez bien aller prévenir mon père ? Comme ça il pourra rassembler son petit troupeau autour de la table pour ce fabuleux dîner en enfer. Les asperges se désintègrent, la sauce est pleine de grumeaux et le chou-fleur est tellement *al dente* qu'il est quasiment cru. »

Il est parti sans piper mot, et je me suis rendu compte que je venais de parler exactement comme ma mère. Pour que les choses aillent plus mal encore, il ne manquerait plus que je renverse la sauce entre la cuisine et la salle à manger.

Ç'a été le dîner le plus sinistre de ma vie. Et pourtant j'ai assisté, un jour, à un repas où un couple n'avait pas arrêté de se disputer, jusqu'au moment où elle lui avait dit d'aller se faire foutre, et où il avait obtempéré. Non sans avoir renversé la table, sabayon au citron et tout.

Mais ensuite, nous en avions bien ri. Je ne nous imaginais pas riant de ce qui était en train de nous arriver.

Comme la table était dressée depuis plusieurs heures, personne n'avait songé à enlever le couvert désormais superflu. Je l'ai fait disparaître en un clin d'œil. Précaution inutile, car la pensée sulfureuse de Belinda ne quittait pas nos esprits.

Jamais je n'avais connu pareille atmosphère autour de la table familiale, même quand nos deux grands-mères s'affrontaient en bataille rangée pour préparer le menu de Noël. La pièce était jolie, avec ses murs écarlates et ses rideaux en Liberty dans les tons chauds, mais davantage conçue pour l'intimité hivernale et l'éclairage à la chandelle. Ce soir-là, avec les rideaux tirés, et même s'il faisait bon dans la pièce, l'humidité et la froideur du jardin semblaient transpirer à travers la vitre. À cause du mauvais temps, nous avions allumé le chauffage. L'odeur de peinture que dégageait le radiateur allumé se mélangeait à celle du rôti.

Les asperges n'étaient pas si ratées que ça, mais on aurait servi du navet en bâtons que ça n'aurait pas changé grand-chose, vu le plaisir que les uns et les autres prenaient à déguster. Quand mon père s'est mis à couper le rôti, ma mère n'a pas pu s'empêcher de geindre : « J'aurais dû faire un plat mitonné. Au moins ça n'aurait pas été perdu...

– Tout va bien, maman. »

Le rôti était loin de ressembler aux morceaux saignants dont elle nous régalait d'habitude, mais Josh, Dieu soit loué, en a repris une deuxième fois. Paul mangeait peu et parlait encore moins, mais son verre se remplissait deux fois plus vite que les autres. J'avais peur que ma mère lui reproche son manque d'appétit et finisse par le pousser à bout. Quand ça lui prend, elle peut se comporter en parfaite mère juive.

Mange, mange! Ce soir, cependant, elle voyait bien qu'il était inutile d'essayer de consoler qui que ce soit avec un bon œuf à la coque.

Même Benjy était sensible à l'atmosphère. Pas une seule fois il n'a posé la patte sur un genou en espérant grappiller un morceau. Il est resté couché en rond sans broncher sous la table en attendant de voir tomber quelque chose.

Ma mère se rongeait les sangs : « Pourquoi, mais pourquoi n'appelle-t-elle pas ? répétait-elle. Elle devrait bien savoir qu'on se fait du souci ! »

Personne n'a rien répondu. Il était difficile de lui dire : « Ne rêve pas : on est sans doute les dernières personnes à qui elle ait envie de parler. »

J'étais colossalement heureuse d'avoir en Josh, qui était en face de moi, un allié. De temps en temps il croisait mon regard ; à un moment, il m'a fait un imperceptible clin d'œil. Rien de déplacé, juste un petit signe pour dire *Allez, souriez, ce n'est pas le bout du monde*, et ça m'a réconfortée. De Paul, qui était assis à ma gauche, émanait une tension que j'encaissais comme une série de décharges électriques.

Nous terminions le rôti quand ma mère a hasardé : « Je me demande si ça vaudrait la peine de téléphoner à ses amis ?

— Vous n'y pensez pas ! s'est écrié Paul, excédé. Je ne peux tout de même pas appeler ses amis et leur demander s'ils savent où est passée ma femme ! »

La lèvre de ma mère s'est mise à trembler et mon père a essayé de calmer le jeu. « Je ne pense pas qu'elle se soit fait héberger dans les environs, chérie.

– Mais presque tous ses amis habitent dans le coin, a gémi ma mère. À moins qu'elle ne soit allée se réfugier chez une de ces filles qu'elle a rencontrées à Londres. Oui, c'est bien possible. Elle m'a parlé d'une Trish avec qui elle s'était liée d'amitié à l'agence... »

L'agence où Belinda avait travaillé avec moi pendant sa période post-Marc.

Ma mère s'est tournée vers moi : « Tu ne crois pas qu'elle a pu aller chez cette fille ? »

Ce n'était pas impossible. Vu les circonstances, je la voyais mal s'incruster dans le voisinage. Cependant...

« Je ne pense pas qu'elle soit devenue assez intime avec ses collègues, ai-je dit. Et même si c'était le cas, comment veux-tu que je sache où elles habitent ? La plupart de ses amies d'enfance ont déménagé. À mon avis, c'est plutôt chez l'une d'elles qu'elle se cache. »

De nouveau, un silence à couper au couteau.

Au moment de débarrasser les assiettes, j'ai sauté sur l'occasion pour m'accorder cinq minutes de répit. « Laissez... je m'en occupe. »

Mais mon père était déjà debout. « Non, chérie. Tu restes ici. Je vais donner un coup de main à ta mère. »

Une fois la porte refermée sur eux, Paul s'est passé la main dans les cheveux d'un geste nerveux. « Nom de Dieu, comment a-t-elle pu me faire ça ? Qu'est-ce que les gens vont penser ? »

Heureusement qu'il était furieux. Ça le rendait plus facile à gérer qu'un type en état de choc ou un type qui se lamente. J'ai dit : « Ils vont penser qu'elle a perdu la tête.

– Ah tu crois ça ? » De nouveau, il s'est passé la main dans les cheveux. « Eh bien pas moi. Ils vont penser que c'est moi. Que j'ai fait quelque chose. Ou pas fait.

– Bien sûr que non, ai-je tenté de le rassurer.

– Comment ça, bien sûr que non ? » Il s'est tourné vers moi, vert de rage, et j'ai failli avoir un mouvement de recul. « Comment madame peut-elle en être si sûre ? On va penser que c'est de ma faute, point final !

– Ce n'est pas une raison pour aboyer à la figure de Sophy », a dit Josh.

Aussitôt, j'ai senti Paul se raidir. Je me suis rendu compte que la simple présence de Josh était une provocation. Elle semblait dire : *Moi, ma nana est avec moi. Mes nanas ne foutent pas le camp à l'autre bout du pays en me plantant là comme un con.*

S'il savait. J'étais dans mes petits souliers.

« Toutes mes excuses, a répondu Paul, hérissé de sarcasme, mais il vous a peut-être échappé que je ne suis pas au mieux de ma forme ce soir. Peut-être que ça ne vous dérangerait pas, vous, que votre femme vous plaque après trois semaines de mariage, mais malheureusement, moi, ça m'ennuie un peu. Ça m'emmerde même vachement. Ça m'emmerde vachement que tout le monde croie que c'est de ma faute.

– Si j'étais à votre place, lui a répondu Josh sur un ton égal, l'opinion des autres ne serait pas mon principal souci. »

Je lui aurais volontiers décoché un coup de pied. J'ai essayé, d'ailleurs, j'ai loupé mon coup, et je l'ai fusillé du regard. « Dominic, s'il te plaît ! Ce n'est pas très constructif ! »

Paul bouillait de rage, et c'était compréhensible. « De quoi vous mêlez-vous ? Je n'ai pas besoin de votre condescendance ! »

J'ai presque été soulagée de voir revenir mes parents avec la tarte meringuée que plus personne n'avait envie de goûter. On a terminé le repas par du fromage, dont seuls mon père et Josh se sont servis.

Au moment où nous finissions, le téléphone a déchiré le silence avec la soudaineté d'un coup de tonnerre. Ma mère a bondi sur ses pieds.

Nous étions sur des charbons ardents.

Elle est revenue au bout de trente secondes, complètement abattue. « C'était Dorothy Clark. Elle voulait savoir à qui il revenait de s'occuper du café au club du troisième âge. Je lui ai dit que je la rappellerais lundi matin. » De nouveau, sa lèvre s'est mise à trembler. « Qu'est-ce que je vais dire ? »

Elle avait l'air tellement effondrée que j'en aurais pleuré. Quant à mon père, il donnait l'impression d'avoir envie de se cacher pour mourir.

« Si ça se trouve, tout va s'arranger, a-t-elle poursuivi dans une ultime tentative d'optimisme. Elle est peut-être simplement perturbée.

– Perturbée par quoi ? » a craché Paul, les nerfs à vif.

Elle a baissé les yeux sur son assiette. « Je ne sais pas, mon petit. »

Je suis sûre que même la Cène devait avoir l'air plus gaie que ce dîner. Bientôt, je proposais de débarrasser la table et de préparer le café avec l'aide de Josh, sans lui demander son avis. Abandonnant les autres à leur malheur, j'ai fermé la porte de la cuisine.

« Mais nom d'un chien, qu'est-ce qui vous a pris de parler à Paul de cette manière ? ai-je sifflé entre mes dents. Ce n'était vraiment pas délicat !

– Il n'avait qu'à pas se jeter sur vous comme un pitt-bull.

– Il est furieux et bouleversé ! Vous seriez dans quel état, vous, à sa place ?

– D'accord, pas très joyeux. Mais j'espère que je ne sauterais pas à la gorge des gens, surtout à celle de votre mère. Elle est bien assez retournée comme ça.

– Ce n'est pas une excuse. Il est déjà terriblement humilié, inutile d'en rajouter. Ah, c'est ce truc du mariage qui vous reste en travers de la gorge, c'est ça ? Vous ne l'aimez pas.

– Je ne suis pas emballé, non. Ce jour-là, je l'ai trouvé épouvantablement grossier.

– Pas envers vous en tout cas, alors je ne vois pas en quoi ça vous concerne. »

Énervée, j'ai mis le café moulu dans le filtre et j'ai commencé à remplir le lave-vaisselle. Poliment assis, Benjy attendait qu'on fasse appel à ses services. J'ai posé le plat de cuisson par terre et j'ai versé le reste de la sauce dedans. Ça l'occuperait pendant vingt bonnes minutes. Benjy ne faisait pas les choses à moitié. Il retenait le plat d'une patte et léchait, léchait, jusqu'à ce qu'il ne reste plus que les endroits où les projections avaient attaché.

Josh me passait les assiettes. « Ils se sont disputés, c'est clair. À mon avis, il n'est pas fier.

– Je suis sûre que ça arrive à des tas de gens de se disputer pendant leur lune de miel. Il y a autre chose. Elle s'est rendu compte qu'elle s'était trompée.

– Dans ce cas, vous l'avez dit vous-même, pourquoi tout ce cinéma ? Moi, je suis sûr qu'il y a eu quelque chose de grave entre eux. Assez grave pour qu'elle ait besoin de se mettre en sécurité. »

Sous le choc, je me suis redressée. « Qu'est-ce que vous essayez de me dire ?

– À votre avis ? »

Je me suis sentie pâlir. « Vous ne croyez tout de même pas qu'il la bat ?

– Ça expliquerait pas mal de choses. Sinon, pourquoi se soucierait-il tant du qu'en-dira-t-on ? »

Il m'a suffi de quelques secondes pour prendre du recul. « Eh bien, vous, on peut dire que vous avez une dent contre lui ! Ce n'est pas parce qu'il a manqué de tact – d'accord, il s'est conduit comme un goujat – qu'il tabasse sa femme ! ai-je répondu tout en continuant de charger le lave-vaisselle. C'est absolument ridicule.

– Qu'en savez-vous ? » Il m'a passé la saucière. « Vous dites vous-même que vous le connaissez très peu, que vous ne l'avez vu que deux ou trois fois avant le mariage.

– C'est ridicule, point final. » Je me suis relevée. « S'il la battait, elle tenait le prétexte idéal pour tout annuler. Personne ne lui en aurait voulu. À mon avis, elle a dû simplement se rendre compte qu'il ne lui convenait pas, et ça, ce n'est pas facile à accepter. Elle aurait dû expliquer qu'elle ne l'aimait plus, ça aurait agacé tout le monde et on lui aurait dit que tout de même, elle aurait pu s'en rendre compte avant de se fiancer. Passez-moi les petites assiettes, s'il vous plaît. »

Il a passé. J'ai poursuivi :

« En plus, dans son petit mot, elle précisait qu'il n'y était pour rien et qu'il ne fallait pas qu'il se fasse de reproches.

– Ça ne prouve rien. Il paraît que certaines femmes culpabilisent quand un homme les prend pour un punching-ball. J'en ai connu une comme ça ; elle a tout encaissé pendant des années en se disant que c'était de sa faute si elle lui tapait sur les nerfs. Et je crains que votre sœur soit le genre de femme à attirer ce genre de gars. »

Je l'ai regardé avec de grands yeux. « Qu'est-ce que vous voulez dire ?

– Je ne sais pas très bien. » Il a marqué une pause, et ses yeux se sont attardés sur Benjy. « C'est une impression de vulnérabilité, liée à un certain type physique. »

Un certain type de beauté.

La jalousie m'a transpercée de ses mille aiguilles, et je me suis aussitôt détestée. Belinda l'avait ferré, lui aussi. Elle avait ce pouvoir-là sur certains hommes : elle réveillait leur côté chevaleresque à l'eau de rose. Je ne m'étonnais plus qu'il se complaise à brosser un portrait noirci de Paul.

« Vous avez dit vous-même qu'elle manque d'assurance. Qu'elle est toujours prête à se faire piétiner. » Il a croisé les bras et s'est tourné face à moi. « Je vous le répète, j'en ai connu des femmes comme ça. C'est leur côté soumis qui attire les brutes. Elles attendent tellement de se faire tabasser que ça donnerait presque envie de les rudoyer. »

Quelque chose, dans sa voix, m'a fait comprendre qu'il ne parlait pas d'une amie, ni d'une sœur, mais d'une femme qu'il avait aimée en vain. Je me suis représenté une fille fragile aux immenses yeux pleins de larmes. Elle avait un coquard et disait : *Tu perds ton temps, Josh... je l'aime...*

Et, garce comme je suis, j'ai aussitôt détesté la pouffiasse, au cas où il l'aimerait encore. Je refusais de l'imaginer autrement que lui répondant : *Bon, puisque c'est comme ça, va te faire foutre, je me casse.*

Mais mes pensées n'étaient pas censées s'égarer sur ces chemins-là. « Belinda manque peut-être de confiance en elle, mais elle n'est pas maso. Elle ne supporterait jamais la violence. »

Un peu tard, je me suis souvenue des deux bouquets de fleurs que Josh avait achetés, et qui étaient toujours avec nos affaires dans l'entrée. Je les ai mis dans un seau d'eau dans le débarras. Le café était prêt ; il régnait une atmosphère lugubre au salon, mais nous ne pouvions pas ne pas y aller. « Jolie soirée en perspective. Je... propose une partie de Monopoly pour tuer le temps ? »

Je me serais bien passée, en l'occurrence, de son petit sourire qui me fait craquer. Si j'étais dictateur, d'ailleurs, j'interdirais aux hommes dont on est dingues de nous sourire comme ça, sauf s'ils sont encore plus dingues de nous car dans ce cas, c'est moins pire. Moins mal, si vous insistez.

« Une partie de Cluedo, plutôt. Version " La Mariée disparue ". *Je suggère que Belinda se soit enfuie à Birmingham avec Bob le Banquier.* Excusez-moi, a-t-il dit en voyant ma tête. Il n'y a pas de quoi rire. »

Ce n'était pas ça. Je venais de penser à quelque chose d'horrible. À deux choses, en fait.

Marc, et la Bouée.

11

Mais je ne pouvais pas en parler devant Paul.

Si le dîner avait été pénible, l'après-dîner a été un cauchemar. Nous étions tous mal à l'aise, et Paul était aussi gai qu'une pierre tombale. Je me suis demandé pourquoi il ne rentrait pas chez lui, mais il avait beaucoup trop bu pour conduire, et le samedi soir les taxis ne se trouvaient pas sous le pied d'un cheval. De plus, il espérait un coup de fil de Belinda et il voulait être présent.

Je ne m'étonnais pas que nous n'ayons pas de nouvelles. Elle n'espérait certainement pas qu'il l'accueille en disant : *Pas de problème, chérie, tout est oublié.*

Comme l'entrée, la pièce était moquettée d'abricot clair et meublée de canapés confortables et moelleux. C'était parfait pour les grandes fêtes – mes parents recevaient beaucoup –, mais beaucoup trop vaste pour cinq misérables pékins. La maison avait été agrandie quand j'avais seize ans. Le salon décrivait désormais un immense L, de la petite branche duquel partait une serre assez vaste pour accueillir les plantes tropicales de ma mère et une piscine qui n'était pas une baignoire d'enfant.

Le jardin faisait le tour de la maison : il était tout en pelouses et planté de roses tendrement soignées, avec de vieux pommiers et pruniers au fond, qui attiraient les guêpes : un vrai fléau, certains étés. Contre la maison, une terrasse dallée abritait un barbecue en maçonnerie. Mon père, qui n'appréciait guère les repas guindés, s'amusait comme un fou avec ce barbecue. Il aimait avoir chez lui une douzaine d'invités qui se bourraient joyeusement, et faire griller des saucisses et des côtelettes pour cinquante personnes.

Il a allumé la télé : au moins, nous avons pu voir des malheurs pires que le nôtre, entre autres un reportage horrible sur trois jeunes enfants morts dans un incendie. J'ai regardé ma mère ; elle s'essuyait un œil et je l'ai soupçonnée de culpabiliser en pensant au martyre mille fois plus atroce que souffrait une autre mère.

Benjy allait et venait entre mes parents ; il s'asseyait à leurs pieds et levait tantôt sur l'un, tantôt sur l'autre des yeux patients et pleins d'espoir ; enfin, ma mère a compris le message. « Il veut sa promenade, le pauvre bonhomme. Sophy, ça ne t'ennuierait pas de le sortir, avec Dominic ? »

Dieu avait encore de petites bontés envers moi.

« Mettez des vestes, ajoute-t-elle, inquiète. Il a l'air de faire très froid. »

J'ai attrapé ma polaire bleu marine dans mon sac. La veste de Josh, un modèle d'été en lin, était posée sur son propre sac. « Tu ne la mets pas ? » Il portait une chemisette kaki et pas de pull.

Il a secoué la tête : « J'ai le chauffage central. »

Je n'ai pas insisté. J'ai connu des hommes qui sortent sans veste par moins cinq simplement pour prouver qu'ils sont des durs.

J'allais franchir la porte quand une idée m'a traversé l'esprit. « Je vais appeler chez moi. Belinda ne savait pas que je venais. Elle essaie peut-être de me joindre. »

Je suis montée à toute allure à l'étage avec mon portable, mais il n'y avait rien, pas de message, personne, ce qui était somme toute assez normal pour un samedi soir. J'ai laissé le message suivant : « Je ne peux pas vous expliquer, mais si Belinda appelle, prenez son numéro et téléphonez-moi tout de suite. D'accord ? »

Comprenne qui pourra, mais inch Allah.

Quel colossal soulagement de pouvoir s'échapper ! Sous le ciel lourd de nuages, il n'y avait pas de vent L'humidité nous collait à la peau, mais c'était toujours plus supportable que l'atmosphère du salon.

Benjy est parti au galop, vérifiant si sa copine afghane était passée par là récemment, ou encore le caniche snob qui habitait un peu plus loin. Auquel cas, il recouvrirait aussitôt son odeur minable par la sienne, cent fois supérieure.

« Je reconnais que j'ai un peu exagéré avec Paul, m'a dit Josh comme nous passions devant chez les

Freeman. C'est vrai, il ne me plaît pas, mais vu les circonstances, j'aurais pu me montrer un peu plus indulgent. Je lui dirai un mot gentil quand nous rentrerons.

— Ça risque d'envenimer les choses. Il sent que vous ne l'appréciez pas, et à mon avis c'est réciproque. Si jamais il a l'impression que vous le plaignez, ça va faire des étincelles.

— Dans ce cas, je ne dirai rien. »

De toute manière, le mal était fait. « Benjy ! Arrête ! » J'ai dû le chasser pour l'empêcher de se rouler sur un hérisson mort. « Depuis quelque temps, je me demande s'il n'y a pas une histoire de bouée là-dessous, je veux dire, si Paul n'a pas servi de bouée. » J'ai expliqué la saga Marc. « Paul est exactement ce qu'il fallait pour flatter l'amour-propre de Belinda. Il est le type même des hommes dont elle s'entichait, et qui la laissaient tomber au bout de trois semaines. »

Josh a haussé un sourcil.

L'air glacial s'est enroulé en écharpe autour de mon cou. J'ai accéléré le pas. « Comprenez-moi bien. Elle a toujours été très courtisée. Il lui est même arrivé de sortir avec des hommes dont elle n'avait strictement rien à faire simplement parce qu'elle ne pouvait pas se résoudre à leur faire de la peine en refusant. Ça l'a mise dans des situations impossibles. Elle n'osait pas répondre au téléphone, et ma mère était obligée de dire qu'elle était sortie, qu'elle dormait, etc. Le problème c'est que, quand un homme lui plaisait, elle le laissait voir, et alors le type n'avait plus rien à conquérir. Il y a des hommes qui prennent leur pied à se vanter d'avoir plaqué une femme comme Belinda.

— Ou encore, le problème est d'obtenir ce qu'on voulait et de découvrir qu'on n'y tenait pas tant que ça finalement.

— Peut-être. »

Quelques mètres plus loin, il m'a dit : « On ne pourrait pas activer un peu ? On se les gèle. »

Tiens, qu'est-ce que je disais ? « Pourquoi n'avez-vous pas mis votre veste ?

— Si on pouvait arrêter de marcher comme deux petits vieux, je me réchaufferais assez vite. »

Il a accéléré au pas de gymnastique et je suis devenue songeuse. S'il avait fait le moindre geste, je me serais pelotonnée contre lui. J'aurais glissé mon bras autour de lui pour le réchauffer.

Mais il n'a pas bougé, le salaud.

Nous n'avions pas fait huit cents mètres qu'il s'est mis à pleuvoir, juste à l'endroit où j'aurais fait demi-tour. Nous nous sommes arrêtés en scrutant le ciel d'un œil dubitatif.

« Ça va dégringoler d'une minute à l'autre, a dit Josh. Il n'y a pas un pub dans le coin ?

— Si, mais je n'ai pas d'argent. Je ne pensais pas en avoir besoin.

— Je n'ai pas grand-chose non plus. J'ai laissé mon portefeuille dans ma veste. » Il a fini par trouver quelques livres au fond de ses poches de pantalon et nous nous sommes hâtés vers le pub.

Le Bear était une maison vieille d'un siècle qui avait sur garder son indépendance face aux chaînes de brasseurs. En y entrant, je m'attendais à y retrouver de vagues connaissances — rien de compromettant comme rencontres –, mais certes pas à tomber sur Tamara. Elle était dans un coin du bar saloon avec un homme que je ne connaissais pas. Elle nous a vu la première ; aussitôt, elle a écarquillé des yeux pétillants d'espièglerie. « Sophy ! Et Dominic ! Ça alors, pour une surprise !

– On promenait Benjy et il s'est mis à pleuvoir, ai-je expliqué.

– Prenez un siège. Je vous présente Bill – Bill, Sophy et Dominic.

– Salut », a dit Bill qui regroupait déjà des tabourets. Il avait bien une tête à s'appeler Bill : terre-à-terre, bon enfant et sans fioritures. La seule chose qu'il avait vaguement en commun avec Paolo était son air gentil. « Il ne ressemble pas beaucoup à ton Latin de velours, ai-je réussi à glisser à l'oreille de Tamara.

– C'est juste un copain, m'a-t-elle murmuré à son tour, en ajoutant d'un air coquin : je me réserve pour le week-end prochain.

– Veinarde. J'aimerais bien avoir quelqu'un pour qui me réserver. »

Elle a réprimé un gloussement, puis, à haute voix : « Alors, comment vont les jeunes mariés ?

– Bien. » Tout en enlevant ma polaire, je lui ai jeté un regard qui devait bien peser une tonne. « Dominic, tu peux me commander une vodka tonic ? Je passe aux toilettes. »

Tamara m'a emboîté le pas. On pouvait lui faire confiance pour reconnaître un regard plombé. On a trouvé un petit coin tranquille près du distributeur de cigarettes.

« Qu'est-ce qui se passe ? murmure-t-elle, tout émoustillée. Josh n'a pas été démasqué, si ?
– C'est pire. Belinda a mis les voiles.
– Quoi ?? »

Je l'ai mise au courant et, pour la première fois de ma vie, je l'ai vue sérieusement ébranlée.

« On ne peut pas parler ici. Venez donc à la maison. Pas de problème, mes chers parents sont sortis, il n'y aura pas d'oreilles indiscrètes. Bill a sa voiture, vous ne vous ferez même pas mouiller. »

Moins de deux minutes plus tard, nous nous entassions dans la vieille Land-Rover de Bill. « Je peux lui dire ? a demandé Tamara. Je parle des deux trucs. Il n'est pas d'ici, et de toute manière il n'est pas du genre à aller cafter. Pas vrai, mon blaireau ?
– J'oserais pas. Me dire quoi ? C'est croustillant, au moins ? »

J'ai regardé Josh en coin. Je n'étais pas certaine qu'il ait envie qu'on déballe son statut devant un étranger.

Cela n'avait pas l'air de le déranger. « Ça m'est égal. »

Quand nous sommes arrivés chez Tamara, Bill savait tout.

« Et ben merde, c'est presque aussi bien que *Brookside*, votre histoire.
– Accent de Liverpool merdique en moins », a dit Tamara en mettant la clé dans la serrure.

Nous sommes allés dans la cuisine nous préparer des Irish Coffees – largement plus Irish que Coffee, croyez-moi. La cuisine des Dixon était encore plus grande que la nôtre. Elle avait été faite un an plus tard, en chêne cérusé vert clair. Ma mère était allée l'admirer avec Maggie et Maggie s'était répandue en compliments, ce qui sous-entendait qu'elle trouvait le chêne cérusé beaucoup plus chic que le chêne patiné. (La cuisine des Freeman était aussi en chêne cérusé.) Naturellement, ma mère avait été vexée comme un pou. « Même si on avait voulu, on n'aurait jamais pu choisir ça, avait-elle lâché ensuite, méprisante. Imagine les griffes de Benjy sur une finition à la peinture ! »

« Je n'en crois pas mes oreilles, a dit Tamara.

— Moi, ce qui m'étonne, lui a dit Bill, c'est que ça t'étonne. Il ne t'a jamais fait bonne impression. »

À mon tour d'être ébranlée. « Tamara ! Et tu ne m'as rien dit. »

Elle s'est défendue : « Ce n'était pas au point d'avoir de l'aversion pour lui, mais c'est vrai, il ne m'a jamais convaincue.

— Tu l'as trouvé complètement con, a précisé Bill.

— Toi aussi ! »

Je les regardais tour à tour comme un arbitre à Wimbledon.

« Qu'est-ce que tu voulais que je dise à Belinda ? Que son fiancé ne me plaisait pas ? Ça ne se fait pas ! » Elle a jeté un regard à Bill. « Bill l'a rencontré une fois. On était allés prendre un pot ensemble quelques semaines avant le mariage. Il n'a rien fait de spécial, remarque. Rien de précis, rien de factuel à lui reprocher... »

Bill a pris la relève. « On l'a trouvé condescendant. Envers Belinda. Il avait une manière de lui faire comprendre qu'elle parlait sans savoir. Et elle ne répondait rien. Elle baissait les yeux sur son verre et elle la bouclait. Elle m'a fait mal au cœur.

— À moi aussi, a avoué Tamara. Je sais qu'il est très beau et qu'il gagne des ponts d'or et tout ça, mais je ne les ai jamais trouvés bien assortis.

— Apparemment, tu avais raison », a dit Bill.

Je leur ai expliqué comment j'avais interprété les hésitations de Belinda tout de travers.

« Il ne faut pas t'en vouloir, m'a dit Tamara. Je suis sûre que j'aurais réagi comme toi.

— C'est ce que je lui ai dit aussi, a renchéri Josh. Belinda n'est plus une petite fille. »

Eh bien moi je soutiens que c'est très facile à dire après, mais depuis quelques heures je repensais à tout ce qui s'était dit et passé, et je voyais remonter à la surface une foule de petits indices négatifs que j'avais enregistrés inconsciemment contre Paul. En plus de l'incident le jour du mariage, il y avait eu un brin de suffisance par-ci, un léger manque d'humour par-là, ou encore un soupçon d'arrogance... J'avais oblitéré ces impressions parce que je voulais l'aimer comme un frère, pour Belinda. En apparence, il était celui à qui tout sourit, et quand un homme comme ça paie de retour l'amour de votre sœur, vous ne commencez pas à couper les cheveux en quatre.

La discussion a continué encore un peu, puis Tamara a dit : « En parlant de femmes qui fuguent, Sarah a mit les bouts elle aussi.

— Non !

— Si. Frérot voulait quelques milliers de livres pour démarrer une affaire, un de ces merveilleux coups qui vous rendent riches comme Crésus sans avoir à lever le petit doigt, tu vois... James allait lui donner ce qu'il voulait quand Sarah a pété les plombs. Elle est chez une amie en Normandie, et James fait le point sur sa vie. »

On ne pouvait pas dire que ces nouvelles me comblaient d'aise, puisque j'aime vraiment beaucoup Sarah, mais n'étant qu'humaine je n'ai pas pu m'empêcher de penser que Maggie se retiendrait de pavoiser quand ma mère serait obligée de lui annoncer la rupture de Belinda d'avec Paul. À condition que Maggie soit au courant, bien sûr.

« Ses parents sont au courant ?

— Oui. Je ne te dis pas la crise. Sarah est partie sans dire à James où elle allait. Pensant la trouver chez sa mère, c'est là qu'il a appelé. De ne pas savoir où était sa fille, Maggie a cru devenir folle. Zoe a dû tout déballer – elle savait depuis le début – et là, Maggie est devenue hystérique. Elle a passé un sacré savon à Zoe ; à son tour, Zoe a pété les plombs en disant qu'elle en avait marre de tout encaisser, et elle a raccroché au nez de sa mère. Ensuite, elle a appelé Sarah et elle l'a engueulée pour l'avoir mise les fesses entre deux chaises, et Sarah m'a appelée hier soir. C'est comme ça que je l'ai appris.

— Comme je l'ai dit, *Brookside*, c'est de la gnognote à côté de vos histoires, a dit Bill d'un air guilleret. Je n'aimerais pas être à votre place, a-t-il ajouté à l'intention de Josh. On vous donne une prime de danger quand on vous largue dans une zone de conflits ? »

Josh a eu un petit sourire désabusé. « Pas même un gilet pare-balles. »

En entendant parler de prime, je me suis sentie gênée. « Et pourtant, au dîner, un gilet pare-balles n'aurait pas été du luxe. Il a réussi à se mettre Paul à dos. J'ai cru qu'il allait lui taper dessus.

– N'exagère pas, a dit Josh. Il avait besoin de quelqu'un sur qui se défouler, c'est tout. »

Je l'ai regardé, puis j'ai regardé Tamara. « Josh n'aime pas Paul. C'est à cause d'un petit incident qui s'est produit au mariage.

– Pas seulement. Le courant n'est pas passé entre nous.

– Avec moi non plus, a dit Bill. Il pète plus haut que son cul, si vous voulez mon avis.

– Honnêtement, a dit Tamara, je n'ai entendu personne d'autre dire du mal de lui.

– Et ça t'étonne ? a dit Bill. Les femmes sont en adoration devant lui : si les hommes ont des commentaires à faire, ils les feront entre hommes. Qu'ils tapent sur lui devant une femme et ils sont sûrs de se faire taxer de jalousie parce qu'il est beau et riche.

– C'est exactement pareil avec vous, a rétorqué Tamara. Si on vous fait une remarque sur une femme très jolie mais très garce, vous mettez ça sur le compte de la jalousie. Les mecs sont incapables de prendre une garce pour ce qu'elle est : une garce.

– Tu l'as dit. » Je pensais à cette salope de Jocasta qui m'avait piqué Kit.

Il était dix heures bien sonnées lorsque nous sommes rentrés. L'atmosphère s'était légèrement détendue, ne serait-ce que parce que Paul n'était plus là. « Il est allé se coucher, a dit ma mère. En plus de toutes ces émotions, il devait être épuisé, le pauvre... Vous ne vous êtes pas fait mouiller ?

— Non, on s'est abrités au Bear et un copain de Tamara nous a ramenés en voiture. Ne t'inquiète pas, maman, ai-je ajouté en voyant sa tête. J'ai été muette comme une tombe. »

Ce pieux mensonge ne l'a pas empêchée de se faire du mouron. « Qu'est-ce que je vais bien pouvoir dire ?

— La vérité, a répondu mon père d'un air las. Qu'est-ce que tu veux dire d'autre ? »

Je me suis installée sur le canapé ; Josh s'est assis à côté de moi, le bras sur le dossier, sa main frôlant mes cheveux. Il n'en fallait pas plus pour me mettre en compote. Je me suis penchée un tout petit peu en avant tant j'étais incapable d'assurer.

Ma mère a baissé la voix. « Je n'ai rien dit devant ce pauvre Paul, mais je me demande s'il n'y a pas anguille sous roche et si cette anguille ne s'appellerait pas Marc. »

Je n'ai pas été surprise qu'elle ait eu la même intuition que moi. Je n'avais vu Marc qu'une seule fois mais il m'avait fait encore plus mauvaise impression que Paul. Pourtant, si Belinda avait quitté Paul pour un type pire que lui, elle ne serait que la énième femme de toute l'histoire de la terre à agir ainsi.

« Il ne m'a jamais plu, ce Marc, a poursuivi ma mère. Il avait quelque chose dans les yeux... il la trompait, vous savez, avec cette Melanie. Elle ne m'a jamais plu non plus, celle-là. Trop maquillée. Je ne lui aurais pas confié trois sous. »

Comme craignant de voir reparaître Paul, elle a baissé la voix de nouveau. « Vous voulez que je vous dise ? Marc était exactement le genre de type à ne pas supporter qu'elle soit heureuse avec un autre. Je le crois tout à fait capable d'avoir essayé de ruiner son mariage. L'empêcheur de tourner en rond, quoi. Il ne voulait pas d'elle, mais il ne voulait pas qu'un autre ait Belinda.

– Si elle avait été heureuse avec Paul, Marc n'aurait jamais eu aucune influence sur leur couple, ai-je fait observer. Mais si elle commençait à avoir des remords...

– Je savais bien qu'elle s'était précipitée, a dit mon père, le cœur lourd. Je l'ai pensé depuis le début.

– Ted ! » Ma mère s'est tournée vers lui, effarée. « Tu n'as jamais rien dit !

– Comment dire quoi ? » Pour la première fois, il avait l'air en colère. « Tout le monde baignait dans le bonheur. Toi, Belinda – enfin je l'ai cru –, et même Coral. » Coral était la femme de ménage. « Paul aussi, évidemment. C'est lui qui a hâté les choses, d'après moi. Je suis sûr que Belinda aurait volontiers attendu qu'il y ait de la place à Saint-Luke.

– Je croyais que ça te faisait plaisir, justement, qu'elle ne se marie pas à Saint-Luke ! Tu n'aimais pas le curé ! » À mon intention, elle a précisé : « Ton père n'a pas apprécié ce qu'il a dit aux obsèques de Fred Stevenson. Il a trouvé que son homélie sentait un peu trop la morale.

– Je me fous complètement du curé ! Pour moi, elle aurait pu se marier au McDo, du moment qu'elle était heureuse ! » Se rendant compte qu'il traumatisait ma mère encore davantage, il s'est repris, à voix plus basse. « Désolé, mon chou, mais ça ne sert plus à rien de se tracasser. » Il s'est mis debout, péniblement. « Bon, je vais me coucher. Bonne nuit tout le monde. »

Lui parti, ma mère a repris son expression inquiète et atterrée. « Ah, si seulement il m'avait parlé. Parce que moi aussi j'ai eu l'impression que tout ça allait un peu vite. Une ou deux fois, je me suis dit... » Elle a laissé sa phrase en suspens. « Oh, ça n'a plus tellement d'importance, maintenant. »

Ç'a été plus fort que moi : « Qu'est-ce que tu t'es dit ?

— Eh bien, a-t-elle soupiré, je sais que ça paraît stupide, mais j'ai pensé qu'elle était enceinte et qu'elle ne voulait pas l'avouer. Les gens âgés ne sont pas très modernes sur ces questions-là. Ma mère aurait certainement mis son grain de sel. »

Fort probable, en effet.

« Quand elle a montré les premiers signes de fatigue et d'irritabilité, je me suis dit que c'était hormonal. Il y a des femmes à qui ça fait ça. Je lui en ai parlé sur le ton de la plaisanterie ; même sa robe de mariée semblait le confirmer. »

Elle a fait un effort visible pour prendre un ton enjoué. « Heureusement, ce n'était pas ça, et c'est aussi bien. Dieu merci, je n'ai rien dit à personne. »

La question que je redoutais a fini par venir. « J'espère que ce n'est pas à cause de moi, a-t-elle poursuivi sur un ton plaintif. Pour m'éviter une grande déception si tout était annulé. Tu ne crois pas que c'était à cause de moi, n'est-ce pas ? »

Que lui répondre ? « Bien sûr que non. Elle a dû se dire que c'était un simple passage à vide et que ça allait s'arranger, sauf que ça ne s'est pas arrangé.

– Mais pourquoi n'appelle-t-elle pas ? a dit ma mère en lançant vers l'appareil un regard implorant. Elle ne doit pas oser. Je me demande ce qu'elle va bien pouvoir dire à Paul. J'espère qu'elle n'a pas peur de parler à son père, après toutes les dépenses qu'il a engagées... Je sais, ça ne doit pas lui faire plaisir, mais il n'a pas bronché. Et les cadeaux. Tous ces cadeaux qu'il va falloir rendre !

– Si j'étais vous, je ne me préoccuperais pas des cadeaux, a dit Josh. Ce sont des choses qui arrivent. »

Elle a paru reconnaissante de cette remarque, et je l'ai trouvée si pitoyable que j'ai voulu lui offrir une petite consolation. Brièvement, je lui ai raconté la saga Freeman, mais toutes ses velléités jubilatoires au détriment de sa rivale semblaient s'être volatilisées en même temps que Belinda.

« Maggie doit se faire un souci monstre. Enfin, au moins, eux, ils savent où elle est. Ah, si seulement Belinda pouvait appeler... je ne peux pas supporter de l'imaginer toute seule quelque part, trop démoralisée pour décrocher un téléphone...

– Je suis sûre qu'elle n'est pas seule, ai-je dit, rassurante.

– Non, mais avec qui ? »

J'ai tenté de réprimer mon exaspération croissante. « Je ne sais pas, maman. Si je le savais, j'appellerais. »

Au bout d'un moment, j'ai ajouté : « Et le déjeuner de Granny demain ?

– Papa a annulé la réservation. Nous n'avions prévu de la mettre au courant que demain matin, ça fera donc une déception de moins. » Elle a poussé un profond soupir. « Bon, autant que j'aille me coucher. Tu fermes, chérie ?

– Bien sûr.

– Bon, alors, bonne nuit. »

Elle est venue me donner le baiser rituel, et Josh s'est levé. « Bonne nuit, Mrs Metcalfe. J'espère que vous arriverez à trouver le sommeil. »

Sur quoi elle n'avait plus qu'à lui déposer un petit baiser sur la joue. « Heureusement que vous êtes là, tous les deux. Je ne sais pas comment nous aurions fait sans vous. »

Je me suis sentie dans la peau de Judas.

Arrivée à la porte, elle s'est arrêtée. « Ah, j'oubliais. J'ai mis Paul dans la chambre des tortures. Vu les circonstances, je ne pouvais pas lui donner la chambre double, et je n'ai pas eu envie non plus de le mettre dans celle de Belinda. Toutes vos affaires sont là-haut. Ton père les a montées pendant que vous étiez sortis. » Pour la première fois depuis notre arrivée, elle a presque souri. « Bonne nuit, dormez bien. »

La porte s'est refermée sur elle avec un petit clic, et je suis restée les yeux fixés dessus, bouche bée, complètement effarée.

Josh était ahuri lui aussi : « Qu'est-ce qu'elle appelle la chambre des tortures ?

– Ah, c'est une invention de mon père. C'est une petite salle de musculation avec un lit à une place.

— Oh. » Il a eu l'air soulagé. J'étais loin de l'être.

« Vous n'avez pas compris. Elle a mis Paul dans la chambre des tortures, et nous dans la grande. Avec un grand lit. »

Il a eu une expression non pas exactement d'horreur, mais qui semblait dire *Nom de Dieu, qu'est-ce que j'ai fait pour mériter ça ?*

Faute de mettre ma tête dans le four à gaz, je l'ai prise dans mes mains. « J'aurais dû me douter qu'elle nous ferait ce coup-là. Je n'ai jamais pensé que... »

Il était toujours debout, les mains dans les poches. « J'espère que vous n'êtes pas du genre à vous tourner et vous retourner sans arrêt en tirant la couverture à vous. »

Je l'ai aussitôt détrompé. « Pas question qu'on fasse lit commun ! Je dormirai dans la chambre de Belinda et je dirai à ma mère que vous ronfliez comme un porc.

— Je ne ronfle pas, même si ça peut vous arranger !

— Que vous grinciez des dents, alors, ai-je sifflé. Pour ce que ça change... »

Deux secondes plus tard, la porte se rouvrait.

L'atmosphère devait être à couper au couteau, car ma mère a hésité sur le seuil en nous regardant tour à tour : « Il y a un problème, chérie ?

— Mais non, maman, ai-je dit avec un petit rire niais. Il vient de me dire de cesser de me plaindre de mon poids.

— Dieu soit loué... Si vous vous sépariez, vous aussi, ce serait le coup de grâce. J'étais venue vous dire qu'il n'y a qu'une fine couette d'été sur le lit ; ce ne sera peut-être pas suffisant avec le froid qu'il fait, mais il y a plusieurs plaids dans le coffre.

— Merci, maman, ça ira. »

Elle est repartie vers la porte. À mi-chemin, elle s'est arrêtée de nouveau. « Je ne vais pas pouvoir m'endormir avant plusieurs heures, c'est sûr. Et ton père se sera mis à ronfler et ce sera fichu... je vais être obligée d'aller dormir dans la chambre de Belinda. Si seulement il voulait bien aller consulter pour ses sinus. Bon, enfin, ce n'est pas le moment de se préoccuper de ça. Je monte. Bonne nuit. »

Pendant trente secondes, nous sommes restés les yeux fixés sur la porte. À ce train-là, elle risquait de revenir en disant *Ah, au fait, si vous voulez la couverture chauffante...*

En fait, l'interlude a été très utile. Quand nos yeux se sont de nouveau rencontrés, mon esprit fonctionnait parfaitement. « Je sais ce que je vais faire, ai-je dit, très pragmatique. Je vais empiler tous les plaids par terre et elle ne s'apercevra de rien.

— Vous n'avez pas votre ancienne chambre ? »

À mon tour d'être piquée. « Si vous avez peur que je ronfle et que je pète toute la nuit, dites-le tout de suite. Je n'ai plus qu'à sortir la tente du grenier et aller la planter dans le jardin !

— Calmez-vous, dit-il avec le flegme masculin qui me met hors de moi. C'était une simple question.

— En ce moment, mon ancienne chambre sert de débarras », ai-je répondu, acerbe. Et j'ai brièvement expliqué l'épisode Trudi. « Alors vous n'avez pas le choix.

– Parfait. Comme vous voudrez. » Sur ce, il est allé s'asseoir, non pas à côté de moi comme tout à l'heure, mais sur l'autre canapé, à trois kilomètres.

Parfait. À ton aise.

J'ai consulté ma montre. « Allez-y si vous voulez. Vous n'avez qu'à prendre le lit. Je monterai plus tard. Dans l'état où je suis, je serais bien incapable de dormir.

– Moi aussi. »

Benjy s'est glissé respectueusement auprès de lui, l'air de dire *Je ne dérange pas, j'espère*, et Josh l'a gratifié d'une caresse sur les oreilles. Moi aussi j'aurais bien aimé avoir des oreilles à caresser. Dans certaines circonstances, les chiens peuvent jouer le même rôle que les cigarettes : ils vous calment en vous occupant les mains. Or j'avais allègrement laissé mes cigarettes chez moi, tant j'étais persuadée qu'il n'y aurait aucune situation d'urgence ce week-end. Ce qui prouve qu'il suffit qu'on n'ait pas d'assurance pour avoir un pépin.

Pour la cinquantième fois, je me suis demandé où pouvait être ma sœur. « D'un certain côté, elle m'horripile à faire tout ce foin. D'un autre côté... »

Il a haussé un sourcil. « Oui ?

– Je ne sais pas. » J'ai gigoté dans mon fauteuil. « J'espère qu'elle n'est pas seule. Vous savez comment c'est quand on a fait une grosse bêtise et qu'on n'a personne à qui parler. On s'en fait une montagne.

– Dans ce cas, espérons qu'elle se soit réfugiée chez une amie.

– Oui.

– Et espérons que cette amie lui secouera les puces et lui dira qu'elle aurait pu avoir le courage de tout annuler. »

J'étais contente de voir qu'il ne se vautrait pas dans la compassion pour cette pauvre petite Belinda, mais pour rien au monde je ne l'aurais admis. « Vous avez changé de musique, on dirait ; il y a deux heures, vous accusiez Paul de la tabasser.

– Ça ne veut pas dire que j'écarte cette hypothèse, pour l'avenir, du moins. Il n'apprécie pas qu'on se moque de lui. »

Sa réflexion m'a mise mal à l'aise : et si Belinda était terrifiée à l'idée d'affronter Paul ? « Elle a peut-être manqué de cran pour rompre, et jugé plus facile de disparaître pendant qu'ils étaient en voyage. Elle a pu profiter de ce qu'il s'était absenté pour plusieurs heures afin de s'organiser. Bien que je l'imagine mal vérifiant froidement les horaires des avions et appelant un taxi. Elle est plutôt du genre à se torturer pendant des heures sans prendre de décision. » J'ai jeté un coup d'œil au téléphone silencieux. « Je ne m'étonne pas qu'elle n'ait pas appelé. Elle n'a pas envie de nous parler, ni aux uns ni aux autres.

– Elle doit attendre que le nuage retombe. » Il caressait toujours Benjy, qui était d'une déloyauté totale : il le regardait comme s'il n'avait rien connu de meilleur depuis les jouets en peau desséchée. Traîtrise typiquement masculine.

J'ai pointé la télécommande. « Je ne sais pas vous, mais moi j'ai besoin de me détendre. Il doit bien y avoir quelque chose de regardable, de préférence une comédie sans prétention. »

J'ai essayé plusieurs chaînes pendant une minute et j'ai fini par tomber sur un ancien *Dracula* qui commençait juste. « Ce sera parfait pour rigoler. Remarquez, la dernière fois que je l'ai vu, je n'ai pas du tout rigolé. Ça m'a fichu une pétoche bleue et je n'en ai pas dormi pendant une semaine. J'ai dû porter ma croix en or toute la nuit et voler une tête d'ail à la cuisine pour déposer des gousses tout autour de ma porte. J'ai fermé les fenêtres, au cas où il entrerait par là sous la forme d'une chauve-souris. » En y repensant, j'ai failli rire. « Ma mère se demandait pourquoi ma chambre puait l'ail, et j'ai dû tout lui avouer. » Croisant le regard de Josh, j'ai ajouté : « Au cas où vous vous poseriez la question, j'avais dix ans. Je venais de voir le film chez une copine, à l'occasion d'une pyjama party.

– J'espère qu'elle n'a pas ri.

– Jamais elle n'aurait ri d'une chose aussi sérieuse. Pas devant moi, en tout cas. »

J'ai essayé de chasser Belinda de mon esprit et de me concentrer sur Dracula. Tout était tellement convenu, la forêt sombre et effrayante, le château gothique à faire dresser les cheveux sur la tête...

Josh semblait distrait. Au bout de quelques minutes, il est allé regarder une collection de cadres en argent posés sur une petite table, où trônaient les photos de famille. Moi et Belinda, naturellement, à divers âges, bébés aux dents écartées, écolières en uniforme avec des dents d'adultes toutes neuves et trop grandes pour nos mâchoires. Ensuite, à dix-huit ans, nos parents nous avaient fait poser pour un professionnel, qui avait réussi la meilleure photo jamais réalisée de moi. J'étais beaucoup plus mince à l'époque, même de visage. Ma mère avait dit : « Je dois reconnaître qu'il a su capter quelque chose. Je ne sais pas quoi, mais il y a quelque chose. »

Moi, je savais. Et j'en étais très fière. Sous mon air innocent pointait la femme fatale qui n'attendait que le moment de se révéler. Qui avait commencé à se révéler, en fait, car je venais de découvrir les joies du sexe avec Malcolm Parker, du club de tennis. Ce n'était pas vraiment le feu d'artifice, mais au moins je cessais de me triturer l'esprit avec mes questions.

Josh a tourné l'angle du L, et je me suis concentrée sur le film. Tout me revenait. Un groupe de gens huppés perdus dans une forêt, sans moyen de transport. Et, comme par hasard, arrivait une diligence aux allures de corbillard, menée par des chevaux noirs.

Juste comme je me plongeais dans l'intrigue, il est revenu. « Vous ne m'aviez pas dit qu'il y avait une piscine !

– Je n'y ai pas pensé. Vous ne voulez pas nager, si ?

– Ce ne serait pas de refus, à moins qu'elle soit là à titre purement décoratif ?

– Bien sûr que non. Mes parents s'en servent régulièrement.

– Un peu d'exercice ne me ferait pas de mal. » Il a désigné la télé d'un petit coup de menton. « Je crains de ne pas trop apprécier les crocs et les pieux enfoncés en plein cœur.

– Faites comme chez vous. Elle est là pour ça. »

Pourquoi aurais-je parlé de la piscine ? Il y avait longtemps que je ne trouvais plus matière à m'en vanter. Belinda et moi en avions voulu une d'extérieur, mais mon père nous avait objecté que sous nos climats, ce serait jeter l'argent par les fenêtres, et que nous profiterions bien davantage d'une piscine couverte.

Il avait eu raison, mais peut-être pas dans le sens où il l'avait imaginé. Pendant mon adolescence folle et débridée, j'avais donné des soirées piscine mémorables en leur absence. Il valait mieux qu'ils ne soient pas là, vous pouvez me croire. Si personne n'avait jamais été jusqu'à vomir dans le bassin, c'était de justesse. Et à chaque fois, j'avais dû aller repêcher les mégots dans les pots de fleurs, sans parler des canettes de bière et des hauts de maillot de bain au fond de la piscine.

Vu la manière dont fonctionnait mon esprit dévoyé, j'imaginais bientôt la dernière version du scénario du T-shirt mouillé. Exercice purement hypothétique car, même s'il me l'avait demandé, je ne l'aurais jamais rejoint. Je n'avais pas de maillot. Je suis sûre qu'il y en avait un quelque part, un deux-pièces de Belinda trop petit pour moi et dans lequel je déborderais de partout, et alors je serais encore moins appétissante que l'autre jour, dans le parc.

Mais au fait, lui non plus n'avait pas de maillot. En ce moment même, était-il en train de nager le crawl dans le costume d'Adam ? Ou avait-il gardé son slip pour le cas où je risquerais un coup d'œil ?

Tentant de chasser ces pensées pas convenables du tout, je me suis concentrée très fort sur le comte

Dracula, qui n'était pas encore apparu. Le soleil était couché depuis longtemps et, dans les caves à l'odeur de moisi, une créature venait d'émerger de son sommeil encercueillé avec un petit creux à l'estomac.

Le suspense montait, et je frisais la crise cardiaque chaque fois qu'un personnage tournait l'angle d'un mur dans le château de l'épouvante. À mesure que me revenait le scénario des scènes suivantes, ma trouille augmentait, à tel point que j'ai eu vraiment les jetons et que j'ai dû changer de chaîne.

Tout d'un coup, je me suis souvenue que je n'avais pas donné de serviette à Josh. J'ai hésité à lui en apporter une au cas où il ne serait plus « visible » : je ne voulais pas donner dans le voyeurisme, mais je ne voulais pas non plus passer pour une prude terrifiée à l'idée de voir des choses interdites.

Finalement, je me suis trouvée stupide de flipper comme ça. Je me faisais penser à l'héroïne d'un roman victorien ringard : *Gentil lecteur, notre douce Sophia n'osait s'aventurer plus avant. Son cœur de vierge tremblait de peur que le noble Josh ait enlevé ses culottes.*

Et merde.

J'ai éteint la télé, grimpé l'escalier quatre à quatre, j'ai pris une serviette dans le placard et je suis redescendue à toute allure.

La serre avait un petit côté tropical très séduisant. J'avais oublié de lui dire où se trouvait l'interrupteur des projecteurs, mais il l'avait trouvé : l'eau était d'un turquoise étincelant, digne des meilleures brochures de voyage. Côté petit bain, il y avait une table et des fauteuils en rotin où mes parents prenaient souvent le petit déjeuner. Derrière les vitres, le jardin était aussi noir que la forêt de Dracula.

Il nageait toujours, un crawl coulé qui lui faisait une tête de phoque. Il avait jeté ses vêtements sur un fauteuil, à l'exception d'un article, qui était blanc et couvrait l'essentiel. C'était aussi bien, car sinon je n'aurais jamais eu le cran de rester planter là à le regarder bouche bée.

J'ai attendu qu'il s'arrête au bout du grand bain et qu'il se retourne en secouant la tête.

« Désolée, j'ai oublié la serviette, ai-je lancé d'un ton frais comme un sorbet au citron vert.

– Je me serais séché avec ma chemise », dit-il en se hissant sur le bord et en venant vers moi.

Je lui ai lancé la serviette quand il n'était plus qu'à trois pas. « Tenez. J'espère qu'elle n'était pas trop froide.

– Elle était parfaite. » Il s'est passé la serviette autour du cou en la tenant par les deux bouts. « Le film est bien ?

– Un navet. J'ai éteint. J'irais bien me coucher, maintenant, mais je vous attends, il faut que je branche l'alarme.

– J'en ai pour deux minutes.

– Vous voulez quelque chose avant de monter ? Un pur malt ? Une tasse de chocolat ?

– Non, merci.

– Dans ce cas, je vais coucher Benjy. »

J'aurais dû le laisser s'essuyer avec sa chemise. Je ne sais pas pourquoi il faut qu'un homme plutôt beau mec nous remue les hormones plus encore mouillé que sec, mais je déconseille d'oser un coup d'œil quand on a décidé qu'il nous fait autant d'effet que Benjy dans ses mauvais jours. Je ne dirais pas que son slip était transparent, non, mais je ne crois pas qu'il aurait été un spectacle convenable pour la douce Sophia.

J'ai donné un biscuit à Benjy (il lui fallait toujours un petit casse-croûte à l'heure du coucher), et il est allé s'installer dans son panier. Après quoi venait le baiser. S'il existait des contes pour chiens, il aurait eu droit à son histoire avant de s'endormir. Lui qui se cachait derrière le canapé en aboyant dès qu'on passait l'aspirateur, il aurait adoré entendre des récits roboratifs de vaillants mâtins partis combattre le redoutable envahisseur et terrassant l'ennemi.

Au moment où je fermais la porte de derrière, Josh est entré dans la cuisine. J'ai branché l'alarme. Nous sommes montés sans bruit dans la maison silencieuse, évitant une plante gigantesque sur le palier. La chambre d'amis donnait à l'arrière, sur le jardin. Elle venait d'être refaite dans les bleu et blanc, avec une salle de douche attenante. Au pied du lit, un coffre en rotin blanc abritait les couvertures, et par terre nous attendaient nos sacs bien rangés côte à côte.

« Bon, ai-je dit, toute à mon sens pratique. Prenez la salle de bains, je m'occupe du lit. »

Quand il est ressorti, j'avais réussi à confectionner quelque chose d'acceptable avec deux couettes et un vieil édredon.

Il est venu inspecter mon travail. « Je dors par terre.
– Pas question.

– Sophy, je...
– Vous allez arrêter de discuter, à la fin ? ai-je sifflé (il n'en fallait pas beaucoup pour qu'éclate mon énervement.) Je vais me laver. Soyez gentil, couchez-vous. »

Une autre pensée venait de me traverser l'esprit, qui aurait valu à la douce Sophia de se faire apporter des sels. J'avais mis dans mes bagages une chemise de nuit longue en satin chocolat, à fines bretelles, fluide et très décolletée. Autrement dit, le genre d'accoutrement qu'on emporte pour un week-end propre dans l'espoir d'en faire un week-end cochon. C'était ma mère qui me l'avait offerte pour mon anniversaire, peu de temps après ma rencontre avec « Dominic ». Elle l'avait choisie, j'en jurerais, pour encourager une saine vie sexuelle dans un contexte qui pouvait « ... déboucher sur quelque chose de sérieux, touchons du bois, parce que si elle continue comme ça... »

Je l'avais apportée pour qu'elle voie que je ne la laissais pas au fond d'un placard. Et voilà, maintenant il faudrait que j'émerge de la salle de bains les seins à moitié à l'air, sur quoi Josh penserait que j'essayais de le rendre dingue de désir, paniquerait, se jetterait par la fenêtre et se tuerait.

Tout n'était pas perdu, cependant. J'ai trouvé pendue derrière la porte une robe de chambre que ma mère avait achetée pour ma grand-mère mais ne lui avait jamais offerte. « Elle fait peut-être un peu vieillot, qu'en penses-tu ? m'avait-elle dit, prise d'un doute. Ta grand-mère n'aime pas être mal fagotée. »

J'avais trouvé la robe de chambre idéale pour une personne de cent trois ans pour qui ces choses-là n'avaient plus d'importance. C'était un truc en pilou bleu ciel qui tombait jusqu'aux chevilles, avec un col montant et des manches longues évasées idéales pour tremper dans la camomille.

C'est ainsi accoutrée que je suis sortie de la salle de bains. Mais je m'étais tracassée pour rien. Josh était couché, la tête tournée de l'autre côté.

En trois secondes, j'étais sous la couette. « Vous pourriez éteindre la lampe de chevet ?
– Bonne nuit, m'a-t-il répondu en s'exécutant.
– Bonne nuit. »

Une demi-heure plus tard, je compatissais de tout cœur avec la princesse empêchée de trouver le sommeil à cause d'un petit pois placé sous ses vingt matelas de plume. J'avais l'impression d'être couchée sur un sac de pruneaux fossilisés. Les yeux grands ouverts, je n'arrivais pas à fermer mon cerveau aux pensées qui se bousculaient dans ma tête. Belinda. Paul. Ma mère folle d'angoisse en se demandant où était sa fille, et ce qu'elle allait dire à Maggie Freeman. Et, au milieu de tout ça, deux visions masculines, l'une très comestible dans son caleçon blanc mouillé, l'autre enveloppée dans une cape noire, les yeux glacials, entrouvrant la bouche...

J'ai commencé à me demander si je n'avais pas laissé une fenêtre ouverte au rez-de-chaussée. Une chauve-souris pouvait facilement se glisser à l'intérieur, et les êtres surnaturels ne déclenchaient pas les alarmes. Il y avait Benjy, c'est vrai. Il est bien connu qu'en présence d'un être maléfique, les chiens se mettent à aboyer comme des fous. Ils sentent les fantômes, ça au moins c'est sûr. D'un autre côté, sont-ils sensibles aux vampires ? Peut-être, comme Crocodile Dundee, Dracula avait-il un pouvoir sur les animaux ? Peut-être le pauvre Benjy était-il en ce moment même saigné à blanc dans son panier, pendant que le malfaisant mort-vivant montait l'escalier en douce.

Bizarrement, mon esprit ne s'est pas attardé longtemps sur Dracula. Josh ne s'agitait pas comme un dément, mais il était clair qu'il ne dormait pas car il se tournait et se retournait sous les couvertures. C'était horriblement déstabilisant pour mon imagination, qui ne brille déjà pas par son esprit de discipline. Avec des effets spéciaux sur toutes les parcelles de ma peau, elle se rejouait notre exubérant baiser et tentait de savoir comment il s'y prendrait pour faire tomber d'une épaule une bretelle de soutien-gorge, puis...

Ce genre de chatouillis fantasmatiques n'était pas vraiment propice au sommeil. Je venais même d'arriver à un passage croustillant où nous nous rencontrions dans le couloir quand, subitement, tout s'est écroulé.

« Sophy ! a lâché une voix exaspérée. Vous frétillez dans votre lit comme un saumon au bout de sa ligne !

– Mais pas du tout !

– Si. On échange. Vous n'êtes pas bien installée, et surtout vous m'empêchez de dormir. »

S'il n'avait pas dit ça, j'aurais peut-être cédé. « Tant pis pour vous. Vous n'avez qu'à compter les moutons ! Ou les vieilles dames aux chapeaux de laine. Je ne bouge pas d'ici. » Je me suis tournée de l'autre côté et je me suis enfoncée sous les couvertures. « Et arrêtez de m'agresser. J'allais m'endormir. »

En m'éveillant, je suis restée dans un état de demiconscience avec l'impression qu'il s'était passé quelque chose d'horrible, mais incapable de me rappeler quoi.

Belinda, oui, mais... non, c'était un autre cauchemar ! Le lit ! Qu'est-ce que je faisais dans le lit ?

J'ai jeté un coup d'œil par-dessus bord. Il était immobile, la tête tournée de l'autre côté. Un moment, j'ai eu la vision atroce de lui soulevant mon poids inerte au milieu de la nuit et succombant à une crise cardiaque en conséquence.

Dieu merci, je voyais la couette se soulever avec sa respiration.

Ouf. D'un autre côté, c'était bien ma veine : un homme dont j'étais raide dingue avait pris mon corps à moitié dénudé dans ses bras au milieu de la nuit et je ne m'en étais même pas rendu compte.

Typique.

Il a bougé légèrement, a bougé dans son sommeil, puis il a ouvert les yeux. Comme moi, il a cligné des paupières encore endormies avant d'émerger complètement.

Il a tourné la tête, il m'a vue, il a refermé les yeux. « Bon Dieu, ça me revient. »

Merci quand même, ça fait toujours plaisir ! Je me suis soulevée sur un coude. « Qu'est-ce que vous foutez par terre ?

— J'essaie de dormir. » Sur ce, il m'a tourné le dos en se remontant les couvertures jusqu'au menton.

J'étais furieuse. « Josh !

— Pour l'amour du ciel, la nuit n'est pas finie. Rendormez-vous.

– Il est huit heures et demie !

– On est dimanche matin », telle est venue la réponse, étouffée par la couette.

J'étais si vexée que la pique est partie toute seule. « Si vous m'avez transportée au milieu de la nuit, j'espère que vous vous êtes cassé le dos. Pourquoi n'êtes-vous pas resté tranquille comme je vous l'avais demandé ?

– Parce que vous bougiez sans arrêt. Et je ne vous ai pas transportée. » Il s'est tourné face à moi. « Je vous ai prise par la main et je vous ai dit : " Allez, Sophy, maintenant on va bien sagement au dodo. " Et vous vous êtes levée comme la gentille petite fille obéissante que vous n'avez jamais été, et vous m'avez laissé vous border dans votre lit. CQFD. Et enfin, j'ai pu dormir. »

Je lui ai jeté le regard qui tue. « Je n'en crois pas un mot. »

Il s'est soulevé sur un coude et m'a regardée droit dans les yeux. « Croyez ce que vous voulez. Je ne choisis jamais la difficulté s'il existe une solution de facilité. »

Là, il était assez crédible.

« Désolé de vous décevoir, a-t-il poursuivi, mais mon dos va très bien. Je dois dire cependant... » L'espace d'une seconde, ses yeux ont quitté mon visage : « ... que je me crois capable de vous transporter sans m'esquinter.

– On parie ? » Je ne sais pas pourquoi j'ai dit ça. Pour le provoquer, c'est clair.

Enfin non. Je savais très bien pourquoi. Quelque chose venait de changer entre nous, depuis que ses yeux n'allaient plus en ligne droite jusqu'aux miens. C'était arrivé soudainement, mais j'avais mis quelques secondes à m'en rendre compte.

« Vous y tenez ? »

Une fois de plus, imperceptiblement, son regard s'est abaissé. Tout d'un coup, j'ai pris conscience de mon corps, ou, pour être plus précise, de mon sein gauche qui débordait abondamment de ma chemise de nuit.

Il a relevé les yeux.

Je ne sais pas pourquoi on raconte que les bouffées de chaleur sont l'apanage de la ménopause : j'en ai eu une méga, qui m'a inondée en épargnant, je crois, mon visage.

Malgré tout, j'ai réussi à parler d'une voix normale. « Bon, je me lève. » J'ai balancé les jambes hors du lit et je suis allée tirer les rideaux.

J'ai ouvert une fenêtre en grand. Il me fallait de l'air.

Mes jambes étaient toutes bizarres. L'une disait à l'autre : « Je ne suis pas mauvaise dans le style jelly flageolante. Tu peux faire le coton hydrophile mouillé ? »

Il n'avait pas bougé, et me regardait toujours ; je le sentais. Il observait mes moindres gestes.

Je m'étais levée avec l'intention de foncer dans la salle de bains, mais je n'en ai rien fait. Fausse intention, sans doute. Je suis restée devant la fenêtre, tremblante sous ce regard qui me cuisait le dos, regardant sans le voir le jardin trempé de rosée. J'ai réussi à articuler à peu près correctement : « Tiens, un écureuil. Il creuse un trou dans la pelouse.

– Ah bon ?
– Si Benjy le voit, il va devenir dingue.
– Ah bon ? »

J'ai entendu un froissement de couvertures – il se levait –, puis ses pas feutrés sur la moquette. Il est venu se mettre juste derrière moi.

Comme mes jambes, ma voix a failli me lâcher. « Désolée de vous avoir empêché de dormir. Je devais faire des cauchemars. Le film m'a fichu une trouille pas possible. C'est pour ça que j'ai éteint la télé.

– Vous auriez dû me le dire. »

À part ses fines bretelles croisées, ma chemise de nuit était quasiment dos nu. Je sentais presque la chaleur de son corps sur ma peau. « Je ne voulais pas que vous me preniez pour une parfaite idiote.

– Je ne vous aurais pas prise pour une idiote. » Tout doucement, il a soufflé sur ma nuque. « J'ai peur de l'obscurité. »

Je n'arrivais plus à aligner deux pensées. « Menteur.

– C'est vrai. Ça m'arrive de temps en temps. »

Mon cœur battait comme des tam-tams au cœur de la jungle. « Quoi ? D'avoir peur ou de mentir ?

– Les deux, a-t-il dit très doucement. Comme vous. »

D'un doigt, il a effleuré mon épaule et rajusté ma bretelle gauche d'un millimètre. « Elle allait tomber, a-t-il murmuré d'une voix aussi légère que son toucher. Et pas de ça entre nous, n'est-ce pas ? »

Jamais de ma vie un toucher ou une voix aussi éphémères n'avaient eu un tel pouvoir érotique sur

moi. Comme l'avait dit une vieille amie irlandaise :
« Jésus, Marie, Joseph, si j'ai jamais eu envie qu'on
me défonce à mort... »

« Totalement proscrit, ai-je dit d'une voix mal assurée. C'est le problème avec le satin. Au moindre souffle, ça glisse.

– Dangereuse étoffe, a-t-il murmuré. Si j'étais vous, je m'en débarrasserais. »

J'ai fermé les yeux. J'avais envie de crier, *Encore !*

12

Heureusement que je n'en ai rien fait.

On a frappé à la porte et ça nous a glacés sur place. « Sophy ? Tu es réveillée, chérie ? »

J'ai réussi à répondre d'une voix ensommeillée : « Oui, papa, j'émerge...

– Je descends faire une tasse de thé pour ta mère. Vous en voulez ? »

Du thé. C'était bien le moment. « Oui, parfait, merci... je te rejoins en bas dans une minute. »

Il s'est éloigné d'un pas lourd sur le palier, et nous n'avons pas bougé. L'air était comme électrisé en périphérie de nous, et la foudre n'attendait qu'un coup de pouce pour tomber sur nous. J'ai voulu le donner, ce coup de pouce. « Vous voulez une tasse de thé ? »

Naturellement, je ne lui proposais pas une tasse de thé mais plutôt le contraire. J'attendais un refus sauvage, après quoi il se jetterait sur moi, ferait glisser ma bretelle de satin et le reste, et mettrait à rude épreuve le beau couvre-lit John Lewis tout neuf de ma mère. Malheureusement, ça ne s'est pas passé du tout comme ça.

Et ça m'a fait l'effet d'une douche glacée.

« Je préférerais un café. Noir et sans sucre. »

Il avait parlé d'un ton tellement neutre que j'ai failli me dire que j'avais imaginé ce coup de foudre imminent. Je savais bien que non, mais j'aurais voulu tout gâcher que je ne m'y serais pas prise autrement.

Il s'est éloigné comme par enchantement, et j'ai entendu le lit craquer sous son poids.

Lorsque enfin je me suis retournée, je ne sais pas ce que j'attendais au juste. S'il avait eu les yeux sur moi, j'aurais pris l'initiative, je l'aurais même attrapée par les couilles, si j'ose dire. Mais il regardait ailleurs. Il avait pris la place à côté de celle où j'avais dormi et, appuyé sur un coude, sourcil froncé, il essayait de capter une station à la radio. J'ose à peine avouer qu'aussitôt je me suis demandé si cette position visait à dissimuler une mini-tente dressée sous les couvertures, mais je suppose que, s'il en avait été à ce point, il serait allé se réfugier dans la salle de bains.

« Bon Dieu ! » a-t-il murmuré en changeant de fréquence à toute vitesse quand il est tombé sur un hymne dominical qu'un chœur clamait à pleins poumons.

Même si Benjy n'avait pas choisi ce moment pour nous faire sa traditionnelle visite matinale, l'occasion était manquée, c'était clair. Il y a eu soudainement un grattement à la porte, suivi d'un aboiement vif et aigu.

« Mon père l'a fait sortir, ai-je dit comme une imbécile. Il veut son câlin. »

Josh cherchait toujours sa station, et ne me regardait pas. « Ne vous gênez pas pour moi. »

Débordant d'énergie, Benjy a bondi dans la pièce. Il s'est jeté sur moi et m'a léchée sans retenue.

J'ai filé à la salle de bains. Quand j'en suis ressortie, toute boutonnée de bleu ciel, Benjy était affalé à côté de Josh, l'image même du bonheur canin. Il arborait un sourire un peu haletant, l'air de dire *Tu viens ? J'adore me pelotonner entre deux !*

Si Josh souffrait toujours de coitus frustratus, mon nouvel accoutrement l'a aussitôt calmé. Sa bouche a eu un frémissement de cynisme incrédule. « Ce truc-là n'est pas à vous, si ?

— Vous plaisantez ? On la prête à qui en a besoin.

— Elle devrait aller droit à la poubelle.

— Tt tt, qui ne gâche pas n'est jamais dans le besoin. Allez, Benjy, espèce d'horrible bête, viens. »

Tout en descendant pieds nus, Benjy à mes côtés, je me suis dit que je ne regrettais rien de cette douche froide. Car il ne fallait pas oublier un petit détail : la grosse enveloppe qui attendait dans mon sac. Comment aurais-je pu, après, la lui donner ? Et il y avait Ace. Je ne voulais pas que Josh pense que je trompais mes hommes dès que j'enlevais ma culotte.

Il faudrait que je passe aux aveux, et vite.

En plus de tout cela, je me serais sentie horriblement coupable de me livrer à un acte aussi pervers et savoureux alors que la disparition de ma sœur planait sur nous tous tel un nuage radioactif.

C'est du moins ce que j'essayais de me faire croire.

En pyjama et robe de chambre, mon père s'affairait avec la vaisselle du petit-déjeuner, et me tournait le dos. Paul était levé lui aussi. Assis à la table dans une robe de chambre en soie qui lui arrivait aux genoux, il feuilletait le *Sunday Times*.

« Tu as pu dormir ? lui ai-je demandé.

– À ton avis ? m'a-t-il renvoyé en levant à peine la tête.

– Je te demande pardon. » Si j'avais réfléchi deux minutes, je n'aurais jamais posé une question aussi stupide, mais j'avais l'esprit ailleurs. J'aimerais pouvoir dire que, dans ma grandeur d'âme, je ne pensais qu'à la crise familiale, ou même que je fomentais un plan pour assassiner Belinda dès qu'elle daignerait se montrer, mais honnêtement ce n'était pas le cas. Je naviguais du côté des effleurements et des pieux de tente. Et aussi du côté des Russes énigmatiques et du pari dont avait parlé Jerry.

Mon père m'a jeté un coup d'œil par-dessus son épaule. « C'est presque prêt, chérie. Comment l'aime-t-il ?

– Euh, je vais faire du café, papa. Josh préfère le café. »

Je n'ai compris ce que j'avais dit qu'en voyant leurs regards éberlués et leurs sourcils froncés.

J'aurais voulu rentrer sous terre.

« C'est... c'est un surnom... » J'ai remercié Josh mentalement d'avoir tout prévu, et j'ai poursuivi, avec un grand sourire. « Comme le Joshua de Jéricho, tu te souviens ? Il jouait de la trompette et il cassait les oreilles de toute sa famille. »

Le sourire que m'a fait mon père m'a transpercée de culpabilité. « Un peu comme toi, chérie, avec ton violon.

– Tu l'as dit. »

Je n'étais pas certaine que Paul ait gobé mon mensonge. Consciente de ses yeux soudain rétrécis, j'ai mis la cafetière en route. « Il y a quelque chose d'intéressant dans le journal ? lui ai-je lancé, comme une idiote.

– Non. »

Pendant quelques minutes encore, mon père s'est affairé à chercher les biscuits de régime, le couvre-théière, etc. Enfin, il a attrapé le *Mail on Sunday* et il est parti.

Seule avec Paul, je me suis sentie extrêmement mal à l'aise. Dos tourné, j'attendais que le café se fasse ; je l'ai entendu se lever. Je savais qu'il s'était appuyé contre le plan de travail, et qu'il me regardait.

Tout d'un coup, j'ai eu la bouche sèche comme le désert de Gobi. « Tu veux un café ?

– J'en ai pris un. » Au bout d'un moment, il a repris : « Quand on y pense, Josh, c'est un drôle de surnom pour quelqu'un qui s'appelle Dominic. »

J'ai pris deux chopes pendues au présentoir. « Ça n'a rien de bizarre. Je connais un David que tout le monde appelle Chip. Ne me demande pas d'où ça vient. »

Je t'en prie, je t'en prie, retourne à ton journal.

« Où m'as-tu dit qu'il travaillait ? »

Là, le trou. La panique complète. « Bon Dieu, je ne sais pas. Je ne me rappelle jamais. Il ne parle jamais boutique... » Je ne sais pas comment m'est venu le nom, mais il a surgi du néant comme sous l'effet d'un zoom. J'étais sauvée. « Price Waterhouse, c'est ça... »

L'air harassé, papa est revenu. « J'ai oublié les sucrettes. Elle est repartie dans un de ses fichus régimes... » Pendant qu'il cherchait en marmonnant, j'ai pris la tangente, le cœur battant comme des chevaux échappés des starting blocks.

À mi-escalier, je me suis rendu compte de ce que j'avais dit.

Je me suis arrêtée net, et j'ai fermé les yeux tant la gaffe était immense.

Merde. Merde-merde-merde-merde.

Josh était debout. Torse nu, il avait remis son pantalon de la veille. Je lui ai tendu sa chope. « Je vais vomir. Je viens de dire à Paul que vous travailliez pour Price Waterhouse.

— Mais enfin, c'est un cabinet d'experts-comptables !

— Je sais, je sais ! »

Trop tard, le nom de Goldman Sachs me revenait. « J'étais incapable d'aligner deux pensées ! Je venais de vous appeler Josh par erreur. Je leur ai servi l'histoire de Jéricho et mon père l'a gobée, mais Paul, lui, m'a regardée de travers et s'est mis à me poser des questions. »

Il a retrouvé ses esprits en un instant. « Écoutez, pas de panique. S'il en reparle, nous dirons que c'était un lapsus... que vous étiez mal réveillée. Je travaille chez Lazard, d'accord ? Il y a peu de chances pour qu'il vérifie, mais au cas où, il découvrira mon imposture et vous pourrez me larguer en toute bonne conscience.

– D'accord, mais je ne veux plus de questions. Dès qu'on a pris le petit déj, on file. D'ailleurs, je ne vais même pas attendre jusque-là. Je dirai que je veux rentrer au cas où Belinda essaierait de m'appeler. Ce ne sera pas un mensonge total. »

À toute allure, je me suis mise à fourrer les couvertures dans le coffre. Je ne sais pas comment ma mère avait réussi à tout tasser dedans sauf, peut-être, en utilisant une machine à faire le vide. Autant essayer de faire tenir un litre dans une demi-bouteille. « Vous passez à la douche en premier ?

Il a secoué la tête. « Prenez votre temps. »

Tout en me brossant les dents, j'ai répété l'excuse prévue pour mon départ précipité : *J'avale un toast et j'y vais. Il faut que je rentre, au cas où elle essaierait de me joindre. Elle ne savait pas que je venais pour le week-end.*

J'ai fait couler l'eau et j'ai fouillé dans le petit panier où ma mère mettait les bonnets de douche qu'elle glanait dans les hôtels. Sur la boîte, on pouvait lire Old Winter Palace, Louxor. Que n'aurais-je pas donné pour être au Old Winter Palace de Louxor !

Je ne sais pas comment, mais nous avons tous des antennes qui captent les catastrophes imminentes. Les miennes étaient en éveil. J'ai entendu Benjy lancer les aboiements brefs et excités qu'il fait quand il y a du grabuge. Il flaire la tension et les bagarres dans l'air et, en bon chien carnivore qu'il est, il aime être de la fête. Il aboie de la sorte quand ma mère voit arriver un couple dans l'allée : « Oh, non, Ted, encore ces Témoins de Jéhovah », à quoi mon père répond : « Attends, je les flanque dehors. »

C'est alors que j'ai entendu des pas – des pas précipités – sur le palier, et qu'on a frappé des coups furieux sur la porte.

« Sophy ! Ouvre ! »

Je me suis glacée sur place, la peau froide et hérissée, l'estomac noué.

Josh a répondu d'une voix calme. « Elle est dans la douche, Mr Metcalfe.

– Tant mieux ! C'est vous que je veux voir. Ouvrez ! »

Trop malade pour faire un geste, j'ai entendu la porte s'ouvrir.

« Ça vous dérangerait de me dire ce qui se passe dans ma maison ? (c'était mon père). Qu'est-ce que c'est que ça ? »

Qu'est-ce que... ? Mon cœur s'accrochait désespérément à mes amygdales.

Josh ne se départait pas de son calme. « Puis-je vous demander comment vous avez trouvé ceci ?

– Non monsieur ! Qu'est-ce que vous avez raconté comme mensonges à ma fille ? Ceci vous appartient-il ou l'avez-vous volé ?

– Cela m'appartient. Mr Metcalfe...

– Arrêtez de me donner du Mr Metcalfe ! Qu'est-ce vous mijotez, bon Dieu, à venir chez moi sous un faux nom ? »

Mon Dieu. J'ai attrapé l'affreuse robe de chambre et j'ai ouvert la porte.

L'homme que, la veille encore, je trouvais vieilli, était ressuscité. Je ne l'avais vu dans cet état qu'une seule fois, il y avait plusieurs années, le jour où un chauffard avait failli renverser Belinda sur un passage piéton. Imaginez un taureau furieux en robe de chambre, et vous avez son portrait.

Dans la main droite, il tenait un portefeuille. Dans la gauche, des cartes de crédit. Il m'a sauté dessus : « Qu'est-ce qu'il t'a raconté ? Allez-vous me dire ce qui se passe, à la fin ? Tu sors avec un criminel en fuite ?

— Rien de tout cela, a dit Josh. Si vous me laissiez...

— Ferme-la ! a beuglé mon père à Benjy qui aboyait à s'arracher la tête, et qui a aboyé encore plus fort.

— Papa, je t'en prie... » Je commençais à rassembler le courage de tout avouer quand ma mère est apparue sur le palier, en robe de chambre elle aussi.

En voyant son expression déboussolée, j'aurais voulu disparaître sous terre.

« Mais enfin que se passe-t-il ? Pourquoi est-ce que tout le monde crie ? »

À peine un quart d'heure plus tard, je quittais la chambre de mes parents et je retournais voir Josh. Mais la chambre d'amis était vide. Son sac avait disparu. Il ne restait aucune trace de sa présence.

Saisie de panique, je me suis ruée dans l'escalier. J'ai trouvé Paul dans la cuisine.

« Il est parti ? »

Du menton, il a désigné la porte. « Il est dans le salon. »

Je me suis sentie si incroyablement, si profondément soulagée que pour un peu j'aurais ressenti une once de compassion pour ce pauvre type qui, bras croisés sur son peignoir, sur la défensive, se murait dans sa morosité. « Pourquoi as-tu fait ça ? Tu ne trouvais pas que ça allait déjà assez mal ?

— Comment voulais-tu que je sache ? m'a-t-il craché à la figure avec le mélange d'agressivité et d'autojustification de quelqu'un qui se sait en tort. Tu t'es trahie toi-même. Rien qu'à voir ta tête, j'ai compris qu'il y avait anguille sous roche. Il aurait pu être n'importe qui !

— Pour l'amour du ciel, je ne suis plus une adolescente écervelée qui a besoin qu'on l'empêche de faire des bêtises. Mêle-toi donc de ce qui te regarde !

— Qu'est-ce que tu aurais fait, à ma place, hein ? Si tu avais découvert que ta sœur sortait avec un monsieur X qui avait les papiers d'un monsieur Y ? Ta mère a de beaux bijoux, tes parents ont des antiquités !

— Je lui en aurais d'abord parlé en privé ! Et de toute manière, je ne lui aurais jamais fait les poches ! »

Et j'ai quitté la cuisine pour le salon. J'y ai trouvé Josh debout, droit comme un i, un téléphone coincé entre épaule et oreille, les pages jaunes ouvertes sur une petite table devant lui. Son sac était par terre, à ses pieds. Il m'a jeté un regard puis il a consulté sa montre. « Oui, ce sera parfait, disait-il. Merci. » Et il a raccroché.

Il s'est tourné vers moi. Ses cheveux étaient encore mouillés de la douche, mais il ne s'était pas rasé. « Un taxi arrive dans dix minutes. »

Au fond de moi, quelque chose est mort. « Vous n'êtes pas obligé de partir.

— Bien sûr que si. » Même à deux mètres, je le sentais électrisé comme un câble sous tension.

« Qu'est-ce que vous feriez à ma place ? Vous proposeriez un sympathique déjeuner au pub ? »

Il n'y avait rien à répondre.

« Même sans ça, la présence d'un étranger est bien la dernière chose dont a besoin une famille en pleine crise. Et si ces raisons ne vous suffisent pas, il vaut mieux que je m'en aille d'ici avant que j'attrape ce petit merdeux et que je lui fasse avaler ses dents... par le rectum. »

Son ton hérissé allait bien avec ce qu'il décrivait.

J'ai avalé ma salive. « Vous n'avez pas besoin de taxi. Je vais vous conduire à la gare.

– Non. Votre place est ici. » Il reprenait ses esprits. « Où sont vos parents ? »

– Toujours en haut.

– Présentez-leur mes excuses, voulez-vous ? Je vais attendre le taxi dehors.

– Je m'habille... » Je me suis ruée dans la chambre, j'ai enfilé mes vêtements en moins de deux, je me suis brossé les cheveux et aspergé le visage d'eau fraîche. Quand je suis redescendue, trois minutes plus tard, il était au milieu de l'allée, son sac à ses pieds.

Benjy aussi : il venait de déposer devant lui une balle rouge toute mâchouillée et agitait la queue. Josh a attrapé la balle et l'a lancée de toutes ses forces vers l'arrière de la maison, si fort qu'il était clair que Paul était visé.

Benjy est parti comme une flèche et j'en ai profité : « Je suis terriblement navrée.

– Moi aussi, m'a-t-il dit d'un ton sec et tendu. On aurait dû arrêter tant que ça marchait.

– Ç'aurait pu être pire, ai-je dit avec un optimisme forcé. On a menti brillamment.

– Je vous l'ai dit, je suis diplômé en bobards. »

Benjy est revenu au trot avec sa balle, non sans faire un arrêt pipi sur la roue droite immaculée de la Porsche de Paul.

« Bravo, a marmonné Josh dans sa barbe. Va donc décorer les trois autres. » Mais Benjy avait trouvé une piste, et partait explorer les arbustes qui longeaient l'allée.

« J'aurais dû prendre les devants moi-même, ai-je dit, penaude. Si j'avais prévu le coup la semaine dernière, il n'y aurait eu qu'un seul cauchemar.

– Il y a des mois que vous auriez dû tuer cette farce ridicule dans l'œuf. »

Son ton revêche m'a ratatinée sur moi-même, mais il a poursuivi, plus en douceur : « Mais bon, une bonne plantade n'a jamais tué personne. J'en ai quelques-unes à mon palmarès, croyez-moi. »

Mes yeux se sont embués de reconnaissance, mais les roues du taxi crissaient déjà sur le gravier. Un homme en chemise blanche et cravate, la quarantaine gaillarde, en est descendu. « Les taxis Oakland ? »

D'un bond, Benjy a débouché des buissons, et le pauvre homme s'est plaqué contre sa voiture devant cette apparition infernale. J'ai couru attraper le chien par son collier en disant au chauffeur : « N'ayez pas peur, il fait du bruit mais il ne mord pas.

– J'arrive dans une minute », a dit Josh.

Entraînant Benjy qui aboyait toujours, nous nous sommes abrités derrière les buissons. Josh m'a dit :

« Rentrez. Il faut absolument que vous parliez à vos parents. »

Je ne supportais pas de le voir partir comme ça, mais c'était inévitable. Comme le chauffeur s'était assis au volant, j'ai lâché Benjy.

« Ça va aller ? » a repris Josh.

S'il m'avait parlé sur un ton factuel, professionnel, j'aurais assuré. Mais j'avais senti dans sa voix quelque chose qui me faisait fondre comme du sucre sous la pluie. J'aurais donné n'importe quoi pour faire une scène à la Tamara, autrement dit pour me jeter dans ses bras et pleurer des torrents de larmes sur sa chemise. Mais je n'ai jamais été très douée pour jouer les filles fragiles. C'est sans doute plus facile quand on a une tête d'ange à la Botticelli que quand on respire la force et l'indépendance. « Pas de souci. Je me débrouille comme un chef », ai-je dit sur un ton que j'ai voulu sarcastique, avec l'accent rocailleux du Nord en prime, mais qui évoquait plutôt les adieux du comique à la scène.

Il a fait un sourire très désabusé, l'ombre d'un sourire, mais qui a suffi à me donner l'envie de disparaître à dix pieds sous terre. « Je vous appelle. »

Celle-là, je l'avais déjà entendue. « Au moins, vous ne pourrez pas dire que vous vous êtes ennuyé comme un rat mort. » J'ai désigné le taxi d'un signe de tête en relevant mes cheveux. « Allez-y, avant qu'il augmente son tarif.

— Bon, au revoir. »

Je savais qu'il allait m'embrasser, et je savais aussi quel genre de baiser ce serait. Un bref effleurement des lèvres sur la joue, comme on en donne à une vieille tante en chapeau. Rien à redire, si on était une vieille tante en chapeau... Il l'a assorti d'une petite tape sur ma taille, comme à une sœur. Deux gestes qui disaient clairement que tous mes espoirs, que j'avais crus si près de se réaliser, avaient autant de chances de se concrétiser que Benjy de devenir végétarien.

« Au revoir. » Comme il s'écartait, je lui ai lancé : « Juste pour savoir, c'était quoi ce pari ? Vingt contre un qu'on vous réinviterait à prendre le thé ? »

Mon petit démon préféré était encore sorti de sa boîte, et sautillait sur mon épaule. Je me suis surprise moi-même, mais je l'ai été encore plus de le voir gêné, et essayant de le cacher.

J'en ai été malade. « Jerry en a parlé à Tamara, alors ce n'est pas la peine de faire cette tête-là.

— S'il lui a dit ce que je crois, c'est un mensonge.

— Alors pourquoi culpabiliser comme ça ? »

Il a hésité une milliseconde de trop.

« D'ailleurs, ai-je repris, je ne suis pas sûre que Jerry soit encore votre copain. Vous avez dragué Svetlana juste pour l'emmerder ? »

Qu'est-ce que j'attendais au juste en disant ça, je l'ignore. Mais j'ai récolté autre chose.

« J'ai quoi ?! » Il tombait des nues. « Je l'ai raccompagnée chez elle ! Elle n'en pouvait plus de cette soirée ! »

J'ai été ébranlée par la force de son ton ; déjà, il poursuivait : « Je suis resté jusqu'à quatre heures du matin à l'écouter raconter comment la vie est invivable à Saint-Pétersbourg, à parler de sa mère, qui est

" physicien nucléaire à Tchernobyl ", et de son père, qui a mis les bouts quand elle avait six ans, et des pauvres vieilles *babouchkas* qui sont obligées de mendier dans les rues parce que leur pension de l'ex-Union soviétique ne leur permet pas de s'acheter une miche de pain ! D'accord ? »

Moi qui étais déjà dans tous mes états avant, maintenant c'était cent fois pire. « Je vous demande pardon. Ça ne me regarde pas, ai-je dit d'une voix chevrotante.

– Et pendant qu'on y est, on peut clarifier un autre point ? Si j'ai accepté de venir hier, et contre toute prudence, c'est parce que, bien que vous m'apparaissiez comme une menteuse invétérée, folle à lier de surcroît, vous me plaisiez et vous me faisiez pitié, à tant vous tracasser pour votre mère. J'ai à peine fermé l'œil de la nuit, et pas seulement parce que je vous ai cédé le lit pour dormir par terre. Maintenant, je suis en pétard parce que j'ai envie d'aplatir ce connard qui est aussi le mari de votre sœur, mais que je ne peux pas parce que c'est précisément l'occasion qu'il attend pour me coller un procès pour coups et blessures. Sans compter les milliers de reproches que je m'adresse pour être venu ici sous de faux prétextes et avoir abusé de l'hospitalité de vos parents. Pour tout ça, j'ai écourté une visite à un très vieil ami que je n'avais pas vu depuis quatre ans. Alors si vous le permettez, je vais m'en aller, avant que le chien ne pisse sur mes chaussures. »

Il a ramassé son sac et il est monté dans le taxi.

Je l'ai suivi des yeux, avec deux pensées en tête, deux, pas plus : 1) jamais, de toute ma vie, je n'avais autant foiré quelque chose dans les grandes largeurs, 2) Bon Dieu, faites que tout cela ne soit qu'un cauchemar.

Je suis partie une heure plus tard. Jamais je n'avais fait le voyage de retour en me sentant aussi seule et aussi malheureuse. Tout le long du chemin, j'ai versé des larmes de tristesse et de remords. Comme je n'avais même pas un mouchoir en papier pour les essuyer, j'utilisais ma manche, ce qui m'attirait les regards des automobilistes qui me doublaient. Un petit gosse m'a dévisagée mâchoire béante, et je me suis sentie tellement moche et tellement mal dans ma peau, je me suis tellement détestée que je lui ai tiré la langue. Et ensuite, je me suis détestée encore plus d'être une telle conne.

Ils étaient tous là quand je suis rentrée : Alix, Calum, Ace. Mon seul réconfort a été l'absence de Tina.

Alix m'a regardée avec des yeux incrédules. « Qu'est-ce qui se passe ? Qu'est-ce que c'est que cette histoire ? J'ai appelé chez tes parents mais ils m'ont dit que tu étais partie. Ton père avait l'air bizarre, il m'a presque raccroché au nez. Vas-tu me dire ce qui se passe, à la fin ? »

En trente secondes, je leur ai brossé le scénario ; ils ont écarquillé des yeux ronds.

« Eh ben mince, alors », a dit Ace.

Sous le choc, Alix s'est effondrée sur le canapé. « Et moi qui la croyais folle de Paul !

– Tu n'es pas la seule. Ma mère pense que c'est Marc qui est à l'origine de tout. » Je lui ai rapporté nos conjectures et les impressions de Tamara et de Bill.

« Peut-être bien, oui, a dit Alix. Elle a pris Paul comme bouée de sauvetage, elle a commencé à avoir des doutes, et elle est retombée dans les bras de Marc. L'explication tient debout.

– Paul doit se sentir comme un con, a dit Ace.

– Pauvre gars, a dit Calum. Comment réagit-il ?

– Je me fous complètement de Paul ! C'est un sale petit connard sournois et faux-jeton ! » En voyant leurs expressions estomaquées, j'ai fondu en larmes.

Naturellement, j'ai tout déballé. Enfin, pas tout. Entre deux reniflements et séances de mouchoirs, j'ai raconté la version revue et corrigée soft. Au moins, ça mettait du piment dans leur dimanche après-midi. Ils m'écoutaient en silence, atterrés autant que suspendus à mes lèvres.

« Mince alors, a répété Ace. Déballer autant de merde... j'aurais pas aimé voir l'état de la maison.

– C'est pas drôle, crétin, a dit Alix en le foudroyant du regard.

– Je vais lui chercher un remontant, a dit Calum. Triple vodka tonic, c'est ça ?

– Il n'y a plus de vodka, a dit Alix. Donne-lui de la liqueur de cassis, c'est bien. »

Aucun d'eux n'avait proféré une parole de reproche. Aucun d'eux n'avait dit *Je t'avais prévenue*, même si je savais qu'ils le pensaient, Alix en tout cas, mais je savais aussi qu'elle tiendrait sa langue.

Calum est revenu avec un demi-verre de crème de cassis. Je me demande pourquoi les gens ajoutent du champagne ou autre chose à ce nectar. Quand on a besoin d'un bon objet transitionnel version alcool, il n'y a rien de mieux.

« Pourtant, ç'aurait pu être bien pire, a dit Alix. Imagine que tu leur aies dit la vérité ! »

Cette seule pensée m'était insupportable. Au moment où, devant mon père hurlant comme un dingue qu'il exigeait une explication, Benjy qui allait s'arracher les cordes vocales et ma mère qui pâlissait à vue d'œil, j'allais tout avouer, Josh avait calmé le jeu en intervenant, très sec : « Allez-vous m'écouter ? »

Mon cœur avait cesse de battre. Ayant réussi à imposer le silence, il avait expliqué dans la plus grande sérénité : « Sophy a rompu avec Dominic juste avant le mariage. La seule raison de son silence, c'est qu'elle ne voulait pas gâcher la fête, ni que les gens se mettent à la plaindre. Je suis un ami. Elle m'a demandé de la dépanner. »

Dans le silence éberlué qui avait suivi, mon esprit s'était remis à fonctionner. « Je vous demande pardon, avais-je dit, piteusement. Mais l'idée m'avait paru bonne. »

Mon père avait été le premier à reprendre du poil de la bête. Bouche bée, il nous avait regardés tour à tour, puis il avait regardé le grand lit. Après plusieurs années de relâchement, son sens des convenances se réveillait. « Et vous avez dormi dans le même lit !

— Non, avais-je dit. Josh a dormi par terre. J'ai fait un lit de fortune avec les couvertures supplémentaires. »

Ensuite, ç'avait été au tour de ma mère ; son visage blême et dévasté m'avait transpercée de remords. « Pourquoi ne m'as-tu rien dit ? Je suis ta mère ! »

C'en était trop. « Pourquoi, à ton avis ? avais-je explosé. Tu voulais à tout prix que je l'amène. Tu voulais à tout prix sauver la face vis-à-vis de cette fichue Maggie ! »

On aurait dit que je l'avais frappée. Blanche, elle était partie dans sa chambre et, après m'avoir jeté un regard accusateur et désespéré, mon père l'y avait suivie.

Au bout de quelques secondes d'un silence insupportable, Josh m'avait dit : « Mais bon sang, qu'est-ce qui vous a pris?

– C'est la vérité, non? Qu'est-ce que vous vouliez que je dise? Que j'avais menti pour prendre mon pied? » Et j'étais partie retrouver mes parents en essayant d'apaiser des tempêtes que, de toute manière, rien de ce qui sortirait de ma bouche ne pouvait apaiser.

Ensuite, j'étais descendue trouver Josh, et vous connaissez la suite.

« Et Paul, qu'est-ce qu'il faisait pendant que vous vous envoyiez toutes ces amabilités à la figure? a demandé Calum. Il rigolait tout seul dans son coin en se frottant les mains? »

La crème de cassis n'arrivait pas à me remonter le moral. « Il était en bas, mais tu peux être sûr qu'il n'en perdait pas une miette. Si j'avais su tenir ma langue, il n'aurait jamais rien soupçonné, j'en mettrais ma main au feu. Il n'aimait pas Josh, mais c'était parce que Josh l'avait pris à rebrousse-poil la veille au soir. Il lui gardait un chien de sa chienne. Si le hasard n'avait pas voulu qu'il utilise les toilettes au rez-de-chaussée juste après... »

Les toilettes du rez-de-chaussée étaient un grand cagibi où on rangeait l'aspirateur et trois ans de réserve de papier hygiénique, ainsi qu'un portemanteau ancien dans le coin. C'était là qu'il avait trouvé la veste de Josh, où ma mère l'avait soigneusement pendue la veille.

Juste sous le nez suspicieux et rancunier de Paul.

Je sais, c'était injuste d'accuser Josh, mais j'étais si malheureuse que je n'ai pas pu m'en empêcher. « S'il l'avait rangée, personne n'aurait été obligé de la lui mettre sur un cintre. Et si, hier soir, il n'avait pas fait son stupide numéro du macho qui n'a jamais froid, il n'aurait jamais laissé traîner sa veste.

– Quel con, a commenté Alix.

– Ce qui m'étonne, c'est que Paul ait eu le culot d'aller montrer ça à ton père, a dit Ace.

– Il a dû lui dire qu'il avait déjà des soupçons, a fait remarquer Calum. Ça a dû lui paraître un peu louche, après tout. Tu te mets à appeler ton copain par un autre nom, tu te décomposes quand tu te rends compte de ce que tu as dit, et ensuite tu racontes qu'il travaille pour des mecs dans la finance alors qu'il est censé être dans une tout autre branche.

– Ce n'est pas une raison pour aller fouiller dans ses affaires ! Je suis bien contente que Belinda l'ait quitté. J'espère qu'elle va aller raconter à tout le monde qu'il ne bande plus. Il a eu le culot de faire le mec contrit, après le départ de Josh... vous vous rendez compte ? » Paul était parti environ vingt minutes après Josh, en me laissant seule dans cette ruche d'abeilles affolées.

Les récriminations avaient repris de plus belle. Ma mère en larmes, mon père sinistre, et tous les deux m'accablant de reproches. Comment avais-je pu leur faire une chose pareille ? Les duper de la sorte, et par deux fois ? Jamais, jamais de la vie ils n'auraient pu penser...

C'est alors que ma tristesse avait cédé à la colère. J'étais vraiment en rogne, et je m'étais mise à leur hurler à la figure. Pourquoi s'en prenaient-ils à moi ? Qu'est-ce que j'avais fait, moi, à part essayer de rendre maman heureuse ? Qu'est-ce qu'ils s'imaginaient ? Que ça me faisait plaisir de leur raconter des craques simplement pour que maman puisse marquer des points contre Maggie Freeman ? Pourquoi n'engueulaient-ils pas Belinda, qui avait jeté des milliers de livres par les fenêtres pour un mariage qu'elle n'avait pas eu le cran de reconnaître comme une erreur ? Qu'est-ce qu'il faudrait qu'elle fasse pour qu'on commence à lui reprocher quelque chose ? Qu'elle étripe quelqu'un ? Et encore, non, pas même ça... quoi qu'elle fasse, ce ne serait jamais, jamais de sa faute. Est-ce que je demandais à maman de me faire mon repassage, à papa de me changer ma roue ? Est-ce que je vivais à leurs crochets ? Si c'était comme ça, qu'ils aillent se faire foutre ! Je ne remettrais plus jamais les pieds dans cette maison.

Exit Sophy, furieuse, qui remonte faire ses bagages, furieuse, et qui quitte la maison à grand fracas, furieuse, pour s'effondrer dix minutes plus tard au volant de sa voiture.

Tout cela, je le leur avais bel et bien dit.

En y repensant, j'ai fondu en larmes pour la énième fois, et Alix m'a tapoté l'épaule. « Allez, Sophy, ç'aurait pu être bien pire. »

Justement. Je ne pouvais pas leur raconter à quel point ç'avait été pire. Je ne pouvais leur livrer que quelques morceaux choisis. « Il m'a taillé un costard avant de partir, vous auriez dû voir ça, ai-je dit à travers mes larmes. Il m'a traitée de menteuse invétérée...
– Le salaud ! explose Alix. Il a osé ?
– Écoute, c'est la vérité. Il y a des mois que je mens.
– Et alors ? Quel hypocrite, ce salopard... Quand on joue un rôle pour de l'argent, qu'est-ce que c'est sinon mentir ?
– Pas cette fois-ci. Je n'ai pas eu l'occasion de le payer...
– Là n'est pas la question ! S'il vient réclamer son dû, je le lui fous où je pense. Remarque, j'ai toujours dit que pour escorter, il faut être une ordure.
– Moi, je l'ai trouvé pas mal, dit Ace.
– Toi, tu verrais Jack l'éventreur que tu le trouverais pas mal ! Dis donc, de quel côté es-tu Ace ? »
J'attrape un Kleenex. « Et il a dit que j'étais folle à lier...
– Voyons, s'indigne Calum, c'est n'importe quoi.
– C'est vrai aussi. Les femmes normales ne s'inventent pas des mecs *(snif)* et n'entretiennent pas l'illusion pendant *(snif)* des mois...
– Je ne vois pas ce qui les en empêche, m'objecte Calum avec chaleur. Moi, chaque semaine je m'inventais une femme. Elles me trouvaient toutes beau comme Apollon et elles étaient toujours consentantes, ce qui n'était pas plus mal parce qu'à l'époque, je n'avais pas beaucoup de succès avec les vraies.

– Ah, toi aussi ? dit Ace en souriant de toutes ses dents. Moi, j'avais une petite Chinoise imaginaire du nom de Soo Li. Elle...

– Oh, la ferme, vous deux ! s'énerve Alix. Épargnez-nous vos fantasmes répugnants. Ace, va remplir le verre de Sophy. »

Il m'a pris mon verre, mais au lieu de partir à la cuisine il s'est perché sur le bras du fauteuil en disant : « Je sais, ton aventure a tourné au désastre, mais en temps normal, ça doit être le pied d'escorter. » Il m'a fait un grand sourire. « Tu crois qu'ils m'embaucheraient ? Avec ce que je me ferais payer, je me pavanerais comme Le Prince Charmant... je leur ouvrirais les portes, je leur allumerais leurs cigarettes, je raconterais des conneries à longueur de nuit ; tout ce qu'elles voudraient, elles l'auraient sur un plateau.

– Mets-toi bien dans la tête qu'ils ne prennent pas les gens comme toi, a dit Alix, agacée. Ils veulent des hommes au moins capables de faire croire qu'ils ont de la classe, même s'ils n'en ont pas. Pas des crétins qui demandent du ketchup rien que pour voir la tête du serveur.

– OK, t'emballe pas.

– C'est pas un bon plan, ai-je dit, désespérée. Tu risques de tomber sur une catastrophe de mon espèce.

– Impossible, Sophy, des catastrophes comme toi, y en a pas deux. »

Il est parti en me donnant une petite tape sur l'épaule, et je me suis senti une affection débordante envers lui ; et pourtant, c'était lui qui m'avait entraînée dans ce pétrin.

Enfin non, pas vraiment. Je ne pouvais m'en prendre qu'à moi-même.

« Dans quel état étaient tes parents quand tu es partie ? m'a demandé Alix du ton à demi craintif de celle qui connaît la réponse.

— Devine. » Je me suis mouchée sur mon énième mouchoir tout trempé. « Bon sang, je voudrais être morte. »

Ace est revenu avec mon verre. « Tu sais quoi ? Tout ça, ça me rappelle un truc que j'ai vu à la télé chez Tina. *Mariages en Enfer*, un titre comme ça.

— On l'a vu ensemble, lui a renvoyé Alix, ça n'avait rien à voir avec l'histoire de Belinda.

— D'accord, elle n'allait pas jusqu'au mariage. Elle arrivait au bout de la rue où était l'église et elle demandait à son père de la ramener à la maison. Toute la semaine, elle s'était posé des questions, mais elle avait eu une trouille bleue d'en parler. »

J'ai regardé Alix, puis Ace. Un silence horrible planait sur nous tous.

« Quoi ? a dit Ace.

— On a loupé cet épisode, a dit Alix d'une voix éteinte et creuse.

— Oh, mon Dieu... » J'ai enfoui ma tête dans mes mains.

Personne ne pipait mot.

« Si ça se trouve, elle essayait de rassembler le courage de parler, ai-je dit, pétrie de remords. Et moi qui lui faisais la leçon, qui lui disais qu'elle se montait la tête pour rien... »

Silence.

« Quelle pauvre conne arrogante et donneuse de leçons je fais ! Je me déteste...

— Moi aussi je te déteste, a renchéri Alix en se forçant à l'humour. Toi et tes gros lolos que Calum reluque sans arrêt, n'est-ce pas. Face de lune ?

— Tout le temps, a-t-il dit d'un ton faussement enjoué. Si je te file un billet de dix livres, j'ai le droit de toucher ? »

Rien n'aurait pu me dérider. Mon verre à la main, je me suis levée. « J'emporte mon cassis dans la baignoire et je me noie. »

Je me suis prélassée dans ma misère et dans mon bain tout en sirotant ma crème de cassis. Mon flacon de Badedas était terminé, adieu donc, le bain moussant. J'ai regardé mes cuisses en me demandant comment j'avais pu essayer de me faire croire qu'elles n'étaient pas affreuses. Je les ai pressées entre pouce et index pour que les grumeaux de cellulite soient encore plus dégoûtants, et j'ai remercié le ciel que Josh ne les ait pas touchées, auquel cas à l'heure qu'il était, ce seul souvenir devait lui donner la nausée. Je l'imaginais déjà accoudé au comptoir d'un pub et racontant ses aventures à un copain. *C'est clair, elle n'attendait que ça, alors je me suis dit, pourquoi pas ? Du tempérament, une fois démarrée. Gros cul... super gros cul que t'en as plein la main. Oui, j'en prendrais bien un deuxième, merci mon vieux.*

Je savais que ce n'était pas du tout sa manière de parler, mais tout était bon pour me mettre à la torture.

J'ai pensé à Belinda ; je me suis demandé pourquoi il fallait, nom de Dieu, que je me sente coupable de n'avoir pas su déchiffrer les indécisions de son petit esprit stupide. J'ai eu envie de la tuer pour m'avoir mise dans ce pétrin. Et aussi pour être la petite fifille à papa et maman depuis sa naissance. J'espérais qu'elle s'était enfuie avec Marc. J'espérais qu'il la laisserait tomber une deuxième fois dans trois semaines, qu'elle irait ramper devant Paul et qu'il l'enverrait se faire foutre.

Après quoi j'ai été de nouveau bourrelée de remords pour avoir eu ces fantasmes. Je mitonnais dans mon bain de remords. Tiens, Ace n'aurait pas des pilules dans un coin ? Un peu de chimie illicite, ce ne serait pas mal pour oublier. Avec un peu de chance, ça pourrait même me tuer.

Enroulée dans une serviette, je me suis dirigée vers ma chambre. J'avais la main sur la poignée quand Ace a passé la tête par la porte de la cuisine. « Ça va, Sophe ?

— C'est le super pied ! Tu n'aurais pas de l'Ecstasy, par hasard ? J'en aurais bien besoin.

— Non, mais je peux te rouler un pétard vite fait.

— Plus tard, peut-être. »

Au moment où j'ouvrais ma porte, il s'est approché, l'air vaguement mal à l'aise. « Il ne s'est rien passé d'autre, hein ? Toi et lui, je veux dire. »

Comme je l'ai dit, pas bête. « Non ! De toute manière, on n'était pas encore arrivés qu'il me plaisait déjà moins. »

Il a paru soulagé. « Bon, tant mieux. Je m'en voulais un peu. Parce que tu comprends, c'est moi qui t'ai poussée dans ce binz. »

Un peu plus et je fondais en larmes une fois de plus. « Arrête, Ace. Ce n'est pas de ta faute. Je suis assez grande et assez bête pour faire mes bêtises toute seule.

— Et au moins, tu ne l'as pas payé. Pas cette fois-ci, en tout cas.

— Non. Enfin, pour ce que ça me console... »

J'ai poussé ma porte, mais il restait derrière moi, en dansant d'un pied sur l'autre. « Donc, tu l'as toujours, ton paquet de fric ? Pas en liquide, si ?

— Euh, si, pourquoi ? »

Gêné, il a titillé la plinthe du bout du pied. « Parce que, je suis un peu raide en ce moment mais j'aimerais sortir Tina ce soir. Elle traverse une passe difficile. »

J'aurais dû le voir venir. « Pourquoi ? Elle a perdu un faux ongle ?

— Ne sois pas comme ça, Sophe. » De nouveau, il a donné un coup de pied dans la plinthe. « Sa mère ne va pas fort. Elle a le cancer. »

J'ai failli étouffer de honte. « Oh, mon Dieu. Pardonne-moi. Pourquoi n'as-tu rien dit ?

— Elle n'aime pas en parler. Elle dit que ça déprime les gens.

— Si j'avais su... » Enfin dans ma chambre, je me suis ruée sur mon sac. « Tiens, prends ça. » Je lui ai fourré un billet de cinquante livres dans les mains.

« Non, non, Sophe. Vingt ça suffira. Je te rembourserai.

— Ça va, ça va. Amuse-toi, ça me fait plaisir. »

Depuis vingt-quatre heures, je culpabilisais tellement que j'aurais pu entretenir une demi-douzaine de psychiatres pendant des années. J'avais besoin d'une cure d'oubli – un mois minimum. Ma serviette toujours enroulée autour de moi, je me suis glissée sous la couette et j'ai fermé les yeux.

Je me suis réveillée groggy, et dans un état épouvantable, seule au milieu de l'appartement silencieux. Quand j'ai compris qu'ils étaient tous partis en m'abandonnant à mon sort, ç'a été pire encore. Mes cheveux avaient séché n'importe comment et me faisaient une tête digne d'un film d'horreur. J'ai essayé de les dompter à la brosse et j'ai enfilé un survêtement gris qui me donnait l'air d'un sac de patates asexué. Je me voyais déjà finir la nuit clopant toutes mes réserves d'urgence et bouffant un sac de chips. Parce que, quitte à se payer une bonne tranche de masochisme, autant faire les choses comme il faut.

Côté réconfort non alimentaire, j'ai mis *La Belle au bois dormant* dans le magnétoscope. Alix me l'avait offert pour Noël, l'année avant que je ne lui offre *Cendrillon* : c'était l'échange parfait entre deux indécrottables accros qui n'osaient pas s'acheter du Walt Disney. Je regardais le film depuis un quart d'heure quand Alix est sortie de sa chambre.

« Je te croyais dehors.

– Non, je travaille. Il faut que je termine la brochure pour les colonies de vacances avant mardi. Tu veux une tasse de thé ?

– Oui, volontiers. Avec deux cuillerées de verre pilé. »

Je suis retournée à *La Belle au bois dormant*, toute à ma sympathie naissante pour la sorcière. La princesse Aurore, blonde et superbe et adulée de tout le royaume, jusqu'aux petits lapins de la forêt, commençait à me taper sur les nerfs tant elle m'évoquait ma sœur. Elle me rendait malade.

Alix est revenue avec du thé et un KitKat. « Ton père a téléphoné tout à l'heure, mais il m'a dit de ne pas te réveiller. Il avait toujours sa voix bizarre, autant te l'avouer. » Rien d'étonnant. « Il voulait simplement que tu saches que Belinda les avait appelés, mais sans dire où elle était. Elle est au trente-sixième dessous mais elle a dit que tout allait bien et qu'il ne fallait pas se tracasser. »

Je m'imaginais très bien le tableau. Belinda en larmes et mon père disant : « Tout va bien, chérie, ne pleure pas... » Ma mère, également en larmes, le suppliait : « Ted, je t'en prie, laisse-moi lui parler... », et elle lui arrachait l'appareil des mains en criant : « Ah, ma chérie, je suis folle d'angoisse – je t'en prie, Belinda, reviens – personne ne t'en veut... » Et Belinda, prise de remords, raccrochant subitement, les laissant encore plus désemparés.

« Je la tuerais, ai-je dit en avalant mon thé à petites gorgées. Dommage qu'elle ne se soit pas fait bouffer par un crocodile pendant sa lune de miel.

— Oui, mais imagine dans quel état elle est.

— Bien fait pour elle. Et nous tous, alors ? Et moi.

— Oh, et ton Josh a téléphoné. »

J'ai failli renverser mon thé. « Quand ?

— Il y a une heure, environ. Je lui ai dit que tu dormais et que je n'avais pas l'intention de te réveiller. » Toute au plaisir de raconter, elle poursuit : « Tu aurais dû voir comment je l'ai remis à sa place. Je lui ai demandé pour qui il se prenait pour t'agresser, s'il ne trouvait pas que tu étais assez secouée comme ça, et où avait-il été élevé ? Et s'il téléphonait pour avoir son fric, qu'il vienne le chercher tout de suite, je le lui fourrerais où je pense avec la couronne d'un ananas. »

Elle s'est tournée vers moi avec un air triomphant qui a achevé de me consterner.

« Qu'est-ce qu'il a répondu ?

– Rien ! Je ne lui en ai pas laissé le temps. Je l'ai engueulé et je lui ai raccroché au nez. » Son air de contentement s'estompait à vue d'œil. « Qu'est-ce qu'il y a ? Tu m'avais bien dit que tu ne voulais pas lui parler ?

– Oh mon Dieu... » J'ai enfoui ma tête dans mes mains. « Pourquoi, mais pourquoi est-ce que tu ne m'as pas réveillée ? »

13

Je n'avais plus le choix. Il fallait que j'avoue. Je me suis lancée, et le temps que j'arrive à la fin de la triste saga non revue et corrigée cette fois-ci, Alix était tellement démontée que toute ma pitié est allée vers elle. C'était autant de moins qui se déversait sur moi.

« Pourquoi, mais pourquoi ne m'en as-tu pas parlé ? se lamentait-elle pour la cinquantième fois. À quoi ça sert, les amies ?

— Tu m'aurais prise pour une acharnée qui joue ses dernières cartes, comme Muriel dans *Le Mariage de Muriel* !

— Pas du tout ! Bon, je t'aurais peut-être trouvée un peu parano, mais...

— Un peu seulement ? Et en plus, tu m'aurais soupçonnée de fantasmer en secret sur ton frère.

— Sophy, sois gentille, réponds-moi sincèrement. » Son expression peinée m'a rappelé Benjy quand on l'envoie paître parce qu'il pue. « Comment as-tu pu lui raconter tout ça, et pas à moi ?

— Il ne sait pas tout ! Depuis le fiasco du parc, je ne lui ai plus rien dit ! » Alix a aussi eu droit à cet épisode, ainsi qu'à tout le reste, jusqu'à papa qui nous proposait de nous monter le petit déj au lit. Sans répit, j'ai continué : « Il m'a dit qu'il m'appellerait mais, même avant notre dispute, je ne l'aurais jamais pris au mot, tu penses bien. Pour moi, c'étaient des paroles en l'air.

— Écoute, Sophy, appelle-le, m'a pressée Alix. Dis-lui que j'ai tout compris de travers. »

Pour ça, encore faudrait-il que j'aie son numéro. Inutile de regarder dans mon carnet d'adresses pour savoir que je ne l'avais pas noté. Je l'avais griffonné sur le premier papier qui m'était tombé sous la main. Après un instant de stupéfaction, j'ai regardé autour de moi ; la pièce était propre et rangée, et j'ai eu un gros doute. « Ne me dis pas que tu as porté tous les journaux au conteneur ? »

Elle a compris en un instant. « Ne me dis pas que tu avais noté son numéro sur un journal ?

– Je n'avais que ça ! Tu as tout débarrassé ? »

Elle a fait la grimace. « Calum les a portés hier. Mais qu'est-ce qui t'a pris de ne pas le noter dans ton calepin ?

– Je ne sais pas ! D'habitude, c'est moi qui vais à la borne de recyclage ! Est-ce que quelqu'un a téléphoné depuis ?

– Ma mère, tu le sais bien. »

Donc, le 1471 ne marcherait pas, même s'il n'avait pas appelé d'un portable. Cela voulait dire que j'étais obligée de repasser par Jerry, mais d'abord par ses parents, car je n'avais pas noté son numéro non plus. Chez les Dixon, je suis tombée sur le répondeur.

« Et l'annuaire ? a suggéré Alix.

– J'ai même pas son adresse ! » J'ai essayé tout de même. Il y avait trois J. Carmichael. Deux m'ont répondu poliment que j'avais fait une erreur, et le troisième m'a fait comprendre que les gens qui se trompaient de numéro méritaient d'être balancés sur le tas d'ordures de chez Safeway et pelletés par la benne. Je lui ai répondu vertement que je n'étais pas désolée de l'avoir dérangé. Et que si j'avais su sur quel misérable olibrius j'allais tomber, je l'aurais même dérangé exprès.

Clac.

Pendant une minute, nous avons observé le prince charmant d'Aurore, qui était cruellement mis aux fers par l'horrible vieille sorcière maléfique.

« Qu'est-ce qui t'a pris d'inventer ce truc avec les ananas ? ai-je dit, désespérée, maintenant que ce détail me revenait.

– Pour la millième fois, je te demande pardon ! Je me figurais un connard arrogant et obséquieux qui léchait les bottes de tes parents !

– Il m'a épargné le pire ! S'il n'avait pas inventé ce mensonge génial...

– Qu'est-ce que je te disais ! J'ai toujours pensé qu'un type capable de produire un énorme bobard au pied levé, là, comme ça ping, était forcément un trouduc ! »

On comprend ce qu'on a envie de comprendre, j'imagine. « Je vais l'appeler, mais uniquement pour excuser ton comportement. Depuis qu'il m'a traitée de menteuse et de folle, je me vois mal l'invitant à déjeuner à l'Ivy.

– Toi aussi, tu as raconté pas mal de craques ces derniers temps. Mais il est clair que tu lui as tapé dans l'œil. Il te l'a presque dit, non ?

– Il essayait peut-être de justifier la séance qu'on a failli avoir. »

Alix perdait patience, et c'était bien compréhensible. « S'il n'avait pas eu un petit faible pour toi, vous n'auriez même pas failli avoir de " séance ", comme tu dis.

– Oui, mais il y a faible et faible. J'étais là, la langue pendante : il aurait fallu qu'il soit un saint. Et puis d'abord, il croit toujours que je suis avec Ace.

– Pas étonnant qu'il se soit dit que tu avais besoin d'une bonne séance des familles, dans ce cas. Ace ! Je te demande un peu. » Elle a ramassé un fil sur un coussin à carreaux, et elle l'a reniflé. « Ces coussins sont répugnants. Ace a dû mettre ses pieds qui puent dessus.

— Ils ne puent pas plus que ceux de Calum, je parie. Tu n'arrêtes pas de rabaisser Ace. Tu vas finir par le traumatiser. Si tu avais un frère comme celui de Tamara, tu aurais de bonnes raisons de faire ta langue de vipère. »

Armé de sa fidèle épée de vérité, le vaillant prince se taillait désormais un chemin à travers la forêt. « Même si je n'avais pas tout foiré, ai-je dit, ça n'aurait jamais abouti à rien.

— Et pourquoi ça ?

— Parce qu'il me suffit de le regarder pour tomber dans les vapes. Parce qu'il a des cuisses plus grosses que les miennes. Parce qu'il me plaît, merde. Autant de raisons suffisantes pour qu'au bout de trois jours il se trouve quelqu'un qui lui plaise bien plus que moi.

— Dis donc, c'est vraiment sans espoir. Pourquoi es-tu aussi défaitiste ?

— Par expérience. Personne ne veut plus de moi.

— Tu dis n'importe quoi. »

Le prince charmant tranchait toujours lianes et branches. « Si seulement quelqu'un pouvait m'aimer assez pour se tailler un chemin dans une forêt, ai-je dit d'un ton morne. Remarque, si ça arrivait, tu peux être sûre que ce serait un connard et que je ne voudrais pas de lui. Il me réveillerait avec un baiser lippu et mouillé et je vomirais sur place.

— De nos jours, je ne connais pas un seul type capable de se tailler un chemin ne serait-ce que jusqu'au coin de la rue. Ils seraient plutôt du genre j'essaie pendant cinq minutes armé de ma Black & Decker, après quoi je décrète que l'écrou a besoin d'être remplacé et j'en profite pour aller regarder le match de foot.

— Je suis sûre que Calum, lui, ferait ça pour toi.

— Tu rigoles ? Il serait épuisé au bout de deux ronces et il prendrait la tangente direction le pub. »

Je savais que ce n'étaient que paroles.

« Ma mère pense que c'est à cause de La Pilule qui passe dans l'eau recyclée, poursuit-elle. Que dans cinquante ans, ils auront les couilles encore plus embryonnaires que le cerveau. »

Un peu plus tard, nous sommes allées en flânant à la Kouzina, où Alix aimait pratiquer ses rudiments de grec. Stavros a fait remarquer que j'avais l'air à peu près aussi heureuse que le mouton le jour de la pâque grecque. « Elle se sent *kaka*, a expliqué Alix. Nous prendrons deux *mikro souvlakias, parakalo*.

— Un homme ? a demandé Stavros.

— Pas exactement, ai-je répondu, et Alix : Bien sûr, qu'est-ce que tu crois. »

Il m'a fait un clin d'œil : « Dis-moi quel est le fils de *putana* qui te fait ça et je lui hacherai menu ses balloches pour le *doner kebab*.

— Ah, c'est ça que vous mettez dedans, ai-je répondu. Je comprends pourquoi je n'en raffole pas. »

Nous sommes allées manger notre *souvlakia* sur un banc, dans le parc. Le paysage vespéral se teintait de jolis tons cuivrés, ce qui ne m'a pas du tout remonté le moral étant donné que tous les couples londoniens semblaient s'être donné rendez-vous pour passer sous notre nez main dans la main, riant, se bécotant, quand ce n'était pas les trois à la fois. « Au moins, m'a dit Alix tout en mâchant une bouchée de porc à la salade, tu as fait des économies. Va donc t'offrir un pull de chez Nicole Fahri. »

Ou un bain de vodka, pour me noyer dedans.

En rentrant, elle m'a dit : « Tu ne crois pas que tu devrais appeler tes parents ? Ta tirade a dû les casser complètement.

– Eh bien, ils n'avaient qu'à y penser avant de se jeter sur moi ! C'est toujours pareil. Belinda peut faire des énormités sans s'attirer la moindre remarque. Autrefois, je disais à ma mère : " Dis donc, si j'en faisais le quart, qu'est-ce que je prendrais ! " Et elle me répondait : " Oui, mais tu n'es pas comme Belinda, n'est-ce pas ? "

– Elle a raison. Tu as deux fois plus de jugeote et trois fois plus de pugnacité.

– Faux ! C'est seulement une impression que je donne !

– Tu vois très bien ce que je veux dire. Tu es capable de donner le change, et personne ne t'imagine faisant une grosse bêtise. »

Quand nous sommes rentrées, le répondeur clignotait, et mon cœur a eu un raté. « Tu crois que c'est Josh ? » J'ai hésité, trop nerveuse pour appuyer sur la touche play. Alix l'a fait pour moi.

Je m'attendais à me prendre une avoinée comme celle sur laquelle nous nous étions tendrement séparés, mais la voix était gênée et soumise, comme aurait été la mienne si c'était moi qui avais pris l'initiative.

Hélas, ce n'était pas celle de Josh.

« Sophy, c'est Kit. Euh... » Une pause, pendant laquelle il cherchait manifestement ses mots. « Il faut que je te parle. Je te rappellerai. »

Alix a levé les yeux au ciel. « Tiens, tiens, ta copine, Machinchose, avait raison, on dirait. Honnêtement, j'en avais bien l'impression moi aussi. »

Une fois le choc passé, je n'ai plus éprouvé qu'un sentiment écrasant d'abandon. Même si c'était pour subir une engueulade, j'avais envie d'entendre une voix et une seule.

« Il avait l'air plutôt gêné, tu ne trouves pas ? a repris Alix. Comme s'il lui avait fallu des lustres pour rassembler le courage de t'appeler. C'est tout lui, remarque. Il n'est pas le genre frimeur qui s'attend à ce que tu le reprennes du jour au lendemain. »

Après le sentiment d'abandon, la haine pour cette chienne de vie. « Pourquoi faut-il qu'il se décide maintenant ? Pourquoi ne veulent-ils pas de moi quand je veux d'eux, ces salopards ? Regarde ce fumier de Dominic. Pourquoi faut-il toujours qu'il m'arrive des trucs comme ça ?

– Ça n'a rien à voir avec Dominic. Kit te plaisait vraiment. Il doit se dire qu'il a une chance de ranimer la flamme, même s'il n'attend pas de toi que tu vires ton mec en claquant des doigts. À moins que... » Elle a marqué une pause. « À moins que Tamara ait vendu la mèche et qu'il soit au courant. »

J'ai fait non de la tête. « Elle n'aurait jamais rien dit à Sonia, or Sonia est la seule qui aurait pu cafter. En plus, elle m'a juré de rester muette comme une tombe.

– S'il t'a trouvée nerveuse au mariage, il a pu le sentir et l'interpréter à sa manière, m'a fait remarquer Alix. Il a pu penser que ça se tassait un peu entre toi et Dominic. »

J'ai repensé à mon " Il est pas mal " lâché du bout des lèvres. Pourquoi n'avais-je pas manifesté un peu plus d'effusion, pour une fois ?

Alix poursuivait : « Il doit avoir un voyage à Londres en perspective, sinon je ne vois pas l'intérêt de t'appeler. Ils ne travaillent pas par rotations de six mois ?

— Quelque chose comme ça.

— Qu'est-ce que tu vas lui dire ?

— À ton avis ? » J'en aurais pleuré, tout d'un coup. C'était trop injuste. « Pourquoi il ne voulait pas de moi quand j'étais au bord du suicide, ce con ? Je lui dirai d'aller se faire pendre, oui !

— Tu parles. Et juste après tu le prendras en pitié parce qu'il sera tout gêné et tout maladroit, et tu te diras, c'est vrai, quand il veut il est adorable, comme le jour où tu avais un rhume du feu de Dieu et une diarrhée épouvantable en même temps, et tu reporteras toute la faute sur Face-de-garce sous prétexte qu'il était trop gentil pour la percer à jour, et ensuite tu t'en voudras et tu te diras, tiens, peut-être bien que, après tout..., et tu finiras par accepter de le revoir, mais juste une fois. »

Prédiction déprimante s'il en est, mais indéniablement réaliste. « Dans ce cas, je branche le répondeur pour faire croire que je suis sortie.

— Et si Josh rappelle ? S'il rappelle d'un portable sans laisser de message ?

— Pas de danger. Je te parie tout ce que tu voudras.

— Pas si sûr. Moi, à sa place, je n'en resterais pas là. J'aurais envie de savoir ce que tu as pu dire pour que ta copine m'habille pour l'hiver vite fait bien fait. »

Alix est retournée à sa brochure. Je suis restée un œil sur la télé et l'autre sur le petit carré de ciel doré qu'on apercevait de notre fenêtre, au-dessus de la jungle urbaine. Ça a éveillé en moi un vague désir, douloureux, insupportable, pour je ne savais pas quoi.

Si, je savais quoi. Qu'est-ce que je faisais sur ce canapé comme une gamine éplorée, à me torturer pour un téléphone qui ne sonnerait pas ? Pourquoi ne pouvais-je pas balancer toute cette histoire d'un haussement d'épaules ? Plaquer mon boulot et parcourir tout le pays d'Oz pendant un an ? Pourquoi Belinda ne pouvait-elle pas se pointer chez moi ? Comme ça je pourrais enfin l'engueuler en beauté pour avoir foutu la moitié de ma vie en l'air.

J'ai réessayé chez les Dixon à dix heures et demie, et de nouveau je suis tombée sur le répondeur. Cela devrait attendre. Kit n'a pas rappelé.

À minuit moins cinq, en allant se coucher, Alix m'a dit : « C'est typique de Kit, ça. Il a dû avoir les foies. Ou il est allé puiser un peu de courage dans quelques pintes de bière et il s'est laissé entraîné par une deuxième Face-de-garce.

– Probable. Un vrai bon à rien, celui-là. S'il appelait maintenant, je peux te dire qu'il en entendrait des vertes et des pas mûres. »

Ma sieste m'a empêchée de faire une nuit normale, et le lendemain matin, je suis partie travailler comme un zombie. Histoire de me requinquer, un e-mail du service du personnel m'attendait, disant qu'une place était retenue pour moi chez Les Sadiques dès septembre, et qu'une brochure me parviendrait par courrier.

Elle était déjà arrivée. Elle détaillait plusieurs joyeusetés, entre autres construire des radeaux avec de la mousse et des carcasses de moutons, tester lesdits radeaux dans des torrents écumants, attraper des grenouilles et les manger crues au petit déjeuner. Ceux qui préféraient ne pas participer à ces activités si bénéfiques pour le caractère pouvaient bien entendu rester dans leur chambre à regarder *Sunset Beach*, et personne, absolument personne ne chercherait à insinuer qu'ils étaient de lamentables invertébrés, ni à les ridiculiser ni à les humilier.

Jess a dit : « J'ai l'impression qu'il vaut mieux emporter des barres de Mars pour le cas où on se perdrait dans la montagne. »

À la pause café, j'ai avalé un demi-paquet de Hob-Nobs et je leur ai raconté la fugue de Belinda.

Jess était horrifiée. « Pourquoi ne pas avoir annulé son mariage ? Le pauvre marié ! Toutes ces dépenses pour rien !

– Si elle s'est trompée, mieux vaut ça que d'essayer de faire durer, a dit Harriet. Ma mère a mis vingt et un ans à reconnaître qu'elle avait fait une erreur en épousant mon père, le pauvre.

– Bon Dieu, moi, ma mère me tuerait ! s'est exclamée Sandie.

– Mais tes pauvres parents ! a dit Jess. Quel coup ça doit être pour eux ! »

Quand est arrivée l'heure du déjeuner, mes pauvres parents m'occupaient tellement l'esprit que j'ai décidé de les appeler discrètement sur mon portable. Je me suis éclipsée du bureau, et c'est alors que je me suis aperçue que je n'avais pas mon appareil. Je ne l'avais plus vu depuis que j'avais essayé de joindre Alix de chez eux, ce qui voulait dire qu'il devait être quelque part sur une commode à deux cents kilomètres d'ici, où il m'était à peu près aussi utile qu'une culotte taille trente-huit. Ne pouvant parler devant toutes ces oreilles prétendument sourdes, j'ai remis cela à plus tard, ce qui me faisait maintenant deux coups de téléphone à redouter. Le premier parce que Alix ayant raccroché au nez de Josh j'avais peur qu'il me fasse subir le même sort, le deuxième parce que je ne supportais pas l'idée d'avoir ma mère en larmes au bout du fil.

L'une et l'autre épreuve m'ont été épargnées. À l'instant même où je suis rentrée, Alix m'a dit : « Belinda a appelé. »

J'ai eu une minidécharge d'adrénaline. « Quand ?
— Vers quatre heures et demie, mais j'étais sortie faire un petit footing. Elle a laissé un message. »

Comme je m'y attendais, elle était larmoyante. « Sophy, c'est moi. Je sais que tu dois être au bureau à cette heure-ci – je te rappellerai mais je t'en prie, ne me hurle pas à la figure –, je sais que tout le monde est monté contre moi, mais je n'en peux plus. Je t'en prie, ne sors pas ce soir, et ne me raccroche pas au nez. Salut. »

« J'ai eu un numéro par le 1471, m'a dit Alix en me montrant le dos d'une enveloppe. J'ai appelé aussitôt – ç'a été plus fort que moi. Mais je n'ai pas pu lui parler. C'est un hôtel dans la New Forest.

– Quoi?? Qu'est-ce qu'elle fiche là-bas?
– Aucune idée. Appelle-la. »

J'ai composé le numéro. Mais au lieu de demander ma sœur, j'ai noté l'adresse de l'hôtel.

Alix me regardait bouche bée. « Tu ne vas tout de même pas y aller?
– Pourquoi pas?
– C'est vachement loin!
– Pas sûr. » Je suis descendue chercher l'atlas routier dans la voiture et j'ai vérifié. « Regarde. J'en ai pour deux petites heures.
– Elle n'a sans doute envie de voir personne.
– Je m'en fous complètement! Moi, il faut que je la voie! J'ai besoin de lui dire ce que je pense et c'est pas pareil au téléphone. Elle peut raccrocher.
– Ne fais pas ça, Sophy, a dit Alix avec une grimace. Elle n'est pas en état...
– Et nous, on est en état? » La voyant sérieusement préoccupée, je me suis radoucie. « Écoute, je ne vais pas lui faire une scène, mais j'ai besoin de savoir de quoi il retourne et c'est plus facile *de visu*. Et à moins d'une tragédie, je ne veux pas laisser passer ça. Il faut bien qu'enfin quelqu'un lui dise que ce qu'elle a fait est impardonnable, et ce ne sont pas mes parents qui s'en chargeront. Elle va fondre en larmes et elle sera encore plus belle, et tout le monde va dire *Allez, allez, ce n'est rien...* Même Josh a dit qu'elle avait besoin de se faire secouer les puces. »

Soudain pleine d'énergie, je me suis mise à fourrer dans un sac de quoi passer une nuit à l'hôtel.«

« Et le boulot, demain?

– Si je suis obligée de coucher là-bas, je partirai à l'aube. »

Comme je sortais, elle a ajouté : « Si je n'avais pas cette brochure à finir je t'accompagnerais, mais tel que c'est parti, je vais y passer la moitié de la nuit. Je meurs d'impatience de savoir. Tu crois que c'est Marc ?

– À mon avis, c'est Paul. Elle se cache parce qu'elle a peur de se montrer devant lui. »

En roulant au pas sur la M3, j'ai eu tout le loisir de réfléchir : elle n'avait peut-être pas choisi la New Forest tout à fait par hasard. Enfants, nous y avions passé des vacances inoubliables avec des parents de ma mère, qui étaient morts depuis longtemps. Nous avions pagayé dans les cours d'eau, et partagé en douce avec les poneys les sandwiches aux œufs de nos pique-niques. Qui sait si Belinda ne tentait pas de retrouver une idylle ensoleillée de son enfance, où le pire qui pouvait arriver était de laisser dégouliner son esquimau à l'orange sur son T-shirt, et où personne ne restait jamais fâché plus de deux minutes.

Malgré mes préoccupations, je gardais un œil sur le paysage. La journée avait été mitigée, mais le soleil avait enfin décidé de pointer. Avec tous ces verts fraîchement sortis de leur emballage et baignés d'une lumière dorée, l'Angleterre n'était pas vilaine à voir. C'était le genre de soirée qui évoquait les vieux pubs en bord de rivière, une table au soleil et des canards auxquels on jette les miettes des chips.

Inutile de préciser qu'il manquait un accessoire essentiel pour porter le tout à la perfection, et je ne parle pas du pull qu'on sort quand le soleil se cache derrière un arbre et qu'on s'exclame : « Oh! là, là, il fait drôlement frisquet tout d'un coup, non? »

J'essayais de ne pas penser aux accessoires vitaux. Ni aux scènes idylliques en bord de rivière : moi repérant la meilleure table pendant que mon accessoire parfait allait commander au bar. J'essayais de ne pas l'imaginer revenant avec une vodka tonic et une bière, et grimaçant parce qu'il avait écrasé un truc louche sous sa semelle. *Cette fichue pelouse est pleine de fiente de canard, tiens je sais que tu essaies d'arrêter, mais je t'ai pris un paquet de soufflés au bacon.*

Désolée, ça n'a rien de romantique, mais dans mes fantasmes, il n'y avait ni voyages aux Barbades en Concorde, ni même roses rouges et dîners aux chandelles. Je préfère la merde de canard et les soufflés au bacon. On est moins déçue quand ça tourne mal. Dans le cas présent, ça ne risquait pas de tourner mal puisque ça ne tournait pas du tout au départ.

J'ai essayé aussi de chasser cet horrible sentiment de désarroi si courant dans ces circonstances. J'approchais d'une station-service. Comme j'avais consulté l'atlas en vitesse, c'était le moment de l'étudier plus en détail, en dégustant un café et un gros *doughnut* à la confiture. Il y a toujours une miette de réconfort à grappiller quelque part.

J'ai manqué l'embranchement de l'hôtel par deux fois, parce que le panneau était caché par des arbres. Une allée longue de quatre cents mètres menait au genre d'endroit qu'on voit sur les calendriers style « Merveilles de l'Angleterre ». Si jamais je gagnais quelques millions à la loterie et qu'il me prenne l'envie de jouer les châtelaines, c'est ça que je choisirais et pas autre chose. Véritable pot pourri de styles, depuis le temps des croisades jusqu'à celui où notre pauvre roi George avait pété les plombs, la bâtisse était tout en poutres biscornues, briques élizabéthaines patinées, et les ajouts successifs, plus imposants, étaient eux aussi sereins dans le soleil déclinant.

L'intérieur était lambrissé de bois et sentait les fleurs et la cire parfumée à la lavande. Sur un palier en mezzanine étaient exposés les portraits des anciens occupants. La cheminée aurait pu accueillir un demi-bœuf ; vu la saison, on y avait disposé une grosse composition florale.

Avant de m'adresser au réceptionniste, j'ai tourné ma langue sept fois dans ma bouche. Je ne voulais pas qu'on croie que je harcelais quelqu'un. « Je suis venue retrouver ma sœur. Je n'ai pas pu la contacter avant mon départ. Belinda Metcalfe. » Aïe, je n'avais pas si bien préparé mon coup, tout compte fait. Elle s'appelait Fairfax, en admettant qu'elle utilise ce nom.

Manifestement pas. Le réceptionniste, dont le badge indiquait Michael, était jeune et efficace. Il a regardé dans le registre. « Chambre 17. » Il a jeté un coup d'œil aux casiers. « Mais elle est sortie. »

Merde. « Savez-vous à quelle heure ?

– Avant que je prenne mon service, à cinq heures.

– Avez-vous une chambre ? Juste pour une nuit. » Quelques minutes plus tard, je suivais un porteur dans l'escalier monumental et sur le palier aux portraits. La moquette était épaisse, les lambris luisants d'avoir été cirés pendant de longues générations. On accédait à ma chambre, qui était tout près du palier, par un large couloir. Elle était joliment décorée de motifs floraux style campagne anglaise, pas les petites fleurs qui font mal aux yeux.

J'ai donné un pourboire et j'ai jeté un coup d'œil rapide. Belle salle de bains, plateau à thé et café, sèche-cheveux, mini-bar avec pas seulement de l'alcool, aussi des paquets de KitKat. Une fenêtre à vitraux apparemment d'origine ouvrait sur les jardins, où j'ai aperçu un bosquet décoratif à la Tudor, quelques statues et des sièges en fer forgé qui émaillaient la pelouse. Là, les clients profitaient du soleil et un serveur papillonnait de groupe en groupe, chargé de plateaux.

Voilà qui m'irait à merveille. Je pouvais parfaitement me passer de dîner. Je suis redescendue presque aussitôt. La salle à manger était complète, mais si je voulais bien attendre une demi-heure... J'ai pris place dans un fauteuil moelleux près de la réception de manière à surveiller l'entrée, et j'ai commandé une grande vodka tonic.

Où était donc passée ma sœur ? Je commençais à me sentir vraiment cruche, toute seule sans même un magazine à feuilleter. À la réception il n'y avait plus de journaux, j'ai donc pris une brochure sur le comptoir.

La partie la plus ancienne de l'hôtel datait de la fin du XIVe siècle. Elle se situait non seulement sur le circuit du Patrimoine anglais, mais aussi sur... *quoi* ? Après un instant de panique, j'ai poursuivi ma lecture :

... sur le circuit des châteaux hantés de Grande-Bretagne, mais nous nous hâtons de rassurer nos lecteurs : la dernière apparition remonte à 1993.

Quelle chance !

Les invités intéressés pouvaient se reporter à la page 11 pour plus de détails.

Merci bien. Quitte à passer la nuit là, je ne voulais pas risquer d'apprendre que la dernière apparition était un ectoplasme dressé au pied de mon lit et criant : « Arrière ! C'est mon lit de mort que tu occupes ! »

Michael est venu m'annoncer qu'une table s'était libérée. Je lui ai demandé de me prévenir si Belinda rentrait, et il m'a répondu « Promis » avec un grand sourire – le pauvre, il imaginait déjà une heureuse surprise pleine d'effusions.

La salle à manger, une pièce lambrissée jusqu'à mi-hauteur, bourdonnait comme une ruche. J'ai été irréprochable. Je n'ai pas commandé d'entrée, mais une sole grillée avec de la salade et des pommes de terre nouvelles, avec un petit pichet de piquette blanche. Et j'ai attendu.

Et attendu. Ils étaient partis pêcher ma sole à Bournemouth ou quoi ?

Me sentant de nouveau complètement tarte, je suis retournée à ma brochure, et même à la page 11. Je l'ai bientôt regretté. L'histoire du fantôme se terminait mal. S'il existait un top 50 des scènes de meurtre hantées, elle serait arrivée en tête haut la main.

La conversation qui se déroulait à la table voisine n'était pas pour me réjouir non plus. Je me suis vite rendu compte que ce groupe de sexagénaires, pourtant normal en apparence, était ici en safari-fantômes : ça changeait des tournois de bridge. Ils projetaient une séance de spiritisme dès ce soir, espérant faire revenir des limbes la disparue.

Tout d'un coup, je me suis sentie mal à l'aise. Je n'avais plus envie d'être seule parmi tous ces gens. Qu'est-ce que pouvait bien fabriquer Belinda ? Qui sait si elle n'était pas rentrée, et que Michael ait oublié de me prévenir ? Au moment où j'allais faire un petit tour à la réception pour me rappeler à son bon souvenir, une voix a dit, derrière moi : « Je peux me joindre à vous ? »

Je venais de poser mon verre. Sinon, j'aurais renversé ma réserve du patron sur mon chemisier rosé pâle et mon tailleur gris – je n'avais pas pris le temps de me changer avant de partir. « Josh ! Qu'est-ce que...

— Je suis passé chez vous. » Il se tenait debout devant moi, et toute ma mécanique interne de tremblements et vibrations se mettait en branle. Il ne semblait pas être venu avec une idée fixe en tête – au hasard, me passer un savon magistral –, mais il n'avait pas l'air très décontracté non plus. « J'imagine que vous n'avez pas encore vu Belinda ?

— Non, elle n'est pas là, mais elle n'a pas rendu sa chambre non plus. Je leur ai demandé de me prévenir quand elle reviendrait... » Comme aurait dit Granny Metcalfe, je m'emmêlais les pinceaux. « Asseyez-vous... »

D'un geste précis, il a déposé des clés de voiture sur la table et il a tiré une chaise, puis il s'est assis en face de moi. Il portait un pantalon kaki et une chemise vert olive qui lui allait à merveille. J'aurais parié cinquante livres que c'était une femme qui la lui avait achetée.

« J'ai fait la connaissance de votre amie, me dit-il d'un ton un brin sardonique. Celle qui vient d'inventer un nouvel usage aux ananas. »

Aussitôt, j'ai regretté de ne pas m'être excusée d'emblée, mais j'étais encore toute remuée par cette rencontre inattendue. J'étais toute remuée aussi en imaginant ce qu'Alix avait pu lui dire. Sans me laisser le temps de me remuer la langue, il a fait signe à une serveuse. « Apportez-moi la carte, s'il vous plaît. »

J'allais bredouiller *Écoutez, je suis absolument navrée...* mais il a rapproché sa chaise, il s'est penché en avant en croisant les bras sur la table : « Qu'est-ce que vous avez bien pu lui raconter ? m'a-t-il demandé d'une voix basse mais insistante. Juste pour la forme, j'aimerais savoir pour quelle raison une parfaite inconnue se permet de me parler de la sorte. »

Il était toujours vexé, et ça n'avait rien d'étonnant. La gorge serrée, j'ai répondu : « Rien de précis, mais je suis revenue bouleversée en lui disant que vous vous étiez énervé contre moi. Elle a tiré ses propres conclusions.

– Et ses conclusions, visiblement, c'est que je suis un connard de première. Vous avez dû choisir des couleurs flatteuses pour me dépeindre. »

La serveuse était revenue mettre son couvert. Je n'ai pas pu répondre tout de suite.

« Pas du tout ! ai-je explosé, la serveuse partie. J'ai à peine parlé de vous, mais elle s'est fait tout un cinéma.

– Un cinéma avec moi dans le rôle du salaud. » Comme satisfait de cette explication, il s'est adossé à sa chaise, encore plus vexé qu'avant. « Eh bien au moins, voilà un point d'éclairci. »

Pour ne pas me faire entendre des autres tables, je me suis penchée en avant à mon tour, et j'ai baissé la voix. « Elle était très embêtée. Je suis sûre qu'elle s'est excusée.

– En effet, m'a-t-il concédé.

– Vous êtes resté longtemps ? » J'imaginais déjà Alix lui faisant un café en disant : *Écoutez, surtout ne lui dites pas que je vous l'ai dit, mais elle est toquée de vous. Elle a inventé ce truc foireux avec Ace parce qu'elle avait peur que vous la croyiez pendue à vos basques.*

« Deux minutes, à peine. »

Pas le temps de tout déballer, donc. Mais soyons juste, Alix n'aurait rien déballé.

Une minuscule braise s'est ranimée dans ce grand vide en forme de mec que j'abritais au fond de moi-même. Il n'aurait pas fait tout ce chemin simplement pour m'engueuler à moins d'avoir un moteur tout neuf et tout fringant à pousser sur les autoroutes, ce qui n'était pas vraiment son genre.

J'ai continué à endiguer les dégâts. « Je suis désolée pour cette histoire d'ananas. Quand j'ai appris ça, j'ai essayé de vous rappeler mais je n'avais pas votre numéro, je n'avais pas celui de Jerry non plus et les Dixon étaient sortis.

– Et ensuite vous êtes sortie vous-même. »

J'ai dû sursauter. « Vous n'avez pas rappelé, si ?

– Je suis venu. C'est peut-être aussi bien que nous ne nous soyons pas rencontrés », a-t-il ajouté, cynique.

D'où j'ai déduit qu'il ne se serait sans doute pas comporté avec la courtoisie d'un gentleman, mais ça m'aurait été égal. « Nous étions descendues chez le Grec. Je n'étais pas en train de m'éclater dans une soirée, si c'est ce que vous pensez. Je n'étais pas d'humeur.

– Moi aussi j'ai vécu des journées plus amusantes que celle-là... » Il a pris le menu, il l'a lu en diagonale et il l'a reposé sur la table. « Si je vous ai appelée, c'était pour vous demander de vos nouvelles et m'excuser de m'être emporté. »

C'était si inattendu que ma gorge a fait des nœuds. « Nous étions tous les deux à cran, avec tout ce qui venait d'arriver. C'est moi qui ai commencé par vous sauter à la gorge.

– Oui, mais je suis allé trop loin. Je suis désolé. »

Mes yeux brûlaient. « Moi aussi. »

Une gêne tangible s'est installée entre nous. Il n'était toujours pas détendu. À retardement, je lui ai proposé la carafe. « Vous en voulez ?

– Non, merci. » Il a fait signe à un serveur. « Apportez-moi une demi-carafe de rouge maison, s'il vous plaît.

– Vous ne voulez pas voir la carte des vins, monsieur ?

– La piquette ira très bien, du moment qu'elle est buvable. »

C'est plutôt mal passé. Piqué – c'est le cas de le dire –, le serveur lui a répondu : « Nous n'avons pas de piquette, monsieur. Notre réserve du patron est d'excellente qualité. »

Josh a eu un petit sourire retenu. « Dans ce cas, voulez-vous m'apporter une demi-carafe de votre rouge d'excellente qualité ? »

Le serveur s'est éloigné et il m'a dit : « Ne me regardez pas comme ça.

– Je ne vous regarde pas comme ça ni autrement !

– Si. Je lui laisserai un bon pourboire, ça vous va ? »

Sans me laisser répondre, il a poursuivi : « Comment vont vos parents ?

– Je ne sais pas. Je ne les ai pas eus au téléphone depuis mon départ, hier. »

Il a haussé un sourcil intrigué, et mes remords sont revenus en trombe.

« Oui, j'aurais pu les prévenir que je partais retrouver Belinda, mais nous ne nous sommes pas séparés en très bons termes et je n'ai pas eu le courage de les rappeler.

– En parlant de rappeler... » Plongeant la main dans la poche de sa veste, il a posé un portable sur la table. « Il ressemble au mien... j'ai dû l'emporter par mégarde dimanche matin. En temps normal, je m'excuserais de mon étourderie, mais je n'avais pas tellement la tête à ce que je faisais. »

Je me suis ratatinée sous son regard sardonique. « Je croyais l'avoir oublié chez mes parents.

– Oui, c'est ce que je me suis dit. »

Mes braises s'éteignaient tout d'un coup. Il dégageait une impression d'intense préoccupation, comme quelqu'un qui a quelque chose à dire mais ne s'y résout pas. Je me suis aussitôt rappelé son « cachet » en me reprochant de ne pas y avoir pensé plus tôt. Déprimant. Peut-être était-ce ça qu'il était venu chercher hier soir, et hésitait-il à m'annoncer : *Écoutez, je ne voudrais pas avoir l'air d'un mercenaire, surtout vu les circonstances, mais il me semble que vous avez oublié notre petite convention.*

La serveuse est revenue prendre la commande. Je l'ai sentie très intéressée par notre conversation, ce qui ne m'a pas surprise vu que toute personne dotée d'une intuition lambda aurait senti qu'entre nous, l'air était électrisé. Après avoir relu le menu en diagonale, Josh a commandé une truite fumée et une bavette d'aloyau saignante.

« J'apporte l'entrée de Monsieur d'abord et les deux plats ensemble ? » a demandé la serveuse.

Je mourais de faim. « Oui, mais j'ai changé d'avis, je prends une entrée aussi. La soupe du jour. » Au moins, ils ne seraient pas obligés d'aller la pêcher.

Adossé à sa chaise, Josh a posé sur moi un regard qui a achevé de refroidir mes braises. J'ai donc attrapé le taureau par les cou... cornes. « Écoutez, vous n'avez pas fait tout ce chemin pour me rapporter mon téléphone. J'aurais dû vous donner ce que je vous dois dès dimanche matin. Je n'ai plus toute la somme en liquide, mais je peux vous en verser la majeure partie maintenant et un chèque pour le...

– Ce que vous me devez ? Nom d'une pipe... » Les yeux au ciel, il s'est passé une main exaspérée sur la nuque, puis il m'a regardée droit dans les yeux.

« Sophy, ma deuxième prestation, c'était pour vous rendre service. Je croyais que vous l'aviez compris. »

Pour une fois, quel soulagement d'être tombée totalement à côté de la plaque ! Ma petite braise s'est ranimée, surtout qu'il poursuivait : « Mais vous avez raison, je ne suis pas venu juste vous rapporter votre téléphone. Ni m'excuser. »

Quelque chose, dans son ton, m'a mis la tête à l'envers. Je n'en étais tout de même pas à imaginer une suite digne d'Harlequin, mais plutôt quelque chose dans le genre : *Écoutez, vous ne croyez pas qu'il serait temps d'arrêter de faire les imbéciles ?*

Le voyant hésiter, chercher ses mots, j'ai dit d'un ton enjoué : « Attendez. Vous êtes venu vous faire offrir un dîner à l'œil. Je vous dois toujours un service, vous n'avez pas oublié ?

– Ce n'est pas ça, mais je ne discuterai pas. » Il a eu un petit sourire étrange, puis, après une seconde d'hésitation, il s'est lancé. « En fait, je suis venu tester vos capacités cérébrales. Vous êtes calée en mots croisés ?

– En mots croisés ?? » Si jamais j'avais flotté sur un nuage Harlequin, je serais tombée de haut. J'avais l'impression de vivre un cauchemar. D'un instant à l'autre, je m'apercevrais que j'étais nue, et je verrais tous les doigts pointés sur moi, toutes les bouches tordues de rire.

« Il y a une définition qui m'échappe, a poursuivi Josh en fronçant légèrement les sourcils, comme essayant de se rappeler. *Cherche sous-locataire pour pouvoir croûter...* non, pas celle-là, je l'ai trouvée en chemin, sur la M3. Ah, oui. *Invention amoureuse relevant d'une imagination particulièrement fertile.* Trois lettres, commençant par A. »

Le stratagème était futé, l'offensive imparable. J'étais sidérée.

La serveuse est revenue, vaguement gênée. « Euh, je vous fais des additions séparées ou ensemble ? »

J'ai retrouvé ma voix. « Mettez ça sur ma chambre, ai-je répondu en lui montrant ma clé et en tentant de recouvrer mon sang froid. C'est Alix ? ai-je dit une fois la fille partie.

– Non. »

Ce qui ne laissait qu'un seul suspect. Alix aurait mis son frère au parfum. Et Ace aurait jugé urgent d'instiller un peu d'huile dans les rouages. « Ace, alors. C'est le frère d'Alix, au cas où vous ne le sauriez pas.

– Il m'a glissé un mot, en effet, a répondu Josh sèchement. Il m'a suivi sur le palier comme je m'en allais et il m'a dit " Écoutez, mon vieux... " »

J'en étais sûre.

Moi qui me sentais complètement idiote, je me suis consolée en mesurant à quel point Josh avait dû se sentir idiot lui aussi. Auquel cas je ne m'étonnais plus qu'il ait eu envie de me prendre au dépourvu. S'il m'avait déjà jugée folle à lier, Dieu seul sait ce qu'il pensait maintenant. Il devait hésiter entre plusieurs troubles psychiatriques féminins. Nympho par procuration, peut-être ? C'est une maladie dans laquelle la patiente raconte *urbi et orbi* qu'elle a dix types sur le gril alors que, comme Mr Bean, elle partage son lit avec un ours en peluche.

Les entrées ont été les bienvenues, car j'étais affamée et j'avais besoin de distraction. Je me suis jetée sur ma crème de chou-fleur comme Benjy sur son bol, et Josh a attaqué sa truite avec vigueur, en l'arrosant de grandes rasades de sauce au raifort.

Le serveur vexé a apporté le vin ; Josh l'a remercié avec une politesse désarmante, et il est reparti avec la tête du type qui vient de cracher dans la bouteille et qui le regrette.

« Je suis désolée, ai-je dit au bout de deux cuillerées, mais vous l'avez cherché. Puis, dévorée de curiosité, j'ai ajouté : Qu'est-ce qu'il vous a dit, Ace ? »

Il a jeté un coup d'œil à la table voisine, qu'occupait un couple très collet monté, genre bouche pincée et nez en l'air, et il a baissé la voix. « Il m'a dit "Écoutez, mon vieux, tout ça c'est qu'un paquet de conneries. Moi et Sophe, on est juste colocataires." »

J'aurais tout donné pour être une petite souris. « Je ne vous demande pas ce que vous avez répondu. J'imagine trop bien.

– J'en doute, mais essayez toujours. Deux mots : deux lettres et quatre lettres. »

Ayant déjà parié sur trois et trois, je suis restée muette. « Deux et quatre ?

– Tt tt, vous êtes nulle. Ce n'est pas vous que j'appellerai quand je serai coincé sur ma grille géante du *Times*. » Après avoir terminé sa truite, il a posé ses couverts. « J'ai répondu, " Je sais. " »

Interloquée, j'étais. « C'est faux !

– Ce n'est peut-être pas vrai à 100 %. Disons que j'avais ma petite idée. Une petite idée à 97 %. »

Ma bouche grande ouverte et mon air ahuri m'attiraient les regards. J'ai baissé la voix. « Vous dites ça parce que vous vous sentiez tout bête. Vous avez tout gobé, dans la voiture !

— Ah oui, dans la voiture j'y ai cru. Vous avez été excellente. C'est seulement après que j'ai eu des doutes. Ça a commencé à peu près au moment où vous m'avez déposé au métro. »

J'étais tellement abattue, j'avais tellement l'impression d'être le déshonneur de la gent féminine, que je lui ai été reconnaissante d'avoir pensé à moi.

La serveuse est venue débarrasser nos assiettes, et il a repris : « Je me suis dit que si vous aviez pu inventer un type – qui n'était pas fabriqué de toutes pièces, certes, mais passons pour l'instant –, vous étiez fort capable d'en inventer un deuxième. Surtout que vous vous étiez convaincue que je vous prenais pour une croqueuse d'hommes.

— Mais c'était la vérité ! Vous l'avez avoué !

— Pas du tout. J'ai reconnu que je m'amusais, ce qui n'est pas la même chose. »

C'était presque pire. Les plats sont arrivés, ma sole ne s'était pas fait attendre pour rien. Grasse, grillée à la perfection, elle était arrosée de beurre et de citron vert. « J'imagine qu'Ace a joué son rôle comme un pied et que c'est ça qui l'a trahi.

— Non, il a été très bien, du moins au début ; j'ai même failli le trouver plutôt à la hauteur. Mais au moment où je m'en allais, il a fallu qu'il en rajoute dans le registre petit con, et là, j'ai su que vous n'auriez jamais supporté quelqu'un comme ça. »

Je n'ai pas eu besoin de réfléchir longtemps. « *Demandez-lui ce qu'elle a foutu de mon T-shirt noir...!* » J'avais presque honte pour Ace, lui si content de son petit numéro. « Comment savez-vous ce que je supporte et ce que je ne supporte pas ? » ai-je néanmoins demandé.

Il a découpé son steak, qui était tendre comme du beurre, en étalant de la moutarde dessus. « Je venais de passer vingt-quatre heures avec vous. Ça suffit pour se faire une petite opinion pas trop fausse. »

Un point pour lui.

Manger me redonnait du cœur au ventre. Je le jure, on goûte mieux ce qu'on a dans son assiette quand on partage sa table avec quelqu'un dont on est folle éperdue. Tous nos sens sont en éveil. Des effluves de gel douche pour homme et de chemise propre me chatouillaient les narines, et je ne pouvais détacher mon regard de ses mains. Elles maniaient fourchette et couteau avec dextérité, mais je ne pensais qu'à cet effleurement de mon épaule, l'autre matin, devant la fenêtre. Surtout, j'étais consciente de ses yeux, qui ne me quittaient pas quand ils n'étaient pas baissés sur son assiette. J'ai eu l'impression très nette qu'il avait beaucoup d'autres choses à me dire mais qu'il était bien décidé à m'en faire baver, pour se venger du coup d'Ace.

En voyant les chasseurs de fantômes se lever, j'ai changé de sujet. « Vous saviez que cet endroit était hanté ?

— Hanté mon cul.

— Mais si ! » La brochure était toujours sur la table, je l'ai ouverte à la page 11. « Une certaine Mary

Fanshawe a vécu ici dans les années 1540. À l'époque, le propriétaire était un ivrogne, coureur de jupons et mal embouché qui s'appelait Thomas Cranleigh. La rumeur disait de Mary, sa soi-disant parente pauvre, qu'elle était son petit à-côté. Toujours est-il qu'il l'avait fait venir comme servante, non payée, et bing, du jour au lendemain, la voilà qui essaie de lacer son corset sur un ventre rond.

– Attendez que je devine, a dit Josh avec un cynisme amusé. Le coupable, c'est l'ivrogne mal embouché.

– Ainsi le veut la rumeur. Elle réussit à garder le secret jusqu'à trois jours après la naissance – j'en tremble rien que d'y penser. Mais Thomas s'en rend compte et envoie l'enfant en nourrice. C'est du moins ce qu'il dit, mais la rumeur, toujours elle, prétend qu'il l'a assassiné et enterré dans le jardin. C'est en tout cas ce que croit la pauvre Mary, qui finit par entendre son bébé mort l'appeler en pleurant. Elle devient folle, elle se jette de la galerie et elle se brise le cou. »

Il a haussé un sourcil. « Je me demande combien la direction a payé pour faire inventer cette histoire. Bon d'accord, la jeune femme a pu exister, me concède-t-il en voyant ma tête, mais si elle est revenue hanter la maison, moi je me fais prêtre catholique.

– Hep, pas si vite. Ce groupe, là, ce sont des chasseurs de fantômes. J'ai surpris leur conversation. Ils ont prévu une séance de spiritisme ce soir.

– Qu'est-ce que je vous disais ? Ça fait marcher le commerce. »

J'aurais bien aimé pouvoir partager ce sain scepticisme, mais malheureusement je suis une indécrottable hypocrite pour tout ce qui concerne le surnaturel. Je n'y crois pas, jusqu'au jour où j'y suis confrontée. Je pourrais être fauchée comme les blés, si vous me montriez une maison soi-disant hantée et que vous m'offriez cinquante mille livres pour y passer la nuit, seule, je prendrais mes jambes à mon cou.

Et même si j'avais été une vraie sceptique. J'aurais discuté pour la forme. « Un vieux portier de nuit l'a vue il y a quelques années seulement, lui ai-je fait remarquer.

– Je vous parie cinquante livres que ses visions, il les a puisées au fond d'une bouteille de Johnnie Walker. Vous ne croyez tout de même pas à ces sornettes ?

– Quand je me réveille à trois heures du matin dans une vieille maison toute craquante de partout, si. »

Sur quoi il était censé enchaîner : *Vous, vous avez besoin qu'on vous tienne compagnie. Je vais vous les chasser, vos esprits errants.*

Mais ce soir, la vie avait décidé de me jouer de sales tours. « À mon avis, Belinda devrait vous empêcher de penser aux apparitions, me dit-il.

– À condition qu'elle daigne se montrer avant que j'aille me coucher. Elle doit avoir des amis dans la région, qui je ne sais pas, et ne pas avoir osé aller chez eux directement. Quand elle leur aura téléphoné d'ici, ils l'auront invitée tout de suite.

– Peut-être.

– Avec le recul, je me dis que j'aurais dû rester chez moi. Imaginez qu'elle ait appelé à la maison et qu'Alix lui ait dit que j'étais ici. Elle ne veut pas me voir, elle se dit que je vais l'engueuler comme du poisson pourri, ce qui était mon intention au départ, d'ailleurs. Les amis sont plus indulgents. Ils n'ont pas l'autre pied dans le camp des parents complètement effondrés.

– Quoi qu'elle ait fait, elle devait avoir de bonnes raisons.

– Oui... comme se lasser de Paul et ne pas avoir le courage de le dire.

– Il y a forcément autre chose. Écoutez, Sophy...

– Il n'y a pas de " Écoutez, Sophy " qui tienne. Si vous allez vous mettre à sortir les violons pour la plaindre...

– Pas du tout. Je veux simplement dire...

– Je sais ce que vous voulez dire ! *Pauvre petite Belinda, il ne faut pas lui en vouloir... ce n'est pas de sa faute, c'est impossible, voyons*. Rien n'est jamais de sa faute, et moi, j'en ai par-dessus la tête ! »

Il s'est retranché dans un silence méfiant et j'ai aussitôt regretté mon éclat, qui pourtant avait été sincère. Et en partie dû – je suis toute prête à le reconnaître – à une crise de jalousie. Si j'avais eu l'apparence physique de Belinda, toute fragile genre princesse Aurore, j'aurais sans doute eu droit à un couplet sur la pauvre petite Sophy. J'ai repris, sur un ton plus modéré : « Si elle savait qu'il avait un côté déplaisant, elle n'avait qu'à le dire. Et agir en conséquence, avant que toute la famille sorte ses plus beaux chapeaux et que mon père rédige des chèques colossaux. »

La serveuse nous a apporté la carte des desserts. J'ai choisi un dessert caramélisé et collant, Josh a choisi un truc appelé Répugnant Chocolat et je me suis dit

C'est ça que j'aurais dû prendre. En fait, j'aurais dû avoir le cran de prendre les deux. Tel que c'était parti, la nourriture serait mon seul réconfort ce soir.

Qu'allais-je faire si Belinda n'était pas revenue, disons, à onze heures ? L'attendre toute seule dans la chambre, en compagnie du fantôme de Mary ? Si jamais je voyais ces chasseurs d'ectoplasmes, je leur passerais un sacré savon, à eux aussi. Il faut laisser les morts en paix ! Quelle idée de les faire revenir dans les hôtels de la New Forest pour foutre les jetons à des gens comme moi ! Avec un peu de chance, ils feraient revenir Thomas, et ils se feraient accueillir par une bordée de jurons dans le plus pur style élizabéthain, et maudire, aussi, pour s'être mêlés de ce qui ne les regardait pas.

Furieuse contre tout le monde, surtout contre Josh, j'ai vidé mon verre. Et voilà : je ne pouvais plus repartir. J'avais beaucoup trop bu pour conduire, ce qui voulait dire que je serais obligée de prendre la route à six heures du matin pour avoir le temps de passer chez moi me changer.

La serveuse est revenue avec les desserts. « Crème fraîche ou crème anglaise ? »

Et merde. Et merde à tout. « Les deux, ai-je dit. S'il vous plaît. »

Elle est partie et il m'a dit : « Je ne m'attendais pas à vous trouver chez Jerry.

— Moi non plus, ai-je répondu, contente de changer de sujet.

— Enfin, jusqu'au moment où Tamara est venue en douce vous dire que j'étais là. »

Une telle capacité d'observation, c'était énervant. Je me suis donc énervée.

« J'en conclus que vous l'aviez mise au courant de votre vie amoureuse, poursuit-il sèchement. Mais hélas, elle n'est pas la meilleure menteuse qui soit. Il faut qu'elle apprenne à éliminer son petit instant d'ahurissement avant que son esprit se mette en marche. »

Ça devenait atrocement gênant, mais comme la salle à manger se vidait, nous n'avions plus besoin de parler à voix basse. « Si vous étiez au courant pour Ace, pourquoi n'avez-vous rien dit, hein?

– Pourquoi je n'ai rien dit, *moi*? Et vous, alors? » D'un geste agacé, il a jeté sa serviette sur la table. « Manifestement, vous jouiez un jeu très sophistiqué, et si vous le jouez toujours, je crains d'en avoir assez d'essayer d'en deviner les règles. Vous êtes une vraie girouette. Je commence à me dire que Belinda et vous, c'est du pareil au même. Vous ne savez pas ce que vous voulez. Ou alors, vous vous arrangez pour que personne d'autre que vous ne le comprenne. »

Sans me laisser le temps de m'appesantir sur ses paroles, il poursuit : « Et il n'y a jamais eu de pari. Aucun pari d'aucune sorte. J'ai menti à Jerry. »

Moi non plus je n'allais plus supporter ça très longtemps. « Alors pourquoi l'avez-vous fait? Pour l'argent?

– Non.

– Pour rigoler?

– Pour *rigoler*? Sophy, si j'avais besoin de ça pour rigoler, je n'aurais plus qu'à aller me pendre au premier arbre. » Avec un soupir d'exaspération, il a repris : « Écoutez, je n'ai jamais été employé par l'agence. Julia Wright est une amie. Il se trouve que je l'ai vue juste après que votre partenaire est tombé malade. Elle n'avait personne d'autre qui puisse vous convenir et elle ne voulait pas vous laisser en plan. »

Je n'en croyais pas mes oreilles. « Mais bon sang, pourquoi ne m'avez-vous rien dit ?

– Comment vous le dire ? Elle vous avait donné une version, je pouvais difficilement vous en donner une autre. L'agence n'existe pas depuis très longtemps. Elle ne voulait pas que vous puissiez penser qu'elle ramassait n'importe qui dans la rue pour boucher les trous.

– Vous m'avez dit que vous n'aviez pas eu d'autres contrats !

– C'était la stricte vérité.

– Elle m'a dit que vous veniez de vous faire embaucher !

– Je sais, mais elle n'aurait jamais fait ça si elle ne vous avait pas sentie prête à tout pour...

– Super ! Elle vous aura dit, aussi, que j'étais névrosée et complètement tarée ?

– Allez-vous me laisser finir ? Elle a dit très exactement : " prête à tout pour que sa mère soit heureuse ". Elle m'a précisé que vous vous étiez inventé un copain et que le mensonge commençait à devenir trop gros pour vous. »

Du coup, j'en inventais un autre... « Au moins, Kit est bien réel et Tamara n'a jamais raconté de craques sur lui, si c'est ce que vous pensez. Il a téléphoné hier soir pendant que j'étais sortie, et il a laissé un message. Il va me rappeler. Il avait l'air tout gêné et dans ses petits souliers...

– On le serait à moins. Écoutez, Sophy...

– Oui, Je sais ce que vous pensez, mais il n'a jamais été un connard... simplement une proie facile et irrésistible pour un certain type de garce qui a besoin de prouver qu'elle peut...

– Sophy, vous allez la fermer une minute, oui ? »

Il m'avait cloué le bec.

Maintenant, il me crucifiait du regard. « J'aurais dû vous le dire plus tôt, mais ce n'était pas facile. » Il a détourné les yeux brièvement et il s'est passé une main sur la nuque. « Alix était toute retournée quand je suis passé. Elle venait de recevoir un coup de fil. »

Une main d'acier m'a serré le cœur. Je n'ai eu qu'une pensée : papa. Après les chocs qu'il avait eus... et moi qui n'avais pas téléphoné. « Ne me dites pas que mon père...

– Non ! Rien de la sorte. C'était Belinda. »

Dans mon soulagement, mon esprit s'est mis à courir plusieurs lièvres à la fois.

« Elle est enceinte, c'est ça ? Et pas de Paul, et elle n'a pas osé le dire.

– Pas du tout ! » De nouveau, il se passe la main sur la nuque. « Ce n'est pas facile de dire une chose pareille. Alix voulait venir vous l'annoncer elle-même. »

Il a planté ses yeux dans les miens. « Si Kit a appelé hier soir, c'est parce qu'il estimait que c'était à lui de vous l'annoncer. »

Je ne comprenais toujours pas. J'étais bouchée à l'émeri.

« Et si Belinda a appelé tout à l'heure, c'était pour la même raison. Elle voulait vous le dire elle-même. »

Il a esquissé une pause. « Elle a quitté Paul pour Kit. Elle est avec lui.

14

Un instant, j'ai cru que c'était une blague de mauvais goût. Mais j'ai vite compris. Je me sentais l'archétype du cliché : *Et voici que ses yeux se dessillent.* Le ciel me tombait sur la tête, et j'en étais tout étourdie.

« Je suis navré, a dit Josh. Alix voulait venir vous l'annoncer elle-même. J'ai l'impression qu'elle est aussi chamboulée que vous... malheureusement, elle avait un travail urgent à terminer...

– Sa brochure pour la colonie de vacances. » À la manière des gens en état de choc, je me suis mise à dire n'importe quoi, d'une voix étrange qui semblait appartenir à quelqu'un d'autre. « Elle attend toujours la dernière minute pour s'y mettre...

– Elle avait déjà prévenu Belinda de son arrivée. Elle voulait vous l'annoncer elle-même, pour que ce soit moins dur à encaisser. » Il a hésité, puis il m'a pris la main. « Un petit quelque chose ne vous ferait pas de mal. Un Rémy Martin, par exemple ?

— Je ne veux rien, ai-je dit, froide et détachée, en retirant ma main. Vous le saviez depuis le début. Vous avez passé tout le dîner assis en face de moi avec ce truc-là en tête.

— Ce n'était pas la chose la plus facile à vous jeter à la figure pendant que vous mangiez la soupe du jour. »

Je me sentais bête, mais bête ! Dire que je n'avais rien vu ! Comment n'avais-je pas capté le seul indice qui s'étalait désormais en grosses lettres sous mon nez ? J'ai pensé à Alix, qui avait certainement deviné dans quel état j'étais, avait compati, et s'en était ouverte à Josh. Je me suis revue racontant gaiement à Josh que Kit voulait renouer avec moi. Il avait dû se dire : *Pauv'conne, toute à ses illusions...* J'ai imaginé Alix rapportant à Belinda ce que je croyais des intentions de Kit, et Belinda le répétant à Kit, et Kit se disant : *Pauv'conne, toute à ses illusions...*

Bref, je découvrais les bas-fonds abjects de l'humiliation.

Ma voix sortait toujours de ma bouche avec ce son étrange et détaché. « Bon, ça dure depuis combien de temps ? Elle le voyait derrière mon dos ? Il la baisait en même temps que Jocasta ? »

Il m'a retourné un regard interrogateur.

« Jocasta. La femme pour laquelle il m'a quittée.

— Alix ne m'a pas parlé d'elle. Belinda lui aurait dit qu'il ne s'était rien passé avant le mariage.

— Rien ? C'est impossible, voyons ! À moins d'entretenir une relation virtuelle dans le cyberespace.

— Je ne sais rien de plus que ce que je vous ai dit. Je n'ai passé que quelques minutes avec elle – je vous le répète, elle était sous le choc. Elle voulait vous mettre au courant avant que vous ne l'appreniez par eux. Écoutez, je vais vous chercher un cognac avant que...

— Je ne veux pas de cognac ! » ai-je dit en détachant les syllabes. Un mensonge de plus. Et il ne me fallait pas seulement un cognac. « Mais je donnerais n'importe quoi pour fumer une cigarette.

— Je vais vous en chercher.

— Pas ici ! C'est non fumeur.

— Eh bien, allons nous installer au bar. » Il a fait signe à un serveur. « On peut avoir l'addition s'il vous plaît ? »

Elle lui a été présentée quelques secondes plus tard, et il avait manifestement l'intention de la payer, mais j'ai réagi vite : « Je vous l'ai dit, c'est mon tour. »

Au moment où je signais, il a marmonné dans sa barbe : « Manquait plus que ça... »

Il regardait au loin, par-dessus mon épaule. J'ai suivi son regard. Kit venait d'entrer, et il parcourait la salle des yeux. En nous voyant, il s'est arrêté net. Avec une mine de martyre – je n'exagère pas –, il s'est approché de notre table.

Heureusement que la salle était presque vide : notre scène de vaudeville a eu pour seul témoin le personnel déjà occupé à dresser le couvert du petit déjeuner. « Dégagez le plancher pendant un quart d'heure, lui a dit Josh d'un ton cassant. Je viens seulement de lui annoncer. »

Tout d'un coup, j'ai eu l'impression de reprendre la situation en main, et de ne plus en être le personnage central. « Pas de problème, tout va bien. »

Kit s'était arrêté à deux pas de la table. Sous son léger bronzage, il avait l'air hagard et tendu. « Sophy, comment te dire à quel point je suis... C'est un vrai guêpier, je le reconnais...

— Où est-elle?

— Dans sa chambre, a-t-il dit en désignant la porte du menton. On vient de rentrer.

— De rentrer d'où? Vous étiez sortis dîner?

— Non, non! Ah, là, là... » Sa culpabilité éclatait sur son visage. Il s'est passé une main dans les cheveux. « Où est Alix? Je croyais qu'elle devait venir.

— Elle n'a pas pu se libérer. Josh s'est gentiment proposé pour faire la commission à sa place.

— *Josh*? » Ses yeux ont couru de Josh à moi, et je me suis rendu compte de ma gaffe.

On trouve son réconfort où on peut : j'ai lâché ma bombe à mon tour. « Dominic n'a jamais existé. Je l'ai inventé de toutes pièces pour que maman me lâche un peu. J'ai loué les services de Josh dans une agence d'escorte. »

Il a pâli davantage encore.

Bizarrement, ça ne me consolait pas. Je me suis levée froidement. « Allons voir Belinda. Et ensuite, si vous pouviez avoir l'amabilité, toi et elle, de m'expliquer ce que Cupidon a fabriqué derrière notre dos... »

Et j'ai quitté la pièce d'un pas vif à défaut d'être raide et digne, la tête haute, suivie de Josh et d'un Kit carrément traumatisé.

« À moins que vous ne teniez à ma présence, je vais attendre ici », a dit Josh une fois dans le hall, sur un ton pragmatique et attentionné. Mais mon humiliation encore fraîche me brûlait comme du jus de citron. J'étais obsédée par l'idée de lui pensant *Pauv' conne, comment le lui annoncer?*

« Je ne vois pas l'utilité de vous retenir. C'est très gentil à vous d'être venu, mais tout va bien. »

Il m'a jeté un bref regard de confirmation, puis il a haussé un sourcil. « Comme vous voudrez. »

Bien sûr que non, ce n'était pas ce que je voulais. J'avais envie qu'il me dise : mais non, tout ne va pas bien, c'est évident. Je reste ici, même si vous en avez jusqu'à trois heures du matin. Vous me trouverez fidèle au poste quand vous en aurez terminé avec tout ce qu'ils pourront inventer, et ensuite je vous conduirai dans votre chambre, je vous servirai un bon verre bien tassé et nous parlerons si vous avez envie de parler. Sinon, nous arrêterons nos bêtises et nous nous mettrons au lit. Et je serai toujours là quand vous vous réveillerez. »

Voyez-vous, c'était un prince vaillant que je voulais. Un homme qui saurait sans qu'on ait besoin de lui dire. Mais en ce qui me concerne, les princes vaillants, je n'ai pas dû bien chercher parce que je n'en ai pas rencontré des masses. « Bon, bonne nuit, lui ai-je dit. Merci du dérangement. »

Il a répondu, non pas à moi mais à Kit, et sur un ton presque courtois : « Il ne faut pas se fier aux apparences. Vous n'avez pas l'air d'un salaud, mais je trouve que ça pue par ici. J'ai besoin d'air frais. » Sans un mot de plus, il a tourné les talons et il s'est dirigé vers la porte.

Kit était complètement décontenancé. Bien fait pour lui. J'exultais devant ce petit morceau d'anthologie prince-vaillantière. « Qu'est-ce que tu croyais ? lui ai-je craché à la figure. Qu'il allait te dire "Eh bien dites donc, mon vieux, j'aimerais pas être à votre place ?" Bon, on se remue ? Je travaille, moi, demain. »

Il s'est remué. Je l'ai suivi dans un long couloir moquette qui partait de l'autre côté de la réception, et où il s'est arrêté devant une porte entrouverte.

Chambre 17. Belinda était debout à côté du lit, le visage ruisselant de larmes, l'air effrayé. « Je te demande pardon, Sophy... Je voulais tellement te le dire... »

Typique de ma sœur, ça, de rester à l'abri dans sa jolie chambre bien sécurisante en envoyant le prince Kit affronter la vilaine sorcière Sophy dans son antre. Je n'ai jamais cherché à me faire passer pour une sainte, et je n'allais pas commencer maintenant. Je l'ai regardée, et quelque chose est monté en moi. « Espèce de sale garce ! Et moi qui te faisais confiance ! »

Comme de bien entendu, elle a fondu en larmes.

Il devait être environ deux heures du matin quand je suis retournée dans ma chambre, dans un état d'épuisement physique et nerveux indescriptible, et carrément déprimée à l'idée d'avoir à mettre le réveil à cinq heures et demie pour être au boulot dans les temps.

Comme je refermais ma porte, j'ai trouvé par terre une publicité sur un papier format A4 jaune, qu'on avait passée dessous. Elle m'invitait sur un ton joyeux à participer aux réjouissances d'une nuit médiévale le vendredi. Au programme, troubadours, hydromel, cerf rôti à la broche servi avec une sauce à la fleur de sureau. Comment pouvait-on s'intéresser à des saloperies pareilles, nom de Dieu? Je ne l'ai même pas ramassée.

Inutile de dire que j'ai à peine dormi, en partie parce que j'avais peur de ne pas entendre le réveil, en partie à cause de tout ce qui tournait dans ma tête. Avais-je été complètement aveugle? J'avais terriblement envie d'appeler Alix, mais si elle travaillait toujours d'arrache-pied à son projet ce n'était pas le moment de l'interrompre, et sinon elle devait dormir du sommeil du juste.

Si encore j'avais été furieuse contre eux, j'aurais pu me consoler. Mais même cette petite compensation m'a été refusée. Leurs aveux torturés m'avaient fait fondre au bout d'un quart d'heure. Kit était parti aux alentours de minuit, me laissant avec Belinda et nos interminables examens de conscience. Il ne me restait plus que ma tristesse, mon humiliation, et un sentiment de solitude qui me donnait envie d'être morte.

J'ai pleuré un peu sur l'oreiller. Des recoins de la pièce, noire comme un puits, me parvenaient craquements et froissements. C'est ridicule, je sais, mais je revivais un cauchemar d'enfance : je me suis cachée sous les couvertures pour que la forme grise qui se matérialisait au pied du lit ne sache pas que j'étais là...

Je me suis réveillée en retard mais rien de grave. J'étais de retour chez moi peu après sept heures, pas douchée, et pour une fois Alix ne s'est pas plainte que je l'arrachais sans pitié à son sommeil.

Nous nous sommes installées dans la cuisine avec un café fraîchement moulu. Alix avait enfilé un polo de rugby de Calum; avec ses marques d'oreiller sur les joues, elle avait l'air à peu près aussi hagard que moi. « Tu aurais pu téléphoner, se lamentait-elle. Je ne me suis pas couchée avant trois heures passées. Je n'ai pas osé appeler moi-même, au cas où tu aurais été avec eux, ou avec Josh. Je ne voulais pas tomber comme un cheveu sur la soupe... »

J'ai eu un petit rire creux.

« Quand elle m'a annoncé la nouvelle, je peux te dire que ça m'a fichu un coup. Je me disais sans arrêt : Mais comment? Ils n'ont jamais été seuls ensemble!

– Si, une seule fois. C'est du moins ce qu'ils prétendent et ils n'en démordent pas. Les connaissant comme je les connais, je pense que c'est vrai.

– Elle était presque en larmes avant même de commencer, a poursuivi Alix. Je lui ai dit : " Ce n'est pas Marc, si ? " en imaginant qu'elle était repartie avec lui et qu'ils s'étaient déjà disputés. Elle m'a répondu : " Non! Oh, mon Dieu, c'est ce que tout le monde pense ? " Et aussitôt elle m'a tout déballé. »

Elle a marqué une pause, puis elle a repris, un peu gênée : « En fait, un jour, à l'époque où elle habitait ici, j'ai cru sentir qu'il y avait quelque chose entre eux. »

Comme trahison, elle n'aurait pas pu trouver pire. « Et tu ne m'as rien dit?

– Qu'est-ce que tu voulais que je te dise? C'était extrêmement fugace, et il ne s'est rien passé. Simon, oui : je savais qu'il avait un faible pour elle – il passait son temps à répéter qu'elle était canon –, et ça a dû me rendre hyper-suspicieuse. »

Mais Kit n'avait rien dit. Jamais.

« Ensuite, elle est retournée chez tes parents, et il y a eu tout ce tintouin autour de Paul. Je n'y ai plus repensé. »

Ace a choisi ce moment-là pour entrer dans la cuisine en bâillant et en se grattant les bouts de peau que son bas de survêt' en loques laissait à l'air. Il a donc fallu que je recommence toute mon histoire, pendant que, gentiment, il refaisait du café et nous préparait des sandwiches au bacon.

Enfin, je suis arrivée au chapitre Josh.

« Quand il m'a dit qu'il m'avait percé à jour, je suis tombé des nues, a dit Ace, profondément vexé. Moi qui me prenais pour un acteur de génie.

— Tu as été parfait, mais tu as oublié que je ne suis pas un paillasson. De toute manière, il avait déjà flairé le bobard.

— Je n'arrive pas à croire qu'il soit reparti comme ça, a dit Alix. J'étais quasiment sûre que cette fois-ci, il y avait une piste à exploiter. Quand il m'a dit, tout de suite, " Bon, j'y vais ", j'ai pensé qu'en étant avec lui, tu serais mieux armée.

— Mais c'est moi qui l'ai renvoyé ! J'avais tellement honte de lui avoir jeté Kit à la figure, de m'être vantée qu'il voulait renouer...

— Appelle-le, a dit Alix, toute guillerette.

— Je ne peux pas, je n'ai toujours pas son numéro ! De toute manière, s'il avait vraiment voulu rester avec moi, il l'aurait dit. Il me prend pour une cinglée et il n'a pas tort. » Avec lassitude, j'ai consulté ma montre. « Bon, faudrait peut-être que je me bouge. Il faut que je trouve quelque chose à me mettre pour aller au boulot, et aussi pour ce soir et demain matin. Je suis sûre que je n'ai même plus un collant propre.

– Elle retrouve Belinda en sortant du bureau, a expliqué Alix à son frère. Elle l'accompagne chez leurs parents pour la soutenir moralement. Ce n'est pas moi qui ferais ça. »

Au bureau, je n'ai pas été d'une efficacité fulgurante, mais j'ai fait semblant. De tout ce que m'avait rapporté Belinda la veille au soir, j'avais retenu un petit détail. Une parole que j'avais dite aux fiançailles. J'avais dit à Paul qu'en emmenant Belinda à Florence, il suivait à la lettre la bible du romantisme.

Avec le recul, elle m'avait avoué que c'était exactement l'impression qu'elle en avait retirée. Comme s'il avait décroché son téléphone et demandé à sa secrétaire de lui chercher dans la section « promotions » du catalogue un truc chicos doré sur tranche, et euh, non, il n'avait plus le temps de prendre un café, et où était le rapport Dibson et Dobson ?...

Mais je pousse un peu, peut-être.

Les ennuis avaient commencé peu après l'installation de Belinda dans le cagibi, toute meurtrie et embellie par les larmes suite à l'épisode Marc. C'était à peine si elle se rappelait Kit, et lui n'avait qu'un vague souvenir d'une adolescente qui ricanait sans arrêt avec Sonia. Supposant que c'était lui qui faisait les frais de ces gloussements, il s'était tenu à l'écart.

Plusieurs années plus tard, elle avait retrouvé en lui un animal différent des espèces qu'elle fréquentait d'habitude. Pour commencer, il ne l'avait pas particulièrement remarquée, mais il faut dire qu'elle était rarement là quand il venait. Elle ne se souvenait plus quand elle en avait pris conscience, mais jour où j'avais dit « Kit va passer tout à l'heure », ses tripes avaient fait un petit nœud tout palpitant.

Étant ce qu'elle est, Belinda en avait été horrifiée. Elle n'avait pas eu de mal à cacher son trouble. À part pour les échanges de banalités polies, il la regardait à peine. Pour lui, ç'avait été exactement le même topo, ça l'avait pris par surprise. Il avait joué les indifférents et elle l'avait à peine regardé. Ils étaient devenus tellement forts pour cacher leur jeu que ni l'un ni l'autre ne pouvait soupçonner les sentiments de l'autre.

Jusqu'au jour où Kit avait joué au docteur.

Et par mon entremise, Belinda s'était fait piquer à la jambe par un insecte, et elle s'était tellement grattée que ça s'était infecté. C'était rouge et vraiment moche. Je l'avais poussée à aller voir le toubib, mais elle trouvait toujours un prétexte pour repousser. Depuis qu'elle s'était cassé le bras à l'âge de onze ans, elle détestait tout ce qui approchait peu ou prou médecins et hôpitaux. Elle me répondait, horripilée : « J'y vais, j'y vais, OK ? », et j'avais fini par confier à Alix : « Si elle ne se décide pas à se soigner, et vite, elle va faire une septicémie. Je vais demander à Kit de jeter un coup d'œil la prochaine fois qu'il vient. »

Déjà que je m'étais fait violence pour lui demander ce service en dehors de son boulot, j'avais été surprise de sa réaction. Il l'avait engueulée pour sa négligence, et elle avait failli fondre en larmes. Je lui en avais même voulu de sa brusquerie. Il avait prescrit une pommade aux antibiotiques et j'étais partie, ordonnance en main, à la recherche d'une pharmacie de garde. Quand, enfin, j'en avais trouvé une, la pharmacienne m'avait fait toute une histoire parce que le formulaire n'était pas conforme et le numéro d'identification du médecin illisible. Elle avait téléphoné à la maison pour vérifier. J'étais partie une heure. Et pendant ce temps-là, barricadées derrière ma porte, deux personnes qui essayaient désespérément de se faire croire qu'ils n'étaient l'un pour l'autre rien de plus qu'une paire de vieux torchons...

Je ne me rappelais que trop bien mon retour précipité. J'avais trouvé Belinda les joues rouges et les larmes aux yeux, et Kit bourru et irritable. À l'instant même où il avait terminé son pansement, elle avait disparu dans son cagibi... et moi j'avais fait une scène à Kit parce qu'il l'avait bousculée!

Quant à Face-de-garce, je dois dire qu'avec le recul je regrettais tout ce que j'avais dit contre elle. En y repensant, ça m'est revenu. Quand m'avait-il dit que c'était Jocasta? C'était moi qui l'avais accusé, et il m'avait laissée m'aventurer sur cette fausse piste parce que c'était plus commode que de me dire la vérité. Mais ce n'était pas Belinda qui nous avait fait rompre. Avant elle déjà, il sentait que nous arrivions au bout du chemin, mais il n'avait pas su comment me le faire comprendre. En fin de compte, c'était ça le plus humiliant.

Étant ce qu'ils sont, c'est-à-dire trop polis pour être honnêtes, Kit et Belinda ne s'étaient pas lancés dans une folle aventure en disant merde aux convenances. Non, ils ne pouvaient pas faire ça à cette pauvre vieille Sophy. D'un commun accord, ils avaient décidé un noble sacrifice... avec le temps, ça s'estomperait, ils oublieraient. Mais étant donné ses sentiments envers elle, Kit en avait terminé avec moi. Belinda était retournée chez nos parents environ trois semaines après la révélation, non sans avoir regarni mes placards de Nutella et de doughnuts, ni traité Kit de salaud en lui souhaitant, ainsi qu'à Jocasta, un bon herpès des familles.

Je n'avais pas eu l'ombre d'un soupçon.

Il avait fini par fréquenter d'autres gens, il était même sorti avec Jocasta une fois ou deux, et Belinda avait rencontré Paul. Ç'avait été un véritable coup de foudre. Kit était relégué aux oubliettes, m'a-t-elle dit. De toute manière, elle l'imaginait casé, et l'ayant oubliée. Et, étant ce qu'il est, Kit avait pensé exactement la même chose.

Faits l'un pour l'autre.

Noël était venu et reparti, Belinda s'était fiancée. Kit avait déménagé à l'hôpital de Barnstaple et fait d'autres rencontres. Mais au fil des semaines, il s'était aperçu qu'elle hantait toujours un petit coin de son esprit. Finalement, environ trois semaines avant le mariage, il lui avait écrit un petit mot lui disant qu'il prenait quelques jours de congé, éventuellement dans la région, et qu'il l'appellerait peut-être.

Rien de plus, rien d'insistant, mais ça avait suffi à jeter Belinda dans les affres du tourment. Soudain, elle avait vu en Paul ce qu'elle avait refusé de voir jusque-là : il ne lui convenait pas. Naturellement, c'était lui qui avait voulu hâter le mariage ; pourquoi attendre ? Il l'avait emmenée déjeuner à l'Inn by the Beck, où il y avait un mariage ce jour-là. Sans arrière-pensée, elle avait fait remarquer que l'endroit se prêtait bien aux réceptions et, au cours du repas, il s'était éclipsé soi-disant pour aller aux toilettes, en fait pour vérifier leur planning de réservations. Il était revenu en disant : « Ils ont une défection en mai. On en profite ? » C'est à peine s'il avait attendu sa réponse ; mais, à l'époque, elle essayait toujours de se persuader qu'il était l'homme de sa vie.

Ce n'est que plus tard que de subtils changements s'étaient opérés en lui, de plus en plus marqués. Il s'était mis à la dominer, à lui dicter comment elle devait agir, s'habiller, penser même. Bientôt, elle avait eu l'impression qu'il la considérait comme un bel objet destiné à exciter la jalousie des autres hommes, au même titre que sa voiture ou sa Patek Philippe. Elle avait même commencé à voir leurs relations sexuelles comme un croisement entre un article du catalogue de chez Harrods et le riz Uncle Ben's : plaqué or, haut de gamme, résultat garanti à tous les coups.

Elle avait bien envisagé de tout annuler, mais seulement quand venaient les heures sombres du petit matin. Pour rien au monde elle n'aurait voulu que, par sa faute, sa mère soit dévastée et son mari plongé dans le malheur, la colère et le désarroi. Et, étant ce qu'elle est, elle s'était dit qu'elle avait les jetons, quoi de plus normal. Ses amies n'étaient-elles pas malades d'envie, ne lui avaient-elles pas répété qu'elle avait une chance extraordinaire ? Elle n'avait même pas répondu à la lettre de Kit.

S'il ne s'était pas pointé chez Sonia la veille du mariage, je suis presque sûre que tout se serait passé pour Belinda et Paul comme pour tant d'autres couples, c'est-à-dire la dégringolade pendant deux ou trois ans, pour finir au tribunal. Naturellement, Kit n'était pas venu dans le but de prendre des nouvelles de Sonia et de la famille. Il espérait voir Belinda, lui téléphoner... En apprenant son mariage, il avait reçu comme un coup de poing à l'estomac, mais il s'était néanmoins laissé entraîner par Sonia. Qui sait quel cinéma il s'était fait dans sa tête, s'il ne s'était pas imaginé rentrer chez lui soulagé en se disant : comme quoi, finalement, il n'y avait pas de quoi en faire une telle histoire.

Belinda avait failli vomir en apprenant qu'il venait mais, comme lui, elle s'était persuadée qu'elle avait brodé un rêve idéalisé autour de lui. S'il nourrissait toujours les mêmes sentiments, que faisait-il à son mariage ?

Elle avait si bien joué la comédie que Kit s'y était laissé prendre. Il l'avait crue heureuse et était reparti se soûler et se pendre, dans l'ordre. Mais Belinda avait lu la vérité dans ses yeux ; ça l'avait complètement chavirée. Elle avait pourtant embarqué pour sa lune de miel plus-que-parfaite, en pensant à lui tous les jours et en se haïssant de penser à lui. Paul avait exigé qu'elle porte tous les soirs des robes et des bijoux de créateurs, même dans les hôtels de brousse. Elle lui avait objecté que c'était tape-à-l'œil et déplacé, mais il l'avait mal pris et elle avait filé doux pour avoir la paix. Ce qu'elle aurait voulu, elle, c'était enfiler un vieux short et passer la soirée en compagnie de quelqu'un qui aimait observer les lucioles dans le soleil couchant, pas quelqu'un qui prenait le bar d'assaut pour essayer de tisser des relations d'affaires avec les autres touristes. Elle s'était enfermée dans les toilettes, elle avait sorti la lettre de Kit de son nécessaire de maquillage en se demandant comment elle avait réussi à se fourrer dans une telle galère. Mais, étant ce qu'elle est, elle s'était dit qu'il était trop tard, qu'elle avait fait son lit avec des draps haute couture et qu'elle n'avait plus qu'à se coucher dedans.

Elle en était là de ses réflexions la veille de son départ, une fois de retour à Nairobi. Au petit déjeuner Paul, qui la croyait aux anges, lui annonce qu'elle peut donner son congé à la crèche, qu'il lui a négocié une demi-part dans une élégante petite boutique avec la copine d'un ami à lui. Mode très tendance, dans un quartier branché. Taillé sur mesure pour elle, c'est le cas de le dire. Les vêtements de créateur, ça devrait se vendre comme des petits pains, surtout si elle les portait en boutique.

Au début, elle en était restée comme deux ronds de flan, et il s'était vexé de ne pas la voir sauter au plafond. Elle lui avait expliqué que non, ce n'était pas vraiment un travail fait pour elle. Qu'elle aimait la crèche ; sinon, pourquoi croyait-il qu'elle s'occupait des enfants ? Il l'avait prise de haut : « Allons, tu ne vas tout de même pas me faire croire que tu préfères changer des couches et moucher des morveux plutôt que de tenir une boutique chic ? » Elle avait répondu que si, elle préférait. Sur quoi il était devenu carrément méprisant ; elle ne l'avait vu comme ça qu'avec les autres, jamais avec elle. Il lui avait dit que c'était bon pour les bonniches de moucher et de torcher les mômes, qu'il ne voulait pas que sa femme fasse un boulot de bonniche qui lui rapportait des cacahuètes, quoique, pour ce qu'il en avait à faire... Elle avait essayé de lui parler mais elle n'avait rencontré qu'un mur de glace – c'est l'expression qu'elle a employée. Il avait dit qu'ils en reparleraient plus tard. Il partait jouer au golf, pouvait-elle se charger de lui faire sa valise – il risquait de ne pas avoir le temps en rentrant.

Pendant plus de deux heures, elle était restée à se torturer entre les quatre murs de sa chambre. Elle s'était dit qu'une fois de retour en Europe, tout rentrerait dans l'ordre. Mais ensuite elle avait ressorti une deuxième fois la lettre de Kit de sa trousse, et l'avait lue et relue. Imaginons qu'elle quitte Paul dans six mois et que Kit ait rencontré quelqu'un ? Pour une fois, allait-elle avoir le cran de faire ce qu'il fallait pour avoir ce qu'elle voulait ?

Le temps qu'elle se décide, il était presque trop tard. Elle avait griffonné sa note et pris un taxi pour l'aéroport, mais le vol précédent avait déjà embarqué. Elle avait commencé à se dire qu'elle faisait une bêtise, mais elle n'avait pas osé retourner à l'hôtel, au cas où Paul y serait déjà et aurait trouvé son mot. Elle avait donc pris une chambre dans un autre hôtel et appelé, dans le Devon, le numéro que Kit lui indiquait dans sa lettre. Il n'avait pas répondu.

Après une nuit épouvantable, elle avait trouvé une place sur un vol qui l'avait mise à Londres le dimanche matin, et essayé de contacter Kit dès son arrivée à Heathrow. Cette fois-ci, le collègue avec qui il partageait son logement avait répondu. Kit était absent. Il était chez ses parents, car son père n'était pas bien... voulait-elle le numéro ? Il lui avait donné l'adresse aussi. New Forest, Hampshire.

Elle avait sauté dans une voiture de location, sans oser le prévenir au cas où, horrifié, il la renverrait à son mari. Elle avait pris une chambre à l'hôtel, à trois kilomètres de chez lui, et s'était torturée encore une heure avant de se décider à décrocher le téléphone.

C'était Kit qui avait répondu. Elle avait dit : « C'est moi. Je viens de quitter Paul. »

Pendant quelques secondes, il y avait eu un silence terrifiant, et elle avait failli raccrocher. Enfin, il avait dit : « Où es-tu ? » Et quand il avait su : « J'arrive. »

Tout se jouait sur du velours, sauf pour son père. « Pas bien » était un euphémisme. Il venait de faire deux infarctus et sa vie était suspendue à un fil. Belinda avait accompagné Kit à l'hôpital, puis chez lui, et il l'avait présentée à sa belle-mère comme sa petite amie. La belle-mère s'était essuyé les yeux en disant comme c'est gentil de venir dans un moment pareil, elle était désolée si la maison était un peu sens dessus dessous, et Belinda avait culpabilisé à mort.

Kit nous avait quittées à minuit pour retourner à l'hôpital, d'où ils s'étaient absentés pour me retrouver à l'hôtel. Son air fatigué n'était pas seulement dû à la crise qui nous secouait tous les trois. Et naturellement, je m'en étais voulue de l'arracher au chevet de son père.

Vous vous souvenez peut-être que, quand j'avais fait la connaissance de Kit, ses parents traversaient une passe difficile. Ils avaient fini par divorcer alors qu'il était encore étudiant ; sa mère s'était remariée presque aussitôt. Son père avait mis plus longtemps à refaire sa vie. Je l'avais rencontré, ainsi que sa nouvelle femme, dans leur maison de Guildford ; si Belinda était allée à Guildford, j'aurais peut-être compris plus tôt. Mais, deux mois seulement avant tout ceci, ils s'étaient acheté un petit coin de paradis dans la New Forest, parfait pour la retraite, et s'étaient aussitôt attaqués au jardin. Alors qu'il déchargeait un sac de tourbe du coffre de sa voiture, le père de Kit avait fait son premier infarctus.

Comme me l'avait expliqué Josh, Kit s'était senti tenu de me prévenir lui-même, mais Belinda l'avait empêché de me rappeler parce qu'elle avait les mêmes scrupules et tenait à me parler la première. En fin de compte, évidemment, c'était lui qui avait affronté la sorcière. Et si, pour ça, il avait dû se tailler un chemin à l'épée à travers une forêt, je parie qu'il l'aurait fait. Quand on a le physique de Belinda, il y a toujours un prince charmant quelque part pour vous protéger contre vous-même.

Nous nous étions donné rendez-vous à la gare d'Euston. Épuisée comme je l'étais, il n'était pas question que je prenne le volant et, vu la circulation londonienne, Belinda aurait eu du mal à venir me chercher dans le centre avec sa voiture de location. Elle l'avait donc rendue.

Je ne lui en voulais plus ; j'étais, disons, excédée au plus haut point. Et je compatissais pour tout ce qu'elle avait enduré. Car je connais pas mal de femmes qui auraient piqué le mec de leur sœur sans le moindre état d'âme. Cependant, le soutien moral que je consentais à lui apporter n'était pas entièrement désintéressé. Il faudrait bien qu'un jour je me décide à affronter mes parents, et sa présence aiderait à faire passer la pilule. C'était elle, désormais, qui avait quelque chose à se faire pardonner, et mes parents compatiraient avec moi et me trouveraient bien bonne de ramener à la maison la fille prodigue.

Si mes propos vous paraissent un brin cynique, oui, ils le sont.

Elle m'attendait en avant du quai avec la tête d'un prisonnier saoudien condamné à mort, et pas seulement à cause de l'accueil qui lui serait réservé à la maison. Le père de Kit était mort à dix heures et demie.

« Dans ce cas, tu ne pouvais pas mieux choisir ton moment, ai-je dit en essayant de couper court à ses états d'âme. Mets-toi à sa place, imagine que la seule personne que tu aies envie de voir depuis des mois apparaisse tout d'un coup !

– Oui, mais s'il avait épousé une autre femme et qu'il l'ait quittée pour moi, je ne serais pas fière non plus. »

J'ai laissé tomber. Inutile de tenter de faire voir à Belinda que l'envers de la médaille est encore plus doré que l'endroit, elle trouverait toujours un défaut.

Elle avait appelé nos parents pour leur annoncer notre visite, mais sans entrer dans le détail. « Tu vas voir, ça va être dur à leur faire avaler, me dit-elle, inquiète, en montant dans le train. Je veux dire, toi et moi, avec le même homme... »

Elle n'avait jamais été très forte pour appeler un chat un chat. « Tu veux dire coucher avec le même homme. Parce que je suppose que c'est fait ? »

Elle a rougi, gênée sans doute que cela ait eu lieu alors que le père de Kit luttait contre la mort.

Je n'ai pas pu m'empêcher de lui demander : « Il ne s'est vraiment rien passé avant ? Quand tu t'es trouvée seule avec lui pendant que j'étais à la pharmacie ?

— Euh, on s'est embrassés, mais on était tellement gênés que, honnêtement, ça s'est arrêté là. Jusqu'à ce jour-là, je ne pensais pas qu'il y avait quoi que ce soit de son côté. Je croyais que c'était seulement moi. Mais tout d'un coup, il m'a regardée et j'ai... enfin, j'ai compris, tu vois ce que je veux dire ?

Je... enfin, je comprenais, oui.

« Mais pour Dominic, je n'arrive toujours pas à le croire. Tu ne pouvais pas me le dire, à moi ?

— Tu aurais pu laisser échapper quelque chose.

— Certainement pas ! Et ton Josh, je suis prête à mettre ma main au feu qu'il en pince pour toi, sinon il n'aurait jamais fait tout ce chemin. Pourquoi ne lui laisses-tu pas un message à l'agence ? Il a pu se dire que...

— Belinda, arrête, veux-tu ? » Le train démarrait. « Je suis à bout de fatigue... Je vais faire un petit somme. Réveille-moi si je me mets à ronfler ou si je dors la bouche ouverte. »

À la gare, nous avons pris un taxi; nous sommes arrivées à la maison pour la scène si attendue du retour de la fille prodigue. Et voici, il y eut des pleurs et des grincements de dents. Mais du pardon aussi, et ils dirent : ce qui est fait est fait, et mirent du saumon en croûte de chez Marks & Spencer au four. Et des pleurs furent versés sur la première-née, qui avait fait vœu de ne jamais revenir dans la maison de son père et de sa mère, mais avait connu le repentir en son cœur. Et la mère versa des larmes en disant à sa fille : « Nous ne voulions pas te faire de peine – tu sais que nous avons toujours été fiers de toi –, je disais à Trudi pas plus tard que l'autre jour... »

Puisque tout commençait à se calmer, j'ai pris Benjy à part : « Honnêtement, lui ai-je dit dans notre langage muet, tous ces drames simplement parce que l'homme civilisé se croit obligé d'accompagner de rituels compliqués ce qui n'est au fond que l'instinct d'accouplement, en un peu moins grossier que chez toi, si tu veux bien me pardonner.

— Garde tes critiques pour toi, m'a répondu Benjy, la gueule fendue d'une oreille à l'autre. La semaine dernière, j'ai levé la patte sur cette juteuse petite épagneule bretonne. »

Vers minuit, mon père est sorti lui faire faire sa promenade hygiénique avec Belinda, et je suis restée avec ma mère dans la cuisine.

« Je ne sais pas quoi dire, mon chou, vraiment pas, m'a-t-elle dit pour la énième fois. Tu prends ça à merveille, mais ça ne te met pas un peu mal à l'aise tout de même ?

– Si, sans doute, mais de l'eau a coulé sous les ponts : ce n'est pas comme si je soupirais encore après lui.

– Tu crois que ça va durer ? Je me demande parfois si elle va enfin savoir prendre une décision un jour. » Elle tripotait une serviette de table entre ses doigts. « Il va falloir qu'elle écrive à tout le monde pour rendre les cadeaux. Et il faudra bien aussi qu'elle se décide à voir Paul – s'il accepte, bien entendu. Je le plains, ce pauvre garçon, mais je dois reconnaître que ce n'est pas particulièrement élégant d'aller fouiller dans les poches des gens, même quand on soupçonne un type d'être un escroc. Ça crève les yeux qu'il n'a rien d'un escroc. Les escrocs ne vous regardent pas dans les yeux.

– Certains, si. S'ils avaient tous l'air de ce qu'ils sont, personne ne se laisserait escroquer.

– Tu as raison, c'est vrai... » Au bout d'un moment, elle a repris : « Ton père m'a dit hier soir – c'était un peu tard, mais enfin – qu'il n'avait jamais été emballé à 100 %. Il n'avait rien de précis contre Paul, rien qu'il aurait pu justifier. Il l'a gardé pour lui parce qu'il se reprochait de jouer les pères possessifs ; il se disait qu'il ne trouverait jamais aucun gendre à son goût.

– Je sais que c'est facile à dire a posteriori, mais toi, tu étais emballée à 100 % ?

– Au début, oui. » Sa voix s'est teintée d'un *si seulement* rétrospectif. « Tu sais, il avait l'air fou d'elle, et c'est le principal. Il savait toujours ce qu'il voulait, il prenait des décisions... d'un autre côté, j'avais l'impression qu'avec lui, on ne savait jamais ce qu'il y avait sous la surface. Il était toujours d'une politesse irréprochable, mais de temps en temps je trouvais qu'il manquait de chaleur, si tu vois ce que je veux dire. Comme je ne voulais pas faire de peine à Belinda, je n'ai rien dit. C'était juste une impression, et puis surtout, ce n'était pas moi qui l'épousais. »

Moi non plus je n'aurais probablement rien dit. Comme me l'avait fait remarquer Tamara, dans ces cas-là on se tait, sauf si le type est un vrai trouduc ; et même alors, on y réfléchit à trois fois.

« Après tout, mes parents ont bien essayé de m'empêcher d'épouser ton père. Résultat, j'étais furieuse contre eux et encore plus décidée que jamais. »

Exactement.

« Je ne sais pas ce que je vais dire aux gens, mais si tu y penses, ça aurait pu être pire, soupire ma mère. Tu ne sais pas ce que m'a dit Eileen Thomas ? La semaine dernière, sa nièce a quitté son mari pour une autre femme ! Et elle a deux enfants en bas âge, les pauvres petits... »

L'air absent, elle a balayé des miettes de pâtisserie qu'elle a fait tomber dans sa main. « Et alors, comme ça, Josh est venu te voir à l'hôtel ? »

Belinda avait vendu la mèche, mais tout était trop compliqué pour entrer dans les détails et je ne voulais surtout pas que ma mère commence à se faire des idées avec un grand I. « Oui, mais seulement pour me rapporter mon portable. Il était dans le coin.

– Vu les circonstances, c'était tout de même très sympathique de sa part. »

Il y avait au moins une heure qu'elle avait les yeux secs, mais tout d'un coup les larmes sont revenues. « À propos de ce que tu m'as dit au téléphone... j'espère que tu ne le pensais pas vraiment. Je ne peux pas imaginer que tu n'oses pas m'amener tes petits amis à la maison de peur que je les fasse fuir. Je reconnais avoir été un peu trop démonstrative avec Josh, mais il m'a frappée par sa gentillesse... » Elle s'est essuyé les yeux avec la serviette. « Il a dû bien rigoler derrière mon dos. »

Pour la énième fois depuis quelques jours, j'ai eu envie de rentrer sous terre. « Je t'assure que non, maman. Il était aussi ennuyé que moi, parce qu'il vous trouve tous les deux très attachants. »

Ma réponse a paru la consoler. « Je dois dire que c'était très gentil de sa part de passer pour ça, juste pour te rendre ton téléphone. »

Elle a marqué une pause, par délicatesse. « C'était uniquement pour ça, n'est-ce pas ? »

Elle n'arrêterait donc jamais ? « Ne commence pas, maman, ai-je dit d'une voix lasse.

– Je ne commence pas, je ne commence pas ! » Deuxième pause, toujours par délicatesse. « Mais même s'il y avait quelque chose entre vous, ne t'en fais pas, je ne l'inviterais pas pour le week-end en quinze. Remarque, si je l'invitais, je ne referais pas du rôti – je n'ose pas imaginer ce qu'il en a pensé.

– Ce n'était pas une catastrophe. Il ne l'a pas boudé, d'ailleurs.

– C'est vrai, maintenant que tu le dis. J'ai toujours pensé que la manière dont mange un homme est très révélatrice. Regarde ton père. Il mange de tout. Je ne supporte pas les hommes qui font la petite bouche. Tu ne feras jamais avaler un oignon à Paul. Ni des brocolis. C'est tout dire. »

J'ai sauté dans le premier train, aux aurores, et j'ai filé au boulot; dans la précipitation, je n'ai pas eu le temps de penser à autre chose. Le soir, je suis rentrée chez moi tellement exténuée que j'en aurais pleuré.

Je me suis affalée sur le canapé avec une grande vodka tonic et je me suis lancée avec Alix dans la dissection post mortem de mon expédition.

« Au moins, les ponts ne sont pas coupés, me dit-elle. Et tu t'en sors parfumée à la rose.

— Je ne te dis pas à quoi je suis parfumée. » Fort élégamment, je dois dire, je me suis reniflé les aisselles. « J'ai mis mon déodorant à cinq heures et demie ce matin, et je suis tellement fourbue que je n'ai même pas envie de prendre une douche.

— Eh bien va te coucher comme ça, et pue jusqu'à demain matin. » Tout d'un coup, elle a froncé les sourcils. « Tu n'aurais pas oublié de payer ta note d'hôtel, par hasard?

— Bien sûr que non! Pourquoi?

— Il y a un truc qui est arrivé ce matin. Attends une minute, où est-ce que je l'ai fourré? » Elle a fouillé la cuisine pendant trente secondes, et elle a fini par dénicher une grande enveloppe blanche sur laquelle, dans le coin en haut à gauche, s'étalait l'en-tête du Cranleigh Manor Hotel en élégantes lettres vertes.

« Sans doute une invitation pour un week-end, ai-je dit en bâillant. Ou pour une de leurs saloperies de nuits médiévales... » Je l'ai ouverte ; elle contenait une courte lettre et une enveloppe plus petite. La lettre disait :

> Chère Mrs Metcalfe,
> Nous vous prions de trouver ci-joint une enveloppe confiée à nos soins par la femme de chambre après votre départ. Cachée par une brochure également glissée sous votre porte, elle a pu échapper à votre attention. Nous espérons que vous avez passé un excellent séjour au Cranleigh Manor et comptons sur le plaisir de vous revoir prochainement.

J'ai regardé l'enveloppe bouche bée. Plus petite que la précédente, elle portait le même en-tête vert. Et pile au milieu, tracé d'une main ferme à l'encre noire, s'étalait un seul mot, *Sophy*.

15

Dans ma hâte, je l'ai déchirée. De la même écriture à l'encre noire, un petit mot disait :

> Je suis trois portes plus loin, chambre 24. Si vous avez envie de parler ou si les fantômes ne vous laissent pas en paix, appelez-moi. Peu importe l'heure.
> Josh.

P.-S. Je n'ai jamais pensé que vous étiez une acharnée. Simplement que vous ne sortiez pas avec n'importe qui.

« Il a passé toute la nuit là, ai-je dit, les yeux pleins de larmes, la gorge nouée. Qu'est-ce qu'il a dû penser ? »

Alix m'a arraché la lettre des mains en poussant un soupir de désespoir. « Je te l'avais bien dit. Mon Dieu, tu es vraiment indécrottable. Comment as-tu fait pour ne pas le voir ? »

Comme anesthésiée, je lui ai tendu l'autre lettre. « On avait glissé sous ma porte une pub pour une nuit médiévale... Je ne l'ai même pas ramassée... » Avec une précision hideuse, je revoyais la feuille jaune se détacher sur la moquette bleue, et tous ces détails, jusqu'au minuscule coin blanc qui dépassait dessous. Pourquoi est-ce que ça n'avait pas fait tilt ?

J'ai posé la question à Alix. « Tu devais être épuisée, tu sortais de chez Belinda, tu avais l'esprit ailleurs. Le pauvre... qui sait s'il n'a pas passé la moitié de la nuit à attendre ton coup de fil. Pour l'amour du ciel, rappelle ces Nixon, il faut absolument que tu retrouves son numéro.

– Dixon. Il doit me prendre pour une vraie garce... »

C'est alors qu'Ace est sorti de sa douche, enveloppé d'une simple serviette ; Alix l'a mis au courant.

« Tiens, qu'est-ce que je te disais ? me dit-il, tout joyeux. Je le savais bien qu'il était mordu. Je l'ai senti. »

Je n'ai pas répondu. Je m'étais ruée sur le téléphone mais, une fois de plus, je suis tombée sur ce répondeur de malheur. En larmes, j'ai reposé le combiné en le claquant. « Qu'est-ce qu'ils fabriquent, nom de Dieu ? Je comprends que Tamara sorte, mais ses parents ? Ils sont plus vieux que les miens ! Ils devraient être chez eux à regarder *Emmerdale* ou *Ground Force*, putain !

– Qu'est-ce que tu as fait de son numéro ? m'a demandé Ace. Je croyais que tu l'avais appelé la semaine dernière.

– Eh oui, petit con, a répondu Alix, agacée. Mais elle a noté le numéro sur un journal et on a tout emporté à la borne de recyclage.

– Peut-être pas tout. Attends une seconde... »

Quelques instants plus tard, il revenait, tout sourire, avec une peau de banane toute noircie, un pot de nouilles à cuisson instantanée et deux *Evening Standard*. « Sous le lit ! Il me semblait bien que j'avais vu quelque chose de griffonné dessus. C'est ça ? » Il m'a tendu un *Standard* ouvert à la page des horoscopes, avec le numéro de Jerry et celui de Josh dans la marge.

Je lui aurais sauté au cou. « Ace, jamais plus je ne te traiterai de gros plouc. »

Déjà je composais le numéro. Au bout de six sonneries, la voix enregistrée de Josh me disait « Désolé, je suis absent, laissez un message après le signal sonore... »

Si j'avais eu sous la main le crétin qui a inventé les répondeurs, je l'aurais tué sur-le-champ. « Putains de répondeurs ! » Et – bang ! – j'ai raccroché, en larmes. « Qu'est-ce qu'il fout, bon Dieu ? Les choses ne pourraient pas être simples, pour une fois, dans ma petite vie de merde?

— C'est peut-être aussi bien, m'a dit Alix avec tact. Tu es à bout de nerfs et de fatigue. Réessaie plus tard.

— Non. Je vais lui laisser un message, et tout de suite. » Aussitôt, j'ai appuyé sur la touche bis. « Josh, c'est Sophy. Je viens seulement d'avoir votre mot. Je ne l'ai pas trouvé parce qu'on avait glissé autre chose sous ma porte, mais l'hôtel a fait suivre. Je suis désolée que vous ayez pu penser... » Ma voix s'est brisée et ma fragile assurance a fondu comme neige au soleil.

« Arrête ça, Sophy! » m'a dit Alix, au supplice. Mais j'étais passée sur pilote automatique; j'irais jusqu'au bout, quoi qu'il advienne.

« Et vous, pourquoi ne m'avez-vous pas appelée? Pourquoi n'êtes-vous pas venu? J'ai passé la nuit à me dire que j'étais la plus grande imbécile de toute la terre, j'étais malheureuse comme les pierres... Vous me prenez vraiment pour le genre de garce qui traite par le mépris une lettre pareille? » Mes larmes coulaient à flot, désormais. « Tenez, vous qui aimez les mots croisés, moi aussi j'ai une définition : trois mots, onze lettres, commençant par T : Tête de nœud. Vous n'avez donc pas compris ce que je ressentais pour vous? Dès la première fois où je vous ai vu, j'ai eu envie de vous – je pense à vous sans arrêt –, et pendant que j'y suis, l'autre jour dans le parc, je vous ai vu venir vers moi et j'ai fait semblant de dormir. J'ai cru que les jumeaux étaient à vous et j'avais tous mes bourrelets étalés au soleil... et pourquoi vous ne répondez jamais, nom de Dieu? »

Étranglée par l'émotion, je n'ai pas pu continuer. J'ai donc coupé la communication et j'ai levé les yeux. Alix me regardait, horrifiée.

« Mince alors, a lâché Ace.

— Sophy, a dit Alix, je t'avais dit de laisser tomber ! On ne t'a jamais appris à la jouer cool ?

— J'en ai marre de la jouer cool ! Je la joue cool depuis que je l'ai rencontré, et regarde où ça m'a menée !

— Si tu continues comme ça, tu vas le faire fuir à l'autre bout de la planète !

— Eh bien au moins, je saurai à quoi m'en tenir ! Si je ne peux pas lui avouer mes sentiments sans qu'il prenne la tangente, autant que je l'oublie dès maintenant ! » Et je suis allée me plonger dans un bain, mêlant mes larmes à la mousse à l'Ylang Ylang. Je regrettais déjà de ne pas pouvoir effacer la bande et tout recommencer de zéro. Je me suis jetée dans mon lit peu après, et il n'a pas rappelé. Le lendemain matin, je suis partie au boulot avec un cœur de plomb et l'impression d'être morte pour toujours.

Quand je suis rentrée, tard à cause d'un problème de métro, Alix m'attendait, les yeux brillants comme le jour où elle l'avait fait pour la première fois avec Calum. « Il a appelé, me dit-elle dès le pas de la porte. Cet après-midi. J'étais descendue faire une course. Il a laissé un message.

— Il parle de mots croisés, précise Ace. Lui aussi il te donne une définition. Si tu veux mon avis, il est un peu lent. Moi, j'ai compris tout de suite.

– Ace ! le réprimande Alix. Si tu écoutes les messages qui ne te sont pas destinés, au moins, ne le dis pas. Je te signale que c'est malpoli. »

Je ne les écoutais plus. J'étais déjà dans le séjour, et je repassais la bande.

« Sophy, tête de nœud à l'appareil, disait-il. Vous n'êtes pas la seule à avoir des obligations de famille. Hier soir, j'étais dans le Kent où mon père fêtait ses soixante-dix ans. Je n'ai eu votre message que cet après-midi. Désolé de vous importuner, mais j'ai encore des problèmes avec mes mots croisés. Attendez, je prends le journal... » Bruit de froissement de papier. « Ah, voilà... Quatorze verticalement : Objet de désir intense et passionné, poursuivi et cru perdu, mais peut-être retrouvé. Cinq lettres, commençant par S. Réfléchissez-y, d'accord ? Je vous rappelle. »

Il n'en fallait pas davantage pour que mes yeux se remettent à me picoter, mais je me suis rendu compte qu'Ace m'épiait depuis la porte. « Aah, c'est-y pas mignon ? » me dit-il, le visage fendu par un sourire.

Je lui ai jeté à la figure la première chose qui m'est tombée sous la main, à savoir une boîte de Kleenex. « Dégage ! »

Il a disparu en riant comme un fou.

J'ai décroché le combiné et j'ai composé le numéro. « Bonsoir, c'est moi.

– Bonsoir moi, a répondu Josh. Vous avez eu mon message ?

– Sinon, je ne vous rappellerais pas, dis-je d'une voix mal assurée.

– Alors, vous avez trouvé le mot ? » me répond-il plus doucement.

Entre ma gorge serrée et tous mes autres symptômes de désintégration émotive cumulés, je ne sais pas comment j'ai réussi à articuler. « Je ne suis pas sûre... je n'ai jamais été un crack en mots croisés. Vous pourriez peut-être venir et m'aider à y réfléchir à tête reposée... »

Vingt secondes plus tard, je raccrochais et Alix émergeait de je ne sais où, ayant tout écouté. « Alors ? me demande-t-elle avec un sourire ingénu.
— Il arrive dans quarante minutes !
— Merde ! Bon, je file chez Calum... Ace ! »
Il passe la tête dans la porte. « Quoi ?
— On sort. Emmène Tina au cinéma, où tu voudras... Je te donne de quoi si tu es fauché, mais vire toutes tes merdes du séjour et passe l'aspirateur... non, ce sera fait n'importe comment... merde, j'aurais pu le faire plus tôt. Sophy, file sous la douche, vite, épile-toi et enfile ta culotte La Perla, et n'oublie pas de nettoyer la cuvette des WC, je ferai le ménage dans ta chambre — allez, ouste ! »

Quarante-trois minutes plus tard je m'inspectais une dernière fois dans le miroir en pied : pantalon en lin beige et haut en soie marine tout simple, qui couvrait les hanches. Élégante et décontractée, c'était ma tenue favorite pour flâner chez moi, inutile de le préciser.

Alix s'était déchaînée sur l'aspirateur ; elle avait épousseté toute ma chambre et même changé mes draps. Ils étaient tellement lisses et impeccables, oreillers retapés et coins des taies bien au carré, qu'on aurait dit une page de catalogue. Je faisais mon lit tous les jours comme ça, cela va sans dire. Le séjour non plus n'avait pas résisté à sa folie nettoyeuse. Les collants mis à sécher sur les radiateurs avaient disparu, et il flottait dans l'air un parfum de Senteur printanière qui donnait une illusion d'hygiène.

Quand la sonnette a retenti, je feuilletais *Marie-Claire* sur le canapé : l'image même des gens comme il faut.

Je me suis ruée sur la porte. Debout sur le paillasson, un grand bouquet de roses roses dans les bras, il arborait ce petit sourire en coin qui me fait chavirer le cœur. « Bonsoir », me dit-il en baissant les yeux sur les fleurs. Il devait y avoir une douzaine de petits bouquets. « J'ai bien peur qu'elles ne soient plus de toute première fraîcheur, me dit-il. Je les ai achetées à un type à un feu rouge ; en les voyant, j'ai bien failli lui dire de se les mettre où je pense, mais il avait l'air d'un immigrant sans-papiers et il commençait à pleuvoir...

– Oh, Josh... » Pour la seconde fois de la soirée, ma gorge s'est serrée. « Elles sont superbes, juste un peu fatiguées. Je vais les mettre dans l'eau... »

Au lieu de se jeter sur moi pour me bécoter, il m'a passé le bouquet et m'a suivie dans la cuisine ; j'ai dégoté une paire de ciseaux et je me suis mise à découper le Cellophane et à raccourcir les tiges. « Il y a de la bière dans le frigo, si vous voulez, ai-je dit par-dessus mon épaule.

– Ce n'est pas de refus. »

J'ai entendu le bruit de la porte du frigo, le petit pschit quand il a décapsulé la canette, mais pas de bruits de déglutition.

« Si vous n'avez pas dîné, on pourrait sortir ? me dit-il.

– Oui, d'accord. » *Snip, snip.* Je sentais ses yeux sur moi, sans arrêt. J'avais l'impression de rejouer la scène de dimanche matin, sauf que cette fois-ci... « Il y a un petit resto italien sympa un peu plus loin, si ça vous dit.

– Italien, oui, pourquoi pas ? » Au bout d'un moment, il ajoute : « Vos amis ne sont pas là ? »

D'un ton que je voulais le plus détaché possible, vu l'état de mon cœur qui battait la chamade, j'ai répondu : « Ils sont sortis, ils ne vont pas rentrer avant plusieurs heures. »

De quoi électriser à bloc une atmosphère déjà survoltée. Quant au petit bruit de sa bière qu'il a reposée sur la table, c'était comme les instructions pour démarrer un feu d'artifice : *Mettez le feu au papier nitrate et écartez-vous.*

Exactement comme dans la chambre, chez mes parents, il est venu se placer juste derrière moi. Il a soufflé tout doucement sur ma nuque – je m'étais relevé les cheveux rapidement. « Vous avez très faim ? » me demande-t-il, l'air de rien.

J'avais surtout les genoux en compote. « Pas trop, non. » *Snip, snip.* « Vous savez, elles vont relever la tête. Elles ont juste un peu soif. Et vous, vous avez faim ?

– Une faim de loup. »

Comme je continuais mon travail, il a posé les mains sur ma taille et effleuré mes cheveux du bout des lèvres.

Dieu, comme c'était agréable ! Tellement agréable, tellement excitant que j'avais envie de faire durer, durer... « Je devrais pouvoir vous trouver un paquet de bouchées apéritif. »

Il était si près de moi que je l'ai senti vibrer d'un rire contenu. Ses lèvres balayaient toujours ma nuque. « Je ne suis pas sûr d'avoir envie de gâteaux à apéritif. »

Je ne sais pas comment j'ai réussi à continuer de m'occuper du bouquet. « Des Twiglets, alors ? »

De nouveau la vibration, si agréable, dans mon dos. « C'est tout ce que vous avez à m'offrir ?

– Si vous pouvez attendre que j'aie terminé avec ces fleurs, ai-je dit, la voix chevrotante, je devrais pouvoir vous offrir quelque chose de plus substantiel...

– Je savais bien que j'aurais dû l'envoyer paître, ce type, avec ses roses. » Ses doigts ont glissé très légèrement le long de mes côtes, puis sur mes bonnets 95 C, traçant des cercles dessus, redescendant.

« Oh ! là, là, vous êtes sûr que vous allez pouvoir attendre ?

– Je n'en mettrais pas ma main au feu. Je risque fort de me conduire en invité mal élevé, et de me servir tout seul. »

Ses mains ont effleuré mon dos, elles ont remonté sous ma tunique jusqu'à l'agrafe de mon soutien-gorge, qu'il a fait sauter d'un doigt de maître, en murmurant : « Allez-vous laisser ces fichues roses, oui ou non ? »

Plus je reculais l'instant, plus délicieuse était l'attente. « Il faut juste que je les mette dans l'eau. Mais servez-vous, je suis à vous dans une seconde... »

De nouveau, son rire chaud, silencieux. « Voyons s'il y a moyen d'accélérer les choses... » D'un toucher délicat et magistral, ses mains se sont avancées, remontant le long de mes côtes, traçant des cercles sur mes seins désormais nus. Ensuite, avec un talent sublime – disons le mot –, il a donné une petite pression du doigt, juste sur le bout...

Jamais préliminaires ne m'avaient fait un tel effet. Aussitôt, j'ai ressenti comme une décharge électrique dans mon *zizi*, comme disent les Français. Je ne comprends pas pourquoi il n'existe pas de joli mot pour ça en anglais. Je n'ai jamais tellement aimé *fanny*, et de toutes manières ça désigne le derrière en américain, ce qui peut causer des quiproquos dans une relation transatlantique. Au collège, une fille appelait ça son « derrière de devant », expression coincée s'il en est. Mais assez de digressions.

Abandonnant les roses, je me suis retournée et je me suis jetée sur lui avec un appétit vorace. Je crois avoir parlé plus haut du genre de baiser qui mène à ce qu'on s'arrache nos vêtements et à ce qu'on s'accouple comme des bêtes en moins de deux minutes ; eh bien, c'était exactement ça. Nos bouches collées par une sorte de succion folle, nous nous arrachions nos vêtements tant bien que mal, manquant tomber en défaisant les boutons et en essayant de nous débarrasser de nos chaussures et de nos pantalons. Je nous revois riant, lui me tenant pendant que, sautant sur un pied, j'enlevais mon pantalon comme je pouvais, alors qu'il m'aidait à enlever ma culotte.

Nous ne sommes jamais arrivés jusqu'à mon lit immaculé. Si vous êtes le genre maniaque de l'hygiène qui se balade en permanence un flacon d'eau de Javel à la main, sautez le paragraphe suivant. Je ne suis jamais arrivée à me débarrasser de ma tunique non plus ; elle est restée coincée autour de mes épaules, à moitié enroulée dans mon soutien-gorge ; quant à lui, il a gardé sa chemise déboutonnée. C'était bien le cadet de nos soucis. Épinglés contre le frigo, le principal à l'air, nous essayions de lier connaissance, ce qui n'était pas facile vu notre différence de taille. Il a résolu le problème en me soulevant sous les fesses et en me déposant sur le comptoir où nous prenions le petit déjeuner. J'avoue, j'aime bien quand un homme a une musculature adaptée à ce genre de cabriole.

Le comptoir semblait conçu sur mesure. C'est ainsi, mes jambes enroulées autour de lui, que nous avons réussi à effectuer la connexion, et je me souviens avoir eu l'impression que mon cœur s'arrêtait de battre dans l'extase. Je dois avouer que ça n'a pas duré très longtemps : il avait à peine commencé à bouger que j'ai su qu'il serait inutile d'espérer faire durer. Peu importe, parfois un petit coup vite fait sur le gaz fait parfaitement l'affaire. Plus tard, il m'a avoué avoir pensé « Heureusement », car lui aussi aurait été incapable de tenir. Qu'il me suffise de dire que les murs ont renvoyé mes cris (il m'arrive de m'exprimer bruyamment), ses hoquets étouffés, les « Oh, mon Dieu » – Dieu qui, j'imagine, a eu le temps de s'habituer à être invoqué dans ce genre de situation.

Nous sommes restés une minute enlacés en attendant que nos cœurs se calment. Je sens encore ses bras autour de moi, et sa peau contre la mienne, humide, échauffée. J'aimerais pouvoir vous raconter que nous avons échangé des murmures doux et tout ça, mais je ne peux décidément pas faire confiance à mon corps pour coopérer avec mes humeurs cœur-et-petites-fleurs. J'ai eu un énorme borborygme, qui a secoué Josh d'un rire style chocolat fondu.

« Encore faim ? a-t-il dit en m'effleurant mon front de ses lèvres. C'est le problème du fast-food. J'avais prévu un menu de gala. »

Une demi-heure plus tard, nous partions au resto italien, qui était à huit cents mètres de chez moi. Il bruinait, mais je m'en fichais royalement. Enlacés sous un parapluie, nous avons parlé tout le long du chemin. J'aurais pu faire encore cinq kilomètres si je n'avais pas eu aussi faim.

C'était un endroit intime et chaleureux, mélange réussi d'ambiance décontractée et de nourriture exceptionnelle. Plusieurs tables étaient situées dans des recoins éclairés aux chandelles ; comme je l'espérais, c'est dans l'un d'eux que nous avons été placés.

Une fois la bougie allumée et le serveur parti, Josh m'a dit : « Il est temps que je te dise ce qui m'a tant " amusé " le soir du mariage, sous l'arbre.

– Tu te payais la tronche de ma mère, j'imagine. »

Il a fait non de la tête. « Elle me tuerait si elle savait que je te l'ai dit, mais Julia n'a pas cru à ton histoire. Elle m'a dit... » Il s'est penché plus près pour imiter les chuchotements de deux femmes qui se disent des secrets. « Ça me paraît louche. J'ai l'impression qu'elle est gay et qu'elle n'ose pas le dire à ses parents. »

Horriblement vexée, j'ai lâché un très peu politiquement correct : « *Quoi ?!*

– Elle en voit de temps en temps. Mais en général, elles crachent le morceau assez vite. »

À mon tour de me pencher en avant en baissant la voix. « Tu ne m'as pas prise pour une lesbienne, tout de même ? La première fois que tu m'as vue ?

– Je me suis dit, eh bien, si c'est vrai, c'est du gâchis. »

Ouf.

C'est en dégustant des tagliatelles fraîches et des petits chaussons aux épinards arrosés de soleil toscan en bouteille que nous avons enterré Kit et Belinda.

Et Kit et moi.

« Je n'ai pas pensé une seconde que Tamara racontait des bêtises, au sujet de Kit en tout cas, me dit Josh. Même au mariage, j'ai cru que tu aurais bien aimé renouer. Tu m'avais demandé d'avoir l'air fou de toi.

– Je n'allais pas te demander de faire la tête du type qui a envie de vomir rien qu'à me regarder !

– Et ensuite, tu t'es éclipsée pour aller lui parler.

– Pas du tout ! Je l'ai rencontré par hasard. En fait, j'étais tellement nerveuse que j'avais besoin de griller une cigarette.

– C'est un peu normal que j'aie pensé ça, non ? Il n'est pas mal de sa personne, il a un bon boulot et il t'a larguée. D'après mon expérience, ça fait trois bonnes raisons pour qu'une femme ait envie de récupérer son ex. »

Il n'avait pas tort, je le reconnais.

« Tout de même, je regrette de lui avoir fait la leçon, me concède-t-il. Je m'en veux, surtout avec son père qui vient de mourir. Mais c'est sorti du fond du cœur. Il me foutait les boules avec son air de petit garçon contrit qui demande pardon, et je ne savais toujours pas très bien si tu voulais le récupérer ou non.

– Je croyais que tu avais compris, j'étais sûre que ça se voyait comme le nez au milieu de la figure. »

Il m'a rempli mon verre. « Tu joues la comédie mieux que tu ne crois. Bien sûr que j'ai capté deux ou trois indices. Mais je ne suis pas devin. J'aurais pu être une simple passade, qu'on prend et qu'on jette. »

Non sans un choc, j'ai compris qu'il existe encore des hommes qui ne s'imaginent pas toutes les femmes prêtes à se pendre à leur cou.

« Mais s'il te préfère Belinda, Kit est un idiot », poursuit Josh.

J'aurais pu écouter ce genre de chose toute la nuit. « Allons, c'est une très belle femme ! »

Il a levé son verre dans la lumière, faisant jouer tous les tons de rubis. « Tu vois ceci ? Compare avec un milk-shake à la fraise. S'il préfère le milk-shake, grand bien lui fasse. »

Personne ne m'avait encore jamais dit des choses pareilles. Enfin, si, peut-être, mais soit je savais qu'ils racontaient les mêmes conneries à toutes les imbéciles heureuses de les gober, soit c'étaient des lavettes, ou pire, et je me détachais déjà d'eux.

Entre deux plats, j'ai mêlé mes doigts aux siens. « Je te dois quelque chose pour ce mensonge génial, dimanche matin.

– Et moi aussi, pour dimanche matin. » D'un ton faussement grondeur, il poursuit : « Après t'être étalée sous mes yeux dans cette chemise de nuit toute glissante et m'avoir aguiché sans vergogne, tu t'es mise à parler de tasses de thé. As-tu seulement idée de l'effet que ce genre de chose peut avoir sur un type bien élevé qui dort avec son lapin en peluche ?

– Très traumatisant, ai-je répondu en réfrénant un grognement pas raffiné du tout. Ça mériterait au moins une thérapie.

– Ça débordait largement des spécifications du cahier des charges.

– Désolée, ai-je dit, penaude.

– Tu pourras l'être quand j'aurai mis au point une revanche appropriée. »

Hmm, prometteur. « Comme quoi ?

– Attends de voir. » Il m'a fait un clin d'œil, et je me serais volontiers noyée dans ses iris aux chatoiements aquatiques qui reflétaient la flamme de la bougie. J'attendais le moment où il allait se métamorphoser en l'affreux vieux dégoûtant tout lippu et bavant qui nous avait alpaguées au mariage, Tamara et moi, et où j'allais me réveiller pleine de sueurs froides.

Après le café et le cognac, nous avions toujours un petit creux ; nous sommes rentrés prendre enfin ce repas de gala, dans mon lit immaculé cette fois-ci. Nous avons fait l'amour lentement, langoureusement, comme dans un fantasme érotique, mais en mieux.

Et Dieu sait si je m'y connais en fantasmes.

Après, je me suis prélassée dans ses bras. Songeur, il m'a dit, en jouant doucement avec mes cheveux. « Ce camp où ils t'envoient, c'est où ?

– Au Pays de Galles. Près de Brecon, je crois. Pourquoi ?

– Et c'est quand ?

– En septembre.

– Alors, je la tiens, ma revanche. » Sa poitrine s'est mise à vibrer et j'ai trouvé ça très louche. « Si c'est l'endroit auquel je pense, c'est un de mes amis qui s'occupe des programmes. Je lui dirai que tu as besoin qu'on te rabatte ton caquet. Il t'arrangera quelques bains de boue, quelques plongeons dans la rivière, etc. Pas impossible que je m'échappe deux ou trois jours, pour voir.

– Salaud. » Je me suis pelotonnée plus près. « Neil avait raison, alors. En disant que tous les instructeurs étaient des sadiques. »

Il a gloussé. « J'imagine que Neil est le genre de petit con prétentieux que Rob ne doit pas pouvoir voir en peinture.

– Moi non plus, je ne peux pas le voir en peinture. » Tout en repensant aux remarques de Neil, une idée m'a traversé l'esprit. « Il a parlé de sadiques qui étaient des anciens du Spécial Air Service.

– Ah bon. »

Tout d'un coup, l'idée ne faisait pas que me traverser l'esprit. Elle s'installait, prenait ses aises. Innocemment, je poursuis : « Sans doute les conneries habituelles de Neil.

– Il dit n'importe quoi, confirme Josh d'un ton paresseux.

– C'est clair, dis-je, toujours aussi innocemment. Parce que si ton copain Rob est un ancien du SAS, on peut imaginer que tu le sois aussi.

– Hypothèse ridicule », dit-il, toujours aussi décontracté.

Je n'ai pas honte d'avouer qu'il n'en a pas fallu davantage pour me donner un petit frisson piquant. Je ne devrais sans doute pas dire ça, mais j'adore en secret tous ces trucs de machos. Servez-moi du mec qui suit des cours du soir pour Retrouver ses Émotions, et je vous apporterai une cuvette pour dégueuler.

J'avais beau savoir qu'on ne raconte pas ce genre d'expérience à tout le monde, j'ai eu envie de lui arracher la vérité, en plaisantant bien sûr. « Oui, oui, je sais qu'on ne parle pas de ces choses-là. Au cas où on t'enlèverait et où on te torturerait à mort pour t'arracher des renseignements. »

Il a eu un petit rire. « Pour ce qui est de me torturer à mort, tu t'y entends pas mal. »

Personnellement, j'aurais plutôt appelé ça prolonger l'extase, même si, en toute honnêteté, je reconnais que mon numéro bien rodé de La Fille-au-dessus cadre pile poil dans cette catégorie. J'avais souffert moi aussi, mais pour quelqu'un qui aime la torture, s'empaler sur une érection maousse n'est pas le moyen le plus désagréable.

Sa poitrine vibrait toujours sous ma joue, et c'était infiniment plaisant. « Si tu continues comme ça jusqu'en septembre, je pourrai demander à Rob d'être gentil avec toi. »

Septembre ! S'il voyait aussi loin, ma coupe débordait allègrement. « Demande-lui plutôt d'être gentil avec cette pauvre Jess. Elle en fait dans sa culotte tellement elle meurt de trouille. »

Toujours secoué par son petit rire, il dépose un baiser léger sur mes cheveux. « Comme tu voudras, chérie. »

Incapable de résister à l'envie de poursuivre mes taquineries, j'ai murmuré : « Si je t'ai parlé de cette chose dont on ne parle pas c'est parce que j'ai toujours eu des fantasmes où je me fais prendre par une bête de sexe. C'est tout ce noir, tu vois, la cagoule, l'attirail du commando de choc. »

Il riait franchement. « Tu as des fantasmes dangereux. Demande à ta grand-mère de me tricoter une cagoule et je te prendrai avec ça sur la tête. Ça te va ? »

Je savais que je l'avais percé à jour, mais je ne voulais pas pousser le bouchon trop loin. « Je note dans mon agenda. »

Tout d'un coup, je me suis rappelé quelque chose que j'avais voulu lui demander toute la soirée. « Qu'est-ce que tu as dit quand Julia t'a demandé de lui rendre ce service ?

– Qu'est-ce que tu crois ? J'ai dit pas question. Mais Julia sait se montrer persuasive et elle m'a déjà rendu des services dans le passé.

– Je parie qu'elle t'a dit que j'étais grosse et névrosée, en plus de gay.

– Névrosée tu l'es, à propos de ton poids. On ne se connaissait pas depuis deux heures que tu te traitais déjà de grosse vache. »

Je n'ai pas tenté le diable en disant : « C'est ce que je suis » pour l'obliger à me répondre : « Pas du tout, tu es parfaite pour un petit câlin douillet. » J'avais comme un pressentiment qu'il me répondrait : « J'ai toujours aimé les grosses vaches », et ce serait bien fait pour moi. « C'est vrai, je fais une fixation sur mes parties molles », ai-je répondu avec dignité.

Il m'a pincé les fesses. « Moi aussi. »

C'était le Pérou.

Il s'est penché hors du lit pour attraper sa chemise, qui était par terre.

« Tu ne t'en vas pas déjà ?

– Sauf si tu me mets dehors. » Il a sorti quelque chose de la poche. Tiens. Je voulais te le donner au dîner. Julia a eu sa part, naturellement. »

C'était un chèque, légèrement amputé par rapport à ce que j'avais versé pour la première prestation. « Je ne peux pas accepter ! Dieu sait que tu l'as mérité.

– Je n'en veux pas. Donne-le à des œuvres, si tu préfères. La Société pour la réinsertion des MI, par exemple.

– Les quoi ?

– Les Menteurs Invétérés. »

Ne sachant pas s'il fallait que je pleure ou que je rie, j'ai fait un peu des deux, et il y a mis fin de la manière la plus traditionnelle qui soit. Plusieurs heures de confidences sur l'oreiller plus tard, nous nous endormions.

Alix m'a rejointe dans la cuisine à sept heures dix – elle qui ne fait jamais surface avant huit heures et demie. « J'ai senti l'odeur du café. Il est parti ?

– Oui, espèce de sale curieuse. Il y a cinq minutes. Il a un rendez-vous à Henley à neuf heures.

– Tu as l'air drôlement contente, me dit-elle avec un grand sourire.
– Tu serais pareille à ma place, crois-moi.
– Alors ?
– Deux fois. » Et toutes les deux de partir d'un fou rire d'adolescentes.

Pendant qu'elle sert le café, je poursuis : « Ce petit futé, il croyait me faire craquer : quoi de plus irrésistible qu'un pauvre type affublé de deux adorables bébés ? Il comptait m'inviter à déjeuner au pub, et là, me faire avouer que j'avais inventé Ace de toutes pièces.

– Sauf que ça ne s'est pas du tout passé comme ça.
– Oh, écoute... vu l'issue, ça valait toutes ces péripéties. Quel que soit le cas de figure, il me prenait pour une dingue. Il fallait que je le sois pour m'inventer un mec pareil, mais il fallait aussi que je le sois pour le supporter s'il était réel. Alors quand il m'a trouvée dans le parc, en train de débiter des sornettes dans mon sommeil, il est parti en se disant que c'était peut-être aussi bien, qu'il y avait plein de femmes sympa et saines d'esprit à aller pêcher dans la vaste mer.

– Alors, qu'est-ce qui te fait sourire comme ça ?
– Eh bien, apparemment ce n'est pas elles qu'il voulait, hein ? C'était moi. Il n'arrêtait pas de penser à moi.

– Vas-y, fais-le ton petit sourire suffisant. Pour une fois, je ne dirai rien. »

Elle est venue me rejoindre au comptoir en Formica complètement ringard, enfin pas si ringard que ça depuis qu'il s'y était assis un quart d'heure plus tôt enveloppé d'une simple serviette, les cheveux mouillés et le menton esquinté par mon Ladyshave tout émoussé. J'avais embrassé le bobo comme il se devait, bien entendu.

« Il t'a traitée de sale garce quand tu ne l'as pas appelé, l'autre soir à l'hôtel ?
– J'espère que non. Il ne s'est endormi qu'à trois heures et demie pour se réveiller à huit heures moins dix ; il m'a appelée aussitôt mais, évidemment, j'étais partie. Il espérait que j'aurais téléphoné et qu'il n'aurait pas entendu, tout en se disant qu'il y avait peu de chances parce que, même si c'était désormais sans espoir, j'en pinçais encore pour Kit.
– Donc, si l'hôtel n'avait pas fait suivre son mot...
– Ça n'aurait rien changé. Il avait l'intention de m'appeler hier soir pour me demander comment ça s'était passé avec Kit et Belinda. Pour tâter le terrain et repartir de là. Il m'a précisé qu'il ne baissait pas les bras facilement.
– Non, en effet, dit Alix, songeuse. Il ne m'a pas frappé comme le type qui se laisse décourager. À mon avis, il n'a pas de problème côté couilles.
– Aucun, je confirme », dis-je avec un petit soupir satisfait.

Autre crise de fou rire, puis Alix a inspecté les restes du petit déjeuner que Josh avait pris rapidement : une assiette pleine de miettes, une barquette de margarine et un pot de marmelade. « Je parie que tu lui as préparé amoureusement ses toasts, beurre et marmelade et tout, me dit-elle. Et même que tu les lui as coupés en triangle.

– Évidemment ! Je lui aurais volontiers fait des œufs mais il n'avait pas le temps. Il m'a dit qu'il en prendrait la prochaine fois, demain matin par exemple, et que quand j'irais chez lui il m'apporterait au lit sa spécialité, les œufs façon Josh.
– Toi qui détestes ça dès le matin !
– Je sais, mais je les mangerai même si ce sont des horreurs d'œufs au plat avec du blanc pas cuit qui dégouline sur le dessus.
– Eh ben dis donc, tu es atteinte.
– C'est vrai », ai-je répondu avec un sourire serein. Je ne sais pas pourquoi, je me rappelais une autre conversation, qui avait eu lieu dans une cuisine aussi, avec ma mère : « Quand tu as rencontré papa, comment as-tu su que c'était lui ?
– Je ne sais pas, chérie. J'ai su, c'est tout. »
« Les roses sont magnifiques, a dit Alix en désignant du menton les deux brocs toujours sur le comptoir. Il y en a plusieurs douzaines. »
Bizarrement, elles s'étaient bien redressées. Si j'avais eu besoin d'un signe, que souhaiter de mieux ?
« Où habite-t-il ?
– Chiswick.
– Et qu'est-ce qu'il fait ?
– Il dirige une société de sécurité avec un ami. Ils ont commencé avec un petit truc de surveillance privée pour paranos indécrottables, mais ça s'est développé comme un champignon. J'ai battu ma coulpe quand il me l'a dit, parce que j'avais imaginé un truc pas sérieux en train de se casser la gueule. Comme ça, au moins, je saurai où m'adresser quand j'aurai besoin d'une grosse brute pour m'empêcher de piller le frigo.

— Parce que tu crois que ça marcherait ? Tu te précipiterais au Pop-In, oui. » D'un geste absent, Alix a soulevé la jambe et elle s'est mise à l'examiner. « Mon bronzage fout le camp.

— Tant mieux. J'étais jalouse à en crever.

— Fais-t'en un faux. Un joli bronzage intégral. Je suis sûre que si tu le lui demandes gentiment, Josh se fera un plaisir de te l'appliquer.

— Pas question ! Je ne lui ai pas encore montré mes parties charnues. Il me menace de m'exposer de force.

— Super. » Et elle pique un énième fou rire. « Rien de tel qu'un bon vieux match de catch pour te faire céder.

— C'est tentant, remarque, à condition d'éviter la lumière du jour.

— Des bougies, alors. Et mets des trucs qui s'enlèvent facilement, tu feras semblant de résister en criant *Arrête, j'aime ça* et tout le tintouin. »

Je ne crois pas que je résisterais très fort.

Tout bien pesé, la vie s'annonçait plutôt belle.

*Cet ouvrage a été composé et imprimé en France
par la Société Nouvelle Firmin-Didot
pour le compte des Éditions France Loisirs*
Dépôt légal : mai 2003
Numéro d'édition : 38597 – Numéro d'impression : 63708